John Spencer
Erst Mal Einen Mokka

John Spencer
Erst Mal Einen Mokka

Science Fiction Roman
von
David Barbens

dbp

Impressum

Erstausgabe 2022
Copyright Juli 2022, David Barbens Pfeuffer,
Santa Cruz de Tenrife, Spain
Covergestaltung: Verónica Pérez Ibáñez
Alle Rechte beim Autor

KDP-ISBN: 9798847349888

Vertrieb:
Selfpublishing

For the dream...

Chapter I

Hunger. Das komische Gefühl in seinem Magen musste Hunger sein, dabei hatte er erst vor zwei Stunden etwas gegessen. Verträumt schaute er durch die Fenster der Kommandobrücke hinaus ins dunkle Nichts des Alls und überlegte, ob er sich in der Bordküche noch einen Happen zu Essen zubereiten sollte. Sein Blick huschte einen Moment über die Instrumententafel. Er stand kurz davor, in sein altes Sonnensystem einzudringen. Es war das erste Mal, dass er in diesen Bereich der Galaxie zurückkehrte. Für den Bruchteil einer Sekunde kam er nicht umhin, das seltsame Gefühl im Magen auf diesen Umstand zurückzuführen, wollte jedoch nicht zulassen, dass diese Empfindung Herr über ihn wird und beschloss deshalb doch Hunger zu haben. Er verließ die Kommandobrücke über die im hinteren Teil in den Boden eingelassene Leiter und gelangte so in den Aufenthaltsraum und die Küche seines Schiffes, der Laila I.

John Spencer, Raumbummler seit nun schon über sieben Jahren, war der letzte Vertreter der menschlichen Spezies in der Galaxie.

*

Ironischerweise, war ausgerechnet Arthur Dent sein Lieblingsheld. Vor etwas mehr als zehn Jahren geriet John in genau dieselbe Situation, wie diese Figur der Fiktion. Ähnlich wie in dem Buch 'Per Anhalter durch die Galaxis', wurde die Erde vor etwa elf Jahren zerstört. Anders jedoch als bei dem Sience-Fiction-Bestseller war sie in diesem Fall durch ein unglückliches Missgeschick und nicht mit Absicht vernichtet worden.

Die Seesoljaner, eine im Vergleich zu anderen Lebewesen der Galaxie verhältnismäßig gering intelligente Spezies, hatten beim Schürfen von Rohstoffen im Asteroiden-Hauptgürtel des Sonnensystems, ungewollt einen der großen Asteroiden aus seiner Umlaufbahn und in die der Erde geworfen. Solche Unfälle kamen zwar öfter vor als man annehmen sollte, doch war in den meisten Fällen immer genug Zeit geblieben, den betreffenden Asteroiden einzufangen, zu pulverisieren oder umzulenken. Diesmal jedoch blieb der Zwischenfall, der den Asteroiden aus seiner Bahn gestoßen hatte, unbemerkt oder besser gesagt, er wurde nicht ordnungsgemäß gemeldet.

Der seesoljanische Minenarbeiter Nuhhm war im Asteroiden-Hauptgürtel des Sonnensystems tätig gewesen, als er am Ende einer Doppelschicht in seinem Schürfgleiter einnickte. Kurz darauf wurde er durch eine leichte Erschütterung wieder geweckt. Er hatte einen der großen Brocken im Schürfsektor gerammt und fuhr durch den Aufprall erschrocken hoch. Unverzüglich hatte er den Gleiter vom Bordcomputer nach Schäden überprüfen lassen. Doch der Apparat war zum Schürfen gebaut, daher sehr robust, weshalb keine Schäden gefunden wurden. Es hätte einen erheblich heftigeren Aufprall benötigt, um den Gleiter auch nur geringfügig zu beschädigen. Auch der riesige Asteroid schien von der Begegnung völlig unbeeindruckt. Erst wollte Nuhhm den Vorfall ordnungsgemäß melden, doch dies hätte einen Heidenaufwand an Formalitäten nach sich gezogen. Da seine Schicht kurz vor dem Ende stand und der Rest des Schürfsektors, einschließlich des gerammten Asteroiden, durch die anschließende Schicht verarbeitet werden würde, entschied er, die Sache auf sich beruhen zu lassen. Der Arme konnte schließlich nicht ahnen, dass die Seesferr Schürfcompany, für die er tätig war, durch einen verheerenden Unfall in einer ihrer Kolonien am anderen Ende der Galaxie, in extreme finanzielle Schwierigkeiten geraten war. Eine Sterneruption hatte die dortige Kolonie völlig zerstört. Deshalb ging kurz nach Nuhhms Schichtende eine Nachricht bei der Leitung vor Ort ein, die anwies, die Arbeiten mit sofortiger Wirkung einzustellen und den Asteroiden-Hauptgürtel des Sonnensystems vorerst zu verlassen.

Der vom Schürfgleiter gerammte Asteroid war zwar unglaublich viel größer als der Flugapparat, unterlag aber trotzdem - und vor allem in der Schwerelosigkeit - Newtons Wechselwirkungsprinzip. Hätte der Zusammenstoß auf der Erde stattgefunden, wäre die Auswirkung auf den Asteroiden nahe null gewesen. Im All jedoch, wurde auch der Koloss von dem Zusammenstoß beeinflusst, wenn auch nur geringfügig. Er entfernte sich langsam, aber stetig von den restlichen, nicht geschürften Brocken des Asteroiden-Gürtels und begab sich auf eine lange, zielsichere Umlaufbahn. Vor etwa elf Jahren kreuzte sich diese dann mit dem Kurs des Planeten Erde. Diese Begegnung fiel fatal für beide Himmelskörper aus. Die Erde und alles Leben auf ihr hörten auf zu existieren.

*

John stieg, mit etwas brotähnlichem zwischen die Zähne gequetscht und einem Flüssigkeitsbehälter unter dem Arm, die Leiter zur Brücke wieder empor. Er setzte sich erneut auf den Pilotensitz und überprüfte mit einem raschen Blick die Instrumententafel. Diese befand sich unterhalb des Panoramafensters und nahm die ganze Breite der Brücke ein. Alles schien regelkonform. Er gab seinem Bordcomputer, der einzige, der ihm bei seinen Reisen durch die Weiten der Galaxie Gesellschaft leistete und ein wenig Unterhaltung bot, einen Befehl.

„Alexa, setze Kurs auf den Mars. Wir werden dem Roten und der Erde, oder dem, was noch von ihr übrig ist, einen Besuch abstatten."

Kurz darauf antwortete eine weibliche Stimme.

„Verstanden, John Spencer. Der Kurs wurde programmiert. In etwa drei Tagen und acht Stunden HST(HumanStandard-Time) werden wir, bei derzeitigem Impuls, in der näheren Umlaufbahn bei den Resten von SX0002, der Erde, eintreffen."

„Danke, Alexa."

Aus Gewohnheit, aber vor allem aus nostalgischen Gründen, hatte er seinen Bordcomputer Alexa benannt. Ein hoffnungsloser Versuch, an etwas festzuhalten, das nicht mehr existierte und nie wieder existieren würde. Es hatte unsagbar vieles gegeben, an das sich John Spencer in sehr kurzer Zeit hatte neu gewöhnen müssen. Alles, was ihm auf irgendeine Weise menschlich erschien, hätte er willkommen geheißen. Ein Beispiel hierfür war die Nahrung. Das, was er da gerade in seinem Mund kaute, sah einem Brot zwar ähnlich, hatte aber bis aufs Äußerliche nicht das geringste damit zu tun. Es war schlichtweg eine zusammengesetzte Mischung aus künstlich hergestellten Nährstoffen, die zufällig die Farbe und Textur eines Brotes, vom Geschmack her jedoch gar nichts damit zu tun hatte. Unabhängig davon, wo er in den letzten Jahren gewesen, welchen Spezies er begegnet war und welche Welten er auch entdeckt hatte, nichts glich dem Essen auf der Erde oder gab den geschmacklichen Nervenzellen des Menschen annähernd ähnliche Signale. Doch im Laufe der Zeit hatten sich sowohl sein Magen, als auch seine Geschmacksnerven an einige der neuartigen Lebensmittel gewöhnt. Und nur, weil sie anders schmeckten, hieß das nicht, dass sie schlechter schmeckten. Im Vergleich zum limitierten Nahrungsangebot der Erde, hatte sich ihm eine komplett neue und schier unversiegbare Quelle verschiedenster Geschmäcker und Genüsse in der gesamten Galaxie eröffnet. Die monotone Nahrungsaufnahme der Erde, die nur im Vergleich zum immensen Angebot der Galaxie monoton schien, hatte es für ihn, zumindest für einige Zeit, nicht mehr gegeben. Aufgrund der im Laufe der Jahre gesammelten Erfahrung verzichtete er mittlerweile fast gänzlich auf organisches Essen und nahm nur noch chemisch zusammengesetzte Nahrung zu sich.

Selbstverständlich hätte John die Reise zum Mars und der Erde durch Erhöhung des Impulses erheblich verkürzen können. Er zog es jedoch vor, sich seiner Vergangenheit langsam zu nähern, um sich seelisch auf den Moment, an dem er den Resten der Erde gegenübertreten würde, einzustellen. Während er einen Schluck Wasser aus dem vasenähnlichen Gefäß nahm, welches er aus der Küche mitgebracht hatte, schweifte sein Blick über das vor ihm liegende Sonnensystem.

Vor ihm lag der Asteroiden-Hauptgürtel, der ihn an den Anfang vom Ende seines alten Lebens erinnerte. Trauer stieg in ihm auf. Wie gerne hätte er jetzt etwas Musik zur Aufmunterung gehört oder einen Film zur Ablenkung geschaut. Doch all das gab es nicht mehr und würde es auch nicht mehr geben. Zumindest nicht in der Art, die er kannte und liebte. Indes hatte er aber bei seinen Streifzügen durch die Galaxis andere Arten des Zeitvertreibs kennen und lieben gelernt. Auf JBO007 oder Schlaraffenland, wie er es nannte, hatte er die Bekanntschaft mit einer interessanten Flüssigkeit gemacht. Er holte ein Fläschchen aus seiner Westentasche, öffnete es, hob die Hand über seinen Kopf und ließ zwei Tropfen des Inhaltes in seinen Mund fallen. Nur Sekunden später füllte sich sein ganzer Körper mit Wohlbehagen und vor seinem inneren Auge liefen detailgetreue Erinnerungen aus seinem früheren Leben ab. Nicht etwa wie auf einer Leinwand oder in einem Traum, sondern eher so, als ob er die Erinnerung erneut erlebte. Als ob er sie wirklich leben würde, ihm aber dennoch bewusst war, dass es sich um bereits gelebtes handelte.

John öffnete die Augen. Er sah die Decke seines alten Zimmers und wusste, er war Zuhause auf der Erde. Es war der Tag, an dem er fünfzehn Jahre alt wurde. Sein jüngeres Ich sprang vor Freude, auf das, was ihn an diesem Tag erwartete, aus dem Bett. Zuerst ging er ins Badezimmer, pinkelte und rannte dann erwartungsvoll ins Esszimmer. Dort erwartete ihn ein Geburtstagsfrühstück mit Crêpes, Marmelade sowie Nougatcreme. Als ob ihm sein eigener Körper als Avatar diente, erlebte der ältere John alles, was an diesem Tag geschah erneut mit, nahm daran teil, schmeckte, fühlte, spürte und roch die Dinge um ihn herum. Jedoch konnte er keinen Einfluss auf das Geschehen nehmen.

Zur Feier des Tages hatte ihm sein Vater eine Besichtigungstour des Kennedy-Space-Centers der NASA und der SpaceX Installationen vor Ort organisiert. Alles, was John an diesem Tag durch den Einblick in die verschiedenen Projekte und Phasen der Raumfahrt sah, hörte und fühlte, sog er wie ein Schwamm in sich auf. Er war fasziniert von der Geschichte der Raumfahrt und den ersten Gehversuchen der NASA, dem Anblick derzeitiger Konstruktionsphasen des Starships der neuen SpaceX-Flotte, sowie Elon Musks Zukunftsvision der Marsbesiedlung. Diese Zukunftsvisionen sahen vor allem in Johns Generation diejenige, aus denen die Pioniere stammten, welche aus der Menschheit eine multiplanetare Spezies machen würde. Als fünfzehnjähriger fantasievoller Junge kam er nicht umhin, sich in einem Raumanzug vorzustellen und in einem dieser Starships durchs All zu fliegen.

An diesem Tag wurde, ohne Johns Mitwissen, seine Zukunft beschlossen. Es ereignete sich auf dem SpaceX-Gelände, während sie die verschiedenen Produktionsstätten und zukünftigen Starships besichtigten. John schaute hinauf zu einem dieser stählernen Riesen, in dem sich die Sonne spiegelte. Das reflektierende Licht traf ihn direkt in beide Augen. Er verlor das Bewusstsein. Fünfzehn Minuten später kam er wieder zu sich und blickte in das Gesicht seines Vaters. Dann stellte er fest, dass er sich auf einem Sofa im Warteraum der Krankenstation befand. Was genau in diesen fünfzehn Minuten geschehen war, wusste er nicht. Das einzige, an das er sich erinnern konnte, war eine Vision in Form eines Bildes. In dieser Halluzination hatte er das Starship gesehen, vor dem er in Ohnmacht gefallen war. Allerdings mit einer Änderung. Auf halber Höhe ragten in einem Winkel von 90° zueinander, vier große Paneele aus der zylinderförmigen Rakete. Die Form dieser Paneele erinnerte an Fledermausflügel.

Dem jungen John ging es soweit gut. Die Krankenschwester machte die Aufregung des Tages für sein kurzes Wegtreten verantwortlich. Ungetrübt vom Zwischenfall, wusste John am Ende des Tages genau, was und woran er in seinem Leben arbeiten und teilhaben wollte, nämlich der Raumfahrt.

Von diesem Moment an verschlang er jegliches Material, das auch nur annähernd etwas mit der Raumfahrt zu tun hatte. Es gab nichts anderes mehr für ihn. Er besuchte Raketenstarts, Symposien zu verwandten Themen, knüpfte Kontakte in der Space-Community und auch seine schulische Laufbahn lenkte er in dieselbe Richtung. Besonders der WAI-Familie fühlte er sich sehr nah. Er verpasste keine Episode und keinen Livestream über Prototypentests oder Raketenstarts von Felix Schlangs 'WhatAboutIt'.

Am Ende seiner College-Karriere stand er dann mit einem Master in Kommunikationselektronik und einem weiteren als Luft- und Raumfahrtingenieur da. Danach gab es nur ein Ziel für ihn. Er wollte Astronaut werden und das erreichte er auch.

Der große John, der die Vision in seinem jüngeren Ich miterlebte, hatte diese Erlebnis, bis zu diesem Zeitpunkt, völlig vergessen. Erst jetzt erinnerte er sich wieder daran, dass ihn diese Halluzination noch jahrelang in seinen Träumen verfolgt hatte. In diesen Träumen erwachte das Starship mit seinen Fledermausflügeln zum Leben, lud ihn ein mitzufliegen. Jedes Mal, wenn er aus einem solchen Traum erwachte, war sein Wunsch, Astronaut zu werden und zu den Sternen zu fliegen, gestärkt. Wie eine Batterie, die über Nacht mit neuer Energie aufgeladen wurde. Mit der Zeit ließ die Häufigkeit der Träume nach. Zum Beginn seines Studiums verschwanden sie vollständig.

Chapter II

Plötzlich hörte das so wunderbare 5D-Kino mit Bildern, Gerüchen, Geschmäckern, Geräuschen und Gefühlen aus seiner Kindheit auf. Die eingenommenen Tropfen hatten ihre Wirkung verloren. Er öffnete abermals die Augen und befand sich wieder auf der Brücke seines seesoljanischen Raumschiffes. Unter Einsatz von viel Schweiß und Geduld, hatte er aus einem seesoljanischen Kleintransportschiff, ein für Menschen brauchbares und so gut es ging behagliches Zuhause gemacht. Zu Beginn hatte er damit so seine Schwierigkeiten, musste sich erst an das Schiff gewöhnen, bevor er anfing sich darin wohlzufühlen. Es war sein Heim und Eigen, das letzte Refugium in der Galaxie, das auf den menschlichen Gebrauch ausgerichtet war. Allein dieser Umstand ließ ihn das Schiff lieben.

Die Laila I war ein Schiff der C-Klasse. Es verfügte über drei Decks und einer aufgesetzten Brücke. Diese befand sich am Bug des Schiffes und ragte zur Hälfte über dessen Länge hinaus. Von der Seite aus hatte das Schiff gewisse Ähnlichkeit mit einer Ente. Wobei die Brücke den Kopf der Ente und das restliche Schiff den Körper, nur ohne Hals, darstellte. Die hintere Hälfte der Brücke, welche auf dem Rumpf saß, gewährte über eine Leiter Zugang zu den darunterliegenden Decks. Der Schacht, durch den die Leiter führte, verfügte an allen Zugangspunkten über Sicherheitsluken, die automatisch geschlossen werden konnten, um im Notfall einzelne Decks und Sektionen zu isolieren. Das erste dieser Decks, das sich direkt unterhalb der Brücke befand, betrat man über einen Gemeinschafts- und Aufenthaltsraum. Dort befand sich auch die Küche. Von hier aus gelangte man zur Schleuse des Andocksystems. Dieses diente dazu, der Laila I einen sicheren Zugang mit anderen Schiffen oder Stationen im All zu gewährleisten. Hinter der Schleuse des Andocksystems befand sich ein kleinerer Lagerraum sowie die Schleuse zum Raumgleiter. Dieser ermöglichte vor allem Landungen auf Himmelskörpern, Schiffen und Raumstationen, die mit dem Hauptschiff nicht möglich waren. Das Heck der Laila I fiel von oben her, bis zur Hälfte der Schiffshöhe hin, leicht ab, wodurch sich eine Schräge bildete. Dort lag der Gleiter, verankert mit der Laila I, auf. Über die Schleuse konnte man diesen vom Schiff aus betreten. Das mittlere Deck beherbergte die Wohnräume, also Schlafzimmer, Toilette, Dusche sowie ein Fitnessstudio. Im unteren, dem letzten Deck, befand sich der Laderaum, eine kleine Werkstatt sowie ein Lager. Kein anderes Schiff der Seesoljaner hatte eine solche, auf humane Bedürfnisse ausgerichtete Ausstattung. Jahre waren vergangen, bevor die Laila I von heute existierte und dank der großen Statur der Seesoljaner, war sie für Menschen zudem mehr als geräumig.

John erhob sich aus dem Pilotensitz und ging in das Fitnessstudio, welches im mittleren Teil des Schiffes lag. Er wollte seinen Körper noch etwas ertüchtigen, bevor eine Runde schlief.

Trotz ihrer, im Vergleich zu anderen Bewohnern der Galaxie, nicht allzu hohen Intelligenz, waren die Seesoljaner ein recht interessantes Volk. Ein Beispiel hierfür war ihre faszinierende Art und Weise sich zu waschen, oder besser gesagt, ihren Körper zu regenerieren. In einer Art Ritual zerlegten sie diesen dabei in seine einzelnen Zellen. Bei diesem Prozess wurden defekte Zellen ausgesondert, durch neue ersetzt und danach wieder zu einem Körper vereint. Auf ihrem Heimatplaneten fand dieses Prozedere unter Wasser statt, aber für längere Reisen hatten sie in ihren Schiffen einen speziellen Raum dafür eingerichtet. Dieser bediente sich elektromagnetischer Felder, die es ermöglichten, das Wasser zu ersetzen. Zwar erfüllten diese ihren Zweck, ließen den Seesoljanern aber bei weitem nicht dasselbe Wohlbefinden zukommen, wie es bei der Regeneration unter Wasser der Fall war.

John hatte den für das Ritual vorgesehenen Raum, der anfangs völlig nutzlos für ihn war, zur eigenen Körperregenerierung umgestaltet und einen Fitnessbereich eingerichtet. Das Fitnessstudio hatte eine Fläche von fünf mal neun Metern, war fünf Meter hoch und verfügte somit über recht anschauliche Dimensionen. Es war mit einigen für die Menschen typische Geräten zum Aufbau der Muskulatur ausgestattet, die John in zweiwöchiger Arbeit selbst gebaut hatte. Zur Vorlage konnte er sich nur seiner Erinnerungen bedienen. Seitdem es die Erde nicht mehr gab, war es für ihn unmöglich geworden, Utensilien, Nahrung oder sonstige Dinge zu beschaffen, die exklusiv auf den menschlichen Organismus ausgelegt waren. Er hatte festgestellt, wie einfach, wie selbstverständlich es vor der Zerstörung der Erde gewesen war, eben mal kurz in den nächstbesten Laden zu gehen. Etwas so simples, so banales wie eine Schere kaufen zu können, die auf die Funktionsweise der menschlichen Hand ausgelegt war. Diese Zeiten waren vorbei. Nichts davon war mehr übrig und mit nur einem Menschen in der Galaxie würde sich niemand die Mühe machen, Dinge für den menschlichen Gebrauch herzustellen. Außer John selbst natürlich.

Nach seiner Trainingseinheit begab er sich in die von ihm, ebenfalls aus nostalgischen Gründen, sogenannte Dusche. Denn mit Wasser, Waschen oder ähnlichem hatte diese nichts zu tun. In der speziell für ihn angefertigten Reinigungseinheit wurden aus allen Richtungen unzählige Bakterien verschiedenster Arten auf seinen Körper gesprüht. Jeder dieser Bakterienstämme hatte seine Aufgabe, ernährte sich von Stoffen wie Schweiß, abgestorbenen Zellen und totem Gewebe. Danach wurden die Bakterien unter Einwirkung von Hitze sowie Bestrahlung getötet und durch Absaugen entfernt. Auch an diese sonderbare Art der Hygiene hatte er sich mittlerweile gewöhnt.

Nach einem kurzen Abstecher in die Küche, um einen Happen zu essen, legte er sich aufs Ohr. Er gab Alexa noch den Befehl, ihn vierundzwanzig Stunden vor Erreichen der Erde zu benachrichtigen, dann schlief er ein.

*

In seinen jungen Jahren hatte John erfolgreich das Astronautentraining absolviert. Danach arbeitete er eifrig an der Entwicklung und Planung der ersten, dauerhaften Marskolonie mit. Letztendlich, und nicht unverdient, wurde er dann dieser Mission als Astronaut und Kolonist zugeteilt. Natürlich war dies nicht die erste bemannte Mission zum Mars. Im Vorfeld hatten ein halbes Dutzend Kurzmissionen stattgefunden, um die Voraussetzungen für eine dauerhafte Kolonie zu prüfen. Doch die Aufenthalte auf dem roten Planeten hatten nie länger als sechs Monate angedauert. Die bevorstehende Mission hingegen, die Erste, an der John teilnahm, war zeitlich vorerst nicht begrenzt. Zwar hatten die Mannschaftsmitglieder nach zwei Jahren die Möglichkeit ausgetauscht zu werden, doch alle Astronauten, die für diese Mission ausgewählt wurden, hätten ein Wahrnehmen dieser Option als persönliche Niederlage und Scheitern ihrer Mission empfunden. Deshalb ging kein Crew-Mitglied davon aus, unter normalen Umständen, nach zwei Jahren auf die Erde zurückzukehren. John und seine Mannschaftskameraden würden als Bewohner der ersten dauerhaft bemannten Marskolonie in die Geschichte eingehen.

Die Reise zum Mars verlief wie geplant. Die von den vorhergehenden Kurzmissionen installierte Ausstattung ermöglichte es den Kolonisten, sich schnell einzurichten. Schon bald konnten sie, die im Vorfeld geplanten Tätigkeiten aufnehmen, die Kolonie zu einem vollständig autonomen Außenposten der Menschheit gestalten.

Die Station bestand aus einem großen Hauptdom, in dem sich ein Gemeinschaftsraum, die digitalen Arbeitsplätze, die Hauptschleuse mit den Marsanzügen und die Kantine befanden. Die Hauptschleuse war gen Norden gerichtet, eine weitere Schleuse lag auf der südlichen Seite. Westlich und östlich des Hauptdoms gab es zwei weitere Dome, die durch

Gänge und ihre dazugehörigen Schleusen mit dem Hauptdom verbunden waren. Im westlichen Dom befanden sich die Schlafquartiere der Besatzung, während im östlichen Dom verschiedene Labore, Experimente, kritische Lebenserhaltungssysteme und das Gewächshaus untergebracht waren. Schon nach vierzehn Monaten hatte sich in der Kolonie so etwas wie eine Routine etabliert. Die Kolonisten waren zuversichtlich, ihr Ziel der autonomen Selbstversorgung in Kürze erreichen zu können.

Dann kam der große Knall.

Selbstverständlich wurde der Asteroid, der die Heimat der Menschheit bedrohte, von Satelliten und diversen Installationen auf der Erde entdeckt. Jedoch wurde er erst spät als reelle Gefahr eingestuft. Dann folgte die übliche Debatte zwischen den sogenannten Experten. Es ging darum, ob der Asteroid mit dem Planeten kollidieren oder an ihm vorbeiziehen würde. Nachdem festgestanden hatte, dass die Kollision mit der Erde unausweichlich sein würde, blieb nur noch wenig Zeit zu reagieren. In einem Anflug aus Verzweiflung feuerten alle Länder, die die Möglichkeit besaßen, ihr gesamtes Waffenarsenal auf den sich nähernden Koloss. Doch selbst wenn der Brocken lebendig gewesen wäre, hätten ihn die Einschläge der Raketen höchstens gekitzelt. Der Asteroid zog unbeirrt weiter Richtung Erde. Er hatte zu viel Masse und war bereits zu schnell, aber nicht schnell genug, um dem gravitierenden Bann der Erde zu entkommen. Sein Kurs konnte durch die vorhandene Technologie der Menschen nicht mehr beeinflusst werden.

Als ob es sich um ein Feuerwerksspektakel handelte, hatten sich alle Marsbewohner zur vorhergesagten Zeit im Hauptdom der Kolonie versammelt. Es war der einzige Ort der Station, in dem alle Bewohner gleichzeitig Platz fanden und der, durch sein enormes Panoramafenster, einen Blick auf die Erde freigab. Alle sechsundachtzig Augen waren auf einen winzigen Punkt am Marshimmel gerichtet. Im Raum konnte man Ungewissheit und stilles Entsetzen spüren. Nachdem die Marskolonie die Nachricht über das bevorstehende Ende der Erde erreicht hatte, war das Entsetzen vielleicht sogar noch größer als auf der Erde selbst. Die Marsbewohner befiel eine Art Hilflosigkeit. Sie waren dazu verdammt, dabei zuzusehen, wie alles, was ihre Existenz begründete, ob sie es liebten oder hassten, vernichtet werden würde. Die zurückbleibende Einsamkeit und dass es nichts mehr zu lieben oder hassen gäbe, schürten ihre Angst.

Die Stille im Dom wurde durch ein Raunen gebrochen, als plötzlich und völlig unerwartet, der winzige Punkt am Marshimmel aufblitzte, dann gleich wieder erlosch. Danach füllte fassungsloses Schweigen und tiefe Trauer den Dom. Hier und da war ein Schluchzen zu hören. Das Unvorstellbare, Unglaubliche war geschehen. Die Erde und alles auf ihr hatte aufgehört zu existieren.

In den ersten Tagen nach dem terrestrischen Holocaust war die ganze Kolonie wie betäubt, sie funktionierte einfach nur vor sich hin. Keiner wusste so recht, was er tun, denken oder fühlen sollte. Vorerst gingen sie alle ihren Pflichten nach, um die Station am Laufen zu halten und so das eigene Überleben zu sichern. Man hatte die Kolonisten darauf vorbereitet, was in einem Notfall zu tun war, die Schritte, die zu befolgen waren, wie der Kontakt mit der Zentrale auf der Erde gehalten werden konnte, um Instruktionen zu erhalten. Doch all diese Szenarien waren für Zwischenfälle auf dem Mars ausgelegt. Diejenige, die in einem Notfall der Kolonie Hilfe, Befehle oder nützliche Informationen und Instruktionen hätte zukommen lassen sollen, die gab es nicht mehr. Nicht die Nabelschnur zum Mars wurde abgetrennt, sondern die Mutter war gestorben. Mutter Erde gab es nicht mehr, keine Zentrale, keine Familienangehörigen, keine Fremden, nichts. Nur noch die Kolonie. Selbst die ISS wurde bei dem Zusammenstoß der zwei Himmelskörper vernichtet. Die Marsbewohner waren allein und auf sich selbst gestellt.

43 Menschen, Überbleibsel einer Spezies, gingen im Schockzustand stumpf wie Ameisen ihren Aufgaben nach, um nicht über die Konsequenzen dessen nachdenken zu müssen, was geschehen war, was dies für sie, aber vor allem für die Menschheit in ihrem Ganzen bedeutete.

Die Mitglieder der Kolonie bestanden zu neunzig Prozent aus Wissenschaftlern sowie zu zehn Prozent aus hoch qualifiziertem Personal. Alle hatten sie, in dem ein oder anderen Zusammenhang, die Ziffer achtundneunzig schon einmal gehört, irgendwo im Hinterkopf gespeichert. Auch wenn versucht wurde diese Zahl zu verdrängen oder ihr als theoretische Zahl nicht allzu viel Gewicht beizumessen, so gelang dies keinem. Achtundneunzig, oder optimaler neunundvierzig Paare, war einer Studie zufolge die Anzahl an Menschen, die man benötigte, um das Fortbestehen einer genetisch gesunden Bevölkerung zu gewährleisten. Und in diesem Fall ging es nicht nur darum, eine autarke Kolonie zu starten, sondern das Überleben der Menschheit als Spezies zu sichern.

Während jeder Stationsbewohner, inklusive des Missionspsychologen, damit beschäftigt war, die Geschehnisse für sich selbst zu verarbeiten, um nicht auch noch den letzten Funken Hoffnung zu verlieren, geschah zwölf Tage nach dem tragischen Ereignis etwas, das keiner vorhersehen konnte. Mit einem Schlag wurden die Kolonisten all der Gedanken voll Trauer, Wut, Verzweiflung und Ratlosigkeit entrissen. Die Kommunikationszentrale der Marsstation, Arbeitsplatz von John Spencer, hatte ein fremdes Schiff, nicht menschlichen Ursprungs, im Orbit des roten Planeten geortet.

Die Frage, welche die Menschheit seit eh und je beschäftigt hatte, war beantwortet. Und nein, der Mensch war nicht der einzige, intelligente lebende Organismus im Universum.

Innerhalb kürzester Zeit hatten die Marsbewohner zwei derart außergewöhnliche Ereignisse erlebt, die solch unvorstellbare psychologische Strapazen nach sich zogen, dass einige Bewohner der Kolonie daran zerbrachen und seelisch kollabierten. Nur dem gut ausgewählten, mental starken und hoch qualifizierten Personal war es zu verdanken, dass nicht ein Großteil der Mannschaft betroffen war. Alle hatten ein hartes Astronautentraining absolviert, waren auf unvorhersehbare Ereignisse während der Mission auf dem Mars vorbereitet worden. Die Geschehnisse der vorangegangenen zwei Wochen hatten jedoch mit Sicherheit nicht dazu gehört.

Chapter III

Wieder einmal träumte John von dem Augenblick, in dem er zwischen den zwei Lieben seines Lebens wählen musste. Er war gerade der Marsmission zugeteilt worden. Nun musste er die Entscheidung treffen, ob er daran teilnahm. Sollte er seinen Traum, aktiver Astronaut zu werden, den Mars zu besiedeln, verwirklichen oder ablehnen und das Glück mit seiner anderen großen Liebe, Laila suchen? In Wahrheit hatte er diese Entscheidung schon am Tag seines fünfzehnten Geburtstages gefällt. Der Tag, an dem er sich entschlossen hatten, Astronaut zu werden.

Er saß mit Laila beim Italiener. Sie aßen zu Abend. Gerade wollte er ihr die Neuigkeit über seine Zuteilung zur Marsmission mitteilen, was dies für sie beide bedeuten würde, als er plötzlich ein Geräusch in seinem Ohr wahrnahm. Es hörte sich wie das Warnsignal eines rückwärtsfahrenden LKWs an. Der Ton wurde immer lauter. Laila schien es nicht zu hören oder es störte sie nicht.

John erwachte und befand sich in seinem Bett auf der Laila I. Das Geräusch des rückwärtsfahrenden LKWs war immer noch da. Er tat es als Halbschlafecho seines Traumes ab, öffnete die Augen, richtete sich auf, lediglich um festzustellen, dass das Geräusch nicht nur immer noch da war, sondern klarer und lauter klang. Zudem blinkte in der Wandkonsole eine rote Signalleuchte. Es war ein Alarm des Bordcomputers.

„Alexa, was ist los?"

„Wir empfangen eine Nachricht auf dem Notrufkanal. Soll ich die Nachricht wiedergeben, John Spencer?"

„Warte bis ich auf der Brücke bin, Alexa, ich komme gleich hoch."

„Verstanden, John Spencer."

Er mochte es, wenn Alexa seinen kompletten Namen aussprach. Es half ihm, sich seines Daseins bewusst zu bleiben. Schließlich gab es sonst niemanden, der ihn auf den langen Reisen mit seinem Namen ansprach, oder überhaupt mit ihm sprach.

Es hatte ihn sehr viel Mühe und noch mehr Zeit gekostet, den seesoljanischen Bordcomputer so zu programmieren, dass er durch menschliche Sprache sowie Kommandos bedienbar wurde. Einen Großteil der Zeit hatte er damit verbracht, das Nervensystem des Schiffs auseinander zu nehmen, zu verstehen, wie einzelne Bauteile miteinander kommunizierten und welche Befehle dafür notwendig waren. Man sollte annehmen, dass ihm hier seine Master in Kommunikationselektronik und Luft- und Raumfahrtingenieurwesen zur Hilfe kamen, doch John war da anderer Meinung gewesen. Es hatte Momente gegeben, in denen er davon überzeugt war, dass das Wissen in seinem Kopf ihn davon abhielt, die vor ihm liegende außerirdische Technik zu interpretieren und zu verstehen. Seine erlernten Kenntnisse wichen komplett von dem ab, was er zu verstehen versuchte. Ganz nach Bruce Lees Motto: "Wie willst Du den Becher mit Wasser füllen, wenn er schon voll ist?". So musste er einige erlernte Konzepte verlernen, um neues Denken annehmen zu können.

Fast alle interstellaren Spezies bedienten sich eines Universalübersetzers. Diesen hatten die Kinchetenalp vom Planeten Kinchet entwickelt. Die kleinen handyähnlichen Apparate erkannten Schallwellen, Lichtwellen, Duftnoten, visuelle sowie telepathische Signale und übersetzten diese zwar nicht in alle, aber doch recht viele in der Galaxie vertretenen Formen der Kommunikation. Ohne einen solchen Übersetzungsapparat wäre John aufgeschmissen gewesen, dennoch löste dieser nicht all seine Probleme beim Verstehen anderer Lebensformen. Diese Apparate entschieden, je nach verfügbaren Datenvolumen der jeweiligen Sprache, lediglich welches Wort sie verwendeten, trafen jedoch keine Aussage über dessen Bedeutung oder Absicht. Ein und dasselbe Wort konnte bei unterschiedlichen Spezies verschiedene Bedeutung haben.

Demnach war es für John relativ einfach eine Tastatur oder ein Spracherkennungssystem zu bauen, sowie eine physische Verbindung mit dem Bordcomputer, nach dem Verstehen seiner Funktionsweise und seines Aufbaus, herzustellen. Das Programmieren hingegen stellte ihn vor eine weitaus größere Herausforderung. Allein um zu erreichen, dass das Onboard-System bei der Eingabe von Erde oder Mars auch Erde oder Mars verstand, benötigte er anfangs jeweils zwei Wochen. Fast zwei Jahre vergingen, bis er das Schiff einigermaßen bedienen konnte. Und immer noch nahm er laufend Veränderungen und Neuerungen vor.

Als John auf der Brücke eintraf, überprüfte er zuerst die Position des Schiffes. Es hatte gerade den Asteroiden-Hauptgürtel hinter sich gelassen. Den Alarm, der ihn aus seinem Schlaf, weg von seiner geliebten Laila gerissen hatte, schaltete er aus. Gleich darauf ortete er das eingehende Signal. Es schien aus dem interstellaren Raum auf der anderen Seite des Sonnensystems zu kommen. Das Notsignal war von einer Nachricht begleitet. Er ließ sie abspielen und schaltete den Übersetzer dazwischen. Zuerst nahm er nur ein Haufen von unaussprechlichen Lauten war, dachte es würde sich um eine Fehlfunktion des Übersetzers handeln. Doch nach dessen Überprüfung schloss er einen Fehler aus. Die Nachricht schien viel länger zu sein, als sie anhand der übertragenen Datenmenge sein durfte. Er konzentrierte sich einige Minuten auf das wiedergegebene Wirrwarr. Momente später erkannte er, dass die Nachricht als Schleife geschaltet war, die sich stetig wiederholte. Es gelang ihm aus der Sequenz einige wenige Laute zu erkennen.

„Alexa, isoliere eine einzige Sequenz aus dem Loop der Nachricht und lege sie mir bitte in Schriftform auf den Bildschirm."

„Verstanden, John Spencer."

Auf dem Bildschirm vor ihm erschien Folgendes.

„HSFGTXX SLKFDJ HO Suchen DKJELD Not LDLEDK KSDW KDJEWIKSKWSX0002H2O KHHGT JFDKLDL KSÜD55LSDK KCKKÖ65KCKKK OOODJENNDKD538C56M DKJJDL JDF SL MDLEK KDLDSAKDSL KLCKÖLSKDL CLKDÖLS"

Es war nicht das erste Mal, dass ihm der Übersetzer kein Ergebnis liefern konnte. Doch in diesem Fall kam es ihm besonders merkwürdig vor, dass zwei Worte eindeutig erkannt wurden, für die anderen aber keine Ergebnisse vorlagen. „Suchen" und „Not". Um sicherzugehen, dass der Rest der Nachricht nicht aufgrund undeutlicher Eingabe, Frequenzverzerrung oder Übertragungsmängel fehlerhaft übersetzt wurde, nahm er verschiedene Einstellungen an den Empfangssensoren vor. Er setzte einige Filter dazwischen und versuchte es dann erneut. Das Resultat blieb das Gleiche. Danach überprüfte er die zwei übersetzten Wörter, um auszu-schließen, dass eine Verzerrung der eingegangenen Nachricht nur zufällig den ihnen zugeordneten Parametern glich. Auch hier Fehlanzeige. Die Wörter wurden eindeutig identifiziert und in ihrer zugesandten Form von fünf bekannten Sprachen der Galaxie verwendet. Verblüfft starrte auf den Bildschirm. Warum nur konnte der Computer nicht auch die übrige Nach-richt entziffern?

Er hatte jetzt schon zwei Stunden damit verbracht, der Nachricht weitere Informationen zu entnehmen, allerdings ohne Erfolg. Trotzdem wurde er das Gefühl nicht los, irgend-etwas übersehen zu haben. Nach einer Weile ließ er vom Bild-schirm ab und grübelte darüber nach, was zu tun war. Jedem war es möglich, auf dem Notrufkanal zu senden. Es könnte sich also auch um eine Falle handeln. Vielleicht benutzten Piraten das Notsignal als Köder, denn jeder der auf die Nach-richt antwortete, würde seine Präsenz und Position preis-geben. Erneut starrte er auf den Monitor. Sein Unterbewusstsein sah etwas, doch sein Bewusstsein konnte es nicht erkennen. Er begann, die zusammenhängenden Buchstaben- und Nummernfolgen in willkürlich gewählte Silben zu zerlegen.

Als er die neunte, eine der längeren Buchstabenfolge, anfing aufzuteilen, sah er es plötzlich. Das Ende der Folge lautete SX0002H2O. Er teilte sie erneut, SX0002 H2O. Die in der Galaxie bekannte Bezeichnung für den Planeten Erde und die, auf der Erde verwendete, chemische Bezeichnung für Wasser. John wusste nicht, was er davon halten sollte. War dies nur ein Zufall? Er war verwirrt. Wieder spürte er dieses komische Gefühl im Magen, welches er diesmal eindeutig nicht dem Hunger zuschrieb.

Chapter IV

Der Zusammenstoß des Asteroiden mit der Erde blieb bei den Seesoljanern nicht unbemerkt. Da sie das Schürfen in diesem Sonnensystem für sich beansprucht hatten und weil sie den Menschen biologisch von allen in der Galaxie lebenden Wesen am ähnlichsten waren, hatte die 'Gemeinschaft der Galaxie' dieses System in ihre Obhut gegeben. Die plötzliche Auslöschung eines Planeten der Galaxie, eines bewohnten noch dazu, wurde immer gründlich untersucht und die Erkenntnis darüber mit allen Bevölkerungen der galaktischen Gemeinschaft geteilt. Was auch immer der Grund für eine solche Zerstörung sein mochte, ob natürliches Phänomen, Unfall oder Absicht, das Wissen über das Wie und Warum konnte anderen Welten dabei helfen einer solchen Katastrophe vorzubeugen. Alle stationierten Sensorbojen am Rand des Sonnensystems hatten den Vorfall registriert und die Daten weitergeleitet. Gleich nach der Analyse der empfangenen Daten entsandten die Seesoljaner eine Patrouille zur Inspektion in das System. Bei ihrer Ankunft stellten sie sofort fest, dass die Vernichtung des Planeten SX0002 total ausgefallen war. Ausgenommen einiger Bakterien und Mikroben, hatte kein komplexerer Organismus überlebt. Während die Patrouille Daten und Proben des Zusammenpralls sammelte, wurde Captain Ehrrm von seinem Kommunikationsoffizier davon in Kenntnis gesetzt, dass die Sensoren auf dem vierten Planeten des Sonnensystems, eine kleine Gruppe über-lebender Errrooo anzeigten. Errrooo war die seesoljanische

Bezeichnung für die menschliche Spezies. Captain Ehrrm nahm daraufhin sofortigen Kontakt zu seinem Kommando auf, um Anweisungen über das weitere Vorgehen in Bezug auf die Überlebenden zu erhalten.

Bisher war die Erde und alles Leben auf ihr genau aus dem Grund nicht von anderen Bewohnern der Galaxie kontaktiert worden, der in den meisten Science-Fiction-Filmen der Erde angegeben wurde. Die Erdlinge waren einfach noch nicht so weit, sie waren nicht reif genug. Zwar gab es in der Galaxie kein übergeordnetes Gremium oder politisches Organ, welches den Kontakt zu nicht interstellaren oder interplane-taren Lebensformen untersagte, doch hatten interstellare Völker eine gewisse mentale Reife erreicht. Eben diese Reife hatte sie zu der Erkenntnis gebracht, dass ein zu früher Kontakt verheerende Folgen für das betroffene Volk selbst, als auch für andere Völker der Galaxie haben könnte. Nicht inter-stellare Völker waren noch zu sehr mit sich selbst und ihrem eigenen Ego beschäftigt. Solches Denken führte leicht zu Herr-schaftswünschen und diese wiederum endeten meistens in Krieg.

In diesem Fall ging es jedoch darum, einer kleinen Gruppe überlebender Errrooo, eine der Galaxie angehörigen Spezies, zur Hilfe zu kommen. Dies war auch der Grund, weshalb Captain Ehrrm, nach Schilderung der aktuellen Situation, den Auftrag bekam, einen ersten Kontakt zur Gruppe der Errrooo herzustellen. So kam es, dass der seesoljanische Kreuzer unter Captain Ehrrms Kommando, nach Beendigung der Proben-entnahme und Datensammlung, Kurs auf den Mars nahm.

John Spencer war als Kommunikationsoffizier der Erste, der auf das fremde Schiff aufmerksam geworden war. Es hatte zwar wenig Sinn gemacht nach dem Erlöschen der Erde weiterhin in der Kommunikationszentrale Dienst zu verrichten, doch weigerte er sich, die Hoffnung komplett aufzugeben. Der Strohhalm, an den er versuchte sich zu klammern, half ihm, nicht völlig durchzudrehen. Als er das Signal der seesoljanischen Patrouille auf dem Bildschirm sah, dachte er erst, es wäre eine Sinnestäuschung aufgrund eines Wunschgedanken. Er hatte alles doppelt und dreifach überprüft. Erst nach dem Ausräumen aller Zweifel darüber, dass ein außerirdisches und somit völlig unbekanntes Raumschiff in einer Umlaufbahn von neunhundert Kilometern über ihnen kreiste, informierte er die Marsbewohner. Der erst kürzlich erlittenen Schock über den Verlust der Erde und die damit verbundene Hilflosigkeit stand den meisten seiner Kameraden immer noch ins Gesicht geschrieben. Die Nachricht des UFOs ließ John nun eine Vielzahl weiterer Empfindungen, wie Angst, Hoffnung, Neugier und Unglaubwürdigkeit in ihren Gesten erkennen.

Ratlosigkeit über das, was zu tun war, breitete sich unter ihnen aus. Einige waren der Meinung, man solle sich so unauffällig wie möglich verhalten, um nicht entdeckt zu werden, einer möglichen Gefahr aus dem Weg zu gehen. Andere waren der Auffassung, dass sowieso alles verloren sei. Sie sahen in den Fremden eher eine Chance, als eine Gefahr. Diese Gruppe war dafür, den Versuch einer Kontaktaufnahme in Angriff zu nehmen. Am Ende wurde aber einheitlich beschlossen, erst einmal abzuwarten und die Entwicklung der folgenden hundert Stunden weiterzuverfolgen.

Die ersten achtundvierzig dieser hundert Stunden verbrachte John in der Kommunikationszentrale und überprüfte alle fünf Minuten die Funktionstüchtigkeit der Geräte. Er wollte eine Kontaktaufnahme der Fremden, in welcher Form sie auch geschehen würde, auf keinen Fall verpassen. Doch außer, dass unentwegt Kolonisten in der Kommunikationszentrale ein und aus gingen, um zu fragen, ob sich etwas getan hätte, geschah nichts. Auch die zweiten achtundvierzig Stunden starrte er auf die Bildschirme, lauschte an Kopfhörern und überprüfte Instrumente. Nichts geschah. Rein gar nichts. In nur vier Stunden würde der Rest der Menschheit erneut entscheiden, ob sie ihre Strategie dem fremden Raumschiff gegenüber änderten, oder weiterhin auf Warten setzten.

Im Gegensatz zu den anderen Kolonisten war John zu sehr damit beschäftigt alles am Laufen zu halten und ein mögliches Signal zu empfangen. Er machte sich keine Gedanken darüber, was da eigentlich gerade auf dem Mars geschah. Die erste menschliche Kontaktaufnahme zu einer außerirdischen, intelligenten Spezies schien ihm zu unwirklich. Alle Marsbewohner hatten gehofft, ja waren sogar davon ausgegangen, früher oder später auf außerirdisches Leben zu stoßen. Nur hatten die Wissenschaftler unter ihnen mehr an Einzeller und Bakterien gedacht. Nun aber schwebte ein UFO über ihnen und keiner wusste so recht, was er tun sollte. Das Bizarre an der Situation war, dass das UFO über ihren Köpfen am Marshimmel und nicht dem der Erde schwebte. Die Kolonisten waren sich darüber einig, dass dies eine der Geschichten war, die keiner glaubte, wenn man sie erzählte. Die traurige Ironie lag darin, dass es keinen mehr gab, dem man die Geschichte hätte erzählen können.

Chapter V

Obwohl das Gefühl in Johns Magen nicht vom Hunger stammte, hatte er trotzdem welchen. Er beschloss erst einmal in die Bordküche zu gehen und sich etwas zu Essen und einen heißen Mokka zuzubereiten. Während des Verzehrs wollte er dann über sein weiteres Vorgehen nachdenken. Auf der Erde wäre es ein Frühstück gewesen, doch im freien Raum war die Definition von Morgen oder Abend, Tag oder Nacht hinfällig geworden.

*

John Spencer liebte Kaffee. Selbst auf dem Mars hatte er es geschafft, nicht vollständig darauf verzichten zu müssen. Vor seinem Abflug von der Erde zum roten Planeten hatte er für die Anfangszeit auf dem Mars eine größere Ration Kaffee und zusätzlich einige Ableger der Kaffeepflanze in seinem limitierten Privatgepäck versteckt. Er hoffte auf diese Weise, langfristig auch auf dem Mars ab und zu in den Genuss des schwarzen Goldes zu kommen. Seine Liebe zum Kaffee ging sogar so weit, dass er schon während der monatelangen Vorbereitung der Mission, gezielt eine engere Freundschaft zu einem der Besatzungsmitglieder aufgebaut hatte, als zu den anderen. Lewis, einer der Botaniker der Mission, war Johns beste Chance nach dem Aufbrauchen seiner mitgeführten Reserven, auch weiterhin eine Tasse genießen zu können. Wenige Tage nach dem Start beichtete er Lewis die mitgeführten Ableger, die nicht ganz mit den Vorschriften und Prioritäten der Mission übereinstimmten. John äußerte sein Bedauern darüber, wertvollen Platz in seinem Gepäck mit den Pflanzen vergeudet zu haben, die mit großer Wahrscheinlichkeit die lange Reise nicht überleben würden. Und selbst wenn sie auf mysteriöse Weise den monatelangen Flug überstehen würden, hätte er keine Möglichkeit diese einzupflanzen. Sein Plan ging auf. Lewis, der froh darüber war, schon vor dem Abflug einen engen Vertrauten unter den vielen Missionsteilnehmern gefunden zu haben, nahm sich der Pflanzen sofort an. Er machte den Ablegern gleich neben den mitgeführten Tomaten im Gewächshaus des Schiffes ein Plätzchen frei und vergewisserte sich, dass es ihnen an nichts fehlte. Auf dem Mars richtete er in seinem Labor ebenfalls eine winzig kleine Ecke ein, in der er die Pflanzen groß zog. Nach dem Aufbrauchen seiner mitgebrachten Kaffeereserven, kam John durch Lewis Fast-Grow-Programm alle sechs bis acht Wochen in den Genuss einiger weniger Kaffeebohnen, die er selbstverständlich mit seinem botanischen Freund teilte. Auch wenn John seine Beziehung zu Lewis anfänglich wegen des Kaffees besonders gepflegt hatte, entwickelte sich diese für ihn schon in den Vorbereitungsmonaten zu einer echten Freundschaft.

Seitdem es die Erde und die Marsstation nicht mehr gab und er keine Bohnen mehr ernten konnte, hatte er auf den Genuss von Kaffee verzichten müssen. Erst einige Jahre später fand er auf einem Mond am äußeren Rand der Galaxie, dessen Namen er nicht aussprechen konnte, ein Volk, welches den dortigen Mondstaub mit Wasser verkochte und eine graue, in der Textur mokkaähnliche Substanz für den Verzehr zubereitete. Dieses Getränk nahm in Johns Herzen schon vom ersten Becher an den Platz ein, an dem einst der Kaffee gewesen war. Und das, obwohl diese Brühe wenig mit dem Kaffeegeschmack gemein hatte. Die letzte Tasse ordentlichen Kaffees lag für John jedoch schon so lange zurück, dass seine Geschmackszellen sich nicht mehr genau daran erinnern konnten. Von diesem Moment an hatte er in der Laila I immer genug Vorrat des Mondstaubes gelagert. Er taufte sowohl den Mond als auch das Getränk, Mokka.

*

Nach dem „Frühstück" fasste er den Entschluss, der seltsamen Nachricht des Notsignals auf den Grund zu gehen. Vielleicht war die Buchstaben- und Zahlenfolge für Erde und Wasser nur ein Zufall. Dennoch würde er keine Ruhe finden, bis er Licht in die Sache gebracht hatte, schließlich wurde in der Nachricht nicht nur sein nicht mehr existierender Heimatplanet benannt, sondern auch die menschliche Bezeichnung H2O verwendet. In der eingegangenen Nachricht war zwar ein Wirrwarr aus Sprachen vertreten, aber wer in der Galaxie kannte die menschliche Bezeichnung für Wasser in seiner chemischen Form? Zumal der Planet Erde nicht mehr existierte und dessen Bewohner nie Kontakt zu Spezies von anderen Welten gehabt hatten.

Er befahl Alexa, den Kurs der Ursprungskoordinaten des Signals zu setzen. Da der Computer die eingegangene Nachricht nicht übersetzen konnte, ging John davon aus, dass sich das Kommunizieren mit dem Absender des Signals ebenfalls schwierig darstellte. Er wollte die Möglichkeit, gar nicht oder missverstanden zu werden, ausschließen und unterließ es deshalb seinerseits eine Nachricht zu senden. Wie er letztendlich vorgehen würde, wollte er an Ort und Stelle entscheiden. Der neue gesetzte Kurs führte ihn trotzdem an den Überresten der Erde und des Mars vorbei. Allerdings in einer weitaus größeren Entfernung und ohne die Möglichkeit, auch nur einen kurzen Blick auf die Planeten erhaschen zu können. Die gewählte Impulsgeschwindigkeit war zu hoch dafür. Doch John kam es nicht ganz unrecht, seinen Besuch auf dem Mars und der Erde und die damit verbundene emotionale Konfrontation etwas hinauszuzögern.

*

Nachdem die seesoljanische Patrouille ihr Schiff in eine stabile Marsumlaufbahn gebracht hatte, forderte Captain Ehrrm aus dem Zentralarchiv verfügbares Material über die Errrooo an. Bevor er die Kommunikation zu der Gruppe auf dem Mars aufnahm, wollte er so viel wie möglich über deren Kultur, Bräuche, Verhalten, Wissen und Verstand erfahren. Auf diese Weise hoffte er, einen milden Erstkontakt herstellen zu können. Zudem nutzte er das ihm zugesandte Archivmaterial, um den Übersetzer mit Daten der menschlichen Sprache und deren Gebrauch zu speisen. Bei genügender Datenmenge würde dies den Kontakt erheblich erleichtern. Captain Ehrrm ließ diese Prozesse absichtlich vom Bordcomputer bearbeiten, während sie sich in einer stationären Marsumlaufbahn aufhielten. Seine Strategie zur Kontaktaufnahme sah vor, es den Menschen zu ermöglichen, sich vor dem ersten kommunikativen Kontakt, an die simple Existenz und Präsenz nicht irdischer Wesen zu gewöhnen. Die erste Datenauswertung des

Materials aus dem Zentralarchiv hatte ergeben, dass die Menschen sich auf ihrem Planeten in ähnlicher Weise fremden Wesen genähert hatten. Um die sogenannten Tiere an ihre Präsenz zu gewöhnen, platzierten sie des Öfteren Gegenstände mit menschlichen Duftnoten in der Nähe. Captain Ehrrm fühlte sich durch diese Vorgehensweise in seiner Strategie bestätigt. Erst als die Datenanalyse vollständig abgeschlossen war, seine Offiziere ein vollständigeres Bild der Menschen hatten, kamen sie zu dem Schluss, dass die simple Präsenz ihres Schiffes ohne Kommunikationsversuch, wohl eher als Bedrohung empfunden wurde. Die Seesoljaner riefen somit das Gegenteil des Gewollten in den Errrooo hervor. Mit hoher Wahrscheinlichkeit erzeugte die Präsenz ihres Schiffes Spannungen und Ängste in der Gruppe von Menschen auf dem Planeten unter ihnen.

John hatte mittlerweile große Schwierigkeiten, sich zu konzentrieren. Er war nun seit über achtundneunzig Stunden wach, wartete auf ein Zeichen der Fremden. Noch zwei Stunden zur erneuten Versammlung der Kolonisten. Er wusste nicht, wie er es schaffen sollte, bis dahin wach zu bleiben. Zu diesem Zeitpunkt waren sie nahezu alle davon überzeugt, dass das Schweigen ihrer mysteriösen Besucher nichts Gutes über ihre Absichten verhieß. Angesichts der zeitlichen Nähe der letzten Ereignisse waren sogar viele davon überzeugt, dass die über ihnen Kreisenden auch die Verantwortlichen für die Zerstörung der Erde waren. Ohne es zu wissen, hatten sie damit gar nicht mal so Unrecht. Allerdings warfen sie den Fremden die absichtliche Zerstörung der Erde vor. Dabei wussten selbst die Seesoljaner zu diesem Zeitpunkt noch nicht, dass einer der ihren verantwortlich für die dramatische Situation der Errrooo gewesen war.

Mit einem Schlag wurde John hellwach. Er fühlte sich, als ob ihm jemand eine Spritze Adrenalin direkt ins Herz verabreicht hätte. Der Kanal für eingehende Sprachnachrichten fing an zu blinken. Das Licht wurde von einem leise piependen Signal begleitet. Er starrte die Instrumententafel an. John hielt einen Sicherheitsabstand zu ihr, so als ob diese aus flüssigem Magma bestehen würde. Da war sie, die erste Alien-Sprachnachricht. Unfassbar.

Chapter VI

Nachdem Captain Ehrrm von seiner Mannschaft darüber informiert worden war, dass die Menschen auf dem Planeten unter ihnen panisch um ihre Leben bangen könnten, nahm er eine Änderung in seiner Strategie vor. So schnell wie möglich sollte eine erste und vor allem beruhigende Nachricht an die Errrooo gesendet werden. Um eventuelle Ängste oder Abscheu zu vermeiden, die durch die unterschiedlichen äußerlichen Erscheinungen beider Spezies hervorgerufen werden könnten, sollte die Nachricht auf ein Audio limitiert sein. Immerhin würde es für die Errrooo die erste Begegnung mit einer außerirdischen Intelligenz sein. Eine computersimulierte Stimme sollte die Nachricht überbringen. Der Inhalt des Audios wurde aus den wenigen Aufzeichnungen über die Erde erstellt, die sie vom Zentralarchiv bekommen hatten. Sie fanden im vorhandenen Material Begrüßungs- und Verhandlungs-szenen, die zwischen Menschen und Außerirdischen in soge-nannten Filmen vorkamen. Dabei konzentrierten sich die Seesoljaner vor allem auf die friedlichen Erstkontakte. Um Missverständnisse so gering wie möglich zu halten, gab Captain Ehrrm die Anweisung, die Nachricht auf Begrüßung, Identifikation und Absicht zu begrenzen. Nach achtund-neunzig Stunden HST in der Umlaufbahn des Mars waren die Seesoljaner dann so weit, die erste Nachricht an die Errrooo zu senden.

Johns Adrenalinspiegel war nach der anfänglichen Aufregung über das Eintreffen der Alien-Nachricht wieder ein wenig gesunken. Er schaffte es endlich, sich aus seiner Starre zu lösen, rief die Kolonie zusammen und wartete ungeduldig, bis sich alle Mitglieder ihrer kleinen Gemeinde versammelt hatten, um die Nachricht endlich abspielen zu können. Als der letzte der Gruppe eingetroffen war und John Anzeichen machte, die Nachricht laufen zu lassen, breitete sich eine spannungsgeladene Stille in der Kommunikationszentrale aus. John schaute sich die Frequenzpegel der Nachricht an und konnte so schon vor dem Abspielen die Lautstärke angemessen einstellen. Dann drückte er 'PLAY'.

„Aloha. Wir Seesoljaner. Unser Stern MIB000. Unser Planet MIB004. Wir Frieden. Helfen."

Stille. Er drückte erneut auf Wiedergabe.

„Aloha. Wir Seesoljaner. Unser Stern MIB000. Unser Planet MIB004. Wir Frieden. Helfen."

Keiner gab einen Mucks von sich. Auf den Gesichtern aller Anwesenden konnte man unzählige Fragen zu lesen, aber auch einen Funken Hoffnung war in ihnen erkennen. In der Stille, die dem Abspielen der Nachricht folgte, konnte man förmlich hören, wie den Anwesenden vor Erleichterung Steine von ihren Herzen vielen. Dem ersten Anschein nach waren es wohl doch keine menschenfressenden Aliens. Auf einigen Gesichtern breitete sich sogar ein Lächeln aus. Dennoch traute sich keiner, etwas zu sagen. Zumal auch keiner wusste, was zu sagen war. Sie beschlossen, eine individuelle Bedenkzeit von zwei Stunden und wollten dann gemeinsam entscheiden, wie weiter zu verfahren wäre. John blieb in der Zentrale. Es könnten schließlich weitere Nachrichten dieser Seesoljaner eintreffen. Doch nur fünf Minuten nachdem alle den Raum verlassen hatten, schlief er, ohne auch nur das Geringste dagegen unternehmen zu können, auf seinem Stuhl ein.

Die Seesoljaner waren wunderliche Lebewesen. Obwohl ihr Körperbau Ähnlichkeiten mit dem der Menschen hatte, so gab es dennoch erhebliche Unterschiede. Wie die Menschen hatten sie eine kopfähnliche Struktur, einen Rumpf und Beine. Auch ihre Hauptsinnesorgane waren am Kopf angebracht. Doch schon bei ihrer Hautfarbe, die einem gelblichen Orange glich und an einen Sonnenuntergang erinnerte, fingen die Unterschiede an. Zwei von ihren vier Augen saßen auf der Position der menschlichen Schläfen und die anderen beiden auf derselben Höhe, aber an der hinteren Seite des Kopfes. Hätte man eine diagonale Linie zwischen dem linken vorderen, rechten hinteren und dem rechten vorderen und linken hinteren Auge gezogen, so wäre der Punkt, an dem die Linien sich kreuzten, genau die Mitte des Kopfes gewesen. Sie würden sozusagen ein 'X' bilden. Die Anordnung und der Aufbau der Augen ermöglichten den Seesoljanern eine 360° Blick. Beharung hatten sie keine, die ohrenähnlichen Organe waren nicht extern am Körper angebracht, sondern in ihn eingelassen. Sie lagen eher auf dem Kopf als daneben. Was wie ein Mund aussah, lag in etwa an derselben Stelle, wie der, der Menschen und hatte zudem dieselben primären Aufgaben. Kommunikation und Nahrungsaufnahme. Das Riechorgan lag an der Stelle der menschlichen Stirn und, anders als beim Menschen, war es nach innen gerichtet und wirkte deshalb wie eine Einschusswunde. Ungefähr da, wo dem menschlichen Körper die Arme entsprangen, hatten die Seesoljaner je zwei armartige Auswüchse. Diese endeten in jeweils drei fingerähnlichen Artikulationen. Anstatt eines Fußes mit Zehen hatten sie drei Fußauswüchse am Ende jedes Beines. Ähnlich einem Straußenfuß ohne Krallen. Das Bildmaterial der ersten Videonachricht ließ die Wissenschaftler auf dem Mars die Funktionen der sichtbaren Organe der Seesoljaner, sprich Kopf, Arme und Füße, nur erahnen. Über den restlichen Körper dieser Wesen konnten sie wenig Rückschlüsse ziehen, da dieser in eine Art Anzug gehüllt war.

Die Kolonisten hatten nach dem Erhalt der ersten Nachricht beschlossen, ebenfalls eine simple Begrüßungsnachricht zu senden. Doch beide Seiten stellten schnell fest, dass die Kommunikation sich wesentlich schwieriger erweisen würde, als anfangs gedacht. Seitens der Seesoljaner war es von großem Vorteil, dass ihre Hör- und Sehorgane auf derselben spektralen Ebene wie die der menschlichen Organe funktionierten. Und auch ihr Nervensystem konnte empfangene Signale auf ähnliche Weise interpretieren. Doch schon inhaltlich leicht komplexere Mitteilungen, als die in der ersten Nachricht gesandten, ergaben, nach Durchlaufen des Übersetzungsapparats der Seesoljaner, keinen Sinn mehr. Im Anschluss an die ersten beiden Audios hatte deshalb direkt der Wechsel zu Videonachrichten stattgefunden. Captain Ehrrm wollte auf diese Weise etwas Spannung aus der bilateralen Beziehung nehmen und der Vorstellungskraft der Errrooo, über das Aussehen der Fremden, keinen freien Lauf lassen.

Die Marsbewohner waren vom Aussehen ihrer Besucher zwar ein wenig überrascht, aber auf keinen Fall angeekelt oder schockiert. In Bezug auf das Äußere der Wesen hatten sie eher ungeduldige Neugier an den Tag gelegt. Dies hing nicht zuletzt damit zusammen, dass es sich fast ausschließlich um Wissenschaftler handelte, die bis zu diesem Zeitpunkt von einer solchen Begegnung der dritten Art nur hatten träumen können. Captain Ehrrms Kommunikationsoffizier kam nach vielen Modifizierungsversuchen zu dem Schluss, dass es für eine akkurate Funktion des Übersetzers, der Hilfe eines Errrooo bedürfe, der der KI des Zentralrechners beim Erlernen ihrer Sprache half. Hierfür müsse einer der Errrooo eine der Sprachen erlernen, die der Übersetzer bereits kannte. Auf diese Weise könnte er den Zentralrechner mit dem benötigten Input speisen. Selbstverständlich hätte auch ein Seesoljaner die Sprache der Menschen lernen können, doch es machte wenig Sinn, eine Sprache zu lernen, die nur noch von 43 Individuen gesprochen wurde.

Auf dem Mars, wo ohnehin darüber gerätselt wurde, wie die Fremden, die bis jetzt verwendeten Wortbrocken erlernt hatten, versuchte man ebenfalls eine Lösung für die Probleme der Kommunikation zu finden. Letztendlich war es George gewesen, zuständig für die Kartographie des Mars, der auf die Idee kam, eine Kombination aus Wörtern, Körpersprache und Zeichnungen zu verwenden. Es klang wie eine Mischung aus den Spielen Pictionary und Tabu. Aufgrund von fehlenden Alternativen wurde die Idee aber dann doch anhand eines Videos getestet. Man verband Zeichnungen mit einer Art Pantomime und versuchte auf diese Weise die Frage zu stellen, ob die Fremden für die Zerstörung der Erde verantwortlich waren. Die Videobotschaft wurde durch wenige gezielt gewählte Wörter begleitet, die zum Verstehen der Nachricht aber nicht wirklich notwendig waren. Als ob sie das Wetter präsentieren wollte, stand Roberta, die Stationspsychologin und Auserwählte für den Part der Körpersprache, neben einer großen weißen Tafel, auf der verschiedene Zeichnungen abgebildet waren. Das erste Bild zeigte die planetare Konstellation des Sonnensystems. Roberta deutete mit einem Stab auf die Erde. Die nächste Zeichnung zeigte die Erde sowie ein Raumschiff, welches dem der Seesoljaner nachempfunden war und sich in der Nähe der Menschenheimat aufhielt. Eine weitere Zeichnung zeigte ein Objekt in Form eines großen Steins, welches zwischen Schiff und Planeten positioniert war. Mit einer gestrichelten Linie wurde dieser sowohl mit dem Schiff, als auch dem Planeten verbunden. Auf dieser Zeichnung schien die Erde zu zerbrechen und Roberta deutete mit ihrer Hand die Flugbahn des Brockens entlang der gestrichelten Linie an. Als ihre Hand dann auf die zerbrechende Erde traf, spreizte sie ihre Finger. Auf diese Weise wollte sie eine Explosion darstellen.

Es dauerte einen Moment und einige Wiederholungen, bevor Captain Ehrrms Leute anfingen, die Nachricht zu verstehen. Als Antwort sendeten sie ein simples „Nein" in Sprachform zurück. Zu diesem Zeitpunkt wusste der Captain allerdings noch nicht, dass die Vernichtung des Planeten SX0002 durch einen Seesoljaner verursacht worden war und wunderte sich, wie die Wesen auf dem Planeten unter ihm auf diese Idee kamen. Schließlich waren die Seesoljaner gekommen, um zu helfen.

Die Marsbewohner atmeten erleichtert auf.

Chapter VII

Alexa meldete sich zu Wort.

„Flugrouteninformation. Die Planeten Mars und Erde wurden gerade passiert, John Spencer. Bei derzeitigem Flugimpuls noch hundertzehn Stunden HST bis zum angegebenen Ziel."

„Danke, Alexa."

Normalerweise hatte John keine Probleme damit längere Reisen durchs All allein zu unternehmen, denn es war sehr aufregend neue Bereiche der Galaxie zu erforschen. Zudem existierte keine Reisebegleitung, die seine Begeisterung der Erkundung hätte teilen können. Schließlich gab es keine Menschen mehr und nur ein anderer Mensch würde ein solches Abenteuer auf dieselbe Weise erleben, wie er es tat. Für Begleiter einer anderen Spezies war so gut wie alles, was es in der Galaxie zu entdecken gab, nichts Neues mehr. Auch die Parameter, sich für etwas zu begeistern, differierten extrem von denen der Menschen und somit auch von Johns. Wenn er gerade keinen speziellen Auftrag hatte, suchte er sich manchmal einen Quadranten in der Milchstraße aus, zu dem er dann in höherem Flugimpuls reiste. Dort setzte er seine Erkundung mit wesentlich niedrigerem Impuls fort und genoss den atemberaubenden Anblick und die Schönheit der Sternensysteme. Die meisten der offiziellen Reisen unternahm er mit Nuhhm, dem er nach dem Vorfall auf dem Mars zuge-wiesen wurde. Er hatte John nicht nur in sein neues Dasein in einer Galaxie voller Leben eingewiesen und begleitet, sondern war auch so etwas wie ein Freund und somit der einzige Vertraute in seinem neuen Leben geworden.

Diese spezielle Reise wollte er jedoch allein unternehmen. Es galt zwar nicht, die Vergangenheit zu vergessen, aber doch hinter sich zu lassen und einen Abschluss zu finden. Dazu musste er ihr allein gegenübertreten. Deshalb hatte er sich auf den Weg ins Sonnensystem gemacht, sein altes Zuhause. Der Ort, an dem alles geendet hatte. Bis zum heutigen Tag war er seit dem Vorfall nicht in sein altes System zurückgekehrt. Das empfangene Notsignal kam ihm deshalb nicht ganz unrecht, denn so hatte er eine Ausrede, um die Konfrontation mit seiner Vergangenheit ein wenig länger hinauszuschieben. Je mehr er sich der Erde näherte, desto einsamer fühlte er sich. Nun wünschte er sich den Seesoljaner Nuhhm als Begleitung doch an seine Seite.

Aufgrund der hohen Geschwindigkeit, mit der er an Mars und Erde vorbeiflog, um sich dem Notsignal zu nähern, war es ihm unmöglich, die beiden Gestirne mit dem bloßen Auge zu sehen. Doch er ließ die Sensoren ein Bild vom Mars anfertigen, legte es auf einen der Bildschirme und blieb für einen Moment verträumt daran hängen. John wunderte sich selbst darüber, dass er den Mars gewählt hatte und diesen als verlorene Heimat bedauernd ansah anstatt nicht die Reste der Erde. Schnell entfernte er den Mars vom Monitor.

Der Umweg, den er durch seinen neuen Kurs in Kauf nahm, war nicht allzu groß. Dennoch, seine Lektion hatte er bereits auf früheren Reisen gelernt und wusste deshalb, wie wichtig es war, jede Änderung der Route sowie des Ziels in einem Register zu hinterlegen oder vertrauten Personen mitzuteilen.

*

Den zweiten Ausflug in die Weiten der Galaxie hatte er allein zum Mond eines Doppelsternsystems unternommen. Durch den seesoljanische Galaxienforscher Iigsh war er auf diesen verlassenen Mond aufmerksam geworden. Den seesoljanischen Gelehrten hatte John in der Anfangszeit seines neuen Daseins als einziger Mensch des Öfteren aufgesucht. Er wollte mehr über die Milchstraße erfahren, die er seit der bestätigten Existenz von außerirdischem Leben in ihr mit anderen Augen sah.

Der verlassene Trabant befand sich in einem System mit zwei Sternen und zog seine Bahn um einen toten Planeten. Für den Forscher Iigsh war der Mond alles andere als interessant. Zwar hatte er ein tropisches Klima, was für Seesoljaner eine wichtige Voraussetzung war, doch aufgrund der hohen Luftfeuchtigkeit und der grünen Vegetation wirkte er auf seine Spezies eher abweisend. Für John hingegen klangen Igishs Ausführungen über den Mond nach einem Paradies. Deshalb hatte er eines Tages beschlossen, diesem Mond einen Besuch abzustatten und sich selbst ein Bild davon zu machen. Der Beschreibung nach konnte dieser Mond dem der Erde nicht gegensätzlicher sein. Eine undurchdringliche und vielfältige Vegetation, unglaublich hohe Luftfeuchtigkeit und ein warmes Klima.

Noch hatte John nicht allzu viel Flugerfahrung und so steuerte er das Schiff bei seinem Landeanflug auf den Mond noch etwas ungeübt durch die Atmosphäre. Er suchte nach einem geeigneten Landeplatz. Dabei verfing er sich mit einem der Seitenausläufer der Laila I im Gestrüpp und schlug bei dem Versuch, das Schiff mit dem Lande- und Startantrieb zu stabilisieren, gegen einen Felsvorsprung. Die Landung war hart und der benötigte Antrieb zum Starten beschädigt. Eigentlich sollte es nur ein kurzer Ausflug werden, bei dem er seine Neugier über den Mond befriedigen wollte. Deshalb hatte er die Reise auch ohne den kleinen Raumgleiter unternommen, den die Laila I normalerweise mit sich führte. Dieser war zur Inspektion. Zudem konnte er den Impulsantrieb in der dichten Atmosphäre des Mondes nicht zünden. Er war gestrandet und hatte kein Lebewesen über seinen Ausflug unterrichtet. Alle Kommunikationsversuche blieben ebenfalls erfolglos, da die dichte Atmosphäre des Trabanten die Signale extrem abschwächte.

Erst Wochen später empfing er ein Signal aus der oberen Umlaufbahn des Mondes. Es war Nuhhm. Er hatte lange nichts von seinem Schützling gehört und war besorgt zu allen Seesoljanern gegangen, mit denen John Kontakt pflegte. Nuhhm befragte alle nach Hinweisen zum möglichen Aufenthaltsort des Errrooo. Iigsh erzählte ihm von Johns großem Interesse an diesem einen speziellen Mond und so hatte er sich aufgemacht seinen Freund zu suchen. Beim Eintreten in die Umlaufbahn des Mondes war das Kommunikationssignal stark genug gewesen, um durch die dichte Atmosphäre zu dringen. John hatte sich schon damit abgefunden, den Rest seines Lebens einsam auf diesem unbewohnten Mond verbringen zu müssen. Glücklicherweise war sein Bordcomputer bei der Landung nicht beschädigt worden. So konnte dieser ihm wenigstens Informationen über die für ihn essbaren Pflanzen und Wasserquellen geben. So musste er in keinem Moment um sein Leben bangen. Von diesem Zeitpunkt an informierte John immer die beauftragte Stelle im Zentralkommando oder Nuhhm über seine Flugroute und/oder sein Ziel. Unabhängig von seiner Bruchlandung hatten sich all seine Erwartungen über den Mond erfüllt, wurden sogar übertroffen. Deshalb nannte er den Mond von diesem Zeitpunkt an Hawaii. Er war begeistert von seiner exotischen Schönheit. Seitdem verbrachte John des Öfteren Zeit auf diesem Trabanten.

*

Nuhhm war der einzige, der über sein Vorhaben, den Mars und die Erde zu besuchen, informiert war. John bereitete also eine Nachricht vor, in der er seinen Freund von der Kursänderung und seinem neuen Ziel unterrichtete. Gleichzeitig nutzte er die Gelegenheit Nuhhm nach seiner Meinung zu diesem mysteriösen Notsignal zu fragen. Außerdem bat John ihn darum, etwas über die verwendete Sprache und dessen Herkunft herauszufinden. Nachdem die Botschaft verschickt war, fühlte er sich gleich besser. Er ging in die Küche und bereitete sich einen Mokka zu. Die Hyperraumkommunikation würde es ermöglichen, die Nachricht bereits in zehn bis zwölf Stunden HST zuzustellen. Mit etwas Glück hätte er bereits vor dem Erreichen der Koordinaten des Notsignals eine Antwort. Immer wieder kontrollierte er, ob das Signal weiterhin gesendet wurde und ob sich das Objekt, von dem es ausging, bewegte oder am selben Ort verweilte. Es waren jedoch keine Veränderungen festzustellen. Er überprüfte ebenfalls, ob sich noch andere Schiffe in Nähe des Objektes befanden, aber auch hier Fehlanzeige, was die Scans betraf.

Auf seinen langen, einsamen Reisen, vermisste John jedes Mal Dinge wie Musik, Filme und Hörspiele, die ihm die Flugzeiten versüßen würden. Um trotz allem ein wenig Unterhaltung zu haben, ließ er von Alexa willkürlich Informationen über die Galaxie vortragen und lernte auf diese Weise sogar noch etwas. Es verhalf ihm zudem, sich schnell ein Bild über das Sternensystem, in dem er sich in dem Moment aufhielt, zu verschaffen. Alexa begann ihre Ausführungen immer mit dem aktuellen Standort. Danach ging sie dann zu benachbarten Systemen über. Es war das erste Mal, dass John bereits alle Informationen kannte, die Alexa von sich gab. Es handelte sich schließlich um das Sonnensystem. Seine Heimat, in der er aufgewachsen war, die er studiert hatte. Aber es störte ihn nicht. Im Gegenteil, es gab ihm ein Gefühl von Geborgenheit.

Chapter VIII

Das Kommunizieren anhand von Wortfetzen, Zeichnungen und Pantomime reichte gerade dazu aus, die ersten Höflichkeitsfloskeln auszutauschen und einige banale Fragen zu klären. Bei etwas komplexeren Themen fing die Verständigung allerdings an zu versagen. Captain Ehrrm setzte sich mit seinen Offizieren zusammen, um nach Lösungen für das Problem zu suchen. Nach einigen Stunden hatten sie ein Grundkonzept erarbeitet, welches sie den Errrooo in einer verständlichen Nachricht zukommen lassen wollten. Dabei musste Captain Ehrrm hoffen, dass die bisherige, kurze Kommunikation zu den Errrooo, eine ausreichend große Vertrauensbasis geschaffen hatte, damit die Gruppe auf dem Planeten unter ihnen dem Vorschlag zustimmte. Bei einem Missverstehen der Nachricht, bestand allerdings die Gefahr, dass es zu einem Rückschritt in den Beziehungen zu den Errrooo kommen könnte.

Der Captian setzte sich erneut mit seinem Team zusammen, um die erarbeiteten Vorschläge für die Nachricht mit seinen Beratern durchzusprechen. Kurze darauf hatten sie sich auf einige Zeichnungen und wenige Worte geeinigt. Der größte Unsicherheitsfaktor war der Übersetzer. Keiner wusste wirklich, was für Worte er auswählte und welchen Sinn diese für die Errrooo ergaben. Die Seesoljaner konnten nur hoffen, dass der Apparat die wenigen verwendeten Worte weise übersetzten würde. Ehhrm hatte seine Strategie beim Zentralkommando angefragt und wartete nun, mit der schon fertigen Nachricht, auf das Okay der Zentrale. Dieses ließ nicht lange auf sich warten.

Nach der ersten eingegangenen Nachricht der Seesoljaner, wie sie sich in der Botschaft selbst genannt hatten, richtete John sich in der Kommunikationszentrale ein, oder besser gesagt er nistete sich ein. Liegematte, Kopfkissen und Decke lagen zusammengerollt in der hinteren Ecke unter dem Arbeitspult des Raumes. Das Essen ließ er sich von einem seiner Kollegen bringen, die persönliche Hygiene hatte er aufgegeben. Somit musste er sich nur für die großen und kleinen biologischen Bedürfnisse von seinem Kommunikationspult entfernen. Es hatte sich ausgezahlt, nach dem Erlöschen der Erde weiterhin Dienst an seinem Arbeitsplatz zu schieben und nach Kontakten Ausschau zu halten. Die allererste Nachricht der Seesoljaner bedeute so viel mehr für die Gruppe von Menschen auf dem Mars, als nur das Treffen auf eine intelligente, außerirdische Spezies. Sie brachte allen Marsbewohnern die Hoffnung zurück, die sie mit der Zerstörung der Erde verloren hatten. John hatte, seit dem Eingehen der Nachrichten, eine sonderbare Angst befallen. Das Gefühl, den Nachrichten beim Eintreffen zuschauen zu müssen, war über ihn gekommen. Es bestünde sonst die Möglichkeit, dass diese auf seltsame Weise wieder verschwinden würden, mit ihr die Seesoljaner und somit die Chance auf Rettung der letzten 43 existierenden Menschen. Was natürlich völliger Blödsinn war. John wusste jedoch nur, dass sie nicht allein und somit nicht hoffnungslos verloren waren. Und daran klammerte er sich mit all seiner Kraft.

Doch John hatte nicht mit Murphys Gesetz gerechnet. Als er von einem seiner Bedürfnisgänge zurückkam, wurde er von blinkenden Lichtern und einem leisen Signalton in der Zentrale empfangen. Eine Botschaft ihrer neuen Freunde war eingegangen. Er hatte den Moment verpasst. Fluchend hastete er auf seinen Platz, um festzustellen, wie lange das Eintreffen der Nachricht schon zurücklag und aus welchem Datenmaterial sie bestand. Obwohl seine Abwesenheit aus der Zentrale höchstens zehn Minuten gedauert hatte, war die Botschaft offensichtlich immer noch vorhanden und unversehrt. Er schwor sich von nun an einen Eimer in der Kommunikationszentrale aufzubewahren, um dort seine Bedürfnisse zu verrichten. Auf diese Weise müsste er die Kommunikationseinheit aus keinem Grund mehr verlassen und schloss Zufälle, wie den erlebten, aus. Nach Beendigung dieses seltsamen Gedankens, stellte sich ihm die Frage, ob er langsam paranoid wurde. Doch unter den gegebenen Umständen, in denen sie sich befanden, war ihm das egal.

Er wies einen seiner Kollegen an, den Rest der Marsbewohner über die neue Nachricht zu informieren, damit sie sich in der Zentrale versammelten. Anders als bei den vorangegangenen Nachrichten, schaffte es John dieses Mal nicht, mit dem Abspielen der Botschaft zu warten, bis sich alle in der Zentrale zusammengefunden hatten. So verschaffte er sich als Erster einen Eindruck davon, was ihnen die da oben zu sagen versuchten.

Roberta hatte in der ersten menschlichen Nachricht an die Seesoljaner mit dem Sonnensystem begonnen. Vorausschauend und zur Vereinfachung der Kommunikation, hatten die Kolonisten jeden Himmelskörper auf dem Bild mit einer Kennung markiert. Auf diese Weise konnte man in folgenden Nachrichten die Planeten des Sonnensystems einfacher identifizieren und auf das erste Bild, welches die Planeten des Systems beschrieb, verzichten.

Die eingegangene Nachricht bestand aus Ton- und Bildmaterial. John spielte sie bereits einmal ab, noch bevor der erste Kolonist in der Kommunikationszentrale eintraf. Mittlerweile waren auch die Seesoljaner auf die zusätzliche Verwendung von Zeichnungen in den Nachrichten umgestiegen. Er pausierte das Video beim Auftauchen der ersten Zeichnung, um sich diese genauer anschauen zu können. Das Bild zeigte eine Kugel mit der Kennung 'M' in der unteren Ecke. Dem Anschein nach hatten ihre Besucher die Markierungen der Planeten durch Buchstaben von den Marsbewohner übernommen. John ging demnach davon aus, dass die Kugel auf dem Bild vor ihm den Mars darstellte. In der oberen Hälfte der Kugel waren 43 Einsen, kreisförmig wie eine Herde, angeordnet. In gewissem Abstand über der Kugel war ein Schiff abgebildet, welches John schnell als das der Seesoljaner erkannte. Seiner Annahme zufolge stellten die 43 Einsen die Kolonie mit ihren 43 Mitgliedern dar.

Nach und nach trafen Kolonisten in der Zentrale ein, versammelten sich um ihn und fingen an, ihn mit Fragen zu löchern. Ohne auf seine Kameraden einzugehen, wartete er ungeduldig, bis alle 42 eingetroffen waren und spielte dann die Nachricht erneut ab. Diesmal ließ er sie einmal komplett durchlaufen. Danach studierten sie gemeinsam jedes einzelne Bild. Insgesamt waren es vier Bilder. Das Zweite wies auf den ersten Blick keine Veränderung gegenüber dem Ersten auf und auf dem Dritten war ebenfalls dasselbe zu sehen, außer dass das Schiff der Seesoljaner über dem Mars fehlte. Auf der vierten Zeichnung war dann wieder ein Schiff eingezeichnet, wie schon auf den Zeichnungen eins und zwei. Einige der Bilder wurden durch Worte begleitet. Bei Bild zwei waren es „Geben, Eins", beim dritten „Zufügen" und bei der vierten Zeichnung „Bekommen, Plus".

Keiner der Kolonisten hatte die Veränderungen auf den Bildern zwei und vier bemerkt. Sie waren zu sehr mit dem Audio beschäftigt gewesen. Nur John war aufgefallen, dass das seesoljanischen Schiff auf Bild zwei eine Eins und auf Bild vier eine Zwei eingezeichnet hatte. Beim erneuten Abspielen der Botschaft deutete er darauf hin, damit alle Anwesenden auf dem gleichen Stand waren. Immer wieder spielte er die Botschaft ab und jedes Mal hielt er sie bei einer anderen Zeichnung an, sodass jedes einzelne Bild von allen genau studiert werden konnte. Danach wurde wieder eine individuelle Bedenkzeit einberufen, bevor sie gemeinsam darüber diskutierten, was die Seesoljaner versuchten, ihnen mitzuteilen.

John nutzte die individuelle Bedenkzeit, indem er sich die Nachricht immer und immer wieder anschaute. Er schnitt die Bilder einzeln aus und legte sie nebeneinander auf den Monitor. Dabei fiel ihm auf, dass es zwischen dem ersten und dem zweiten Bild noch eine weitere Differenz gab, außer der eingezeichneten Eins im seesoljanischem Schiff. Die Gruppierung der Einsen auf dem Mars, welche Johns Vermutung nach die Kolonisten darstellten, sah anders aus. Durch die ganze

Aufregung und Unklarheit über das, was die Seesoljaner sagen wollten, hatte keiner von ihnen überprüft, ob die Anzahl der Einsen die gleiche auf allen Bildern war. John fing an, die Einsen auf der Darstellung zwei zu zählen und kam auf 42. Er zählte erneut. Kein Zweifel, 42. Er überprüfte Bild drei und vier. Auch hier zählte er 42. Nachdem sich alle wieder versammelt hatten, berichtete er von seiner Entdeckung. Nach seinem Fund hatte er das ganze Material abermals intensiv auf weitere unentdeckte Veränderungen untersucht, aber keine weiteren Abweichungen finden können. Den Anwesenden war klar, was die fehlende Eins bedeutete. Allerdings gab es unterschiedliche Interpretationen der damit verbundenen Absichten.

Bevor die Diskussionen über das Warum losgingen, schlug John vor, erst einmal Konsens darüber zu erlangen, was auf den Bildern zu sehen war. Sie stimmten darin überein, dass es sich bei der Eins, die auf Bild zwei fehlte, um die Eins handelte, die in demselben Bild im seesoljanischem Raumschiff auftauchte. Auch herrschte Einigkeit darüber, dass das verschwundene Schiff auf Bild drei, die Eins mit sich genommen hatten. Die Kolonisten sahen darin die Absicht der Seesoljaner, einen der Menschen an Bord zu holen und mitzunehmen. Auf Bild vier war das Schiff wieder eingezeichnet, diesmal allerdings mit einer Zwei an Bord. Mit dieser Zwei wusste keiner von ihnen etwas anzufangen. Schließlich waren die einzelnen Individuen auf den Zeichnungen jeweils durch eine Eins dargestellt. Was hatte also die Zwei zu bedeuten? Uneinigkeit herrschte auch darüber, ob es sich um das gleiche Schiff wie auf Bild eins und zwei handelte, welches zurückkehrte, oder um ein völlig anderes. Auch bei der Bedeutung des begleitenden Audios gab es keinen Konsens. „Geben, Eins" war für alle offensichtlich die Aufforderung den Seesoljanern einen von den ihren zu übergeben. Doch wem oder was sollte, wer oder was „zugefügt" werden? Und wer oder was soll „Bekommen"? Und das „Plus"?

Es wurde viel spekuliert sowie diskutiert. Nach einigen Stunden setzten sie wieder eine Pause an. Die Gemüter sollten sich beruhigen, die Gedanken neu gefasst werden.

Viele von ihnen sahen in der Nachricht eine Bedrohung, ja sogar schon so etwas wie eine Opfergabe, einen der ihren an die Außerirdischen. Sie zogen Vergleiche mit den Aufzeichnungen der Maya, der Ägypter und deren Götter. Überzeugt, dass das Schiff auf Bild vier, unabhängig davon, ob es dasselbe oder ein anderes war, mit der Zwei ein zweites Opfer forderte.

John sträubte sich gegen den Gedanken, den Seesoljanern böse Absichten zu unterstellen. Wieder nutzte er die einberufene Pause, diesmal um sich auf die folgende Versammlung vorzubereiten und für die friedlichen Absichten ihrer Besucher zu argumentieren. Er bereitete eine kleine Rede vor und hatte einen Vorschlag parat, der helfen würde, ein wenig Licht in die ganze Sache zu bringen.

Chapter IX

Im Vergleich zu den anderen Bewohnern der Galaxie, waren die Seesoljaner den Menschen nicht nur physisch sehr ähnlich, sondern auch ihr Geistes- und Gemütszustand glich dem der Menschen in gewisser Weise. Ihre sozialen Strukturen, mit familienähnlichen Gebilden und Gemeinden, waren mit jenen der Menschen in manchen Aspekten vergleichbar. Dies war einer der Gründe, weshalb Nuhhm für John so etwas wie eine neue, wenn auch andersartige Familie wurde. Die Seesoljaner waren nicht die intelligentesten Wesen der Galaxie, den Menschen aber dennoch um einiges voraus. Trotzdem wurde auch John für Nuhhm ein Freund, ein wichtiger Teil seines Lebens.

Während John sich einen Mokka in der Bordküche zubereitete, wies ihn Alexa auf eine eingegangene Nachricht hin. Sie war von Nuhhm. Er machte den Mokka fertig und begab sich sogleich auf die Brücke. Natürlich konnte er das Schiff von jedem beliebigen Punkt aus bedienen, allein durch Alexa wäre es ihm möglich gewesen, fünfundneunzig Prozent aller Funktionen durch Sprachsteuerung auszuführen, doch John war ein Nostalgiker. Sein Schiff war sein „Home" und „Castle". Er zog es vor, alles, was mit „Castle" zu tun hatte, auf der Brücke zu erledigen und den Rest sein „Home" sein zu lassen. Zudem basierte ein Großteil seines Wissens über die Raumfahrt, in der Art und Weise, wie er sie seit seinem Kontakt mit den Seesoljanern kennengelernt hatte, auf Science-Fiction Filmen, Serien und Büchern, die er in seiner Jugend verschlungen hatte. In fast allen war der Ort des Geschehens die Brücke gewesen. Nun hatte er die Möglichkeit die Träume seiner Jugend zu leben und gönnte sich seinen Kindheitstraum, wie schon Captain Kirk auf der Enterprise, die Laila I von der Brücke aus zu regieren. Auf der Brücke angekommen, ließ er sofort Nuhhms Nachricht von Alexa abspielen.

„Aloha John, ich habe deine Nachricht mit der Kursänderung erhalten und sie im lokalen Register hinterlegt. Auf diese Weise kann man dich finden, falls mir etwas passiert. Man weiß ja nie und die Galaxie ist groß. Bezüglich des Notsignals fand ich es seltsam, dass der Übersetzer nur zwei Wörter erkannt hat. Zudem taucht die offizielle galaktische Kennung deines alten Planeten auf. Ich bin mit der Botschaft zu Iigsh gegangen. Er wusste auch nicht recht weiter, allerdings hat er mir von einer uralten Sage über ein Volk erzählt, das irgendwo zwischen den Enden der Spiralarme Scutum-Centaurus und Norma zu finden gewesen war. Der Sage nach handelte es sich um eines der ältesten Völker der Galaxie. Es soll zu seiner Zeit die ganze Galaxie unter sich vereint und eine einheitliche galaktische Sprache entwickelt haben. Dadurch wollten sie die Kommunikation und den Gütertausch unter allen Völkern der Galaxie erleichtern. Aber selbst Iigsh meint, es seien nur alte Geschichten. Ich selbst habe noch nie davon gehört. Also nimm dich bloß in Acht, die Botschaft könnte auch eine Falle von Raumpiraten sein, mit der sie dich anlocken. Melde dich, wenn du noch was benötigst. Aloha."

Es tat gut, Nuhhms Stimme zu hören. Selbstverständlich war es nicht seine wirkliche Stimme, sondern die, die der Übersetzer diesem zugeteilt hatte. Aber für John, der selten Nuhhms echte Stimme zu hören bekam, war sie es.

John hatte dem Übersetzer die irdischen Bezeichnungen der ihm bekannten galaktischen Strukturen programmiert. Dies ließ den Apparat diese Strukturen gleich bei ihren von Menschen bekannten Namen nennen. Auf diese Weise konnte John sein auf der Erde erworbenes Wissen zur Orientierung verwenden und musste keine komplexen neuen unaussprechlichen Bezeichnungen lernen oder im Computer nachschauen. Er wusste also sofort, in welchem Spiralarmen der Galaxie sich dieses sagenumwobene Volk befunden haben sollte sowie dass dieser Sektor von seiner Position aus genau auf der anderen Seite der Milchstraße lag. Das Signal stammte daher nur unwahrscheinlich von diesem Volk, wenn es dieses überhaupt gab oder je gegeben hatte.

Nuhhms Nachricht hatte ihn erneut auf die Möglichkeit einer Piratenfalle aufmerksam gemacht. Sogleich gab er Alexa den Auftrag, einen, dem Notsignal am nächsten gelegenen, Himmelskörper ausfindig zu machen. Dabei war es irrelevant, ob Planet, Mond oder Asteroid, Hauptsache groß genug, um die Laila I dahinter verstecken zu können. Auf diese Weise wollte er versuchen, möglichen Sensoren auszuweichen und unbemerkt einen verstohlenen Blick auf den Absender des Signals werfen. Sekunden später hatte ihm Alexa bereits zwei mögliche Kandidaten zur Auswahl vorgelegt. Seinen Schätzungen zufolge hätte wenigstens einer der Kandidaten ein Neptunmond sein müssen, doch bei beiden Vorschlägen des Computers handelte es sich um Asteroiden. Er war positiv überrascht, denn die Monde Neptuns wären zu weit von dem Objekt des Notsignals entfernt gewesen. Seine Wahl fiel auf den kleineren der beiden Asteroiden. Hinter dem kleineren

Brocken hoffte er weniger aufzufallen, auch wenn dies ein reines Bauchgefühl war und keine wissenschaftlichen Gründe hinter dieser Entscheidung steckten. Er ließ Alexa einen neuen Kurs berechnen, der sie unauffällig hinter dem kleinen Brocken zum Stehen kommen lassen würde.

*

Die Marsbewohner hatten sich erneut versammelt. John erhob sich und ergriff das Wort. Er fing damit an, den übrigen Kolonisten seine Vision, über die Absichten der Seesoljaner, zu geben. Für ihn waren diese ausschließlich guter Natur, denn hätten die Fremden ein anderes Ziel, wäre bereits die erste Nachricht von ihnen sinnlos gewesen. Auch alle weiteren Botschaften sprachen dagegen. Alle Anwesenden in der Kommunikationszentrale waren Menschen und keiner von ihnen wusste wirklich, wie die Außerirdischen tickten. Jeder in diesem Raum ging mit menschlichen Maßstäben an die Bewertung der Absichten ihrer Besucher heran. Gut oder böse, beides war möglich. Warum also nicht vom Guten ausgehen, wenn schon alles darauf hindeutet. Sollten die Seesoljaner sich als Unterdrücker erweisen, könnten sie ohnehin nichts gegen sie ausrichten. Dann versuchte er noch eine mögliche Erklärung für die Wörter „Zuführen" und „Plus" darzulegen. „Zuführen" war ebenso ein Synonym für Beibringen, wie „Plus" für Mehrwert. Als letztes resümierte John, was ihre neuen Besucher seiner Meinung nach versuchten ihnen mitzuteilen.

Einer der Kolonisten sollte sich in die Obhut der Seesoljaner begeben. Damit wäre die eingezeichnete „Eins" im Schiff gemeint. Wo und was genau mit der „Eins" geschah, wusste er auch nicht, aber ihr würde ein 'Mehrwert' 'zugeführt'. Sprich, es würde ihr, Johns Meinung nach, etwas beigebracht, und deshalb würde sie als „Zwei" wieder zurückkehren. Letzten Endes wollten die Seesoljaner Johns Ausführungen zufolge einen von ihnen mitnehmen, um ihn einzuweisen. In was, das wusste er auch nicht.

Sehr überzeugt von seiner Theorie sahen die Gesichter um ihn herum nicht gerade aus. Für diesen Fall hatte John einen Vorschlag vorbereitet, der zur Klärung der Lage beitragen konnte. Er wollte eine Nachricht an die Fremden schicken, in der die Raumschiffe von Bild vier und Bild zwei nebeneinander stünden, zwischen ihnen ein Gleichheitszeichen und dahinter ein Fragezeichen. Mit der „Eins" und der „Zwei", in den jeweiligen Schiffen, wollte er dasselbe tun. Er glaubte auf diese Weise zu erfahren zu können, ob es sich bei dem Schiff und der Person um Rückkehrer handelte. Nicht alle stimmten mit John überein, manche hielten seinen Vorschlag sogar für unreif, doch zu verlieren hatten sie nichts. Sie kamen also überein, eine solche Nachricht vorzubereiten. Bevor er diese Nachricht abschickte, hatte er sich vergewissert, in Zukunft aus keinem banalen Grund mehr die Kommunikationszentrale verlassen zu müssen. Mit einer der Kunststoffkisten, in denen Lewis beim Flug zum Mars Dünger transportiert hatte, setzte John seinen Plan um, die Darm- und Blasenentleerung vor Ort zu bewerkstelligen. Nun war er bereit, verschickte die Nachricht und würde die Antwort um keine Sekunde verpassen.

Chapter X

Eigentlich hatte Captain Ehrrm nichts zu verlieren, dennoch war er nach dem Versandt der letzten Nachricht etwas nervös gewesen. Selbstverständlich ließ er sich das nicht anmerken, er war schließlich der Captain des Raumkreuzers. Zum ersten Mal seit dem Beginn seines Lebens, kontaktierten die galaktischen Völker eine neue, nicht interstellare Spezies. Nur dem Zufall war es zu verdanken, dass ihm diese Aufgabe zuteilwurde. Captain Ehrrm war sich seiner Verantwortung bewusst, sah aber gleichzeitig die einmalige Gelegenheit schnell in der Kommandohierarchie aufzusteigen, sollte der Erstkontakt gut und reibungslos vonstattengehen. Von solch einer Chance hätte er zu Beginn seiner Ausbildung nicht zu träumen gewagt, auch wenn es hier nur um 43 Individuen ging und nicht um einen ganzen Planeten. Die reduzierte Größe der Gruppe ließ ihn weniger Druck verspüren.

Aufgrund der ausbleibenden Rückmeldung auf die gesendete Nachricht seitens der Kolonisten, war Ehrrm kurz davor, seiner Crew den Auftrag zu erteilen, eine weitere Nachricht zu erstellen. Plötzlich wurde er jedoch über den Eingang einer Antwort informiert. Diese bestand lediglich aus zwei Bildern. Zusammen mit seinen Offizieren studierte er diese. Relativ schnell begriffen sie die zwei Fragen der Errrooo, die auf den Bildern gestellt wurden. Beim Verstehen der seesoljanischen Nachricht hatte es anscheinend Schwierigkeiten gegeben. Zur Klärung waren nun diese beiden Fragen geschickt worden. Die Seesoljaner wollten die 43 Errrooo nicht lange auf eine

Antwort warten lassen, sie ersetzten auf den zwei eingegangenen Zeichnungen die Fragezeichen jeweils durch ein simples „Ja" und schickte die Antwort nur knapp fünfzehn Minuten HST nach deren Eingang wieder zurück.

Johns Hoffnung auf eine schnelle Antwort der Fremden erfüllte sich. Nur wenige Momente später sah er dem Eintreffen dieser Antwort zu. Diesmal war er noch ungeduldiger und öffnete die Nachricht, noch bevor er einen der anderen von deren eingehen unterrichtete. Beide „Jas" überzeugten sofort davon, dass er recht gehabt hatte. Diese Wesen konnten seiner Ansicht nach keine bösen sein. Dann ließ er alle Marsbewohner erneut zusammenkommen.

Die simple Antwort der Seesoljaner ließ nicht alle Kolonisten an Johns Theorie glauben. Zudem stellte sich ihnen die Frage, wer und ob einer von ihnen sich in die Obhut der Fremden begeben sollte. Erneut wurden Für und Wider energisch diskutiert. John war seit dem Eingang der „Jas" still geworden und beteiligte sich nicht an der Diskussion. Er war in sich gekehrt, strahlte innere Ruhe aus. Genau wie an seinem fünfzehnten Geburtstag, an dem er sich entschieden hatte, Astronaut zu werden, wusste er, was seine Aufgabe war. Plötzlich erhob er sich und ging in die Mitte des Raums. Er stand einfach nur ruhig da, sagte kein Wort. Nach und nach verstummten die Stimmen um ihn herum. Seine Mitbewohner schauten ihn fragend an.

„Ich werde mit ihnen gehen!"

Keiner sagte ein Wort. In manchen Gesichtern las er: „Ja, geh du. Finde heraus, was sie wollen, so muss ich nicht gehen und bin vorerst sicher.", aber das störte ihn nicht, er hatte sogar Verständnis dafür. John wollte gehen. Seine Neugier, Wissensdurst und Abenteuerlust trieben ihn dazu.

„Ich habe mehr Wissen über die verschiedensten Kommunikationsarten, als jeder andere hier und genau das brauchen wir jetzt. Die Seesoljaner sind unsere letzte Chance. Meine Funktion hier ist ohne die Erde so oder so überflüssig geworden und mindestens zehn der hier anwesenden Personen wissen, wie die Zentrale zu bedienen ist. Weitere drei der Techniker könnten sie in einem Notfall reparieren. Also lasst uns eine entsprechende Nachricht verfassen und herausfinden, was uns die Zukunft bringt."

Als ob John ein General gewesen wäre, der gerade einen Befehl erteilt hatte, löste sich die Gruppe ohne ein Widerwort in Getuschel auf. Danach kamen vereinzelt Kameraden auf ihn zu, fragten ihn, ob er sich denn sicher sei und ob er es sich nicht nochmal überlegen möchte. Man würde gewiss eine andere Möglichkeit finden. Doch keiner sagte, tu es nicht. Alle sahen ihn mit neuer Hoffnung in den Augen an.

Dann ging alles ganz schnell. Sie tauschten sich mit den Seesoljaner darüber aus, wie und wann Johns Aufnahme an Bord ablaufen sollte. Es wurden hundert Stunden HST angesetzt. Die Seesoljaner würden eine Art Raumfähre auf die Oberfläche des Mars schicken, um einen der Errrooo, in fünfhundert Metern Entfernung zur Basis, abzuholen. John wusste nicht, was ihn erwartete oder wie lange er weg sein würde. Dies erschwerte ihm die Entscheidung darüber, ob und wenn ja, was er etwas mitnehmen sollte. Mehrmals hatten sie die Dauer des Aufenthalts an Bord des Schiffes angefragt, doch die Antworten waren nicht verständlich gewesen. Letztendlich entschied sich John dafür, lediglich ein E-Pad samt Ersatzakkus einzupacken. Es sollte zum Schreiben, Zeichnen und sonstigem dienen. Da die Möglichkeit bestand, das E-Pad nicht aufladen zu können oder es aufhörte zu funktionieren, nahm er noch einen Notizblock und Bleistifte mit. Zudem packten ihm seine Kollegen ein Essenspaket für mehrere Tage zusammen.

Am D-Day frühstückte er ausgiebig, trank einen letzten Kaffee, verabschiedet sich von jedem einzelnen der Kolonisten und besuchte noch einmal die Toilette. An diesem Tag wurden wenig Worte zwischen ihm und seinen Kameraden gewechselt. Alle wussten, was auf dem Spiel stand und es war unnötig darüber zu sprechen. Dann stieg er in seinen Marsanzug, nahm den druck-sicheren Koffer, in dem das Essen, das Pad sowie der Block aufbewahrt wurden und verließ die Marsstation über die südliche Schleuse.

Nach der Marsmission, stand John Spencer nun vor seiner zweiten, noch außergewöhnlicheren Mission. Diese hatte zum Ziel, das Weiterbestehen der Menschheit zu sichern. Es handelte sich aber nicht um eine Präventivmission, um die Menschheit multiplanetarisch zu machen und sie vor einer eventuellen Auslöschung zu retten. Nein, hier ging es um den bereits eingetretenen Notfall, die letzte Chance. Diese Mission, Johns Mission, würde über das Fortbestehen der Überbleibsel der Menschheit entscheiden. Er lief auf den Raumgleiter zu, der bereits an der vereinbarten Stelle auf ihn wartete.

Chapter XI

Alexa gab die verbleibende Zeit, bis zum Eintreffen beim zur Tarnung ausgewählten Asteroiden, mit einer Stunde HST an. John überprüfte gerade das Inventar seines kleinen Werkstattlagers. Es war immer gut, auf dem neuesten Stand darüber zu sein, was man an Bord hatte, um im Notfall darauf zurückgreifen zu können. Er räumte die verschiedenen Stahllegierungen, die vor ihm auf dem Arbeitstisch lagen, wieder in die Regale und begab sich dann auf die Brücke. Vorher machte er noch kurz in der Küche halt, um sich einen Mokka zu servieren. Den Impuls reduzierte er drastisch, nahm noch eine kleine Kurskorrektur vor, sodass die Laila I geradewegs auf den ausgewählten Asteroiden zusteuerte. Dann schaltete er alles an Bord ab. Sein Schiff sollte wie ein weiterer unwichtiger Brocken aus Metall durchs All fliegen, ohne dabei messbaren Aktivitäten auszusenden. Auf diese Weise hoffte er, unbemerkt an seinem Beobachtungspunkt zu gelangen. Im vorher berechneten Abstand zum Asteroiden, ließ er Alexa dann hart abbremsen. Dafür wurde der Antrieb mit Maximalschub für kurze Zeit gegen die Flugrichtung gezündet. Das Schiff kam hundert Meter vor dem ausgewählten Brocken zum Stehen. Gleich nach dem Stopp schaltete er wieder alles ab. Nur die Lebenserhaltungssysteme blieben aktiv.

John bereitete einen kleinen Drohnenbot vor, den er auf einer seiner Transportreisen erworben hatte. Diesen entsandte er auf den großen Stein, der vor ihm im All schwebte. Auf der Oberfläche des Asteroiden angekommen, fuhr der Drohnenbot acht spinnenartige Beinchen aus, mit denen er sich festkrallen und fortbewegen konnte. John steuerte den Drohnenbot an eine Stelle, an der dieser einen Blick darauf werfen konnte, was sich hinter dem Felsen befand. Drohnenbots waren mit allen möglichen Sensoren und Kameras ausgestattet. Zum Spionieren aus der Ferne waren diese bestens geeignet. Eine der Kameras richtete er auf die Koordinaten des gesendeten Notsignals aus. Der Zoom dieser Kamera hatte eine solche Brennweite, dass man vom Mond aus gemütlich den Fernseher in einer der Behausungen der Erde hätte schauen können. Er aktivierte den Zoom, woraufhin der Ursprung des Notsignals sichtbar.

Inmitten des Raums befand sich ein perfekt geformter Würfel. Die Oberflächen seiner sechs Wände waren makellos. Sie sahen aus wie flüssiges Quecksilber. Die Länge seiner Kanten belief sich auf etwa zwanzig Meter. Das Objekt drehte sich unentwegt um seine eigene Achse, was an die zwanzigmal pro Minute tat. Rein äußerlich konnte man nichts weiter daran erkennen. Die Art und Weise, mit der der Kubus sich bewegte, erinnerte John an eine Radaranlage. So wie sie die Schiffe und Flughäfen damals auf der Erde gehabt hatten. Wie eine Signalboje im Meer hing der Würfel im leeren Raum und verteilte seine Botschaft. John konnte nicht ausschließen, dass das Objekt bemannt war. Er wusste, das Objekt hielt sich, zumindest seitdem er das Signal empfangen hatte, am gleichen Ort im All auf. Wie lange zuvor es schon an dieser völlig uninteressanten Stelle geschwebt hatte, vermochte er allerdings nicht zu sagen. Dem ersten Anschein nach tat es nichts weiter, als sein Signal zu verbreiten. Er vermutete, der Kubus war entweder unbemannt, verlassen worden oder eine eventuelle Besatzung war verletzt oder tot. Die Entfernung, zwischen John und dem Würfel, war beträchtlich. Wäre er aus dem Schatten des Asteroiden getreten, hätte er ihn durch das Panoramafenster der Brücke nicht sehen können. Um das Objekt mit bloßem Auge inspizieren zu können, hätte er sich aus dem Schutz des vor ihm fliegenden Brockens lösen und darauf zufliegen müssen. Vorher wollte er jedoch die Sensoren des Drohnenbots aktivieren, um den Würfel einem Scan zu unterziehen.

Nur den Bruchteil einer Sekunde nachdem die Sensoren des Bots aktiviert waren, geschah etwas Unerwartetes. Der Würfel hörte auf sich zu drehen. Eine der Seiten wandte sich genau dem Drohnenbot zu, und damit auch Johns Position. Es kam ihm vor, als würde die ihm zugewandte Wand des Kubus ihn ansehen. Einen Moment lang geschah nichts weiter. Plötzlich zuckte John zusammen, als der Würfel wie ein Blitz auf ihn zugeschossen kam. Seiner Einschätzung nach würde dieses Ding nicht lange brauchen, bis es beim Asteroiden eintraf. Eines stand bereits fest, Pannenhilfe war nicht der Grund für das ausgesandte Notsignal gewesen, dies konnte er aufgrund der Art und Weise, in der das Objekt auf ihn zuflog, ausschließen. Was sollte er tun? Hatte ihn der Würfel entdeckt, oder doch nur den Bot? Schließlich war das Objekt erst beim Aktivieren der Drohnbot-Sensoren auf ihre Position aufmerksam geworden. Jetzt die Laila I zu starten, würde mit Sicherheit die Aufmerksamkeit auf das Schiff lenken. Er war sich nicht sicher, diesem Würfel in Sachen Geschwindigkeit überlegen zu sein. Er fasste den Entschluss, alles abzuschalten.

Den Bot, die restlichen Systeme auf der Laila I, inklusive der Lebenserhaltung und versuchte sich tot zu stellen. Für die Zeit, die er ohne Lebenserhaltung auskommen musste, würde er die altbewährte Nasenklemme benutzen.

*

Ihm fehlten noch zehn Meter bis zum Erreichen des seesoljanischen Raumgleiter, als dieser eine kleine Rampe im hinteren Teil öffnete. Sie lud John geradewegs dazu ein, an Bord zu gehen. Er sah sich noch einmal nach dem Komplex der Marskolonie um. Zu diesem Zeitpunkt wusste er noch nicht, dass er sie zum letzten Mal sah. Zumindest nicht in diesem Zustand. Er zögerte einen Augenblick. Erst nachdem er es geschafft hatte, den ersten Fuß auf die Rampe zu setzen, folgte ihm auch der Rest seines Körpers. John verschwand im Innern des Gleiters. In dem Moment, in dem er den letzten Fuß an Bord und von der Rampe genommen hatte, fing diese an sich hinter ihm zu schließen.

Er befand sich in einer Art Laderaum, der nicht allzu groß war. Direkt vor ihm gab es eine schleusenähnliche Tür, die ins Innere des Raumgleiters führte, aber verschlossen war. An einer der Seitenwände war eine Art Sitzbank befestigt. Der Rest des Raumes war sehr schlicht und steril gehalten. John vermutete, der Raum wurde hauptsächlich zum Transport von Gütern verwendet. Nachdem die Rampe sich vollständig geschlossen hatte, setzte sich der Gleiter sofort in Bewegung. Zuerst merkte er nur ein leichtes Vibrieren und Brummen, dann erhob sich das Gefährt von der Marsoberfläche. Ganz offensichtlich würde John die Reise in diesem Laderaum verbringen, weshalb er sich entschied auf der Bank Platz zu nehmen. Die Reisezeit nutzte er dazu, die Dinge in diesem Raum zu analysieren. Schließlich war alles, was er sah Alientechnologie und Material aus einer anderen Welt. Design, Technik und Funktion, alles stammte mit großer Wahrscheinlichkeit aus einem anderen Sternensystem. Trotz des spartanisch eingerichteten Laderaums, in dem er sich befand, beherbergte dieser Dinge, die ihn faszinierten. Allein die Verbindungen und Fugen der verschiedenen Elemente zwischen den unbekannten Materialien waren ein Rätsel für ihn. Er konnte keine Schrauben, Nieten oder Schweißnähte erkennen. Aufgeregt, wie ein kleines Kind vor dem Auspacken der Weihnachtsgeschenke, war John gespannt herauszufinden, was drin war.

Der Flug dauerte nicht lang. Anhand des Manövers des Gleiters war John sich ziemlich sicher, gelandet zu sein, oder angedockt zu haben. Er musste sich im Innern des Raumkreuzers der Seesoljaner befinden. Eine kurze Zeit später fing die Rampe, über die er gekommen war, an, sich zu öffnen. Er verließ den Gleiter und fand sich in einem Hangar wieder. Dieser war zwar ziemlich groß, dennoch schien er seinen Ausmaßen nach nur für diesen einen Raumgleiter Platz zu haben. Er war alleine und schaute sich um. Welchen Zweck hatten all die Dinge, die er sah und woraus waren sie gemacht? Er wusste es nicht. Insgesamt sah es dort aber nicht viel anders aus, als er es aus Sci-Fi-Filmen kannte. Hohe, glatte, weiße und rechteckige Wände. Viel mehr gab es in diesem Hangar auf Anhieb nicht zu erkennen.

Auf den Videonachrichten der Seesoljaner hatte es nicht so ausgesehen, dass die Konturen ihrer Körperform, bis auf die zwei extra Arme, allzu sehr von denen der Menschen abwichen. Er war gespannt darauf, diesen Wesen persönlich zu begegnen. John Spencer stand kurz davor, die Geschichte der Menschheit neu zu schreiben. Zu schade nur, dass der Begriff Menschheit nur noch 43 Seelen umfasste. Am anderen Ende des Hangars konnte er eine Tür ausmachen. Den Dimensionen zufolge war diese entweder für Transportgut gedacht oder die Seesoljaner waren etwas größer als angenommen. Noch während er darüber nachdachte, glitt die Tür auf und seine Frage wurde prompt beantwortet. Eine in etwa zweieinhalb Meter große Figur trat durch die Tür und blieb kurz darauf stehen. John war froh, diese Wesen bereits auf Video gesehen zu haben, daher wusste er ungefähr, was ihn erwartete. Denn in Natura waren sie erheblich beeindruckender. Mit ihrer Größe hatte er allerdings nicht gerechnet und auch die vier Arme wirkten wesentlich imposanter als auf den Videos. Johns Knie wurden schwach. Für einen Moment fragte er sich, ob es eine gute Idee gewesen war, sich freiwillig für dieses Unterfangen bereitzustellen.

Das gelb-orangene Wesen vor ihm hielt genug Abstand, als dass er sich durch dieses bedroht fühlte. Auch sonst verhielt es sich sehr ruhig und machte keine schnellen Bewegungen. Im Gegenteil, es kam ihm fast so vor, als würde es sich in Zeitlupe bewegen. Doch dies war nur eine optische Täuschung, die durch die körperlichen Ausmaße des Wesens entstand. John beruhigte sich ein wenig. Zumindest soweit, wie es das erste Gegenübertreten eines Aliens in dessen Schiff zuließ. Zudem wusste er noch nicht, ob dieser ihm friedlich oder feindlich gesinnt war. Der Seesoljaner stand immer noch vor der geöffneten Tür. Völlig unerwartet forderte er den Errrooo mit einer Geste auf, ihm zu folgen, drehte sich daraufhin um und verließ den Hangar. John folgte ihm. Vom Hangar gelangte er in einen Gang, in dem sich die Schlichtheit des ersten Raumes fortsetzte. Weiße, rechteckige Wände, die an den Übergängen zur Decke und zum Boden abgerundet waren. Alle drei bis vier Meter war die glatte Oberfläche der Wand vertikal durch einen zwei Finger breiten Spalt unterbrochen. Er konnte jedoch nicht ausmachen, ob dies eine ästhetische Wahl war oder einer Funktion diente.

John verlor das Raum- und Zeitgefühl. Er hätte nicht mit Sicherheit sagen können, wie lange oder wie weit sie den Gang entlang gelaufen waren, bevor er auf der linken Seite eine Tür ausmachte. Diese öffnete sich, woraufhin sein großer Begleiter hineinging. Wieder folgte er ihm durch die Tür, die sich sofort danach schloss. Sie befanden sich in einem quadratischen, weißen Raum, der keine weiteren Türen oder Fenster aufwies. Ohne sich an John zu richten, ging der Seesoljaner zu einer eingelassenen Öffnung in der rechten Wand und holte einen winzigen Gegenstand mit einem seiner linken Arme daraus hervor. Dann führte er diesen an seine nasenähnliche Öffnung an der Stirn. Als er seine Hand entfernte, sah es aus, als hätte der Große sich ein Nasenpiercing angelegt. Nun wandte sich der Riese der Wand auf der gegenüberliegenden Seite zu. Dort befand sich eine Art Bedienfeld, in das er anscheinend etwas eingab. Unmittelbar darauf drehte der Seesoljaner sich John zu, schaute ihn an und machte nichts, gar nichts. Er stand einfach nur ruhig da. John fühlte sich in keinster Weise bedroht, trotzdem kam ihm alles komisch vor. Er wusste nicht, ob es an ihm war etwas zu tun, wie in etwa eine Begrüßung einzuleiten. Am Ende entschied er sich dafür nichts zu tun, bis er darum gebeten würde.

Es vergingen etwa fünf Minuten. John war mittlerweile davon überzeugt, dass sie auf jemanden warteten. Plötzlich kam ein seltsames Signal vom Bedienfeld an der Wand. Der Seesoljaner warf einen kurzen Blick auf das Bedienfeld, dreht sich wieder zu John und machte diesem Anzeichen seinen Helm abzuziehen. John überlegte kurz. Auf einmal ergab alles einen Sinn. Sie mussten sich in einer Art Schleuse befinden. Der Seesoljaner hatte anscheinend die Atmosphäre angepasst. Deshalb hatten sie wie bestellt und nicht abgeholt dage-standen. Sie mussten warten, bis die gewünschte Atmosphäre im Raum hergestellt war. Erst war er noch unentschlossen, schließlich waren seine Vermutungen eben das, Vermutungen. Auf Beharren des Wesens gab er dann aber nach und begann unsicher die Verschlüsse seines Helmes zu lösen. Als er schließlich den Helm ausgezogen hatte und das erste Mal Luft holte, war er erleichtert. Er konnte atmen.

Unbeirrt von Johns Erleichterung und reaktionslos, begab sich der Seesoljaner ohne Zeit zu verlieren wieder zur Öffnung der ersten Wand. Erneut holte er eines dieser Pier-cings heraus, hielt es John hin und forderte ihn wieder durch eine Geste auf, es sich in die Nase zu setzen. Das kleine Objekt ähnelte den Dingern, die sich Apnoetaucher an die Nase klemmten, damit kein Wasser in sie eindrang. Diese Klemme war wesentlich kleiner und das Material, aus dem es war, konnte er nicht bestimmen. Jeweils ein Ende des offenen Rings war für eines der Nasenlöcher vorgesehen. Kurz nach dem Einsetzen spürte John, dass sich etwas in seiner Nase ausbreitete und durch seinen Rachen, bis in die Lunge vordrang. Es tat nicht weh, war aber ein seltsames, fremdes Gefühl. Er wollte es schon wieder entfernen, doch sein Gegenüber versuchte ihm mit beiden Händen zu erklären, dies zu unterlassen. Er folgte den Anweisungen des Großen, schließlich wusste er nicht, ob das plötzliche und unvorhergesehene Entfernen der Klemme zu Verletzungen führen würde.

Der Seesoljaner schien zufrieden, wandte sich von ihm ab und erneut dem Bedienfeld an der Wand zu. Nachdem der Große die Eingabe beendet hatte, drehte er sich wieder John zu und es begann das gleiche Spiel wie zuvor. Sie warteten. Wieder ertönte ein Signal. Der Seesoljaner entfernte seinen Nasenring und brachte ihn zurück in die Öffnung an der Wand. Ohne sich auf irgendeine Weise an John zu richten, trat er daraufhin an die Tür und verließ nach deren Öffnung den Raum.

John war völlig verblüfft, fasziniert und begeistert zugleich. Er atmete. Er atmete ohne Helm, als sei er zurück auf der Erde. Die Qualität der Luft, die er einatmete, übertraf die der Marsstation bei weitem. Als er sich umschaute stellte er fest, dass sein seesoljanischer Guide den Raum verlassen hatte und tat es diesem gleich. Helm in der einen und Koffer in der anderen Hand, holte er den Großen, der bereits auf ihn wartete, ein. Beim Absetzen des Helmes war ihm sofort die unglaubliche Wärme, die auf dem Schiff herrschte, aufgefallen. Der Schweiß trat ihm aus allen Poren. „Diese Seesoljaner mögen's wohl warm", dachte er sich und gespannt darauf, was ihn als Nächstes erwarten würde, folgte er seinem vierarmigen Begleiter.

Chapter XII

John schwebte auf der Brücke der Laila I umher und traute sich nicht auch nur einen Muskel zu bewegen. Durch das Abschalten aller System wurde auch die künstliche Schwerkraft deaktiviert. Er interpretierte das Verhalten des Würfels als aggressiv, was ihm Sorge bereitete. Mittlerweile hoffte ein Teil von ihm, es würde sich um Piraten handeln. Doch irgendetwas an der ganzen Geschichte sagte ihm, dass dieser Würfel nichts mit Piraten zu tun hatte. Schon deshalb nicht, weil diese kleine Kiste teurer aussah als sein ganzes Schiff.

Mit allen Sensoren offline und dem Asteroiden vor dem Panoramafenster der Brücke, war er praktisch blind und ohne Ahnung, wie nahe der Würfel schon war. Vielleicht war er sogar schon da? Die Aussicht gab ihm lediglich den Blick auf den Drohnenbot frei. Die Position, in der dieser abgeschaltet auf seinem Aussichtsposten verweilte, ließen ihn aussehen, als hätte er ebenfalls Angst. John stockte der Atem, als er plötzlich einen Lichtstrahl wahrnahm, der den Bot zu scannen schien. Es musste der Würfel sein. Er war da. Kurz darauf erlosch der Lichtstrahl wieder, dessen Quelle er nicht ausmachen konnte. Der Ursprung wurde durch den Asteroiden verdeckt. Einen Moment lang geschah nichts, doch dann sah John den Würfel hinter dem Asteroiden auftauchen. Er kam direkt auf die Laila I zu und stoppte in etwa fünfzig Metern Entfernung vom Schiff. Die ihm zugeneigte, quecksilberähnliche Wand des Kubus fing an zu pulsieren. Das Ganze sah aus wie bei einem Lautsprecher, der eine Art Wellenimpuls aussendete. Dann stoppte das Pulsieren und derselbe Lichtstrahl, der bereits den Bot gescannt hatte, kam zum Vorschein und scannte nun die Laila I. Der Strahl durchdrang das Schiff ohne Probleme. John hielt den Atem an. Der Laser erfasst ihn und er befürchtete, sich in seine Einzelteile aufzulösen, doch dem war nicht so. Sein Körper hatte den Scanvorgang nicht gespürt. Wäre er nicht Zeuge davon gewesen, wie der Laser seinen Körper durchdrang, hätte er den Vorgang gar nicht mitbekommen. Kurz darauf erlosch der Laser. Wieder gab es einen Moment, in dem nichts geschah.

John erlaubte es sich endlich wieder zu atmen und schöpfte ein wenig Hoffnung. Würde er doch noch unbemerkt davonkommen? Mit einem Mal fingen die vier seitlichen Wände des Würfels an, grün aufzuleuchten. Der Schrecken, der John dabei durchfuhr, hätte sein Herz in die Hose rutschen lassen, wäre die Schwerkraft aktiviert gewesen. Ohne die Schwerkraft pochte es einfach nur kräftig in seiner Brust. Das Grün hatte eine extreme Leuchtkraft und durch das Panoramafenster erhellte es die gesamte Brücke der Laila I. Wieder fing die ihm zugeneigte Wand des Würfels an zu pulsieren. Um seine Augen vor dem Licht zu schützen, wandte John sich vom Fenster ab. Plötzlich schalteten sich seine Instrumententafel und die Konsole ein. Das Schiff fing an, seine Systeme zu aktivieren. Noch während er überlegte, was da eigentlich gerade geschah, krachte er mit voller Wucht kopfüber auf den Boden der Brücke. Der Schmerz sagte ihm eine riesige Beule voraus. Er war vom plötzlichen Hochfahren der Systeme überrascht worden und hatte die Aktivierung der

Schwerkraft vergessen. Zudem hatte es ihn in einer extrem ungünstig schwebenden Position erwischt. So gut er konnte, raffte er sich auf und setzte sich auf den Pilotensitz.

„Alexa, wer hat den Befehl zum Aktivieren der Systeme gegeben?"

„Das Schiff wurde durch einen externen Zugriff aktiviert. Der Bordcomputer wurde hierbei übergangen und die einzelnen Systeme wurden direkt manipuliert. Alle Systeme funktionieren einwandfrei, inklusive der Lebenserhaltungssysteme, John Spencer."

John entfernte die Nasenklemme und verwahrte sie in seiner Weste. Für ihn war ohne Zweifel der Würfel für den Zugriff auf sein Schiff verantwortlich. Doch wie hatte dieser kleine Kubus das nur angestellt? Erneut befand er sich in einem Moment, in dem nichts geschah. Diesen Augenblick wollte er nutzen, um selbst einen Scan an dem grün leuchtenden Objekt durchführen. Dem Monitor zugewandt, richtete er die Sensoren für den Scan ein. Überraschend stellte er fest, dass der Würfel das Notsignal nicht mehr aussendete. Stattdessen war eine Nachricht eingetroffen. Der Absender der Nachricht war nicht auszumachen, doch John schrieb auch diese Tat dem Würfel, der vor seinem Schiff schwebte, zu.

Er öffnete die Nachricht und fand nichts. Kein Zeichen, kein Audio, kein Bildmaterial. Auf dem Monitor wurde jedoch wie von Geisterhand die bordeigene Sternenkarte aufgerufen. Vor Johns Augen erschien die Karte der Galaxie. In ihr konnte er zwei markierte Punkte ausmachen.

„Alexa, hast du die Sternenkarte geöffnet?"

John ahnte bereits die Antwort, wollte aber trotzdem alle Möglichkeiten ausschließen.

„Nein, John Spencer, die Sternenkarte wurde beim Öffnen der eingegangenen Nachricht automatisch aufgerufen. Dabei wurde auch auf das Navigationssystem zugegriffen und ein neuer Kurs gesetzt."

Er warf einen Blick auf die Navigation und sah tatsächlich einen gesetzten Kurs, mit für ihn unbekannten Zielkoordinaten. Langsam wurde ihm die Sache unheimlich. Allen Anzeichen nach hatte er die alleinige Kontrolle über sein Schiff verloren. Mehr noch, der Würfel schien in der Kommandohierarchie über ihm zu stehen. Er studierte die Sternenkarte und ließ sich den von seiner Position aus nächstliegenden markierten Punkt anzeigen. Es war die Erde. Besser gesagt, der Ort, an dem sie einst zu finden gewesen war. All das ergab keinen Sinn. Verdutzt über das Ergebnis des ersten rief er den zweiten auf der Karte markierten Punkt auf. Dieser befand sich am anderen Ende der Galaxie und an seiner Stelle war kein Planet verzeichnet. Dort gab es nur eine Nebula, die laut Verzeichnis als inaktiv galt. Die Koordinaten der Nebula stimmten mit den eingegebenen Zielkoordinaten im Navigationssystem überein.

Vor lauter Nachricht hatte John vergessen, die Sensoren für einen Scan des Würfels auszurichten. Er war gerade dabei, dies erneut in Angriff zu nehmen, als das grüne Licht des Würfels erlosch und das Pulsieren der Wand aufhörte. Dann begann der Würfel sich mit zunehmender Geschwindigkeit in dieselbe Richtung zu entfernen, aus der er gekommen war. So schnell er konnte, aktivierte John den Drohnenbot und verfolgte mit diesem die Flugbahn des Würfels. Kurz darauf kam der Kubus an genau dem Punkt zum Stillstand, an dem er zuvor im All auf John gewartet hatte. Das Objekt fing erneut an, sich um seine eigene Achse zu drehen und die Laila I verzeichnete erneut das vom Würfel ausgehende Notsignal.

*

John Spencer folgte dem Seesoljaner, der ihn auf dem Raumkreuzer in Empfang genommen hatte. Der Große führte ihn durch viele verschiedene, gleich aussehende Gänge durch das Schiff, bis sie in einen Raum kamen, in dessen Mitte eine glasähnliche Halbkugel dem Boden entsprang. Ihr Durchmesser betrug etwa fünf Meter. Der des Raumes, der ebenfalls rund war, etwa dreißig. Die Wände des Raumes waren weiß, der Boden und die Decke schwarz.

Um die Halbkugel herum warteten bereits drei weitere Seesoljaner auf sie, die um einiges größer waren als sein Begleiter. Alle überschritten die drei Meter Marke. John tat es seinem zugeteilten Begleiter gleich und trat ebenfalls an die Halbkugel heran. Der mittlere der drei Riesen, welcher dem Anschein nach, den höchsten Rang im Raum besaß, legte einen kleinen, handgroßen Apparat auf den etwa zwanzig Zentimeter breiten Sockel, der die Halbkugel umfasste. Dann begann er, seine mundähnliche Öffnung zu bewegen. John konnte die Laute, die der Seesoljaner von sich gab, kaum hören, geschweige denn verstehen, aber nur den Bruchteil einer Sekunde später erklang aus dem handgroßen Apparat ein lautes und klares 'Aloha'.

John starrte die vier Riesen einen Augenblick lang an und verunsichert erwiderte er ein 'Aloha'. Der Apparat tat das seine und verwandelte die Begrüßung in unaussprechliche, kaum hörbare Laute. Begeistert und interessiert schaute er den Apparat an. Nun wurde ihm klar, wie diese Wesen es geschafft hatten, menschliche Wörter in ihre Nachrichten zu packen. Es war wohl kaum der Moment dafür und mit großer Wahrscheinlichkeit waren seine Nerven dafür verantwortlich, aber seine Gedanken schweiften für einen Augenblick ab. Das handgroße Etwas erinnerte ihn doch tatsächlich an den Universalübersetzer von Star Trek. Stand er etwa gerade vor dem seesoljanischen Jean Luc Picard?

Während er seinem Gehirn diesen kleinen Ausflug erlaubte, bediente sich der Seesoljaner seines unteren linken Armes, ergriff den Übersetzer und legte ihn vor John nieder. Die ruhige Natur der anwesenden Seesoljaner, war für Johns Nervenkostüm von großer Hilfe. Er fühlte sich in keinster Weise durch diese imposanten Wesen bedroht. Die Geste mit dem Übersetzungsapparat interpretierte er als eine Art Übergabe. Pantomimisch versuchte er dies zu bestätigen. Ohne es kontrollieren zu können, begleitete er die Gestik mit Worten.

„Für mich?"

Der Apparat wandelte diese sofort wieder in Laute um. Der mittlere Riese bewegte seinen Mund, doch die Laute, die das große Wesen von sich gab, waren von Johns Ohren kaum und nur unvollständig zu hören. Zudem übertönte der Übersetzer diese mit wesentlich höherer Lautstärke.

„Ja."

John verneigte und bedankte sich. Der Übersetzer tat das seine.

Schlagartig wurde das Licht im Raum gedimmt. Aus der Halbkugel erstrahlte eine dreidimensionale Sternenkarte der Galaxie, die den ganzen Raum einnahm. John kam aus dem Staunen nicht mehr raus. Ein Abschnitt der Sternenkarte wurde markiert und in ihn hinein gezoomt. Als Erstes erkannte John das Sonnensystem, dann den Mars, zuletzt sogar das Schiff, das über dem Mars kreiste und in dem sie sich in diesem Moment befanden. Die Seesoljaner tauschten einen Fluss von kaum zu hörenden S-Lauten untereinander aus, doch diesmal kamen aus dem Apparat nur unverständliches Wirrwarr und seltsame Geräusche. Erneut wandten sie sich an John. Diesmal gaben sie nur einsilbige S-Laute von sich, mit denen der Übersetzer keine Probleme zu haben schien.

„Kommen, lernen."

Der Übersetzer schien nur einige wenige Brocken des seesoljanischen Wortschatzes, in die menschliche Sprache umwandeln zu können. Der Große führte seinen oberen rechten Arm auf das über dem Mars schwebende kleine Schiff in der dreidimensionalen Karte, woraufhin dieses sich in Bewegung setzte. Dabei wurde auch der Abschnitt der Sternenkarte wieder verkleinert. Das Schiff behielt dabei seine Größe bei. Soweit John es erkennen konnte, flog dieses in der Karte zu einem Sternensystem, das im Sagittarius-Arm der Galaxie lag. John nutzte den Moment.

„Was soll ich lernen?"

„Lernen, Sprache."

Dabei zeigte der Große auf sich und die drei weiteren Seesoljaner im Raum.

„Lernen, Sprache."

Diesmal deutete das Wesen auf den Übersetzer. John wusste zwar nicht, was der Große mit dem Zeigen auf den Übersetzer sagen wollte, aber er ging davon aus, dass er sie zu diesem Sternensystem begleiten und dort die Sprache der Seesoljaner lernen sollte. Ein erneuter Blick auf die Karte, welche den ganzen Raum einnahm und inmitten der sie alle standen, machte ihm ansatzweise bewusst, welche Distanz bei dem bevorstehenden Flug zurückgelegt werden würde. Die Entfernung in ein benachbartes Sternensystem war ihm theoretisch bekannt, doch die Entfernung in einen anderen Spiralarm der Galaxie konnte sein limitiertes Gehirn nicht so richtig erfassen. Sein Adrenalinspiegel hatte schon seit Wochen keine Möglichkeit gehabt, auf ein normales Niveau abzusinken. Deshalb änderte sich sein Gemütszustand kaum, als er verstand, vor welche Wahl er hier gestellt wurde. Er sollte mit diesen Wesen durch die halbe Galaxie fliegen, nur um ihre Sprache zu lernen. Zumal er keine Ahnung hatte, was ihn dort erwarten würde.

John Spencers Antwort auf ein solch abenteuerliches Unterfangen konnte nur eine sein.

„Wann geht's los?"

Chapter XIII

Als ob nichts gewesen wäre, rotierte der Würfel wieder an seiner ursprünglichen Stelle vor sich hin. John versuchte vergeblich zu verstehen, was da gerade geschehen war. Mit den Sensoren des Drohnenbots nahm er alle möglichen Scans des Objektes vor. Das Ergebnis gab ihm jedoch keine neuen Hinweise. Es handelte sich um einen Würfel, der ein Signal aussendete. Keine Strahlung, kein Laser, nichts drang in die Struktur des Würfels ein. Auch der Versuch, das Notsignal zu hacken und sich auf diese Weise Zugriff zum System des Kubus zu verschaffen, schlug fehl. Er holte den Drohnenbot zurück aufs Schiff. Dem Anschein nach hatte er erneut die volle Kontrolle über die Laila I. Er manövrierte sie langsam auf hundert Meter an den Würfel heran. Auf mögliche Reaktionen glaubte er vorbereitet zu sein. Das Objekt zeigte jedoch kein Interesse an seiner Präsenz. Er versuchte es mit einer Reihe von Scans, über die der kleine Bot nicht verfügte. Aber auch dies war vergebens. Ratlos und ohne Plan für ein weiteres Vorgehen, beschloss er diese Expedition abzubrechen und sein ursprüngliches Vorhaben wieder aufzunehmen. Alexa erteilte er den Befehl, erneut Kurs auf den Mars zu setzen. Mit dem immer größer werdenden Abstand zum Würfel löste sich proportional auch seine Anspannung. Er hatte sich immer sicher und geborgen auf der Laila I gefühlt, doch wie ein Einbrecher, hatte der Würfel ihm dieses Empfinden genommen.

Die Beule an seinem Kopf bat um etwas Aufmerksamkeit. Er nahm eine 'Dusche' und legte sich eine Weile hin.

*

Captain Ehrrm wartete mit zwei seiner Offiziere im Kartenraum auf den Errrooo, der von der Gruppe auf dem Planeten unter ihnen ausgewählt worden war. Nach der Begrüßung versuchte er, dem kleinen Wesen ihre Absichten zu unterbreiten. Allem Anschein nach begriff dieser ziemlich schnell und hatte zudem einen offenen Geist. Dies überraschte den Captain positiv. Es dauerte nicht lang, bis die Grundidee des Unterfangens geklärt war.

Captain Ehrrm und seine Offiziere verabschiedeten sich. John blieb erneut der Obhut von Agwhh, dem kleinsten Seesoljaner, überlassen. Diesen hatte Ehrrm aufgrund seiner kleinen Statur dazu auserkoren, den Menschen in Empfang zu nehmen. Er hoffte, durch Agwhhs geringe Größe, das erste Gegenübertreten mit einem Errrooo zu erleichtern. Agwhh hatte den Auftrag bekommen, ihrem Besucher ein Quartier zuzuteilen und diesem die nötigen Funktionen darin zu erklären. Zudem sollte er dem Errrooo zeigen, wie er eine Verbindung zu den Seinen auf dem Mars herstellen konnte. Nach der Kommunikation des kleinen Wesens mit der Planetenoberfläche, sollte er diesen durch die nicht kritischen Sicherheitsbereiche des Raumkreuzers führen, bevor sie dann gemeinsam die ersten Lerneinheiten der seesoljanischen Sprache begannen.

Der große Seesoljaner, der ihm den Übersetzer übergeben und ihn auf die Reise ins andere Sternensystem eingeladen hatte, machte eine Geste, die John nicht verstand. Daraufhin sagte es erneut 'Aloha' und verließ mit den anderen beiden den Raum. Anhand der Körpersprache konnte John erkennen, dass dieser Seesoljaner, der ohne Zweifel das Sagen hatte, dem etwas kleineren, der ihn in Empfang genommen hatte, auf dem Weg zur Tür noch einige Anweisungen gab. Erneut versagte der Übersetzer dabei, etwas Verständliches wiederzugeben.

John und der kleine Seesoljaner standen allein im Kartenraum. Er atmete tief durch, fuhr sich mit den Händen über sein Gesicht und erinnert sich erst beim Streifen des Nasenrings, dass dieser ihm das tiefe Durchatmen ermöglicht hatte. Erleichterung breitete sich in ihm aus. John hatte das erste offizielle Treffen mit den Aliens überstanden und den Eindruck, es sei nicht allzu schlecht verlaufen. Zu diesem Zeitpunkt schloss er aus, dass es sich um bösartige Monster handelte.

Sein Begleiter bat erneut darum, ihm zu folgen und führte John zu einem Raum, der auf einer anderen Ebene des Kreuzers lag. Dafür gingen sie durch unzählige, sterile, weiße Gänge. Der Raum schien ihm zugeteilt zu sein, ob jedoch als Quartier oder Zelle wusste er nicht, bis sein Begleiter ihm zeigte, wie man die Tür öffnen und schließen konnte. Das Quartier war leer und hatte fünf weiße Wände. Der Boden und die Decke waren in glänzendes Schwarz getaucht.

Der Große, auch wenn er im Vergleich zur Statur der anderen drei Seesoljaner denen John begegnet war, eher als den 'Kleinen' bezeichnen sollte, bewegte sich in eine der hinteren Ecken des Zimmers. Dort schloss er seine vier Augen und aktivierte einen Sensor in der Wand. Selbst mit geschlossenen Augen lokalisierte er diesen auf Anhieb. Aus der Decke baute sich ein Kraftfeld bis zum Boden auf und umhüllte den Seesoljaner. Seine Füße hoben vom Boden ab und das Wesen begann, in diesem Kraftfeld zu schweben. Es schien in einer Art Trancezustand zu sein. Kurz darauf steckte das Wesen einen seiner Arme aus dem Energiefeld und schaltete es wieder ab. Ein kleiner Hopser und er stand wieder auf festem Boden. Wieder einmal war John fasziniert. Seinen Vermutungen zufolge, handelte es sich bei diesem Energiefeld anscheinend um den Ort, an dem diese Wesen ihren Schlaf vollzogen. Sofort musterte er den Boden, um einen für ihn geeigneten Schlafplatz zu suchen. Vorerst wollte er sich diesem Kraftfeld nicht aussetzen.

Sie wandten sich erneut der Bedienkonsole in der Wand neben dem Eingang zu, an der er schon gelernt hatte, die Tür zu steuern. Hier wurde ihm gezeigt, wie er vor sich einen holographischen Bildschirm aufrufen konnte. Auf der Erde hatte John schon einige wenige Hologramme zu Gesicht bekommen, allerdings waren diese, im Vergleich zu dem, was sich hier vor ihm auftat, noch in ihren Kinderschuhen gewesen. Als ob das alles nicht schon genug gewesen wäre, generierte der Seesoljaner einen holographischen Knopf neben dem Bildschirm. Seitdem John den Raumgleiter auf dem Mars betreten hatte, kam er aus dem Staunen nicht mehr heraus. Im

Vergleich zu dem, was ihm noch bevorstand, war das bis dato Gesehene mit Sicherheit noch nichts gewesen. Der Große forderte John auf, den holographischen Knopf zu betätigen und kurz darauf war plötzlich Lewis als Hologramm vor ihm zu sehen. Voller Freude und Erleichterung begrüßten sich die beiden. Der Seesoljaner machte Anstalten, den Raum zu verlassen, doch John wandte sich für einen Moment von Lewis ab.

„Warte!"

Der Seesoljaner drehte sich um und schaute John mit seinen vorderen Augen an. John deutete auf sich.

„John!"

Der Übersetzer, den er in den Helm in seiner Hand gelegt hatte, gab einige Laute von sich. Der Seesoljaner deutete auf sich und stieß seinerseits kaum zu hörende Laute aus.

„Agwhh!"

John versuchte, den Namen richtig auszusprechen.

„Danke Agwhh!"

Agwhh machte eine Geste, die der Errrooo nicht verstand und verließ den Raum. Als John sich wieder dem Bildschirm zuwandte, hatte sich mittlerweile die komplette Kolonie um Lewis versammelt. Einige, die keinen Platz in der Kommandozentrale gefunden hatten, steckten ihre Köpfe durch die Tür. Alle wollten sie ihn grüßen und erfahren, was geschehen war. Nach und nach berichtete er ihnen, das bis zu diesem Zeitpunkt Erlebte. Erleichterung machte sich unter seinen Kameraden breit.

Chapter XIV

Bei dem Versuch, das Verhalten des Würfels zu verstehen, kam John zu keinem Ergebnis. Er verließ das Schlafzimmer und stoppte auf dem Weg zur Brücke kurz in der Küche, um einen Mokka zuzubereiten. In einer Nachricht schilderte er Nuhhm das Erlebte und hängte alle gesammelten Daten über den Würfel an, welche außer einigen Bildern und negativen Scan-Ergebnissen nichts weiter beinhalteten. Sein neuer Kurs sowie die Bitte, die Daten an Iigsh weiterzuleiten, waren der Nachricht ebenfalls beigefügt. Nach dem Versenden der Botschaft, unterzog er alle Systeme der Laila I, inklusive Alexa, einer Virenprüfung. Er wollte weitere versteckte Dateien des Kubus ausschließen. Der Test fiel negativ aus. Erleichtert konnte John sich nun der bevorstehenden emotionalen Begegnung mit der Vergangenheit widmen, die ihn auf dem Mars erwartete. Alexa hatte den Auftrag, ihn bei Ankunft in der gesetzten marsianische Umlaufbahn zu informieren. Dann lehnte er sich auf den Pilotensitz zurück, holte das Fläschchen aus seiner Weste und ließ zwei Tropfen in seinen Mund fallen. Er schloss die Augen und fand sich in einem Symposium über das „SETI" Projekt wieder. Dieses hatte er während seiner Collegezeit besucht.

Wie so oft in seinen Collegejahren, hatte John auch dieses Mal einen sonnigen Tag am See, mit seinen Freunden und ein paar Bier, gegen sechs Stunden schlechte Luft und schlechten Kaffee auf einem harten Stuhl eingetauscht. Ziel war es, sich über die Projekte zur Suche nach außerirdischer Intelligenz zu bilden. Für ihn war dies keineswegs ein Opfer, das er brachte. Klar, er wäre gerne mit seinen Freunden in den See gesprungen, doch seine Neugier auf das, was sich außerhalb der Erde abspielte, war stärker.

John genoss es, mit seinem eigenen Ich als Avatar, diesen Tag erneut zu erleben. Entspannt lauschte er der Präsentation einer gewissen Dr. Bird, die gerade dabei war, die verschiedenen, angewandten Methoden zur Suche nach außerirdischer Intelligenz zu beschreiben. Während er in sich selbst verweilte und Dr. Bird zuhörte, kamen ihm die viele Nächte ins Gedächtnis, die er damit verbracht hatte, Daten vom Radioteleskop aus Arecibo zu verarbeiten. Damals hatte er am SETI@HOME teilgenommen. Dieses war für jeden zugänglich gewesen, der einen Computer besaß. Wer auch immer sich dafür interessierte, konnte daran teilnehmen und so helfen, die Unmengen an gesammelten Daten über das Universum zu verarbeiten. Immer noch in seinem Avatar richtete er seine Aufmerksamkeit wieder voll und ganz Dr. Bird zu und lauscht dem Symposium bis zum Ende.

John lag in seinem Bett, als Alexa ihn über das Einnehmen einer stabilen Marsumlaufbahn informierte. In seiner Standardprozedur ging er in die Küche, machte sich einen Mokka und begab sich auf die Brücke. Vor sich, durch das große Panoramafenster, erschloss sich ihm der rote Planet. Das Nippen an seinem Mokka, brachte ihm seinen Freund Lewis in Erinnerung. Alexa beauftragte er mit der Durchführung eines Scans der Reste der Marsstation. Währenddessen ging eine Nachricht von Nuhhm ein. Weder er noch Iigsh hatten mehr über den Würfel in Erfahrung bringen können. In keinem Archiv war ein dem Würfel ähnliches Objekt verzeichnet oder erwähnt worden. John schenkte der Nachricht nicht viel Aufmerksamkeit. Im Angesicht des Mars beschäftigten ihn ganz andere Dinge. Um das zu tun, weswegen er hergekommen war, nämlich endlich die Vergangenheit zu verarbeiten, brauchte er Ruhe und musste sich dem Hier und Jetzt widmen.

Er beschloss zu trainieren, zu 'duschen' und seinen Ausflug auf die Marsoberfläche vorzubereiten. Danach würde er versuchen ein wenig erholsamen Schlaf zu bekommen, bevor er den Raumgleiter benutzen und seiner alten Kolonie einen Besuch abstatten würde. Er hoffte, genügend mentale Stärke aufzuweisen, um den Überresten seiner alten Freunde begegnen zu können.

*

Das Gespräch mit Lewis und den anderen war beendet und der Bildschirm vor ihm verschwand wieder. Die Kühlfunktion wurde seit dem Absetzen des Helmes nicht mehr ausgeführt und John war irrsinnig heiß in seinem Raumanzug. Er musste etwas dagegen tun und entschied, sich des Anzugs zu entledigen. Die Seesoljaner hatten keine Information darüber, wie sich die Menschen kleideten, oder ob es vielleicht sogar normal für sie war, nackt herumzulaufen. Von nun an würde er sich in der Baumwollunterwäsche fortbewegen, die die Astronauten standardmäßig unter den Anzügen trugen. Dies würde es ihm erlauben, den Raumanzug auf den Boden zu legen und als Matratze zu verwenden. Das Energiefeld hatte er ausgeschlossen und derzeit hatte er keine andere Schlafmöglichkeit.

Agwhh trat erneut in sein Quartier. Er schien verwirrt. Ohne seinen Raumanzug wirkte der Errrooo noch schmächtiger auf den Seesoljaner, obwohl John, mit seinen ein Meter vierundneunzig und fünfundneunzig Kilogramm, kein Fliegengewicht der menschlichen Spezies darstellte. Agwhh bat ihn darum, ihm zu folgen. Wieder führte ihn dieser durch viele, in einfaches Weiß getauchte Gänge. Diese bevorzugte Schlichtheit der Seesoljaner war John bereits bei seiner Ankunft aufgefallen. Doch diese schien nur oberflächlich zu sein. Hinter dem schlichten Weiß verbarg sich die technische Genialität, die nicht nur das Funktionieren des Raumkreuzers ermöglichte. Einen kleinen Geschmack dieser Genialität hatte er bereits kennengelernt und profitierte sogar von ihr. Just in diesem Moment trug er die Nasenklemme. Diese erlaubte ihm das Atmen in dieser fremden Atmosphäre. Auch der Übersetzer, der einem mit einer anderen Spezies die Kommunikation ermöglichte, war ein erstaunlicher Apparat. Er kannte ähnliche Programme von der Erde, bezweifelte aber, dass diese auch nur annähernd an die Komplexität des seesoljanischen Übersetzers herankamen. Der Rundgang durch den Raumkreuzer ließ ihn allerdings auf die oberflächliche Schlichtheit blicken. An vielen Räumen blieben sie nur kurz an der Tür stehen und oft hatte John nicht einmal Zeit, auch nur einen flüchtigen Blick hineinzuwerfen, bevor sie zum nächsten gingen. An den meisten der Räume gingen sie ohnehin ganz vorbei.

Trotz des hastigen Rundgangs durch die Eingeweide des Schiffs, stellten sich John zu unzähligen Dingen, die er dabei gesehen hatte, auch unzählige Fragen. Vieles auf diesem Kreuzer entzog sich seinem technischen Wissen und aufgrund der sprachlichen Barriere, konnte er seinem Begleiter keine Fragen zu all dem stellen. Seine Faszination wurde durch Fehlen technischer Details allerdings nicht getrübt. Weiterhin bekam er einen ersten Einblick in das Schiffstreiben und das soziale Verhalten der Seesoljaner. Sie waren den Menschen nicht ganz unähnlich, jedoch viel effizienter. Ihre vier Augen und Arme waren hierbei von großem Vorteil. Auch die Ausmaße des Schiffes hatten ihn beeindruckt. Eine der Hallen, die sie besuchten, war von enormen Dimensionen. John glaubte, in ihr den Antriebskern des Raumkreuzers gesehen zu haben, doch auch dies überschritt sein technisches Verständnis bei Weitem. In einem anderen Bereich bewegte die Besatzung schweres Material anhand von unsichtbaren Kraftfeldern. Dies ließ ihn mit offenem Mund staunen und sein physisches Wissen infrage stellen.

Die wissenschaftliche Neugier in ihm wurde von Reizen nur so überflutet. Nach Beendigung des Rundgangs und wieder in seinem Quartier fühlte John sich wie ein Kind nach einem Besuch der Schokoladenfabrik Willy Wonkas. Agwhh erklärte ihm unter Zuhilfenahme des virtuellen Bildschirms, dass das Schiff in drei Stunden HST die Reise zu Heimatplaneten der Seesoljaner antreten würde. Unwissend darüber, ob die Kommunikation zum Mars auch nach ihrer Abreise noch möglich war, wollte er sich vor dem Abflug noch einmal mit der Kolonie in Verbindung setzen. Er kannte die auf dem Mars zur Verfügung stehende Technologie. Für die zu überbrückenden Distanzen, in die er im Kartenraum der Seesoljaner Einblick bekommen hatte, würde diese Jahre benötigen, um selbst einfache Datenmengen zu übermitteln. Sollte dies überhaupt möglich sein.

Über die Kommunikation zum Mars machte sich John aber vorerst keine zu großen Gedanken, ganz im Gegenteil zur Dauer der Reise und des Aufenthaltes an ihrem Zielort. Bis dato war ihm noch kein Essen oder Trinken angeboten worden. Bei seinem Rundgang hatte er auch nichts in der Richtung beobachten können. Seine langfristige Verpflegung bereitete ihm aus diesem Grund wesentlich mehr Sorge. Er öffnete seinen Koffer, holte einen Trinkbeutel mit Wasser und etwas zu Essen hervor. Erst präsentierte er die Sachen Agwhh und aß und trank dann etwas davon. Daraufhin hielt er es Agwhh hin. Dieser hielt es sich an die Öffnung seiner Stirn und roch daran. Mit einem Ausdruck, den John als Ekel interpretierte, gab der Große es wieder zurück. John nahm sein Tablet zur Hand und versuchte seinem Gegenüber die begrenzten Ressourcen, die er zur Verfügung hatte, begreiflich zu machen. Agwhh schien recht schnell zu verstehen, worauf der Errrooo hinaus wollte und bat diesen erneut um einige der Nahrungsmittel. Dann hielt er John zum Warten an und verschwand durch die Tür.

John war seit dem Kontakt mit den Aliens zum ersten Mal mit sich allein. Er holte tief Luft und genehmigte es sich, fünf Minuten auszurasten. Ihm wurde bewusst, dass er da gerade etwas Unglaubliches erlebte und welche Bedeutung dies in der Geschichte der Menschheit hatte. Erneut holte er tief Luft und beruhigte sich. Dem Bedienfeld in der Wand zugewandt, versuchte er die Verbindung zum Mars aufzubauen. Es war ein Kinderspiel. Agwhh hatte die Wandkonsole voreingestellt belassen. John musste nur einen der Knöpfe im Bedienfeld drücken, um den Bildschirm aufzurufen und dann den virtuellen Knopf daneben. Dieser schien wie eine Kurzwahloption zu fungieren. Er verabschiedete sich von allen und erklärte ihnen die Schwierigkeiten der Kommunikation, die mit zunehmender Entfernung auftreten würden. Sie sollten sich keine Sorgen um ihn machen. Es könnte durchaus längere Perioden geben, in denen sie nichts von ihm hören würden. Bevor er den Videocall beendete, stellte er noch eine letzte Frage, die er an die ganze Gruppe richtete. Er hatte diese nicht mit seinen Gastgebern abgesprochen.

„Hört zu! Ihr wisst, die Reise, die ich antreten werde, wird mit großer Wahrscheinlichkeit sehr lang dauern. Ich konnte nicht in Erfahrung bringen, wann ich wieder hier sein werde. Die Seesoljaner scheinen ein nettes und gastfreundliches Volk zu sein und genügend Platz haben sie auch an Bord. Wollt ihr es euch nicht noch einmal überlegen und diese Reise mit mir unternehmen? Ich stelle euch diese Frage als Gruppe, denn wenn nur einige mitkämen, wäre die Funktionsfähigkeit der Kolonie gefährdet. In so geringer Anzahl ist es besser, wenn wir als Menschen immer zusammenbleiben. Ich melde mich in einer Stunde wieder, spätestens dann brauche ich eure Antwort."

Lewis blickte ihn verdutzt an, nickte und sie unterbrachen die Kommunikation.

Nur einen Augenblick später kam Agwhh zurück in Johns Quartier und hielt mit seinem rechten unteren Arm eine Art Tablett. Auf diesem befanden sich ein lilafarbenes Pulver, eine Masse aus grauem Gele-Schleim sowie ein Gefäß. Er streckte es dem Errrooo entgegen und forderte ihn auf, es zu kosten. John wollte, am besten noch vor dem Antritt der langen Reise, seine Verpflegung geklärt haben, deshalb zögerte er nicht lange und kostete von allem. Selbstverständlich unter der Annahme, dass Agwhh die mitgenommene Essens- und Wasserproben zuvor analysiert und daraufhin einen, für ihn verträglichen, Nahrungsersatz erstellt hatte.

Das lila Pulver lag sehr trocken in seinem Mund, war aber geschmacklos. Er nahm das Gefäß und spülte das trockene Pulver hinunter. Anstatt des erhofften Wassers, kam aus dem Gefäß eine Brühe, dessen Geschmack er nicht zuordnen konnte. Doch es war nicht ungenießbar. Der Schleim hingegen schmeckte widerlich, auch wenn seine Textur einen Großteil dazu beitrug. Alles in allem schmeckte ihm das Zeug nicht sonderlich, aber wenigstens wusste er seine Verpflegung für die Dauer seines Aufenthalts bei den Seesoljanern gesichert. Verhungern würde er nicht, ob aber die benötigten Nährstoffe in diesem Essensersatz enthalten waren, würde sich erst mit der Zeit erweisen.

Ein weiterer Punkt, den er klären musste, hatte mit den großen und kleinen Bedürfnissen der Menschheit zu tun. Doch dieses Problem wollte er zu einem späteren Zeitpunkt angehen. Agwhh konnte im Verhalten des Errrooo keine erkennbaren Einwände gegenüber der mitgebrachten Nahrung feststellen und war zufrieden. Die Nahrungsaufnahme schien geklärt. Er bat John, seinen Blick auf das Bedienfeld zu richten. Der Große deutete auf eine Zeichenreihe in der linken unteren Ecke des Bedienfeldes, die sich kontinuierlich veränderte. John interpretierte eine Art Uhr oder einen Countdown. Der Seesoljaner nahm den Übersetzer zur Hilfe.

„In vier Stunden."

Zuerst dachte John, der Abflug sei verzögert worden. Er machte Agwhh Anzeichen verstanden zu haben. Daraufhin verabschiedete sich der Große und verließ ohne ein weiteres Wort den Raum. John war verwirrt. Sein neuer Freund hatte diesmal den Abflug nicht mit einer Geste signalisiert, auch der Countdown war etwas Neues, im Vergleich zur ersten Abflugzeit. Sollte es sich doch nicht um die neue Abflugzeit handeln?

Nachdem Agwhh den Raum verlassen hatte, versuchte John den Boden seines Quartiers, mit Verwendung seines Raumanzuges, auf irgendeine Weise bequemer zu gestalten. Die im Anzug eingelassenen starren Ventile und Ringverschlüsse machten daraus ein unmögliches Unterfangen. Er gab auf und legte den Anzug sorgfältig in eine Ecke des Zimmers. Denn auch in Zukunft würde er diesen des Öfteren noch unversehrt benötigen. Die vereinbarte Stunde mit den Kolonisten war noch nicht verstrichen, doch er konnte es nicht abwarten. Ungeduldig stellte John erneut die Verbindung zum Mars her. Zu seiner Enttäuschung hatte die Gemeinschaft entschieden, erst einmal abzuwarten. Bevor sich der klägliche Rest ihrer Spezies ins Ungewisse stürzte, wollten sie hören, was John nach seiner Rückkehr zu berichten hatte. Der Kolonie war es möglich, sich jahrelang selbst zu versorgen. Sie wollte, nach der Vernichtung der Erde, nicht gleich auch noch den Rest der Menschheit unberechenbaren Gefahren aussetzen. Die Nachricht begrub seine Hoffnung, die Reise ins Ungewisse gemeinsam mit den Seinen vollführen zu können. Er informierte sie noch über die Lösung der Ernährungsfrage und verabschiedete sich dann mit schwerem Herzen.

Nach dem Ablauf des Countdowns löste sich das Rätsel der vier Stunden. Es war der Moment, in dem Agwhh und John ihre erste Lektion der seesoljanischen Sprache hatten. Der eigentliche Grund für Johns Anwesenheit. Der Raumkreuzer hatte kurz vor ihrer ersten Lerneinheit die Reise zum Heimatplaneten der Seesoljaner begonnen.

Chapter XV

Über die Schleuse im obersten Deck gelangte John in den kleinen Raumgleiter der Laila I und bereitete das Abkopplungsmanöver vor. Der Raumgleiter war nur für zwei Insassen ausgelegt, allerdings seesoljanische Insassen. Dank der physischen Statur dieser Kreaturen hatte John ausreichend Platz, um eventuelle Erinnerungsstücke und Gebrauchsgegenstände vom Mars mitzubringen.

Er landete unweit der südlichen Schleuse. Es war dieselbe, durch die er die Station vor elf Jahren verlassen hatte. Unwohlsein überkam ihn. Bestückt mit Nasenklemme und Halsring, öffnete er nach dem Druckausgleich den Gleiter. Die Schleuse sah noch intakt aus, hatte aber längst ihre Funktion aufgegeben und stand schon seit Jahren nicht mehr unter Druck. Johns Innenleben war ein einziges Chaos. Erinnerungen von damals und Gefühle von heute vermischten sich. Dies war der Ort, an den er seit seinem fünfzehnten Lebensjahr reisen wollte. Der am weitesten von der Erde entfernte Planet, den der Mensch je betreten hatte. Wie ironisch das Leben doch sein konnte. Hätte Nuhm seinen kleinen, katastrophalen Rempler mit dem Asteroiden gemeldet, würde John jetzt zusammen mit seinen Kollegen auf dem Mars verwesen. Die Erde und alles Leben auf ihr würde hingegen mit größter Wahrscheinlichkeit noch existieren.

John hatte Nuhm schon lange verziehen. Anfangs jedoch, brauchte er jemanden, den er verantwortlich machen und auf den er wütend sein konnte. Die Untersuchungen der Seesoljaner hatten ergeben, dass der Auslöser für die Zerstörung der Erde, Nuhhms Unachtsamkeit und vor allem das Nichtmelden des Vorfalls gewesen war. Nichtsdestotrotz war keine Absicht hinter dem Unfall gewesen, der traurigerweise verheerende Folgen nach sich gezogen hatte. Zur Strafe wurde Nuhhm auferlegt, den Rest seines Lebens für den Errrooo, den letzten Menschen der Galaxie, verantwortlich zu sein. Nuhhm, der am Boden zerstört war, als er erfahren hatte, verantwortlich für die Vernichtung eines Planeten und dessen unzähliger Lebewesen zu sein, fügte sich jeder Bürde und Strafe, die ihm auferlegt wurde. Er nahm John bei sich auf und wies ihn, so gut er konnte, in das seesoljanische und galaktische Leben ein. Bis heute hatte Nuhhm keine Worte der Verzeihung für das Auslöschen des Planeten seines neuen Freundes gefunden und es deshalb auch gar nicht erst versucht. Er glaubte einfach nicht, dass Worte seine Schuldgefühle zum Ausdruck oder das Geschehene wiedergutmachen könnten.

Jetzt stand John vor der alten Marsstation. Sie hatte ihn davor bewahrt, dasselbe Schicksal zu erleiden, wie all die Menschen auf der Erde. Einen Moment lang dachte er darüber nach, was er seither alles erlebt und gesehen hatte. Er hatte ein zweites, vollkommen anderes Leben seit dem Verlassen des Mars gelebt und genau deshalb war er ja gekommen. John wollte sich über sich selbst, sein Leben und die Geschehnisse bewusst werden. Seine Realität, wie sie in diesem Moment war, wollte er annehmen und die Vergangenheit, die nie wieder sein würde, ruhen lassen.

Den Riss, der durch die ganze Station ging, konnte man schon von außen erkennen. Die nördliche Hälfte des Komplexes lag etwas tiefer als die südliche. Durch die Schleuse vor sich und den Gang dahinter gelangte er in den Hauptdom. Ein weiterer Gang führte ihn zu seinem alten Arbeitsplatz. Auch im Innern war der kontinuierliche Riss durch die Station klar zu sehen. Hier und da traf er auf die, durch Trockenheit, Strahlung und Temperaturextreme, zersetzten Überreste seiner ehemaligen Kameraden. Einige trugen teilweise ihren Marsanzug, so als ob sie versucht hatten, diesen in Eile anzulegen. Andere waren in ihre Thermobekleidung. Als John an der Kommunikationszentrale ankam, fand er diese verschlossen vor. Er versuchte die Tür zu entriegeln, was ihm aber erst unter Zuhilfenahme eines herumliegenden Rohres und der Hebelkraft gelang, die er auf das Rad der Schleuse ausübte. Das Rohr hatte zuvor zur Struktur des Ganges gehört, sich aber, durch jahrelange Aussetzung von Sandstürmen, Strahlung und fehlender Wartung, gelöst. In der Zentrale fand er die Reste dessen, was er als Lewis identifizierte. Sein botanischer Freund saß noch an derselben Stelle, von der aus er die letzte Nachricht an John gesendet hatte. Erinnerungen daran, wie es war, mit anderen Menschen zu leben, kamen in John auf. Ein klaustrophobisches Gefühl überkam ihn in der Station. Er musste raus.

John verließ den Komplex und machte sich auf den Weg zur Spitze seines damaligen Lieblingshügels. Im unbeweglichen Marsanzug der NASA war es unglaublich schwierig und anstrengend gewesen, diesen Weg zurückzulegen. Mit dem Halsring war der Aufstieg indes ein Kinderspiel. Auf dem

Hügel angekommen, setzte er sich in den roten Sand und sah hinab ins Tal, in dem sich die Station seiner ehemaligen Kolonie befand. Die Sonne hatte gerade angefangen, hinter dem Gebäude unterzugehen. Er nahm Abschied.

*

Johns Körper, Geist und Seele ließen seit einigen Wochen, genauer gesagt seit der Vernichtung der Erde, nur noch oberflächliche und augenblickliche Gemützustände zu. Unentwegt wurde er mit neuem, schwer verdaulichem Input überschüttet, ohne dass ihm Zeit zwischen den Ereignissen blieb, diesen zu verarbeiten.

Die unglaubliche Beschleunigung des seesoljanischen Raumkreuzers, indem er sich nun schon seit einigen Stunden befand, war ein weiterer dieser Inputs gewesen. In seinem Quartier vernahm er nur ein leichtes Ruckeln, als sich das Schiff in Bewegung setzte, woraufhin er sich in den Gang, zu einem der Fenster begab. Zu Beginn konnte er noch beobachten, wie sich die Sterne immer schneller bewegten und von Punkten zu Linien verformten. Dann verschwanden die Linien und das All schien nur noch schwarz zu sein. Für John war die Geschwindigkeit, mit der sich das Schiff bewegte, nicht greifbar. Von vielen Wissenschaftlern der Erde war eine solche als nicht möglich eingestuft und von anderen nur theoretisch bestätigt worden.

Nachdem der Raumkreuzer anscheinend seine Reisegeschwindigkeit erreicht hatte und diese für mehrere Wochen beibehalten würde, begann John, sich regelmäßig mit Agwhh für die Lerneinheiten der seesoljanischen Sprache zu treffen.

Anfangs war es für ihn schwierig, selbst die hörbaren Laute aus Agwhhs Mund zu unterscheiden, da sie für ihn alle gleich klangen. Unter Zuhilfenahme des Übersetzers, seines Tablets, ihren Händen und Füßen, begannen sie aber schon bald, erste sprachliche Fehlkonzepte des Übersetzers auszubessern. Die beiden verbrachten viel Zeit miteinander, lernten sich kennen und mit Agwhh gewann John seinen ersten seesoljanischen Freund. Recht früh stellten sie fest, dass das menschliche Sprech-, sowie das menschliche Hörorgan, nicht für die Sprache der Seesoljaner geschaffen waren. Nicht etwa, weil die Seesoljaner sehr leise sprachen, was sie taten, sondern weil einige ihrer Laute in einer Frequenz stattfanden, in der das menschliche Ohr nicht operierte und die menschlichen Stimmbänder diese nicht reproduzieren konnten. Damit fiel das Lernen der seesoljanischen Sprache für John, auf Hör- und Sprachbasis, flach. Unter Zuhilfenahme des menschlichen Archivmaterials, welches Captain Ehhrm vor dem ersten Kontakt angefordert hatte, und den Informationen auf Johns Tablet, gelang es den beiden dennoch den Übersetzer ein wenig zu verfeinern. John lernte zudem einige einfache Wörter und fing allmählich an, die komplizierten Schriftzeichen nicht etwa lesen zu können, aber immerhin zu differenzieren. Sie machten Fortschritte.

Die Tage an Bord vergingen, die Farbe des Essens variierte, die Textur jedoch nicht. Bei seinen Spaziergängen auf dem Schiff traf er auf viele andere Seesoljaner, hatte aber nur zu seinem Freund wirklich Kontakt. Schon kurz nach Verlassen des Marsorbits stellte John erleichtert die fortbestehende Möglichkeit der Kommunikation zur Kolonie fest. Einmal pro

Woche empfing und sendete er eine Videonachricht vom und zum Mars. Zu diesem Zeitpunkt wusste er noch nichts von der Existenz der Komm-Boje, die Captain Ehrrm in der Umlaufbahn des Mars ausgesetzt hatte, um die Verbindung aufrechtzuerhalten. Eine direkte Verbindung zwischen Schiff und dem Planeten wäre nicht möglich gewesen. Bis auf seine Spaziergänge und den Lerneinheiten, die sie an verschiedenen, nicht festgelegten Orten des Schiffes vollzogen, verbrachte John viel Zeit in seinem Quartier. Dort versuchte er, sooft er konnte, sich körperlich zu betätigen, um fit zu bleiben. Für die Körperhygiene hatte Agwhh ihm ein weißes Pulver zur Verfügung gestellt, mit dem er sich waschen konnte. Als sein großer Freund ihm das Pulver brachte, wies er den Errrooo auch gleich in dessen Benutzung ein. Hierbei rieb er Johns Arm damit ein und zeigte ihm an, am ganzen Körper auf dieselbe Weise zu verfahren. Dann führte er den kleinen Erdling in die Ecke, in der Agwhh die Schlafdemonstration vollzogen hatte. Erneut schaltete er das Energiefeld ein, nahm Johns Arm und hielt ihn hinein. Das Pulver auf Johns Arm wurde in dem Feld von seiner Haut getrennt und löste sich dann in diesem Energiefeld, welches allem Anschein nach mehr als nur die Schlaffunktion ausübte, auf. Nach seinem ersten Ganzkörpertest stellte John allerdings fest, dass diese Technologie entweder noch nicht ganz ausgereift oder für diese Funktion nicht geschaffen war. Nicht an allen Stellen seines Körpers hatte sich das Pulver aufgelöst.

Für die Essenslieferungen, Reinigung seines Quartiers und des Gefäßes, welches ihm für seine großen und kleinen Bedürfnisse zur Verfügung gestellt worden war, kam ein

Roboter zum Einsatz. Die Grundstruktur der Maschine war eine kleine schwebende Tonne. Bei den Essenslieferungen balancierte diese Tonne ein Tablett, welches John gleichzeitig als Teller diente, mit einem unsichtbaren Kraftfeld über sich. Im Reinigungsmodus kam eine Art breitgefächerter Lichtstrahl zum Einsatz, mit dem Johns Quartier durchleuchtet wurde. Dabei vaporisierte der Roboter Staub, Fett und andere verunreinigende Partikel. Danach saugte der Apparat die seesoljanische Luft durch eine Öffnung an und stieß diese, gereinigt von den Unreinheiten, durch eine andere wieder aus. Was mit dem Gefäß geschah, in dem John seine großen und kleinen Bedürfnisse entrichtete, wusste er nicht. Die schwebende Tonne nahm dieses, ebenfalls in einem Kraftfeld, mit und brachte kurzer Zeit später einen neuen, oder denselben, leer und gereinigt wieder zurück. Erst wusste John nicht, ob es sich bei jeder Tätigkeit um denselben oder jeweils einen anderen Roboter handelte. Erst nachdem er diesen mit etwas von dem weißen Pulver zur Reinigung markiert hatte, wurde ihm bestätigt, dass es immer der gleiche war.

Die Zeit, in der John nicht mit Agwhh zusammen war, verbrachte er damit, das Schiffsgeschehen zu beobachten. Vieles war anders und neu, aber nicht alles. Sein Zeitgefühl hatte er schon wenige Tage nach dem Abflug völlig verloren. Sein Alltag war nur noch in Lerneinheiten der seesoljanischen Sprache eingeteilt. Etwa dreieinhalb Monate waren vergangen, als Agwhh ihm den bevorstehenden Eintritt in ihr Zielsternensystem mitteilte. Dies bedeutete, sie würden aus der Geschwindigkeit des Hyperraum-Impulses austreten und John bekäme die Möglichkeit, das Sternensystem betrachten zu können. Bis jetzt war dies für ihn nicht möglich gewesen, da sie schneller als das Licht gereist waren. Alles, was man aus dem Fenster sehen konnte, war schwarz gewesen. Das Licht der Objekte schaffte es nicht, das Schiff einzuholen. John war sehr gespannt darauf gewesen, einen, bis dato den Menschen unbekannten, Bereich der Galaxie zu sehen.

Auf der Suche nach einem Platz, von dem aus er einen guten Blick nach draußen hatte, wanderte er durch das Schiff. Diesen fand er in einem der Aufenthaltsräume der Mannschaft. Bei seinen Erkundungen des Raumkreuzers war er nur auf wenige Fenster gestoßen. Doch die wenigen, die er gefunden hatte, waren von der Decke bis zum Boden in die Wände eingelassen und boten einen wunderbaren Ausblick. Während des langen Hyperraumfluges waren es allerdings nur schwarze Bilder an einer Wand gewesen.

Der Mannschaftsraum, wie der Rest des Schiffes, war sehr schlicht gehalten. Die Funktionalität schien auf dem Schiff den Vorrang zu haben. Es gab mehrere solcher Mannschaftsräume. John erschienen diese aufgrund der seesoljanischen Statur immens. Aus seesoljanischer Perspektive, waren diese auf kleinere Gruppen angelegt, damit sie nicht wie Vieh in einem einzigen riesigen Saal zusammengepfercht waren. Der Raum hatte weiße Wände und sechs lange, weiße Tische mit Sitzbänken. Weder die Tische noch die Sitzbänke waren auf Beine gestellt, sondern schienen im Raum zu schweben. Nur an der Wand waren sie zwischen den großen Fenstern, die sich jeweils zwischen der Bank des einen und der des anderen Tische befanden, verankert. Der Boden und die Decke waren in Schwarz gehalten. Für Johns Maßstab kamen ihm die Bänke wie Tische und die Tische wie hohe Regale vor. Er machte es sich am Ende des Raumes, in einer der Einschalungen der Fenster, bequem. Diese war am Übergang zum Boden gerundet und bot ihm so eine ideale Sitznische. Hier konnte er gelassen am Fenster sitzen und lange Zeit das faszinierende Bild, welches sich ihm auf der anderen Seite der Scheibe bot, beobachten.

Nachdem John sich dort eingenistet hatte, gelang es ihm, einigen Seesoljaner dabei zuzusehen, wie sie aus einem Loch in der Wand Essen und Trinken entnahmen. Dieses war unter einem der Bedienfelder, gegenüber der Fensterreihe, angebracht. Der Apparat erinnerte John so sehr an einen Replikator, dass die Macher von StarTrek entweder Seesoljaner gewesen sein mussten, oder diese wenigstens gekannt hatten. Zum ersten Mal, während des ganzen Fluges, war es ihm möglich gewesen, einen Seesoljaner bei der Nahrungsaufnahme beobachten können. Er dachte schon, sie würden sich von Luft ernähren. Ansonsten hatte der Aufenthaltsraum nichts weiter aufzuweisen, außer der Standardkonsole, die in jedem Raum zu finden war. Dem Anschein nach konnte man von dieser auf eine Vielzahl der Bordsysteme zugreifen.

Der Raumkreuzer trat aus dem Hyperraum und durch die großen Fenster des Mannschaftsraums, beobachtete John das Spektakel, nur umgekehrt. Aus dem schwarzen Nichts entstanden plötzlich weiße Linien, die nach und nach kürzer wurden, bis sie wieder einzelne Sterne im All darstellten. Eine Großzahl der Systeme in der Galaxie besaßen mehr als nur einen Stern. Bis zu diesem Zeitpunkt hatte John noch keines mit seinen eigenen Augen gesehen. Sowieso war der einzige

Stern, den er aus einer relativen Nähe zu Gesicht bekommen hatte, die Sonne gewesen. In diesem System erhellten gleich drei Sterne den Raum. Zwei etwas kleinere und ein großer. Alle strahlten sie unterschiedlich hell. In weiter Ferne konnte John, schräg unter sich, einen blauen Planeten ausmachen. Seine zwei Monde waren kaum zu erkennen. Es musste sich um den Planet MIB004 handeln, die Heimat der Seesoljaner.

Ihre kontinuierliche und harte Arbeit am Übersetzer zeigte bereits die ersten Früchte. Deshalb war es John möglich gewesen, schon einige Zeit vor ihrer Ankunft auf MIB004, Agwhh über seine Heimat zu befragen. Deshalb wusste er auch, dass MIB004 ein blauer Planet war und zwei Monde besaß. Wieder erwarteten John Spencer eine Reihe von Ereignissen, die kein anderer Mensch je erleben würde. Als Erster in ein anderes Sternensystem zu reisen, hatte er bereits vollbracht. Nur kurz darauf würde er den dritten Planeten betreten, auf dem ein Mensch je einen Fuß gesetzt hatte, und einen bewohnten noch dazu. Welches dieser Ereignisse ihm wichtiger erschien, konnte er nicht beurteilen. Letzten Endes würde er und nur er, sie alle erleben.

Einige Stunden nach dem Eintritt in das System MIB000 suchte Agwhh den Errrooo auf und führte ihn zu einem Treffen mit Captain Ehrrm. Mittlerweile war John bekannt, dass der Seesoljaner, der ihm den Übersetzer übergeben hatte, der Captain des Schiffes war und Ehrrm hieß. Seit der ersten Begegnung im Kartenraum hatte er diesen während des gesamten Fluges nicht mehr zu Gesicht bekommen. John hatte in einer ihrer Lerneinheiten, Agwhh sein Bedürfnis Kleidung zu tragen verständlich gemacht und sein neuer Freund war so freundlich gewesen, ihm einige Kleidungsstücke anfertigen zu lassen. Auf diese Weise konnte er es vermeiden, in seiner Unterwäsche, vor dem Captain und dem seesoljanischen Volk des Planeten MIB004 aufzutreten. Selbstverständlich ging es dabei nur darum, Johns Nerven zu beruhigen, denn keiner der Seesoljaner wäre imstande gewesen, die Unterwäsche von anderer Kleidung zu unterscheiden.

Das Treffen mit Captain Ehrrm fand diesmal nicht im Kartenraum des Raumkreuzers statt. Der Saal war diesem aber sehr ähnlich, doch anstatt der Halbkugel hatte dieser einen geschlossenen Zylinder in der Mitte des Raumes. Das weiße, zwei Meter hohe Objekt stand hochkant und war rundum geschlossen. Eine Gruppe von Seesoljaner hatte sich darum versammelt. Die Wände des Raumes waren, wie gewohnt, weiß, der Boden und die Decke schwarz. Dieser Raum verfügte über drei, in die Wände eingelassenen, Bedienkonsolen, weiterhin fiel John nichts Außergewöhnliches auf. Die Fortschritte am Übersetzer und das erarbeitete Verständnis zwischen ihm und Agwhh, ermöglichten diesmal eine wesentlich bessere Kommunikation zwischen dem Captain und dem Errrooo.

Ehrrm teilte John das weitere Vorgehen mit. Auf MIB004 würde er, mit Agwhh sowie der Hilfe von zwei seesoljanischen Spezialisten, an der Verfeinerung der Sprachübersetzung arbeiten. Die während des Fluges geleistete Vorarbeit, würde nun, durch die Verwendung des speziell für diese Zwecke gebauten Zentralrechners und seiner künstlichen Intelligenz, einfacher und schneller vorangehen. Laut Captain Ehrrm stand ein solcher Zentralrechner, inklusive seiner KI, jedem Volk in der Galaxie zur Verfügung, dessen Sprache in der Datenbank verzeichnet war. Dieser wurde von den Kinchetenalp gestellt und eingerichtet. Zu diesem Zeitpunkt wusste John noch nicht einmal wer oder was die Kinchetenalp überhaupt waren und nahm diesen Fakt deshalb einfach so hin. Die Kommunikation sollte auf diese Weise in spätestens einem Monat auf fast allen Ebenen möglich sein. Dann würde die KI des Rechners den Rest übernehmen und die Übersetzungen selbst verfeinern. Nach Beendigung seiner Arbeit würden ihn die Seesoljaner zurück zum Mars bringen. Die Errrooo könnten dann, unter Zuhilfenahme des Übersetzers, in Beziehungen mit verschiedenen Völkern der Galaxie treten und so ihren zukünftigen Weg als Volk entscheiden.

Endlich hatte John Information über die ungefähre Länge seines Aufenthaltes und den Zeitpunkt seiner Rückkehr erhalten. Darüber war er nicht nur froh, sondern auch dankbar. In diesem Augenblick wartete er jedoch einfach nur ungeduldig darauf, MIB004 betreten zu können. Zudem warf die erhaltene Information in ihm die Frage auf, ob er genug Zeit hätte, alles Sehenswürdige auf dem blauen Planeten besichtigen zu können.

Captain Ehhrm verabschiedete sich mit einem 'Aloha' und wünschte John und Agwhh viel Erfolg. John erwiderte die hawaiianische Grußformel. Diese wurde sowohl zur Begrüßung, als auch zum Abschied verwendet, bedeutete aber noch viel mehr. Liebe, Mitgefühl und Freundlichkeit waren nur einige Beispiele. Weit über die Definition hinaus war 'Aloha' auf der Erde zum Symbol einer Lebensphilosophie geworden. John war positiv überrascht gewesen, dass die Seesoljaner ausgerechnet dieses Wort zur Begrüßung in ihrer ersten Nachricht verwendeten. Während der Lerneinheiten über Begrüßungen entschied er dann, das Wort 'Aloha' als Standard für menschliche Begrüßungen und Abschiede beizubehalten und festzulegen. Es sollte die Menschen, die es hörten, immer daran erinnern, mit welchem Geiste sie der wunderbaren neuen galaktischen Nachbarschaft gegenübertreten sollten und was es seiner Meinung nach bedeutete, Mensch zu sein. Vielleicht würden es die 43 verbleibenden doch noch schaffen, sich zu vermehren und die Menschheit vor dem Aussterben bewahren.

Er begab sich wieder auf seinen Ausguck im Aufenthaltsraum der Seesoljaner und wartete fieberhaft darauf, diese blaue Kugel endlich unter seinen Füßen zu spüren.

Chapter XVI

Es war bereits stockdunkel, als John den Hügel zur Mars-station wieder hinab stieg. Er hatte die Lichter des Halsrings aktiviert, um sich den Weg zu leuchten. Dieser Halsring war eine ebenso geniale Erfindung, wie die Nasenklemme. John hatte das erste Mal bei seinem Ausflug, auf einen der Monde von ZENIT0780, Kontakt mit diesem Artefakt gehabt. Zusammen waren die Nasenklemme und der Halsring das Nonplusultra für jeden Astronauten. Während der Nasenring dafür sorgte, den Körper in jeder Umgebung mit dem korrekten Luftgemisch zu versorgen, hatte der Ring um den Hals die Aufgabe, den Körper vor äußeren Gegebenheiten zu bewahren. Unter Zuhilfenahme der Bioenergie des zu schüt-zenden Körpers erzeugte der Ring ein drei Zentimeter dickes Energiefeld um jedes einzelne Glied. Diese schütze ihn vor extremen Temperaturen und diversen Strahlungen. Das Ener-giefeld schränkte ihn physisch nicht ein und er spürte es auch nicht. Ohne Marsanzug kam es ihm so vor, als liefe er durch die Wüste in Arizona und nicht auf dem Mars.

Er war froh darüber, die schon so lang ausstehende Reise zum Mars unternommen zu haben. Seit der Tragödie auf der Station hatte John sich unentwegt Vorwürfe gemacht. Zum einen, weil er schon wieder einer Katastrophe entkommen war und diesmal als Einziger. Zum anderen, weil er nicht sofort zurückgekehrt war, um zu überprüfen, ob auch wirklich niemand überlebt hatte.

Bevor er sich im Gleiter wieder auf den Weg zur Laila I machte, wollte er noch schnell nachsehen, ob es etwas in der Station gab, das ihm eventuell von Nutzen sein könnte. Die Station war schließlich der einzige Ort der gesamten Galaxie, an dem man noch Sachen finden konnte, die exklusiv für den menschlichen Gebrauch hergestellt wurden. Einige der Dinge, wie Küchenutensilien, Werkzeuge, Kleidung, sowie Datenträger mit Musik und Filmen, hatte er schon im Gleiter verstaut. Dann kam ihm die Idee, noch schnell Lewis Arbeitsplatz zu inspizieren. Doch der Kasten, in dem Lewis die Kaffeepflanzen gepflegt hatte, enthielt nur vertrocknete Erde. Trotzdem entschied er, den kompletten Pflanzkasten einzupacken. Vielleicht wäre es dem Labor der Seesoljaner ja möglich, DNA herauszufiltern und zu reproduzieren.

Dann war er so weit. Wie schon an dem Tag, an dem er den Seesoljanern das erste Mal begegnet war und der ihm das Leben gerettete hatte, schaute er sich ein letztes Mal in Richtung Südschleuse um, verabschiedete sich und verließ den Mars. Jetzt gab es für ihn keinen Grund mehr, den roten Planeten jemals wieder zu betreten.

Zurück auf der Laila I verstaute er das mitgebrachte Material in dem kleinen Frachtraum, der sich neben der Schleuse zum Raumgleiter befand, der nun wieder auf dem oberen, hinteren Ende des Schiffes angedockt war. Zu einem späteren Zeitpunkt würde er die Gegenstände reinigen und auf ihre Brauchbarkeit prüfen. Er fühlte sich gut, ausgeglichen. Eine Haltestelle blieb ihm aber noch. John war sich zu neunundneunzig Prozent sicher, dort nichts mehr vorzufinden, wollte aber mögliche Zweifel ausschließen, die ihn in Zukunft heimsuchen könnten. Er setzte Kurs Richtung Erde und begab sich in die Küche, um einen Happen zu Essen.

Durch das Panoramafenster der Bücke verfolgte er, wie sich sein Schiff am Mond vorbei und in eine Umlaufbahn dessen begab, was einst die Erde gewesen war. Bis auf zahlreiche neue Krater, die aus Einschlägen von Erdmaterial stammten, und einigen größeren Brocken, die den Mond umkreisten, war der ehemalige Trabant der Erde unverändert. Der Blick auf die Reste dessen, was einst den blauen Planeten dargestellt hatte, bot John ein vernichtendes und trostloses Bild. Die Erde war in drei größere Stücke zerbrochen und man sah auf Anhieb, dass Leben darauf schon lange nicht mehr möglich war. Den Sensoren der Laila I zufolge, kreiste der Mond nicht mehr wie einst um die Erde, sondern drehte sich mit dem größten der drei Erdbrocken um einen imaginären Punkt, der zwischen ihnen lag. Johns Körper fing an zu kribbeln und taub zu werden, wieder überkam ihn ein Gefühl von Unbehagen. Einst hatte unzähliges Leben auf dem wie ein Stück zerbrochene Holzkohle im Raum schwebenden Brocken vor ihm existiert und dann, mit einem Schlag, war alles ausgelöscht worden. Von den blauen, grünen und braunen Farben, die man von Bildern des Planeten Erde kannte und die er selbst einst aus dem All hatte beobachten können, war nichts mehr zu sehen. Nur noch ausgebranntes Schwarz machte sich vor seinem Brückenfenster breit. Ohne den historischen Hintergrund und Johns Beziehung dazu, wäre das, was er zu Gesicht bekam, ein astronomisches Schauspiel gewesen. So allerdings bot sich ihm ein Bild des Schreckens und alle Tränen, die er vor elf Jahren nicht hatte vergießen können, flossen in diesem Augenblick.

*

Bei seiner Ankunft auf MIB004 setzte John Spencer, in Vertretung der menschlichen Spezies, als Erster in deren Geschichte, einen Fuß auf den Planeten eines anderen Sternensystems. Für ihn war es der dritte Planet, den er betrat und das waren zwei mehr als für über neunundneunzig Prozent der vergangenen Menschheit. Er hoffte, in naher Zukunft 42 weitere Menschen in diese Statistik aufnehmen zu können. Sein Platz als Neil Armstrong der Neuzeit war ihm dennoch sicher.

Um den Planeten MIB004 herrschte reges Treiben. John hatte zwei größere Raumstationen ausmachen können und schon in eine von ihnen, hätte die ISS (Internationale Raumstation) mehrere Male hineingepasst. Schiffe verschiedenster Bauarten befanden sich in mehreren stabilen Umlaufbahnen. Eine Vielzahl kleinerer und mittlere Gleiter waren entweder auf ihrem Weg zu diesen geparkten Schiffen und den Stationen oder zur Oberfläche des Planeten. John beobachtete, wie sich der Raumkreuzer unter Captain Ehrrms Kommando, in eine Umlaufbahn um den Planeten begab und auf etwas zuhielt, das wie das Gerippe eines riesigen Wales aussah. Als sie sich dem Objekt näherten, vermutete er, dass es sich um eine Trockendock-Raumstation für Raumschiffe handelte. An der Stelle, an der die zwei mittleren Rippen des Skeletts auf die Wirbelsäule trafen, befand sich eine Halterung, die aussah, als wäre sie zum Andocken von Schiffen gedacht. Die übrigen, in regelmäßigen Abständen nach links und rechts abgehenden Stränge, gewährten von allen Seiten Zugriff auf die zu wartenden Schiffe. Bereits kurz darauf hatte der Raumkreuzer unter der Station angedockt. Nach ihrer fast viermonatigen Reise, nahm John an, dass der Kreuzer hier auf den nächsten Flug vorbereitet würde. Die Möglichkeit, die Station von innen und den Raumkreuzer von außen zu Gesicht zu bekommen, ließ ihm den Puls schneller schlagen. Nach so langer Zeit wusste immer noch nicht, wie das Schiff eigentlich aussah. Es war Agwhh, der ihm einen Strich durch die Rechnung machte. Sein Freund führte ihn direkt zu einem Gleiter, mit dem sie ohne Verzögerung Kurs auf MIB004 nahmen. Vom Gleiter aus gelang es ihm nur einen kurzen Blick und auch nur auf einen Teil des riesigen Raumkreuzers zu werfen, auf dem er die letzten drei Monate verbracht hatte. Um sich Details des Schiffes anzuschauen, reichte die kurze Zeit, die sich der Kreuzer in ihrem Sichtfeld befand, nicht aus. Von dem, was er gesehen hatte, schloss er auf eine ovale Form des Flugapparates. Diese erinnerte ihn an einen riesigen amerikanischen Football. Danach drehte der Gleiter bereits Richtung MIB004. John sah nur noch das Blau des Planeten auf sich zukommen.

Der Planet vor ihm schien Unmengen an Wasser zu beherbergen, welche die Mengen der einstigen Erde, um einiges zu übersteigen schien. Der Gedanke an die Erde ließ sein Herz schwer werden. Die überwältigenden Ereignisse der letzten Monate hatten ihn die Zerstörung seiner Heimat und aller

Bewohner auf ihr verdrängen lassen. Den Rest des Fluges hatte sich seine Vorfreude auf den Planeten etwas gedämpft, und auch Agwhh fiel Johns Stimmungswandel auf.

Auf der Seite des Planeten, der sie sich näherten, konnte John nur einen, verhältnismäßig kleinen Kontinent ausmachen. Dieser hatte ungefähr die Größe Australiens und Neuseelands zusammen. Näher an MIB004, konnte John dann nach und nach unzählige kleine Inseln erkennen, die im tiefen Blau des Wassers sichtbar wurden. Agwhh hielt auf den Hauptkontinent zu, der sich ihnen rasch zu nähern schien. Die Oberflächen der Inseln, sowie des Kontinents, waren teils mit lila und blauen Flächen übersät. Ansonsten war alles in einen roten, dem Mars ähnlichen Ton getaucht. Auf der Wasseroberfläche schien reger Verkehr zu herrschen. Ob die Fahrzeuge sich über oder auf dem Wasser bewegten, konnte John allerdings nicht ausmachen. Agwhh steuerte den Gleiter auf das Zentrum des Kontinents zu und landeten kurz darauf auf einem riesigen Platz voll mit Flugapparaten verschiedenster Bauweisen.

Es schien sich um eine Art Raumbahnhof zu handeln. Vor der Landung konnte John noch erkennen, dass es sich bei den lila und blauen Flächen um Vegetation handelte, die auf diesem Planeten das ihm so vertraute Grün der Erde ersetzten. Soweit er es beurteilen konnte, befanden sie sich im neuralgischen Zentrum des Kontinents. Sowohl der Raumbahnhof, als auch die Gebäude in der näheren Umgebung, waren die höchsten und größten, die er während des Anflugs ausmachen konnte. Gerade einmal drei Stockwerke ragten die Bauten in die Höhe und wirkten alle identisch. Längliche, ähnlich dem

Raumkreuzer in einer ovalen, footballähnlichen Form gefasste Bauten. Ihre Farbe glich der roten Erde des Planeten, aus der diese gebaut zu sein schienen. Große, runde, dunkle Fenster säumten die seitlichen Fassaden. Acht Paare auf jedem Stockwerk. Auf jeder Ebene lief eine Art drei Meter breiter Weg einmal um das Stockwerk herum. In der Mitte jeder Ebene befand sich ein Gang, der von einer auf die andere Seite des Gebäudes führte. Geländer waren nicht angebracht. Die Vielzahl neuer Eindrücke ließen John sich wieder der Gegenwart zuwenden und den Verlust der Erde verdrängen. Unzählige Fragen stellten sich ihm und er musste sich zusammenreißen, um Agwhh nicht damit zu löchern. In den darauffolgenden Tagen gäbe es sicherlich einen Moment, in dem er zumindest einige dieser Fragen stellen könnte.

Agwhh hatte den Gleiter bereits verlassen und wartete darauf, dass sein neuer kleiner Freund ihm folgte. John näherte sich der Ausstiegsrampe. Für ihn und die gesamte Menschheit war dies ein ganz besonderer Moment, doch auf ihn wartete weder ein Empfangskomitee, noch sah er die Möglichkeit, dieses Ereignis auf irgendeine Weise für die Nachwelt zu dokumentieren. Ihm blieb nur, diesen Moment, in dem er den ersten Fuß auf MIB004 setzte, gedanklich festzuhalten und zu feiern. Die Sterne, welchen diesen Planeten bestrahlten, erzeugten ein prickelndes Gefühl auf seiner Haut. Panik überfiel ihn, da er dachte, die Sonnenstrahlung würde ihn in seine atomaren Einzelteile zerlegen. Er versuchte Agwhh darauf hinzuweisen, dieser schenkte seinen Sorgen aber wenig Aufmerksamkeit. Das Prickeln fing an nachzulassen und John hatte keine Schmerzen. Es gab ohnehin keine

Alternative, also ließ er es sein, sich Sorgen zu machen. Positiv überraschte ihn die Nasenklemme. Er merkte schon gar nicht mehr, dass er diese trug. Die Tatsache einen fremden Planeten, mit einer für ihn ungeeigneten Atmosphäre, betreten zu haben und ohne einen unbequemen Helm problemlos atmen zu können, faszinierte ihn. Auch wenn die Atmosphäre auf diesem Planeten, der auf dem Schiff mit Sicherheit glich und die Nasenklemme keine Umstellung benötigte. Trotzdem bewunderte er dieses kleine, aber feine Ding in seiner Nase.

Aus einem der Gebäude zu ihrer Linken kamen plötzlich drei Seesoljaner aus dem dritten Stock auf sie zugeschwebt. Die individuellen Apparate, die sie dafür benutzten, sahen einem Segway ohne Räder, ziemlich ähnlich. Es handelte sich um eine Plattform, die jeweils Platz für einen Seesoljaner bot. Eine Art Geländer, welches darauf befestigt war, diente der Bedienung des Apparates und bot Halt. Einer der schwebenden Riesen hatte einen weiteren dieser Apparate im Schlepptau. Dieses Gerät hatte eine weitaus größere Plattform und schien Platz für zwei Individuen zu bieten. Die drei Seesoljaner landeten vor ihnen und begrüßten erst Agwhh, dann auch John. Aus dem Übersetzer vernahm er ein 'Aloha'. Es hatte den Anschein, als wollten sie nicht lange an diesem Ort verweilen und übergaben den mitgeführten Apparat an Agwhh. Dieser wies John an, hinter ihm darauf Platz zu nehmen. Ohne Probleme meisterte das Gefährt das Gewicht von John und seinem für ihn großen, im Vergleich zu den anderen, aber kleinen Piloten. Sie hielten auf das gleiche Gebäude zu, aus welchem die drei gekommen waren, über-flogen dieses jedoch und noch eine Vielzahl weiterer. Einige

Minuten später landeten sie dann im dritten Stock eines anderen, aber dennoch identischen, Gebäudes. Zumindest von außen glichen sich diese Gebäude wie ein Ei dem anderen. Nach der Landung stellten sich die drei vom kleinen Empfangskomitee persönlich bei John vor, nur um sich gleich darauf bis zu einem späteren Zeitpunkt zu verabschieden. Ihre Namen waren Uhrr, Zwwhe und Ughhe.

Agwhh führte John zu einer der Türen des Stockwerkes. Auf John machte die Bauweise der Tür, eher den Eindruck einer Luftschleuse. Der Große öffnete diese und sie traten ein. Der Raum war recht groß und bis auf den Boden ebenfalls wie ein Football geformt. Gegenüber der Tür befanden sich zwei riesige, runde, in die Wand eingelassene Fenster, die Blick auf eine lila-blaue Vegetation boten. Dieses Gebäude schien demnach das letzte in der hohen Gebäudereihe zu sein, die das Zentrum bildete, welches John bei seinem Anflug gesichtet hatte. Die Innenwände waren aus demselben rötlichen Material, wie auch die Fassade und die nicht bepflanzten Flächen des Kontinents. Agwhhs Ausführungen nach, würde dies seine Behausung für seine Zeit auf MIB004 sein. John schaute sich begeistert um. An einer der ovalen Wände stand eine Art Bett und in der anderen dasselbe Eimer-System, welches er schon auf dem Hinflug für seine biologischen Bedürfnisse benutzt hatte. Ein klobrillenähnlicher Aufsatz verbesserte das Design. Agwhh hatte im Archivmaterial etwas über die Menschen gestöbert und bereits vor ihrer Ankunft die Anweisung gegeben, das Bett und das verbesserte Klo für John vorzubereiten. Bevor sein neuer Freund ihn verließ, zeigte er ihm noch, dass es möglich war, die Atmosphäre des

Raumes an die der Erde anzupassen. So konnte John, wenn er allein war, die Nasenklemme abnehmen. Dann verabschiedete sich auch Agwhh von ihm. Zu einem späteren Zeitpunkt würde er John abholen, um mit der Einweisung des Zentralcomputers zu beginnen. John blieb allein. Sogleich probierte er das Ändern der Atmosphären und entfernte die Nasenklemme. Er legte sich auf das Bett, um die Bequemlichkeit zu testen und schlief, nach drei Monaten auf dem harten Boden des Raumkreuzers, sofort ein.

Chapter XVII

John dachte, es seien gerade einmal fünf Minuten vergangen, seitdem er in seinem neuen Quartier auf MIB004 eingeschlafen war, als sich plötzlich der virtuelle Bildschirm aus der Wandkonsole neben der Tür, begleitet von einem Signalton, öffnete. Agwhh, der vor der Tür stand, erschien als Hologramm. John erhob sich, um seinen seesoljanischen Freund hereinzulassen, doch die Tür ließ sich nicht öffnen. Nach einem zweiten missglückten Versuch erinnerte er sich daran, die Nasenklemme abgelegt und die Atmosphäre geändert zu haben. Glücklicherweise ließ sich die Schleuse nur dann öffnen, wenn auf beiden Seiten dasselbe Druckverhältnis herrschte. Er setzte sich die Nasenklemme ein, führte erneut die Atmosphärenumwandlung durch und öffnete die Tür.

Zehn Stunden hatte er geschlafen. So gut wie schon sehr lange nicht mehr. Er fühlte sich ausgeruht und voller Energie, zumindest geistiger Energie, denn seit seiner Ankunft auf diesem Planeten hatte er ständig das Gefühl, einen dreißig Kilogramm Rucksack mit sich umherzutragen. Trotz seines erholsamen Schlafes, musste er ungeheure Kraft aufwenden, um seinen Körper zu bewegen. Zu Beginn schrieb er dies den Strapazen des langen Hyperraumfluges zu, bis der Große ihn über die unterschiedlichen Verhältnisse der Schwerkraft auf MIB004 und SX0002 aufklärte. Diese war um zwei Drittel höher als auf der Erde und um weitere zwei Drittel höher als auf dem Mars. Noch bevor John an Bord des Raumkreuzers

gekommen war, hatte Captain Ehrrm angeordnet, die Schwerkraft des Schiffes der auf der einstigen Erde anzupassen. Er
wollte John, nach dem Erstkontakt mit einer fremden Spezies
und der bevorstehenden langen Reise, nicht noch mehr Strapazen aussetzen. Auf diese Weise blieb es John erspart, noch
eine viel höhere Last auf sich zu spüren. Einige Tage würden
ausreichen, bis sich sein Körper daran gewöhnte und den
Effekt nicht mehr spüren würde.

Seit seiner Ankunft hatte John immer mindestens eine der
Sonnen am Himmel stehen sehen. Er war neugierig und fragte
Agwhh, ob es denn jemals Nacht auf MIB004 war. Der Große
zeigte durch die Fenster in Johns Quartier und auf die drei
Sonnen, die in diesem Moment gleichzeitig am Himmel zu
sehen waren. Aus den Brocken des Übersetzers, konnte John
entnehmen, dass nur zwei Mal in vierhundert Tagen HST
keiner der Sterne am Himmel stand. Während John über diese
Tatsache staunte, verließen sie sein Quartier und glitten mit
dem schwebenden Gefährt in eines der anderen Gebäude, das
genauso aussah wie all die anderen. Dort trafen sie Uhrr,
Zwwhe und Ughhe, die bereits auf sie warteten. Die drei
waren für den Zentralrechner des Übersetzers zuständig.
Gemeinsam mit Agwhh und John würden sie den darauffolgenden Monat an der Verfeinerung des Sprachlernpro-
zesses der KI des Rechners arbeiten.

Sie betraten einen Saal, der John, wie alles in dieser neuen
Welt, immens schien. Logischerweise lag dies vor allem an der
Größe der Seesoljaner. Alles war breiter, länger, höher. In der
Mitte des Saals befand sich ein dunkelgrünes Rechteck, das
aussah, als wäre es aus massivem Marmor. Der Rest des Saals

war kahl und hatte, wie alle Zimmer, in denen John bis jetzt gewesen war, dieselbe rote Sandfarbe. Das Rechteck war gut zehn Meter lang, zweieinhalb Meter breit und zwei Meter hoch. Es wirkte auf ihn wie ein Konferenztisch. Für John war dieser natürlich viel zu hoch. Zwwhe und Ughhe begaben sich zu dem grünen Massiv, ließen alle vier Arme über dessen Oberfläche huschen und die zehn mal zweieinhalb Meter verwandelten sich in einen riesigen Touchscreen. John, der erst einen Blick darauf werfen konnte, als er einen Meter über dem Boden schwebte, nachdem Agwhh ihm einen der Schwebeapparate zur Verfügung gestellt hatte, kam es so vor, als riefen sie verschiedene Programme und Datenbanken auf. Selbstverständlich waren dies reine Spekulationen, denn von dem, was da auf dem Tisch erschien, konnte er nichts entziffern. Kurz darauf waren die Einstellungen an dem Makrobildschirm abgeschlossen und die fünf begannen mit der Arbeit. Sie folgten der gleichen Routine, die Agwhh und John schon während der Reise auf dem Schiff etabliert hatten. Anstatt des Bordcomputers versuchten sie nun, der KI dabei zu helfen, Johns Sprache zu begreifen. Mit Hilfe von Bildern und Aktionen erarbeiteten sie verbale Konzepte, welche dann von den Seesoljanern in den Zentralrechner übertragen wurden.

Die folgenden Tage verliefen für John, wenn man das auf einem anderen Planeten und in Gegenwart einer anderen Spezies überhaupt so sagen darf, sehr monoton. Von seinem Quartier zum Zentralcomputer und von dort zum Quartier. Da es nie Nacht wurde, richteten sich seine Tage an Hunger und Müdigkeit aus. Seine seesoljanischen Kollegen hingegen schienen generell wenig Ruhezeit zu benötigen. Essen hatte er sie, bis auf das eine Mal im Aufenthaltsraum des Raumkreuzers, auch noch nicht gesehen. John nutzte die Arbeitsroutine, um sich an seine neue Umgebung zu gewöhnen. Er war etwas enttäuscht darüber, außer seinem Quartier und dem Rechenzentrum, nicht viel von dieser unbekannten Welt zu Gesicht zubekommen. Seine einzige Abwechslung im Alltag seit der Ankunft auf MIB004, war der Erhalt der ersten Nachricht vom Mars. Die Menschen auf dem roten Planeten waren froh über seine gute physische und psychische Verfassung. Zudem gab es nun endlich so etwas wie einen Zeitplan für seinen Aufenthalt, die Rückkehr und für ihre generelle Zukunft. Wenn alles nach Plan verliefe, würden sie ihn etwa 4 Monaten später wiedersehen. Auf dem Mars schien soweit alles in Ordnung und Lewis zeigte ihm sogar die Kaffeereserven, die er für Johns Rückkehr ansammelte.

Die zweite Woche auf MIB004 kam John in den Genuss einer weiteren Abwechslung. Seine erste Badeerfahrung. An Wasser schien es auf dem Planeten nicht zu mangeln, deshalb hatte er sich bei seinen neuen Arbeitskollegen nach etwas wie einer Dusche oder einem Bad erkundigt. Mindestens eines von beiden hatte er dringend nötig. Das Pulver tat zwar halbwegs seine Arbeit, aber John sehnte sich nach einer Erfrischung. Selbst auf dem Mars war er, durch die feuchten, seifigen Tücher, in den Genuss eines Frischgefühls gekommen. Der erste der vier Seesoljaner, der verstand, worauf John hinaus wollte, war Agwhh. Er hatte am meisten Zeit mit dem Errrooo verbracht und interpretierte ihn deshalb besser als die anderen. Zudem hatte der Große viel im Material über die Menschen des Zentralarchivs herumgestöbert und war dort auf Bilder gestoßen, welche die Menschen plantschend im Wasser darstellten. Agwhh unterrichtete Uhrr, Zwwhe und Ughhe darüber, wonach der Errrooo seiner Meinung nach suchte. Die vier erschienen fröhlich, ja sogar außergewöhnlich lebhaft. John hatte noch keinen Seesoljaner in einer solchen Stimmung gesehen und war überrascht darüber, dass sie eine solche überhaupt besaßen.

Sofort hörten die vier Großen auf zu arbeiten. Ohne John einzuweihen, nahmen sie ihn mit, verließen das Zentrum des Zentralrechners und schwebten mit ihren Gleitboards los. Sie ließen alle Footballgebäude hinter sich, bis nur noch die lila und blaue Vegetation unter ihnen war. Unwissen darüber, was die Vier vorhatten, war er dennoch dankbar für die Abwechslung und gespannt auf ihr Ziel. Endlich bekam er andere Teile des Planeten zu Gesicht. Sie glitten über das blau-lila Meer, welches er als buschähnliches Gewächs identifizierte. Diese trugen riesige Blätter und waren bis zu zehn Meter hoch. Die Blätter, die in beiden Farben an jeder Pflanze hingen und deren Größe und Form variierte, waren lila und blau. Das Geäst war schwarz und bei genauerem Hinsehen, konnte John vielerorts rote Tupfer erkennen, die er als Blüten einstufte. Er dachte an Lewis, dass er ihm in der nächsten Nachricht unbedingt davon erzählen musste. Sein Botaniker Freund wäre sicherlich an dieser seltsamen Vegetation interessiert.

Etwa zehn Minuten später landeten sie auf einer, aus roter Erde bestehenden Lichtung, die wie eine Mondsichel in der starken Vegetation dalag. Sie war an die hundert Meter lang. Ihre Form erinnerte an eine Bucht am Meer, doch anstatt Wasser, ergoss sich ein blau-lila Meer. Eine Anhöhe lag in der

Mitte der Bucht. Sie war höchstens drei Meter hoch und hatte einen Durchmesser von zehn Metern. Auf einer Seite des Hügels sah John eine Öffnung, in der er Stufen erkennen konnte, die in die rote Erde geformt waren. Seine vier Begleiter zögerten keinen Augenblick, die Stufen, eine nach der anderen, hinabzusteigen. John blieb kurz stehen, ging ihnen dann aber hinterher. Nach einigen Stufen tat sich ein Tunnel vor ihm auf, der mit leichtem Gefälle an die fünfzig Meter in die Tiefe führte.

John erreichte das Ende des Tunnels und mit einem Mal lag vor ihm der schönste Strand, den er sich je hätte erträumen können. Eine Lagune mit zweihundert Meter Durchmesser tat sich vor ihm auf. Sie war dreißig Meter in den Erdboden eingelassen. Eigentlich war es nur ein, mit Wasser gefülltes, nach oben hin offenes Loch im Boden gewesen. Die dichte Vegetation der blau-lila Pflanzen, hatte durch das sich Inein-ander-schlingen der Äste, eine Art Kuppel über diesem Loch gebildet. Diese bedeckte die Lagune vollkommen. Mancher-orts fanden die Sonnenstrahlen einen Weg durch die Blätter und tauchten den Ort in ein traumhaftes Licht. Vom Ende des Tunnels bis ans Ufer waren es etwa zwanzig Meter. Das leichte Gefälle des Strandes reichte bis zu fünfzehn Meter ins Wasser hinein, danach fiel der Untergrund abrupt in die Tiefe. John war von der Schönheit dieses Ortes überwältigt und musste erst einmal Platz nehmen, um alles auf sich wirken zu lassen. Wenn auch unbewusst, war er dennoch dabei, zum ersten Mal seit dem Erlöschen der Erde, so richtig von allem abzuschalten und zu entspannen.

Er saß einfach nur da, bewunderte die Schönheit dieses Ortes. Indes begannen seine vier Freunde, sich ihrer Anzüge zu entledigen und begaben sich ins Wasser. John hatte sich schon die ganze Zeit gefragt, wie die Seesoljaner unter ihrer Kleidung aussahen. In diesem Moment, war jedoch zu sehr mit seiner Umgebung beschäftigt gewesen und hatte es verpasst, einen Blick auf ihre nackten Körper zu werfen, bevor sie im Wasser verschwanden. Mit etwas Glück würde es ihm beim Herauskommen gelingen, aufmerksamer zu sein. Er schaute dabei zu, wie sich die vier in die Mitte der Lagune begaben. Es war, als hielten sie einen untereinander abgesprochenen Abstand von etwa zehn Metern zueinander ein. John wollte gerade damit beginnen, sich selbst seiner Kleidung zu entledigen und seinen Freunden anzuschließen, als er aus dem Augenwinkel etwas Merkwürdiges sah. Sein Blick wanderte erneut von seiner Hose in Richtung seiner Freunde. Einer nach dem anderen gingen die Seesoljaner langsam unter, bis ihr ganzer Körper sich unterhalb der Wasseroberfläche befand. Nicht sehr tief, nur soweit, dass ihr Kopf dreißig Zentimeter unter Wasser war. Plötzlich begann das Wasser, um jeden einzelnen herum zu brodeln an. Dieser Effekt wurde immer intensiver. Es erinnerte John an die wasserlösliche Brausetablette auf der Erde. Nachdem das Brodeln anscheinend sein Maximum erreicht hatte, fing das Wasser dann an, in einer Art Biolumineszenz, rosa zu leuchten.

John saß immer noch da, ein Bein aus der Hose und bereit, das andere ebenfalls auszuziehen. Er hatte den Mund geöffnet und schien in dieser Position erstarrt zu sein. Außer hinzusehen und abzuwarten, was passierte, wusste er nicht, was zu tun war. Langsam hörte das Brodeln auf, das Leuchten, hielt jedoch weiterhin an. Das Wasser beruhigte sich ein wenig und John glaubte eine Halluzination zu haben. Seine vier neuen Freunde waren nicht mehr da. Anstatt ihrer Körper, schwebte eine rosa leuchtende, dichte Partikelwolke an dem Platz, den vorher ihre Körper besetzt hatten. John stand auf, immer noch ein Bein in der Hose näherte er sich hinkend dem Ufer. Näher am Geschehen, hoffte er, die Dinge besser erkennen zu können. Dem Anschein nach befanden sich in jeder, der vier leuchtenden Wolken Heerscharen kleiner Tierchen und zuckten umher. Es vergingen fünf Minuten, die ihm wie eine Ewigkeit vorkamen. Das Zucken fing an, langsam nachzulassen. Letztendlich hörte es ganz auf.

Kurze Zeit geschah nichts, dann begann das Wasser erneut zu brodeln und John konnte erkennen, wie sich im Innern des aufgewühlten Wassers ein fester Körper zu formen schien. Erneut wurde das Brodeln schwächer und diesmal verlor auch das Leuchten nach und nach an Stärke bis es erlosch. John traute seinen Augen kaum, aber seine vier Begleiter waren an genau der Stelle wieder erschienen, an der sich jeder aufgelöst hatte. Einer nach dem anderen näherten sie sich dem Ufer. Agwhh sah einen bis dato unbekannten Ausdruck auf Johns Gesicht. Er ging auf den Errrooo zu und machte diesem Anzeichen, sich ebenfalls ins Wasser zu begeben. Immerhin war er es gewesen, der um ein Bad gebeten hatte.

John erwachte aus seiner Starre und kam wieder zu sich. Nach dem Gesehenen war er sich nicht mehr sicher ins Wasser zu wollen. Es fehlte ihm die Information darüber, ob das Beobachtete aufgrund der hiesigen Wassereigenschaften oder der

Körper seiner vierarmigen Freunde passiert war. Zumindest war er sich sicher, dass sein Körper eine solche Prozedur nicht überleben würde. Mit Hilfe des Übersetzers versuchte er Agwhh diese Information zu entlocken, doch die Komplexität der Fragen, ließen den Übersetzer keine sinnvollen Sätze dazu bilden. Agwhh erkannte jedenfalls nicht, worauf der Errrooo hinauswollte. Am Ende kam John die Idee, den Großen zu fragen, ob es sich um reines H2O handelte. Nachdem ihm dies bestätigt wurde, wagte er, sich vorsichtig im Uferbereich zu baden und gelangte so in den Genuss seiner sehnlichst herbei gewünschten Erfrischung. John entledigte sich der Reste des Reinigungspulvers, welches sich noch an diversen Stellen seines Körpers befand. Sein Gehirn schaffte es immer noch nicht, das Auflösen der Seesoljaner zu begreifen. Er beschloss, seinen Freund in einem ruhigeren Moment auf das Gesehene anzusprechen.

Beim Baden gelangten einige Wassertropfen in seinen Mund und er stellte fest, dass das Wasser wie eine Mischung aus Süß- und Salzwasser schmeckte. Ähnlich dem, das es auch auf der Erde an den Orten gegeben hatte, an denen sich einst das Wasser von Flüssen und Meer vereinten. Nach Verlassen des Wassers war er froh, sich nicht aufgelöst zu haben und hoffte, nicht das letzte Mal an diesem wunderschönen Ort gewesen zu sein.

Chapter XVIII

John nahm sich alle Zeit der Welt, um über die verlorene Menschheit zu trauern. Viel zu lange schon hatte er diesen Moment hinausgeschoben und jetzt, die Reste der Erde vor sich, fühlte es sich richtig und gut an, Abschied zu nehmen. Die folgenden Tage verbrachte er in der Nähe der Erdreste. Seine Gefühle sollten entscheiden, wann er bereit sein würde, aufzubrechen. Mit Alexas Hilfe suchte er eine sichere Umlaufbahn, in der er verweilen konnte, um nicht der Gefahr von herumfliegenden Erdbrocken ausgesetzt zu sein. Doch bevor er das Schiff in diese steuerte, unternahm er noch alle möglichen Scans der Reste seiner alten Heimat. Auf diese Weise wollte er ausschließen, Anzeichen von Leben zu übersehen. Alle Ergebnisse waren negativ.

Das Schiff wurde in die sichere Umlaufbahn gebracht und John holte die vom Mars mitgebrachten Gegenstände aus dem kleinen Laderaum hervor, um sie zu reinigen und auf Schäden und Funktionstüchtigkeit zu überprüfen. Diese waren schließlich über ein Jahrzehnt den Witterungsbedingungen des Mars ausgesetzt gewesen. Er sortierte die Sachen in drei Haufen. Dinge, denen er sofort einen Platz an Bord zuordnete, weil sie einsatzbereit und brauchbar waren. Darunter fielen unter anderem Scheren, Teller, Tassen und Kleidung. Dinge, die nicht sofort einen Nutzen fanden oder Wartung, beziehungsweise Reparatur benötigten. Unter diesen befanden sich ein Haarschneider, Werkzeuge und verschiedene Materialien, die er später mit in den Hauptladeraum nehmen würde, in dem sich auch sein Lager befand. Zuletzt gab es Dinge, die er aufgrund ihrer offensichtlichen, irreparablen Defekte wieder in den kleinen Laderaum bringen würde, um sie bei nächster Gelegenheit zu entsorgen. Es war nicht mehr viel zu sortieren, als ihm die erbeuteten Datenträger in die Hände fielen. Unter ihnen befanden sich sowohl stationseigene als auch private Datenträger seiner ehemaligen Kameraden. Seine Hoffnung, Musik und Filme zu finden, ruhte auf den privaten Speichern. Er legte sie behutsam auf den Wartungshaufen. Bevor er sich Gedanken darüber machen würde, wie er die Daten aus den Datenträgern und in seinen Bordcomputer bekäme, wollte er erst die restlichen Gegenstände sortieren. Nachdem er dann den Rest der Sachen begutachtet, gereinigt und aussortiert hatte, nahm er die Gegenstände des zweiten Haufens und begab sich in den Laderaum.

Ganz unten, im Bauch der Laila I, befand sich der Laderaum. Hier hatte er sich im Bug des Schiffes eine kleine Werkstatt eingerichtet. John nutzte diese für alles Mögliche, vor allem aber dazu, sein Schiff nach und nach auf seine Bedürfnisse, also die eines Menschen, umzubauen und umzuprogrammieren. Das Herzstück der Werkstatt war der Arbeitstisch. Dieser verfügte über einen Werkbankteil, einem Elektronik- und einem Computerbereich. Besonders stolz war er auf die selbst gebastelte Tastatur. Hier hatte er Zugriff auf die Innereien der Laila I. Es war der Ort, an dem er Alexa kreiert und, unterstützt durch den Übersetzer, mit dem Schiffssystem verknüpft hatte. Um den Tisch herum standen eigens gebaute Regale, die ihm als Lager für Ersatzteile und Materialien dienten. Der Laderaum bildete den Kiel der Laila I, war deshalb genauso lang und breit wie das Schiff und damit ziemlich groß. Lediglich die aufgesetzte Brücke lugte am Bug und die seitlichen, flügelähnlichen Auswüchse, die den Start- und Landeantrieb trugen, ragten an Steuerbord und Backbord über den Schiffskörper hinaus. Die Maße des Laderaums betrugen hundertfünfzig auf fünfundsiebzig Meter. Für das Be- und Entladen auf Planeten und Raumkreuzern, auf denen das Schiff landen konnte, gab es im Heck, genau gegenüber seiner kleinen Werkstatt, eine riesige Ladeluke. Der Bereich der Werkstatt ließ sich durch eine flexible, aber dennoch druckfeste Wand trennen. Mit dieser konnte die Ladeluke auch im freien Raum benutzt werden, ohne den Bereich der Werkstatt dem Vakuum des Alls auszusetzen. Auch der Zugang zu den anderen Bereichen des Schiffes lag im druck- sicheren Bereich.

John setzte sich an den Arbeitstisch und überprüfte die Datenträger. Dafür, dass sie so lange der Atmosphäre auf dem Mars ausgesetzt waren, schienen sie noch in hervorragendem Zustand zu sein. Er erinnerte sich daran, wie er in seiner Anfangszeit auf MIB004 ein Interface gebaut hatte, um das Tablet, welches er damals von der Marsstation mitgenommen hatte, mit dem seesoljanischen System zu verbinden. Das Tablet gab es leider nicht mehr. Es hatte nach einigen Jahren einfach den Geist aufgegeben und John hatte sich dann, aufgrund seiner Nutzlosigkeit, auch des Interfaces entledigt. Allerdings konnte er sich noch daran erinnern, wie er es zum Funktionieren gebracht hatte und verfügte auch über die entsprechenden Teile, die er zum Bau einer solchen Verbindung benötigte. Sogleich suchte er die benötigten Teile im Lager zusammen. Ob der Bau des Interfaces die Mühe wert war, würde sich erst nach dessen Fertigstellung erweisen. Er wusste schließlich nicht, ob die Daten auf den Trägern unversehrt und noch abrufbar waren. Doch er würde es herausfinden.

Einige Mokkas später hatte er das Interface fertiggestellt. Der Moment der Wahrheit war gekommen. Er fixierte die vier Kabel, die aus dem bereits mit dem Schiffscomputer verbundenen Interface ragten, an einem der Datenträger.

„Alexa, auf Beta-Laufwerk zugreifen und alle verfügbaren Daten in Sektion Mars/Station/Datenträger/Privat speichern."

„Vorgang abgeschlossen, John Spencer."

Er war erleichtert, die erste Hürde war gemeistert. Das Interface hatte dem Anschein nach, seinen Dienst getan. John wusste nicht genau, warum es für ihn von extremer Wichtigkeit war, auch nur den Fetzen eines Songs aus diesen Datenträgern retten zu können. Nicht nur, weil er Musik über alles liebte, er fühlte sich auch verantwortlich für den Tod der Kolonisten und glaubte, ihnen gegenüber versagt zu haben. Könnte er einen Song aus den Datenträgern retten, würde er damit auch ein kleines Stück der Marsstation retten. Bevor er einen weiteren Datenträger überspielte, wollte er erst prüfen, ob die bereits gespeicherten Daten unversehrt und aufrufbar waren.

„Alexa, erste Datei in Sektion Mars/ Station/ Datenträger/ Privat öffnen."

Anstatt Alexas Stimme vernahm John die eines anderen John. Um genauer zu sein, war es die Stimme John Mayers. Diese sang, begleitet von seiner Gitarre, „Gravity" durch die Audioumwandler. Ein Gefühl des Triumphs überkam ihn. Er genoss es, nach so langer Zeit wieder vertraute Klänge zu hören. In den Anfangsjahren hatte er das Audio- und Bildmaterial aus dem Archiv der Seesoljaner durchsucht, aber immer nur Bruchstücke und sich überschneidende Audiodateien und Videos gefunden. Zudem hatten die Seesoljaner nur Material, das sich über Radiowellen im All verirrt hatte. Aus der digitalen Ära gab es nichts. John bat Alexa, die Lautstärke zu erhöhen und sang aus vollem Hals mit seinem Namensvetter.

„Gravity, is working against me. Gravity, wants to bring me down..."

Danach machte er sich daran, auch die anderen Datenträger in den Computer zu übertragen und ließ von Alexa eine Datenanalyse durchführen. Nicht alle Daten hatten die zehn Jahre Marsatmosphäre so gut überstanden wie der erste Song. Nur etwa ein Drittel aller Daten konnten gerettet werden, doch John gab sich damit zufrieden. Er war erschöpft und entschied, erst einmal ein wenig auszuruhen. Dabei ließ er sich von Alexa einen Mix der neuen Audiodateien vorspielen, zu denen er zufrieden einschlief.

*

Nach dem Besuch der Lagune kehrten sie zurück zu den footballähnlichen Gebäuden und Agwhh setzte John bei seinem Quartier ab. Der Große wollte gerade weiterschweben, als John ihn bat, für einen Moment in sein Quartier zu kommen. Dort holte John Block und Bleistift hervor. In drei simplen Zeichnungen versuchte er darzustellen, was er in der Lagune beobachtet hatte. Zuerst zeichnete er eine Figur, die physisch einem Seesoljaner glich und sich im Wasser befand. Dann wiederholte er die Zeichnung, setzte diesmal aber an die Stelle, an der sich in der ersten der Körper befand, eine Wolke bestückt mit Punkten. Diese sollten die Partikel darstellen. Die dritte und letzte Zeichnung war eine Kopie der ersten. Er versuchte seinem Freund verständlich zu machen, dass dieser die Figur in den Zeichnungen darstellte. Agwhh schien zu verstehen, worauf John hinaus wollte. Er stand auf und begab sich an die Bedienkonsole des Quartiers. Einen Augenblick später fand er, wonach er gesucht hatte. Ein animiertes Hologramm erschien in der Mitte des Raums. Agwhh blieb an der Konsole stehen, während John auf seinem Bett Platz nahm. Beide schauten der Animation des Hologramms zu. John kam diese vor, als sei sie zu Lernzwecken für eine Biologiestunde erstellt worden.

In Johns Raum erschien ein Seesoljaner, der sich im Wasser befand und anfing, sich aufzulösen. Ein kleinerer Ausschnitt im Hologramm wurde markiert und dieser so lange vergrößert, bis man im Detail erkennen konnte, dass das, was nach dem Auflösen umherschwamm, Körperzellen waren. Die überwiegende Mehrheit dieser Zellen gaben ein rosa Leuchten von sich, der Rest leuchtete nicht. Kleine Lebewesen kamen ins Bild und fingen an, die Zellen, die nicht leuchteten, zu verzehren. Als keine der nicht leuchtenden Zellen mehr übrig war, verschwanden die kleinen Lebewesen, die wie Larven aussahen. Einige der leuchtenden Zellen fingen an, sich zu teilen und neue, ebenfalls leuchtende Zellen zu erzeugen. Das Leuchten und auch das Zellteilen ließ dann zur gleichen Zeit nach und die Zellen fingen an, erneut miteinander zu verschmelzen. Aus dem markierten Bereich wurde herausgezoomt, aus den leuchtenden Zellen formte sich wieder der Seesoljaner.

John war verblüfft und fasziniert zugleich. Er begann zu begreifen, dass dies eine Art Zellreinigungsprozess war, den die Seesoljaner mit Hilfe dieser kleinen Tierchen durchführten. Offensichtlich lebten sie mit diesen in Symbiose. Wie immer füllte sich Johns Kopf mit unzähligen Fragen. Eine dieser Fragen, nämlich, wie lange ein Seesoljaner eigentlich lebte, richtete er sogleich an Agwhh, doch dieser schien die Frage nicht zu verstehen. John formulierte die Frage um. Er fragte nach dem Ende, dem Existenzende eines Seesoljaners. Rational und ohne jegliche emotionale Reaktion auf die Frage, gab Agwhh ihm die Fähigkeit der Zellregenerierung mit etwa vierhundert Jahren HST an, danach begannen sie nachzulassen. In einem Alter zwischen sechshundert bis siebenhundert Jahren HST, käme der Tag eines jeden Seesoljaners, an dem er sich im Wasser auflöse und nicht wieder formen würde.

Agwhh sah das Staunen in Johns Gesicht. Nun konnte er auch verstehen, weshalb der Errrooo zuerst nicht mit ihnen ins Wasser gegangen war. Noch einmal bestätigte er diesem die Ähnlichkeit des Wassers auf MIB004 mit dem auf der Erde. Diese zusätzliche Information beruhigte John, ließ ihn hoffen, bald zur wunderbaren Lagune zurückzukehren und das Baden unbeirrt zu genießen. Er war neugierig geworden. Gleich noch fragte er seinen Freund nach seinem Alter. Nach menschlicher Zeitrechnung war dieser zweihundert vierunddreißig Jahre alt. Agwhh war sozusagen in der Blüte seines Lebens.

Der Große verabschiedete sich von ihm. Zwei Stunden HST später stand er wieder vor Johns Tür, um ihn für die nächste Arbeitseinheit abzuholen. In den darauffolgenden Tagen wiederholten Agwhh und John des Öfteren solche Badeausflüge. John lernte dabei die Unmengen an Lagunen kennen, die es unter der dichten Vegetation rund um die Gebäude des Zentrums gab. Bei jedem dieser Ausflüge zeigte Agwhh ihm eine andere, ebenso traumhafte Lagune. Wie sonst auch hätten sie, bei so vielen Seesoljanern, fast immer die einzigen an den Lagunen sein können. Das wäre so, als ob es in ganz L.A. nur eine Toilette gegeben hätte, die immer frei gewesen wäre.

Unter Zuhilfenahme Hilfe seines Tablets hatte John sich einen Tagesablauf erstellt. Denn, auch wenn auf diesem Planeten immer die Sonne schien, so war er doch ein Mensch und an einen 24-Stunden-Rhythmus gewöhnt. Dieser half ihm, die Länge der Arbeitseinheiten zu kontrollieren und auch, wann er Nachrichten vom Mars erwarten konnte. Sein Körper hatte sich mittlerweile komplett an die neue Schwerkraft gewöhnt und seine Geschmacksnerven schienen langsam auf die Nahrung eingestellt zu sein. Eines Tages kam John von einem der Badeausflüge, die er zu nutzen und lieben gelernt hatte, zurück und fand an der Bedienkonsole seines Quartiers den Hinweis auf eine eingegangene Nachricht vom Mars vor. Für eine Standardnachricht war diese vier Tage zu früh. Er öffnete den virtuellen Bildschirm und spielte die Nachricht ab. Lewis sein Gesicht schaute ihn an. Offensichtlich tat dieser sich mit dem Reden schwer.

„John,.....wenn du...das hier siehst,......gibt es uns wahrscheinlich nicht mehr."

Chapter XIX

Alexa hatte die Musik automatisch beendet, denn den Sensoren nach schlief John tief und fest. In diesem Moment hatte er den erholsamsten Schlaf der letzten elf Jahre. John erwachte und fühlte sich befreit, als ob eine Last oder Schuld von ihm gefallen war. Warum hatte er diese Reise nicht schon viel früher unternommen? Er wusste warum! Vorher war er einfach noch nicht bereit dafür gewesen.

Mit frischer Energie, Lebenslust und bereit, alle Chance zu nutzen, die ihm sein neu erworbenes Leben darbot, schwang er sich aus dem Bett und ließ Alexa erneut Musikdateien abspielen. Er begab sich in den Fitnessraum und ertüchtigte seinen Körper. Danach „Dusche" und Frühstück, genauso, wie an vielen anderen Tagen auch. An diesem allerdings mit Musik und erneuerter Lebensfreude. Er hatte sich um seine physischen Bedürfnisse gekümmert, nun begab er sich auf die Brücke, um einen Blick durch das Panoramafenster auf die Reste der Erde zu werfen. Diesmal empfand er eine innere Ruhe bei dem Anblick seiner ehemaligen Heimat. Es war, als ob er nach einer langen Trauerzeit an das Grab eines geliebten Menschen getreten sei. Anstatt Wut, Trauer und Hilflosigkeit zu fühlen, erinnerte er sich stattdessen an die schönen Zeiten, die man miteinander verbracht hatte. John nahm auf dem Pilotensitz Platz. Auf dem Monitor blinkte immer noch das Licht, mit dem das Notsignal des Würfels auf sich aufmerksam machte. Dadurch kam ihm die Markierung in der Sternenkarte und der wie von Geisterhand eingegebene Kurs im Navigationssystem ins Gedächtnis.

In den letzten Stunden hatte John von allen und allem Abschied genommen. Seither fühlte er sich anders. Aus der vorangegangenen Schlafeinheit war er frei und erleichtert aufgewacht. Jetzt spürte er erneut die Abenteuerlust in sich, die er schon so lange nicht mehr gefühlt hatte. Seine wissenschaftliche Neugier hatte sich wieder entfacht. Jetzt fehlte ihm nur noch eine Mission, um sich wieder wie er selbst und 'ganz' zu fühlen. Der mysteriöse, seines Erachtens vom Würfel eingegebene Kurs, kam ihm da wie gerufen. Ein Abenteuer am anderen Ende der Galaxie war genau das, was er jetzt brauchte. Er wollte die Herausforderung des Würfels annehmen und sich auf den Weg zu den Zielkoordinaten begeben, die dieser in den Bordcomputer eingespeist hatte. Sein Entschluss stand fest.

Sogleich begann er mit den Vorbereitungen für die lange, vor ihm liegende Reise. In der Nähe seines derzeitigen Standortes suchte er nach einer Möglichkeit, die Proviantbestände aufzufüllen und das Schiff warten zu lassen. Alexa stellte ihm hierfür eine Raumstation und einen Mond zur Wahl. Beide befanden sich im nächstgelegenen Sternensystem und lagen auf dem Weg zu den Zielkoordinaten. Er entschied sich für den Mond, auf dem es eine Schürfkolonie gab. Minenarbeiter waren eine wertvolle Quelle, wenn es darum ging, Informationen über alles Mögliche in der Galaxie zu sammeln. Sie waren es, die in der Milchstraße von einer zur anderen Mine reisten, um an den entlegensten Orten zu schürfen. Vielleicht konnte er dort etwas über den Würfel oder sein Ziel in Erfahrung bringen. Wie einst die Seefahrer auf der Erde, waren es in der Galaxie die Minenarbeiter, die Geschichten und Mythen parat hatten. Eine dieser Geschichten könnte etwas mit seinem neuen Abenteuer zu tun haben. Ein Versuch war es auf jeden Fall wert. Mit einem letzten Blick auf die Erde, den Mond und die Sonne, verabschiedete er sich. Dann nahm er Kurs auf das nächste Sternensystem.

Diesmal würde er nicht nur Nuhhm seinen neuen Kurs und seine Absichten mitteilen, sondern auch dem Freund, den er zu Beginn seines neuen Lebens gefunden hatte, Agwhh.

Mittlerweile war sein erster seesoljanische Kontakt die Karriereleiter empor gestiegen. Die Tatsache, dass er John in den anfangs Monaten der Kontaktaufnahme begleitet und sie zusammen den Übersetzter programmiert hatten, hatte in großem Maße dazu beigetragen. Dass die vom Übersetzer neu gelernte Sprache nur von einer Person benutzt wurde, hatte keine Rolle gespielt. Agwhh wurde zum ersten Offizier, diente aber immer noch auf demselben Raumkreuzer, allerdings nicht mehr unter Captain Ehrrms Kommando. Dieser war ebenfalls das Treppchen nach oben gefallen und hatte es ins Flottenkommando geschafft. Durch die neue, verantwortungs- vollere Position Agwhhs war der Kontakt zwischen ihm und John immer sporadischer geworden. An der Freundschaft der beiden hatte dies jedoch nichts geändert. Zudem konnte es nur von Vorteil sein, Kontakt zum ersten Offizier eines Raum- kreuzers zu haben.

*

„John,......wenn du...das hier siehst,......gibt es uns wahrscheinlich.... nicht mehr...... Vor zirka einer Stunde........ hat es direkt unter unserer....... Station ein Marsbeben gegeben........ Im Vergleich...... zu denen der Erde..... war es nicht sehr stark, ...aber auf dem Mars habe ich noch nie ein so heftiges erlebt........ Es ist........ bis an die Oberfläche durchgedrungen........ Es hat uns voll getroffen....... Entlang der Querachse....... der Station hat sich ....der Boden, der zum Norden hin verläuft........ um die zehn Zentimeter abgesenkt........ Dabei haben sich Risse...... quer durch die Station gebildet und der Druck........ ist rapide abgefallen....... Es hat...... uns völlig unvorbereitet erwischt und alle inneren.......... Druckschleusen standen zudem ......offen....... Ich.... befand mich in der Kommunikationszentrale.......... und wollte mir noch einmal das Video der....... Pflanzen von MIB004 ansehen,...... das du...... mir geschickt hast und hatte deshalb....... die Schleuse geschlossen...... damit mich das Licht....... des Ganges nicht störte..... Deshalb bin ich noch hier,..... dank der Pflanzen ......von MIB004....... und deinem Video........ Doch auch in der Zentrale muss es irgendwo eine undichte Stelle....... geben,....... denn der Druck..... ist schon unter fünfzig Prozent gefallen und...... mir bleibt nicht mehr...... viel Zeit. Zudem sind beide...... Lebenserhaltungssysteme........ ausgefallen und die Schleusen...... in denen sich die Druckanzüge befinden....... hat es am schlimmsten erwischt...... Ich weiß nicht,......... ob es in der Station noch jemanden....... gibt, der sich irgendwo etwas Zeit schenken konnte,........ aber die meisten sind wohl schon tot........... John...ich danke dir....für deine Freundschaft in den letzten zwei

Jahren.....und ...es tut ....mir leid,....dass wir...dich alleine...lassen......wir hier ...vereinen uns....mit dem Rest ....der Erde....bleib tapfer und.......mach das Beste daraus........wir sehen uns, wenn es soweit ist.....du hattest recht....wir hätten mit dir gehen sollen.......man sieht ja was uns.......die ganze...Vorsicht genutzt hat......ab jetzt trägst du als einziger das menschliche Licht......trag es für uns alle....

Lewis....botanische Abteilung der Marsstation.......Ende.......

Ach und John....tut mir leid ...um deinen....Kaffee...."

Chapter XX

Die von Captain Ehrrm ausgesetzte Komm-Boje, hatte das Marsbeben verzeichnet, es gemeldet und einen Statusbericht darüber an den Raumkreuzer geschickt. Nach Auswertung der Daten war Ehrrm, als auch seinen Offizieren klar gewesen, wie schlecht es um die Errrooo in der Station stehen musste. Das Zentrum des Bebens hatte direkt unter der Kolonie gelegen. Kein Schiff befand sich in ausreichender Nähe zum Mars, um eine Rettungsaktion durchzuführen. Trotzdem gab der Captain einem seesoljanischen Frachter, der sich in einem benachbarten Sternensystem aufhielt, den Befehl, seinen Kurs zu ändern und auf dem Mars nach Überlebenden zu suchen. Ehrrm setzte sich mit Agwhh in Verbindung und erteilte diesem den Auftrag, John Spencer über das Geschehene zu unterrichten. Unabhängig davon, was Agwhh in den letzten Monaten über das Denken und Fühlen der Errrooo gelernt hatte, wusste er, dass eine solche Nachricht weder für John, noch jemand anderen, leicht zu verdauen sein würde. Für den Errrooo bedeutete es zudem, dass er nun völlig allein, als einziger seiner Spezies dastand.

Agwhh setzte sich mit dem Kommando in Verbindung, welches von Captain Ehrrm bereits über die Situation informiert worden war. Dann machte er sich auf den Weg zu John. Als er im Quartier des Errrooo eintraf, war keine Spur von diesem zu finden. Über die Bedienkonsole gab er eine Fahndung nach seinem Freund raus. Auf diese Weise würde sich jede Kamera, Konsole und auch die Bewohner bei ihm

melden, wenn der Errrooo gesichtet werden würde. Er bat Uhrr, Zwwhe und Ughhe, ihm bei der Suche nach John zu helfen. Die vier entschieden sich in Richtung der Lagunen zu suchen. Die Gegend der Gebäude war durch die ausgeschriebene Fahndung genügend abgedeckt. Sie baten das Kommando um Hilfe, da die dichte Vegetation es zu einem schwierigen Unterfangen machte, den Errrooo von den schwebenden Plattformen aus zu sichten. Eines der Schiffe wurde beauftragt, die Zone vom Orbit aus zu scannen. Bereits kurze Zeit später bekam Agwhh die Koordinaten eines Lebenszeichens, welches sich etwa zwei Kilometer von den Gebäuden entfernt, unter einer dichten Schicht von Blättern befand.

Wieder war es das Dickicht, das ihnen das Landen erschwerte. Sie konnten John jedoch von ihrer schwebenden Position ausmachen. Die Körperhaltung, in der Agwhh seinen Freund auf dem Boden sitzen sah, schien ihm ungewöhnlich. Sein Hinterteil ruhte auf der roten Erde und seine Beine waren überkreuzt davor zusammengefaltet. Seine Füße befanden sich unter seinen Oberschenkeln. Bei all dem zeigte sein Gesicht keine Reaktion auf ihr Eintreffen und auch sonst schien der Errrooo ungewohnt emotionslos. In diesem Moment wurde Agwhh klar, sein Freund hatte bereits von dem Vorfall auf dem Mars erfahren. Er gab Uhrr, Zwwhe und Ughhe Zeichen ins Zentrum zurückzukehren und ihn mit John allein zu lassen. Nachdem er es dann, unter Inkaufnahme einiger Kratzer, geschafft hatte, durch das Blätterwerk auf den Boden zu gelangen, näherte er sich John langsam und fragte ihn, ob alles in Ordnung sei. Doch keine Übersetzung war zu

vernehmen. Der Errrooo hatte sein Quartier anscheinend ohne den Übersetzer verlassen und der Große trug seinen auf MIB004 sowieso nie mit sich herum. Johns Gesichtsausdruck gab Agwhh zu verstehen, dass er sich der neuen Eigenschaft, als einziger Überlebender seiner Spezies, bewusst war. Schweigend setzte er sich zu seinem Freund und leistete ihm in diesem schweren Moment Gesellschaft. Erst Stunden später erhob sich der Große. Mit Zeichen forderte er John dazu auf, ihn zu begleiten, doch der Errrooo war in einer Art Schockzustand und nahm seine Umwelt nicht wahr. Erst als Agwhh einen seiner rechten Arme um ihn legte, wurde der Errrooo aus seiner Trance gerissen. Mit Hilfe des Großen erhob John sich langsam und ließ sich von seinem Freund erst zum Gleiter und dann zu seinem Quartier bringen.

Die darauffolgende Phase verbrachte Agwhh an der Seite seines Freundes, der in der ganzen Zeit kein Wort von sich gab und den Seesoljaner nicht einmal wahrzunehmen schien. Nach einigen Stunden schlief John dann völlig erschöpft ein.

John erwachte in seinem Quartier. Er richtete sich im Bett auf und blickte Agwhh, der an einem der Fenster stand und hinausschaute, verblüfft an. Warum war sein Freund während er schlief in seinem Quartier? Dann, plötzlich, erinnerte er sich wieder an die Nachricht, die er Stunden zuvor erhalten hatte. Für einen Moment waren seine Erinnerungen an das Geschehene völlig verschwommen. Als sie wieder scharf wurden, wollte er es nicht wahrhaben.

„Stimmt es? Sind wirklich alle Menschen auf dem Mars tot?"

„Ja!"

Nachdem seine Ängste bestätigt worden waren, kam ihm nur ein einziger Gedanke. Er war allein, keiner war mehr übrig. Von diesem Moment an war er der letzte Mensch.

An die Stunden nach dem Erhalt von Lewis Nachricht bis zu seinem Erwachen konnte er sich lange Zeit nur vage erinnern. Ein seichter Nebel hatte sich über die Erinnerungen dieser Zeitspanne gelegt. Erneut war er, John Spencer, einer fatalen Katastrophe entkommen und kam mit der Tatsache, als einziger übrig geblieben zu sein, nicht klar. War es ein Fluch, ein Segen? Er wusste es nicht. Dass sein Gehirn nach so vielen dramatischen Ereignissen überhaupt noch einigermaßen funktionierte und nicht völlig gaga wurde, grenzte für ihn an ein Wunder. Er konnte keinen klaren Gedanken fassen. Tausend Fragen über das Wie, Warum und Was-jetzt, gingen ihm durch den Kopf. Dringend benötigte er eine Ablenkung, um Abstand zu den Geschehnissen und den Kopf freizubekommen. Er bestand darauf, die letzten zwei Wochen, die zur Optimierung des Übersetzers fehlten, zu beenden. Auf diese Weise hoffte er, sich an die Arbeitsroutine klammern zu können. John brauchte etwas Bodenständiges, um seine Sinne beisammen zu halten. Er musste durchatmen, Zeit gewinnen.

Agwhh klärte für seinen Freund mit dem Zentralkommando ab, dass das Projekt weitergeführt würde. An sich machte es nicht viel Sinn, dem Übersetzer die Sprache einer einzelnen Person beizubringen, doch der Große schaffte es, grünes Licht zu bekommen. Nach Beendigung der Programmierung, sollte John dann in einer Art Anhörung, einigen Mitgliedern des Kommandos vorgestellt und seine Zukunft besprochen werden.

Während der Arbeitszeit, der verbleibenden zwei Wochen, konzentrierte John sich voll und ganz auf den Übersetzer. Im Quartier jedoch kreisten seine Gedanken. Immer wieder stellte er sich die Frage, und was jetzt? Zudem hatte er ein schlechtes Gewissen. Es war ihm einfach nicht möglich, über den Verlust der Menschheit zu trauern. Die Frage seiner eigenen Existenz und Zukunft beschäftigte ihn viel zu sehr. Er verlor jegliches Zeitgefühl. Eines Tages, sie waren gerade bei der Arbeit, sah Uhrr plötzlich auf.

„Es ist so weit! Der Punkt an dem die KI den weiteren Lern- und Verfeinerungsprozess selbst in die Hand nehmen kann, ist erreicht."

John hatte gewusst, dass sie dem Ziel nahe waren, schon seit einigen Tagen übersetzte die KI alltägliche Gespräche fehlerfrei, aber dass sie bereits so fortgeschritten waren, hatte er nicht gedacht, oder zumindest nicht gehofft.

Wenige Tage später fand die Versammlung mit den Mitgliedern des seesoljanischen Kommandos statt. Sie hatte etwas zeremonielles an sich. John wurde zum ersten Mal offiziell begrüßt und in Vertretung der menschlichen Rasse, als neues Mitglied in der 'Gemeinschaft der Galaxie' willkommen geheißen. Die 'Gemeinschaft der Galaxie' bestand aus über fünftausend freiwilligen Mitgliedsvölkern, was zwar nur ein Bruchteil der Völker in der Galaxie ausmachte, doch durch ihr Auftreten als Vereinigung spielten sie eine leitende Rolle unter den übrigen Völkern. In dieser Allianz befanden sich ein Großteil der fortschrittlichsten Rassen und viele der Völker, die ihr nicht beiwohnten, waren noch nicht interplanetarisch und somit ohne Kontakt. John war über die Vielzahl der existierenden Völker in der Galaxie völlig überwältigt, denn die Menschen hatten, trotz ihrer jahrelangen und intensiven Suchen, nicht einen handfesten Beweis für die Existenz auch nur einer dieser Völker gefunden.

Dank seiner vier Freunde und ihrer gemeinsam geleisteten Arbeit, stellte das Kommunizieren mit dem seesoljanischen Kommando kein Problem mehr dar. John bedankte sich im Namen der Menschheit für die Begrüßung, auch wenn die Wörter surreal klangen, als sie seinen Mund verließen. Schließlich waren „alle Menschen" bereits vor Ort, vertreten durch seine Person. Er bedankte sich nicht nur für das Willkommenheißen, sondern auch und vor allem dafür, was die Seesoljaner bis zu diesem Zeitpunkt für ihn getan hatten und was sie auch für die 42 Menschen auf dem Mars gewillt gewesen waren zu tun. Nachdem John seine letzten Worte des Dankes gesprochen hatte, tauschten die Seesoljaner des Kommandorates auf seltsame Weise Blicke untereinander aus. Ein Moment des Schweigens verging, bevor der Vorsitzende sich dann an John richtete.

„Die Untersuchungen über den Vorfall, welcher zur Auslöschung von SX0002 und somit des Volkes der Errrooo geführt hat, wurde abgeschlossen. Die Ursache war ein Asteroid aus dem Hauptasteroiden-Gürtel. Auslöser für die relativ plötzliche Bahnänderung des Himmelskörpers, leider ein seesoljanischer Minenarbeiter. Dieser hat es versäumt einen Unfall, mit eben diesem Asteroiden, zu melden. Wir bedauern den Vorfall zutiefst. Es ist uns bewusst, dass es keine Möglichkeit gibt, einen solchen Verlust auf irgendeine Art zu kompensieren, dennoch stellen wir alle Mittel, die für einen Neuanfang benötigt werden, zur Verfügung. Auf diese Weise wollen wir den Beginn eines neuen Lebens erleichtern. Um sich auf die neue Situation einstellen zu können, wird John Spencer in die Obhut eines Seesoljaners übergeben, der ihn bei sich Zuhause aufnehmen und ihm ebenfalls helfen wird, einen Neuanfang zu finden."

John hatte es die Sprache verschlagen. Diejenigen, denen er Sekunden zuvor für seine Rettung gedankt hatte, waren für das Aussterben aller Menschen verantwortlich gewesen. Okay, alle bis auf 43, und als er später richtig darüber nachdachte, wäre er ohne den seesoljanischen Unfall, welcher die Erde vernichtet hatte, ebenfalls tot. Die Erdbewohner hätten nichts gegen das Marsbeben ausrichten können, ohne ihre Vernichtung jedoch, hätte der Kontakt zu den Seesoljanern nie stattgefunden und John wäre zur Zeit des Bebens ebenfalls auf der Oberfläche des Roten Planeten gewesen. Er war verwirrt, wie so oft in letzter Zeit.

Chapter XXI

Die Laila I verringerte beim Eintreten in das benachbarte Sternensystem ihren Impuls. Vor ihr lag ein riesiger Gasplanet, der in lila Farbmischungen vor sich hin schwebte. Ihn umkreisten sechs Monde, von denen zwei eine Atmosphäre hatten und die anderen mehr oder weniger leblose Steinbrocken waren. John hielt auf einen der Monde mit Atmosphäre zu, der auf seiner Karte die Kennung GS0003 trug. Die Bedingungen des Trabanten waren alles andere als paradiesisch. Temperaturen, die nie über minus 60° Celsius kamen, Wind, der selten unter sechzig Kilometer pro Stunde blies und Luft, die sich für die meisten Lebewesen als toxisch erwies. Viel wichtiger jedoch war die Möglichkeit, mit der Laila I direkt auf seiner Oberfläche landen zu können. Wasser gab es nur tief im Boden und zudem gefroren. In seinem Gestein waren eine Vielzahl an Mineralien versteckt, die man mit dem geeigneten Gerät aber relativ leicht abbauen konnte. Das machte den Mond für die Minengesellschaften sehr interessant, die oft Konsortien aus verschiedenen Völkern der Galaxie bildeten, um die für eine Vielzahl von Spezies wichtigen Rohstoffe abzubauen. Für die Arbeiter gab es auf GS0003 eine von der Minengesellschaft angelegte Basisstation, welches die Ausmaße eines Dorfes hatte. Hier würde John vorerst alles finden, was er benötigte, um seine lange Reise vorzubereiten.

Während des Anflugs konnte er in zwei Kilometern Entfernung zur Basis, den Raumhafen ausmachen. Nach der Landung legte er Nasenklemme und Halsring an, verließ die Laila I und ging in das Gebäude des Raumhafens. Dieses hatte die Form eines ungeordneten, dreidimensionalen Rubik-Würfels. Vor der Kälte schützte ihn der Halsring, der starke Wind erschwerte ihm allerdings das Vorankommen. Im Gebäude angekommen, gab er sofort die Wartung des Schiffs in Auftrag. Auf diese Weise konnte er, während diese ausgeführt wurde, die Besorgungen erledigen. Den Raumhafen sowie die technischen Arbeiten auf diesem Mond, schienen die Kinchetenalp fest in ihrer Hand zu haben. Viele Völker in der Galaxie waren auf eine Tätigkeit spezialisiert. Auf diese Weise waren die einzelnen Spezies sehr gut in dem, was sie taten und gleichzeitig stärkte es den Zusammenschluss der Völkergemeinschaft, da sie sich gegenseitig brauchten.

Im Laufe seines galaktischen Daseins hatte John dieses seltsame Zusammenspiel besonders an zwei Beispielen beobachten können. Während die Seesoljaner sich dem Schürfen von wichtigen Rohstoffen verschrieben hatten, war das Fachgebiet der Kinchetenalp die Technik. Sie waren kleine Wesen und hatten jeweils sechs Arme/Beine über und unter ihrem Körper, der fast die Form einer Kugel hatte. Ihre Haut war braun und der Körper hatte zur vorderen Seite hin sechs Augen. Drei auf jeder Seite, die von oben nach unten angeordnet waren. Ihre Kommunikation fand durch das Ausscheiden einer Art Duftnote statt. Die Übersetzungsapparate konnten diese nicht nur empfangen und übersetzen, sondern auch Duftnoten kreieren, um andere Sprachen zu übersetzen. Nicht zuletzt aus eigenem Bedürfnis heraus, war es ihr Volk gewesen, welches die Übersetzer, die ein Großteil der Galaxie verwendete, erfunden hatte.

John wollte unbedingt versuchen, sich mit einigen Kinchetenalp zu unterhalten. Er hoffte, diesen technisch visierten Wesen einige Fragen über den Kubus stellen zu können. Während ihrer Arbeitszeit wäre dies allerdings zwecklos. Solange sich die Kinchetenalp ihrer Beschäftigung nachgingen, waren sie nur für Gespräche bezüglich ihrer Aufgaben zugänglich. Sogar außerhalb der Arbeit war es nicht leicht, sie in ein Gespräch zu verwickeln. In den letzten elf Jahren hatte er gelernt, der einfachste Weg sich einer anderen Spezies zu nähern, ist, Interesse für deren Freizeitbeschäftigung zu zeigen. Normalerweise war es recht einfach, die Freizeitbeschäftigungen einer Spezies in Erfahrung zu bringen, doch gerade die der Kinchetenalp waren ein Geheimnis für ihn. Ein anderer Plan musste her.

Essen! Auf die ein oder andere Weise mussten sich alle Lebewesen Energie zuführen. Sei es durch Essen oder sonstige Methoden. Die Kinchetenalp hatten auf der unteren Seite ihres Körpers, genau zwischen den sechs Armen/Beinen eine Art Mund. Diese Öffnung nutzten sie sowohl zur Nahrungsaufnahme als auch deren Ausscheidung. Auf ihrem Heimatplaneten KIT013, oder auch Kinchet genannt, ernährten sie sich ausschließlich von Pflanzen. Für die Minengesellschaft wäre es unmöglich gewesen, allen Völkergruppen, die für sie arbeiteten, eine individuelle Energiezufuhr zu ermöglichen. Die dazu benötigten Produkte müssten sie aus allen Teilen der Galaxie importieren. Also gab es auf solchen Stationen meist

Kantinen ähnliche Sektionen, die einen auf jedes Volk individuell ausgerichteten Nahrungsersatz anboten. Dieser ähnelte dem Pulver und Schleim, den auch John bei seiner Reise nach MIB004 im Raumkreuzer bekommen hatte und den er auch auf der Laila I zu sich nahm. Er machte sich also vom Raumhafen auf den Weg ins abgelegene Dorf, um eine solche Kantine der Kinchetenalp zu finden.

Nach zwei Kilometern Kampf gegen den Wind kam er am Eingang des Dorfes an. Dort fand er einen digitalen Plan der Basis, der auf einem drei mal drei Meter großen Bildschirm angezeigt wurde. Auf diesem Mond verfügte dem Anschein nach jedes Volk über seine eigene Kantine. Er würde wenigstens den Versuch unternehmen, mit einem dieser Wesen zu sprechen. Sie waren so eng mit der Technik verbunden und kamen zudem viel in der Galaxie herum. Wenn jemand etwas über diesen mysteriösen Würfel wusste, dann sie. Der Kubus war schließlich das am weitesten entwickelte Stück Technik, dass er je gesehen hatte. John lud sich den Weg zur Kantine sowie den zu einigen Lagern, in denen er Proviant bestellen wollte, vom digitalen Plan auf seinen Übersetzer und betrat das Dorf.

*

Einige Tage nach dem Treffen mit den seesoljanischen Mitgliedern des Zentralkommandos, stand Agwhh plötzlich vor seiner Tür. Er war gekommen, um sich von John zu verabschieden. Noch vor Ort, direkt nach dem Treffen mit dem Kommando, hatte der Errrooo ihn gefragt, warum ihm ein anderer Seesoljaner und nicht er zugeteilt wurde. Immerhin kannten sie sich und hatten eine Beziehung zueinander entwickelt. Doch Agwhhs und Johns gemeinsame Mission der Kalibrierung des Übersetzers war beendet und der Große musste wieder auf seinen Posten unter Captain Ehrrms Kommando. John war nicht glücklich mit dieser Entscheidung. Agwhh hatte ihm jedoch ausdrücklich klargemacht, dass nur der ihm zugeteilte Seesoljaner in der Verpflichtung stand, sich um ihn zu kümmern. John wäre es jedoch freigestellt, diese Hilfe in Anspruch zu nehmen. Niemand würde ihn dazu zwingen, auch wenn ein wenig Unterstützung, zu Beginn seines neuen Lebens, bestimmt hilfreich wäre.

John öffnete die Tür seines Quartiers und bat Agwhh herein. Der Große hatte aber nur kurz Zeit und so blieben sie an der Tür stehen. Sie wünschten sich Glück, versprachen miteinander in Kontakt zu bleiben und hofften auf ein baldiges Wiedersehen. Agwhh, Johns letzte Verbindung zu einer Zeit, in der es noch weitere Menschen gegeben hatte, hatte ihn verlassen. Jetzt war er es nicht nur, er fühlte sich auch Mutterseelenallein. John Spencer befand sich inmitten eines wildfremden Sternensystems, auf einem fremden Planeten unter fremden Wesen.

Einen Tag später stand mit einem Mal und völlig unangekündigt, eines dieser fremden Wesen vor Johns Quartier. Es stellte sich bei ihm als Nuhhm vor, die ihm zugeteilte seelische Unterstützung. Er war gekommen, den Errrooo abzuholen und in sein neues Zuhause zu bringen. John, der vor lauter Änderungen in seinem Leben nicht mehr zur Ruhe kam und zum generellen Funktionieren die letzten Ereignisse tief in sich verdrängt hatte, fügte sich allem, ließ alles mit sich

geschehen. Er war kraftlos, konnte nicht einmal darüber nachdenken, ob er mit etwas einverstanden war oder nicht. Ihm fiel
jedoch auf, dass der Seesoljaner vor seiner Tür sehr zurückhal-
tend wirkte und den Augenkontakt, sei es mit den vorderen
oder hinteren Augen, mit ihm mied.

Er packte seine jämmerlichen Habseligkeiten, Tablet, Block,
Marsanzug, Kleidung, Übersetzer und den Toilettenbehälter
zusammen und verließen das, was in den letzten eineinhalb
Monaten sein Zuhause gewesen war. Mit all seinen Sachen
zwischen den Beinen und unter die Arme geklemmt, stand er
hinter Nuhhm auf einem der Mehrpersonengleiter, mit dem
sie zu dem Raumhafen schwebten. Es war derselbe, an dem
John zum ersten Mal einen Fuß auf diesen Planeten gesetzt
hatte. Dort wechselten sie das Fahrzeug und luden alles,
einschließlich des Personengleiters, in das neue Gefährt.

Sie wechselten kaum ein Wort miteinander, was aber
beiden recht zu sein schien. Das neue Fortbewegungsmittel
war ungefähr zwanzig Meter lang und bestand aus einem
Kabinenteil, welches die Form einer Toblerone hatte. Der Bug
hatte ein transparentes Cockpit, das spitz zulief. Drei flügelähnlichen Auswüchsen entsprangen jeder Kante des Toblero-
nendreiecks. An der Stelle, an der diese Auswüchse mit dem
Rumpf verankert waren, hatten sie eine Breite von acht und an
ihrem Ende von etwa zwei Metern. Die unteren zwei Flügel
dienten dem Gefährt gleichzeitig als Standbeine und hatten an
ihren Ausläufen eine Art Schwimmbojen befestigt. Diese
ähnelten denen der Wasserflugzeuge auf der einstigen Erde.
Wie John kurz darauf feststellte, konnte das Gefährt fliegen.
Nach dem Verstauen seiner Sachen erhoben sie sich über den

Raumhafen und ließen schon bald das neurale Zentrum mit seinen Football Gebäuden hinter sich. Alles, was John von da an sah, war rote Erde und lila-blaue Vegetation.

Während des Fluges sprachen sie kein Wort. John sah aus dem Fenster und Nuhhm pilotierte. Nach vier Stunden HST ließen sie das Festland hinter sich und John bekam zum ersten Mal einen näheren Blick auf den Ozean von MIB004. Sie waren höchstens einige hundert Meter vom Festland entfernt, als Nuhhm plötzlich und ohne Vorwarnung, direkt auf das Wasser zusteuerte. Erst in dem Moment, in dem John dachte, darauf zu zerschellen, brachte er das Gefährt wieder in eine waagerechte Position. Zu diesem Zeitpunkt trennten die Schwimmbojen gerade einmal dreißig Zentimeter von der Wasseroberfläche. John saß der Schreck noch in den Knochen, als er im selben Augenblick sah, wie der Seesoljaner erneut in den Sinkflug ging. John geriet in Panik und erstarrte in seinem Sitz, der viel zu groß für ihn war. Wenige Sekunden später trat das Gefährt plötzlich in Kontakt mit dem Wasser. Sein Pilot schien keineswegs alarmiert und behielt den Sinkflug bei. Einen Moment später glitten sie anstatt über, unter dem Wasser daher. Johns Sitzpartner bediente einen Schalter im virtuellen Bildschirm vor sich. Das Flugboot schien erst jetzt sein volles Potential zu entfalten und legte an Geschwindig-keit zu. Verwundert schaut John seinen Piloten an. Er war gespannt darauf, was ihn noch so alles erwarten würde. Nuhhm navigierte indes weiterhin ohne sichtbare Reaktion. Da die Möglichkeit unter dem Wasser abzustürzen gen null ging, fing John an, sich wieder zu entspannen. Er lehnte sich in dem riesigen Sitz, der ihn wie ein Kleinkind aussehen ließ, zurück und warf einen Blick auf die Unterwasserwelt von MIB004. Eine Vielzahl Fische, in allen möglichen Formen und Farben, konnte er beobachten. Die Vielfalt der einstigen Erde stand diese in nichts nach, nur schienen die Lebewesen auf diesem Planeten generell etwas größer auszufallen.

Weitere zwei Stunden HST vergingen, als Nuhhm die Fahrt verringerte. Sie näherten sich einem Objekt, das wie der Unterwasserausläufer einer Insel aussah und hielten direkt darauf zu. Wenige Meter davon entfernt, konnte John eine Öffnung im Gestein erkennen, die groß genug für ihr Schiff war. Nuhhm steuerte das Flugboot durch die Öffnung in einen Tunnel, der mindestens hundert Meter lang schien. John verstand den Sinn des Manövers, unter einer Insel hindurch zu tauchen, nicht. Er wäre definitiv um sie herumgefahren. Am anderen Ende des Tunnels angekommen, hielt Nuhhm auf die Wasseroberfläche zu. Sie tauchten auf und befanden sich, gegen Johns Erwartungen, nicht auf der anderen Seite der Insel, sondern inmitten einer Lagune, die sich in dem Atoll befand. Das Ganze war den Stränden auf dem Kontinent sehr ähnlich. Auch hier spendete eine Kuppel aus Vegetation Schatten und ließ mancherorts Sonnenstrahlen durch.

Die runde Lagune hatte einen Durchmesser von etwa dreihundert Metern. An einer der Seiten tat sich ein Strand auf. Nuhhm steuerte ihr Gefährt darauf zu und setzte es an Land. Die Höhe der Steinwände, die die gesamte Lagune umschlossen, betrug an die fünfzig Meter. In der Wand hinter dem Strand, konnte John dieselben Fenster ausmachen, die sein Quartier und all die anderen footballähnlichen Gebäude des Kontinents gehabt hatten. Vier Paare dieser Fenster reihten sich auf drei

Ebenen nebeneinander. In der Mitte der untersten Etage befand sich, genau zwischen den beiden Fensterpaaren, eine gewaltige Öffnung. John war sich sicher, dass es sich um ein Gebäude handelte, das wie eine Höhle in die Wand hineingebaut worden war. Als sie ihr Wasserflugzeug verließen, sagte Nuhhm schlicht:

„Willkommen in meinem Zuhause. Von jetzt an ist es auch dein Zuhause. Wann immer du willst und solange du willst. Komm, ich zeig dir dein Quartier."

Gemeinsam gingen sie den Strand hinauf, auf die bogenförmige Öffnung zu. Diese ragte bis tief ins Innere des Gesteins. Die Öffnung, welche als Tunnel begann, ging nach einigen Metern in einen Innenhof über. Von hier aus konnte man zu den Balustraden und Gängen der zwei Stockwerke hinaufblicken. Wie auch sein Quartier in dem Football-Gebäude war alles in den Farben des Gesteins gehalten. In diesem Fall weniger Rot, sondern mehr sandfarbig. Der Innenhof war zylinderförmig angelegt und maß gut und gern dreißig Meter im Durchmesser. Während sie sich auf das hintere Ende des Hofes zu bewegten, fielen John die in regelmäßigen Abständen, entlang der Wand aufgestellten, Lichtquellen auf. Einige strahlten in grünem, andere in blauem Licht. Im Vorbeigehen warf er einen näheren Blick in die Lampen. Es handelte sich um eine Art natürlicher Lichtquelle, die aus einer Flüssigkeit eine hohe Konzentration an Biolumineszenz abgab.

Auf der linken und rechten Seite des Hofes gab es je zwei oval geformte Zugänge. Diese führten in die anliegenden Räume. Als die beiden auf der anderen Seite des Patios ankamen, stieg Nuhhm auf eine von vier Plattformen, die auf dem Boden ruhten. Er wies John an, sich auf eine der anderen Plattformen zu stellen. Danach betätigte sein neuer Gastgeber einen kaum ausmachbaren Sensor, der sich in der Wand hinter ihnen befand. Die Plattformen fingen an, senkrecht in die Höhe zu schweben, bis sie im zweiten Stockwerk ankamen. Um in die Räume der oberen Stockwerke zu gelangen, ragten Gänge, wie Balkone, aus dem Stein der Wand und führten einmal um den Hof herum. Von hier aus konnte man den ganzen Innenhof überblicken. An der Stelle, an der sich die Schwebe-Plattformen befanden, waren Löcher im Boden der Balkone des jeweiligen Stockwerkes eingelassen. Durch diese beförderten einen die Plattformen in die gewünschte Etage. Nuhhm ging voran und führte John in eines der Zimmer. Dieses war ebenfalls zylindrisch und lag im vorderen Teil des Gebäudes. Ein atemberaubender Blick auf die Lagune bot sich ihm dar. Der Raum war, wie nicht anders zu erwarten, riesig und verfügte zu seiner Überraschung bereits über eine bett-ähnliche Struktur, die im hinteren Teil des Zimmers stand.

„Man hat mir gesagt, dass du so etwas zur Energierückge-winnung benötigst. Ich hoffe, es entspricht deinen Anforde-rungen. Ich wusste nicht, was du sonst noch benötigst, aber wir können viele Dinge hier selbst herstellen oder sie besorgen. Du musst mir nur sagen, was du benötigst. Richte dich ein und schau dich um. Später stelle ich dir meine Familie vor. Sie sind schon sehr neugierig auf dich."

Der Seesoljaner vermied weiterhin jeglichen Augenkontakt mit John und wirkte auf eine seltsame Weise nervös. Er hatte noch keinen Seesoljaner getroffen, der den direkten Augenkontakt zu ihm gemieden hatte. Nuhhm ging zur ovalen Öffnung, um das Zimmer zu verlassen. Dann blieb er aber direkt im Türrahmen stehen, und ohne sich umzudrehen, fügte er noch hinzu:

„Ich war es. Ich bin der Verantwortliche dafür, dass dein Planet und deine Spezies nicht mehr existieren."

Danach verschwand er im Gang.

Chapter XXII

Auf seinem Weg zu den Warenhäusern der Schürfkolonie und in den Warenhäusern selbst, herrschte wenig Betrieb. Die meisten der Bewohner des Mondes schienen zu arbeiten oder sich vom Arbeiten auszuruhen. Das Wetter lud wenig dazu ein, sich im Freien aufzuhalten. John begegnete einigen wenigen Seesoljanern, die dem Anschein nach, entweder von ihrer Schicht kamen oder zu dieser gingen. Es überraschte ihn nicht sonderlich, Seesoljaner auf dem Mond anzutreffen. Schließlich wusste er, dass auf dieselbe Weise, wie die Kinchetenalp der Technologie verschrieben waren, hatte das Volk der Seesoljaner sich ebenfalls auf eine Tätigkeit spezialisiert, und zwar das Schürfen. Es gab zwar noch einige andere Völker, die dieser Tätigkeit nachgingen, doch der Ruf der Seesoljaner, die Besten zu sein, eilte ihnen weit voraus.

Nachdem John in den Warenhäusern alle auf seiner Liste aufgeführten Gütern abgehakt und dafür gesorgt hatte, dass diese zur Laila I geliefert wurden, machte er sich auf die Suche nach der Kantine der Kinchetenalp. Dank des virtuellen Planes der Basis auf seinem Übersetzer, fiel es ihm nicht schwer, diese zu finden. Außer den Betreibern der Kantine war niemand im Essensraum anzutreffen. Es war ein schlichter viereckiger Raum, in dem runde, an die fünfzig Zentimeter hohe, holzstammartige Klötze in Reihen von zehn nebeneinanderstanden. Der Abstand zwischen den Klötzen betrug in etwa eineinhalb Meter. Gegenüber dem Eingang gab es eine Ausgabetheke, hinter der hektisches Treiben herrschte.

Die Betreiber schienen sich auf Kundschaft vorzubereiten und hatten deshalb weder Zeit noch Lust, John zu beachten. Die Arbeiter hinter der Theke waren Kinchetenalp. Anscheinend war also nicht die ganze Spezies so technisch versiert, wie sie immer vorgaben.

John wusste, es wäre reine Zeitverschwendung, die Arbeiter hinter der Theke in diesem Moment zu befragen. Er sparte sich deshalb die Zeit, um ihre Aufmerksamkeit zu bitten. Auf Gäste wartend, setzte er sich auf einen der Klötze. Auch er hatte Hunger, doch die Kantinen auf diesem Mond waren artenspezifisch. So gab es in dieser nur Produkte, die auf die Bedürfnisse der Kinchetenalp abgestimmt waren. Nach einer langen Stunde des Wartens, kam eine Gruppe von zwölf jung aussehenden Kinchetenalp in die Kantine. John stufte sie zu unerfahren ein, als dass er sie befragen wollte. Er entschied, lieber noch etwas zu warten. Die jungen Kinchetenalp begaben sich an die Ausgabetheke und bekamen jeweils eine Ration von etwas gelb Aussehendem auf einer runden Scheibe ausgehändigt. Dann ging jeder von ihnen an einen der Klötze, positionierte die Scheibe darauf und stellte sich dann mit dem gesamten Körper so über den Klotz, dass die sechs Arme/Beine den Klotz umrundeten und ihr Mund sich direkt über dem Essen befand. Einen der Arme/Beine benutzend, begannen sie, sich das Essen in den Mund zu führen. Sofort sprang John von seinem Klotz auf und stellte sich in die Ecke, die sich neben dem Eingang befand. Er schämte sich, auf einem ihrer Tische Platz genommen zu haben. Weitere Gruppen kamen und gingen. Die Zeit verstrich.

Gerade als John schon aufgeben wollte, trat ein Kinchetenalp herein, der allein war und nicht denselben Elan an den Tag legte, wie die Jungen zuvor. Er hatte ein passendes Befragungsobjekt gefunden und verließ die Kantine, um draußen auf den Kinchetenalp zu warten. Knappe zwanzig Minuten später verließ das kleine braune Wesen die Kantine. John lief auf ihn zu und grüßte ihn. Er stellte sich vor und verwickelte den Kleinen in ein wenig Smalltalk, indem er ihm erzählte, er sei zu Besuch und würde gerne etwas mehr darüber erfahren, was auf diesem Mond geschürft wurde. Die Kinchetenalp liebten es, anderen Spezies Dinge zu erklären. Vor allem aber genossen sie es, von anderen Völkern als wissend und intelligent geachtet zu werden. John kannte diese Schwäche und hatte sich dem Anschein nach ausreichend unterwürfig präsentiert. Geschmeichelt lud ihn das Wesen ein, mit ihm kurz in die Kantine zurückzukehren. Dort konnten sie sich, vom Wind geschützt, besser unterhalten.

Wie sich herausstellte, war der Kinchetenalp einer der leitenden Angestellten der technischen Abteilung dieser Mine. Er konnte John alle technischen Vorgänge der Arbeiten im kleinsten Detail erklären. Geduldig hört er den Ausführungen über Minenverfahren einen Augenblick zu, bevor John das Gespräch darauf lenkte, was er eigentlich in Erfahrung bringen wollte. Er bat den Kinchetenalp um seine Meinung zu einem Phänomen, dem er begegnet war. Man konnte förmlich beobachten, wie das kleine runde Wesen vor Stolz etwas größer wurde, da es nach seiner geschätzten Meinung gefragt wurde. Jetzt hatte John ihn genau da, wo er ihn haben wollte. Detailgetreu erzählte er, was ihm mit dem Würfel widerfahren war und fragte den kleinen Techniker, ob dieser schon einmal so etwas gesehen oder wenigstens davon gehört hatte. Der Kinchetenalp, der die Geschichte aufmerksam bis zum Ende verfolgt hatte, schwieg eine Weile. So einen Würfel hatte er weder gesehen noch davon gehört. Allerdings hatte es in seiner Kindheit, auf seinem Heimatplaneten, eine uralte Sage über ein Volk gegeben, das vor sehr, sehr langer Zeit existiert haben solle. Der Sage nach war dieses Volk im Besitz einer Technologie gewesen, die selbst der heutigen Technologie der Kinchetenalp weit voraus gewesen war. Selbstverständlich war dies, seiner Meinung nach, unmöglich und völliger Unfug. Weiterhin beschrieb die Sage dieses Volk als Verehrer des Quadrates. Sie sahen dieses als höchste geometrische Form der Technik. Seiner Meinung nach waren auch das alles nur fiktionale Erzählungen, die jedes Volk auf die ein oder anderen Weise besaß. Zudem wüsste ohnehin jedes Kinchetenalpkind, dass das beste geometrische Objekt eine Kugel sei.

John konnte mit den Aussagen des Kinchetenalp nichts anfangen, hatte dennoch mehr Information bekommen, als zuvor erwartet. Er bedankte sich bei dem kleinen braunen Wesen, wünschte ihm noch alles Gute und viel Erfolg bei zukünftigen Schürfungen. Danach beschloss er, sein Unterfangen in dieser Basis abzubrechen und machte sich auf den Weg zur Laila I. Durch das Gespräch war er nicht wirklich schlauer geworden. Er musste wohl selbst herausfinden, wohin ihn die Reise führte und was ihn dort erwartete. Erneut kämpfte er sich durch den Wind zum Raumhafen, um nachzuschauen, ob schon alle Lieferungen seines Einkaufs eingetroffen waren. Mit Zufriedenheit stellte er fest, dass die

Kinchetenalp vor Ort die Besorgungen schon verladen und die Wartung an der Laila I vollendet hatten. Er beglich seine Schulden und begab sich aufs Schiff. Vor dem Abflug überprüfte er alle Waren und verstaute diese. Als er damit fertig war, wollte er so schnell wie möglich die lange Reise antreten, schließlich war sein Ziel, selbst mit höchster Schubkraft, neun Monate von ihm entfernt.

*

John war fassungslos, ja sogar empört. Derjenige, der ihm helfen sollte, in sein neues Leben zu finden, war der Verantwortliche für den Tod all seiner Mitmenschen. Die 42 auf dem Mars ausgenommen. Gerade hatte er begonnen, in Nuhhm einen schüchternen, netten Kerl zu sehen, als dieser ihm einen Knochen hinwarf, den John nicht zu verdauen imstande war. Wütend, verraten und alleingelassen befand er sich nun völlig ausgeliefert und hilflos im Hause des Henkers der Menschheit. Jetzt machte auch Nuhhms seltsames Verhalten seit ihrem Aufeinandertreffen Sinn. Unsicher darüber, ob er diesen Ort gleich wieder verlassen oder bleiben sollte, entschied er, erst einmal zu schlafen. Er war erschöpft. Seine Kapazität, neue und extreme Informationen zu verarbeiten, war schon lange überschritten. Hinzu kam die Reise und überhaupt alles der letzten Tage und Monate. Die Kuppel über der Lagune ließ nur wenig Licht in sein Zimmer dringen. So konnte er, zum ersten Mal seit seiner Ankunft auf diesem Planeten der endlosen Tage, richtig tief und erholsam schlafen.

Nachdem er Johns Zimmer verlassen hatte, rechnete Nuhhm eigentlich damit, dass dieser ihn entweder verfolgen, beschimpfen und umbringen, oder aber die sofortige Rückkehr ins Zentrum verlangen würde. Stattdessen konnte er nicht den kleinsten Laut aus dem Quartier seines neuen Gastes vernehmen. Auch Stunden später machte der Errrooo keine Anzeichen, sein Zimmer verlassen zu wollen. John wusste wenig über die Seesoljaner, doch Nuhhm hatte überhaupt keine Ahnung, was das Verhalten der Menschen betraf und entschied sich dazu, seinen Gast vorerst in Ruhe zu lassen.

Eineinhalb Tage HST später war es dann so weit. John wachte in seinem neuen Zimmer auf. Er fühlte sich ausgeruht. So gut hatte er schon sehr lange nicht mehr geschlafen. Was sollte er nun tun? Letzten Endes war die Zerstörung der Erde 'Nur' ein Unfall gewesen. Ja, es war der tragischste und letzte Unfall in der Geschichte der Menschheit und zur Krönung sollte er im Haus desjenigen wohnen, der ihn zum letzten seiner Art gemacht hatte. Wahr war aber auch, man konnte nichts mehr daran ändern. John war schon immer ein Mensch gewesen, der nach vorne blickte, der das Gelernte aus der Vergangenheit nur dazu nutzte, Fehler nicht mehr zu wiederholen. Wütend auf Nuhhm, traf er die Entscheidung, seinen Gastgeber, soweit es nur möglich sein würde, auf allen erdenklichen Ebenen in Anspruch zunehmen. So wollte er ihn wenigstens einen Teil seiner Schuld bezahlen lassen.

In Kampflaune ging er aus seinem Zimmer. Er wollte diesen verdammten Seesoljaner suchen, ihm klarmachen, dass er Hunger hatte und dieser ihm gefälligst etwas zu Essen besorgen sollte. John kam über die Schwebeplattform nach unten, bereit seine schlechtesten Manieren an Nuhhm auszulassen. Dieser stand, zwei weitere Seesoljaner an seiner Seite, im Hof und schien bereits auf ihn zu warten. Die ganze Rage, mit der John auf den Erdvernichter losgehen wollte, versiegte beim Anblick von Nuhhms Begleitung. John blieb abrupt stehen. Einer der beiden war nur etwa ein Meter achtzig groß, demnach der erste Seesoljaner, den John traf, der kleiner war als er selbst. Der andere stand hinter dem kleineren, an Nuhhms Seite. Dieser hatte die übliche Statur der bisher gesichteten Seesoljaner, mit Ausnahme von Agwhh, der bis zu diesem Zeitpunkt der kleinste dieser Wesen gewesen war.

John suchte nach Merkmalen, die darauf hindeuten könnten, ob es sich bei einem der beiden um ein anderes Geschlecht handelte. Bisher hatte er noch bei keinem Seesoljaner Geschlechtsunterschiede feststellen können. Außer der kleineren Statur konnte er jedoch nichts weiter ausmachen.

„Das ist Turrhg und das unser Nachwuchs Iggoh."

John stand völlig neben sich. Er war darauf vorbereitet gewesen, Nuhhm anzuschreien, schlecht zu behandeln, aber nicht, dass dieser ihm seine idyllische Familie vorstellte. Seine, von Kindheit an eingespeisten Manieren, übernahmen die Kontrolle. Er begrüßte die beiden mit einem aufgesetzten Lächeln und einem Aloha. Sanft, ja fast schon unbeholfen fügte er hinzu:

„Ist es möglich etwas zu Essen zu bekommen, ich sterbe vor Hunger."

Turrhg wies ihn an, ihm zu folgen. In einem der vom Innenhof abgehenden Räume versorgte er John mit Essen und Trinken.

Die darauffolgenden Tage und Woche ging er Nuhhm aus dem Weg. Er wusste einfach nicht, wie er mit der Situation umgehen sollte. Nuhhm schien ein netter Kerl zu sein. Sowohl Turrhg als auch Iggoh waren, soweit er es einschätzen konnte, herzensgute Seesoljaner. Dennoch, jedes Mal, wenn er Nuhhm sah, wurde das, was John verloren hatte, präsent und quälte ihn. Zu Turrhg schien John auf Anhieb einen guten Draht zu entwickeln. Oft saßen sie beisammen, redeten. Diese Unterhaltungen halfen John, einige der Millionen Fragen, die sich in den vorangegangenen Monaten bei ihm angesammelt hatten, zu beantworten.

Ein Beispiel war die Art der seesoljanischen Fortpflanzung. John erfuhr, dass die Seesoljaner, im Gegensatz zu anderen Wesen in der Galaxie, kein Geschlecht besaßen. Sie tun sich in Paaren von Lebenspartnern zusammen, um den Nachwuchs großzuziehen. Der Nachwuchs wiederum wurde von den larvenartigen Wesen, die auch für ihre Zellbereinigung verantwortlich waren, erzeugt. Dieser Prozess, den John nicht vollends verstand, lief folgendermaßen ab: Die Larven verzehrten bei der Zellreinigung die toten Zellen der Seesoljaner. Was sie nach der Verdauung wieder ausschieden, war der Grundbaustein für die Erstellung neuer und gesunder Zellen. Soweit er Turrhgs Erklärungen folgen konnte, ernährten sich die Königinnen der Larven von diesem Grundstoff, also dem Kot. Diese wiederum schieden dann einige wenige gesunde seesoljanische Zellen aus. Es brauchte an die achtzig Jahre toter

Zellen eines Seesoljaners, bis eine der Königinnen eine Handvoll Zellen ausschied. Achtzig Jahre und den Kot von hundert Königinnen benötigte es, bevor sich im Wasser, bei einem ähnlichen Prozess wie dem zur Zellreinigung, ein kleines seesoljanisches Wesen bildete. Dieses wurde dann von einem Lebenspaar als Nachwuchs aufgenommen. So wie John es verstand, waren die Larvenköniginnen die eigentlichen biologischen Eltern dieser Wesen, doch Turrhg korrigierte ihn. Er beschrieb es mehr als eine Symbiose, in der sie mit den Larven lebten, eine Verbindung zwischen den Arten bestand aber nicht.

Nach und nach entwickelte John eine tägliche Routine. Endlich konnte er wieder erholsam schlafen, nutzte den Luxus über eine Lagune vor der Tür zu verfügen und ging jedes Mal nach dem Aufstehen, manchmal sogar vor dem Schlafengehen schwimmen. Das letzte Mal war er auf der Erde in so guter Verfassung gewesen. Aufgrund der hohen Schwerkraft war er kräftiger, als je zuvor. Nach seinem morgendlichen Training pflegte er zu frühstücken. Dabei unterhielt er sich oft mit Turrhg, der ihn viel über die Seesoljaner lehrte. Nuhhm, der John den nötigen Abstand gab, verließ gelegentlich für einige Zeit die Insel. Tage später tauchte er dann wieder auf. Bei der Rückkehr von einer dieser Reisen brachte er etwas mit, das wie eine Frucht aussah. Außen war sie knallrot, hatte die Größe einer Wassermelone, aber die Form einer Tomate. Er übergab John die Frucht, als wäre sie ein Geschenk.

„Den chemischen Angaben nach, müsste dies für dich essbar sein."

John zeigte keine Regung. Er nahm die Frucht an, schnitt sie misstrauisch in zwei Hälften und fand ein lila Fruchtfleisch vor. Erst roch er daran. Er konnte ein süßliches Aroma feststellen, steckte seinen Finger hinein und leckte ihn vorsichtig ab. Eine Flut von himmlisch süßem und erfrischendem Genuss gelangte an seine Geschmacksnerven, die schon lange nicht mehr gefordert worden waren. Sofort schnitt er ein größeres Stück ab und biss hinein. Die Textur erinnerte ihn an die einer Traube, der Geschmack an den Himmel selbst. Zumindest an das, was er sich unter Himmel vorstellte. Seitdem er vom Mars, nein falsch, seitdem er von der Erde abgehoben war, hatte er kein Essen mehr so sehr genossen. Bis zu diesem Moment hatte er sich schon fast damit abgefunden, nie wieder etwas anderes, als den Nahrungsersatz in Pulverform, zu essen zu bekommen. John konnte es selbst nicht begreifen, wie sich etwas so Banales mit der Vernichtung eines ganzen Volkes aufwiegen ließ. Nuhhm hatte es mit dieser Frucht geschafft, einige Punkte bei ihm gutzumachen.

„Danke, für das Geschenk."

Mehr brachte er nicht zustande. Nachdem er sich satt gegessen hatte, kam die Neugier in ihm auf. Er wollte wissen, wo Nuhhm diese Frucht aufgetrieben hatte. Überhaupt war er wissbegierig zu erfahren, was dieser trieb, wenn er für ein paar Tage verschwand. Nuhhm musste seine Euphorie darüber, dass der Errrooo sich zum ersten Mal direkt an ihn gewandt hatte, unterdrücken. Mit größter Vorsicht berichtete er John von seiner Tätigkeit als Entladungspilot. Er transportierte Waren von und zu Schiffen, die aus den verschiedensten Regionen der Galaxis kamen und sich in einer Umlaufbahn um MIB004 befanden. Bei einem dieser Transportflüge hatte er diese Frucht aufgetrieben und mit einem der Besatzungsmitglieder vereinbart, bei zukünftigen Flügen mehr davon mitzubringen.

John hielt sich nun schon ziemliche lange in der Lagune auf, ohne diese jemals verlassen zu haben. Er kannte mittlerweile jeden Stein. Nuhhms Kommentare über Flüge in den Orbit, zu Schiffen anderer Spezies, machten ihm Lust auf mehr. Nuhhm war erfreut und gewillt, seinem Gast mehr Details zu geben.

Warentransporte auf MIB004, sowohl Export als auch Import, fanden auf der anderen Seite des Planeten statt. Dort gab es einen zweiten Kontinent, der ausschließlich für die Industrie und den Handel benutzt wurde. John, der sich in den letzten Wochen zwar gut erholt hatte, aber in der Lagune langsam Klaustrophobie verspürte, war erpicht darauf, all das mit seinen eigenen Augen zusehen. Er bat Nuhhm, den er in diesem Moment zum ersten Mal nicht mit der Vernichtung der Erde assoziierte, ihn auf einen dieser Reisen begleiten zu dürfen. Hellauf begeistert stimmte dieser zu. Ohne es zu ahnen, begann John Spencers neues Leben, als Helfer eines kleinen seesoljanischen Transportunternehmens auf MIB004.

Chapter XXIII

Der Proviant war verstaut, die Systemchecks abgeschlossen. John hatte zwei Raumstationen auf seinem vorausberechneten Kurs ins Zielsystem ausgemacht. In einem technischen Notfall könnte er dort stoppen. Die Berechnung einer so langen Route bei höchster Geschwindigkeit war eine Herausforderung für den Bordcomputer. Dieser Prozess nahm eine gewisse Zeit in Anspruch. Deshalb navigierte John die Laila I in eine Umlaufbahn um GS0003 herum. Dort wartete er, bis der Navigationscomputer seine Arbeit verrichtet hatte. Während er darauf wartete, dachte er noch einmal darüber nach, was ihm der Kinchetenalp auf dem vor ihm schwebenden Mond, erzählt hatte. Seine Geschichte hatte von einem uralten Volk gehandelt, dessen Technik die Galaxie dominierte. Bei Iigshs Sage ging es um ein Volk, dessen Macht groß genug gewesen war, alle Völker der Galaxie unter sich zu vereinen. Beides Sagen, die ein mächtiges Volk in der Vergangenheit beschrieben. Wenn John die Geschichte der Menschheit eines gelehrt hatte, dann, dass alle Sagen und Erzählungen in einem Bezug zur Vergangenheit standen. Auch wenn zwischen dem reellen Geschehen und der Geschichte oft Welten lagen.

„Der Navigationscomputer hat die Berechnung der Reiseroute mit höchstem Impuls abgeschlossen, John Spencer. Das Schiff ist nun bereit."

„Danke, Alexa."

Er warf noch einmal einen Blick auf die Instrumente und gab dann den Impulsantrieb frei. Bevor das Schiff jedoch mit vollem Antrieb durch die Weiten des Raums dahin schoss, würde der Computer die Laila I erst aus dem mit Objekten gefüllten Sternensystem herausführen. Dadurch wurden unerwünschte Kollisionen vermieden. Laut Bordcomputer brauchten sie fünfzig Stunden HST, um das System zu verlassen und in den freien Raum zu gelangen. Dies gab ihm genügend Zeit, seinen Gedanken betreffend der Sagen, freien Lauf zu lassen. Was wäre, wenn beide Sagen der Wahrheit entsprächen? Wenn beide dasselbe Volk beschrieben? Das Resultat wäre die Existenz einer hoch entwickelten Spezies, die vor sehr langer Zeit, was immer das auch heißen mochte, die Galaxie beherrschte. Bei diesem Gedankenspiel taten sich John mehr Fragen auf, als er Antworten fand. Wer waren diese Wesen? Waren sie überhaupt mit dem Würfel verknüpft? Was hatte ihre Herrschaft beendet? Warum schien niemand vor ihm je einen solchen Würfel gesehen zu haben? Ihm kamen immer nur Fragen, aber keine Antworten.

Er war dabei, den Energieverbrauch verschiedener Systeme für die Flugphase bei maximal Impuls zu optimieren, als eine Nachricht von Agwhh einging.

„John, bitte lass bei deiner geplanten Reise Vorsicht walten. Selbst das Zentralkommando weiß nur wenig über den Sektor der Galaxie, in den du dich begeben willst. Es ist einer der am wenigsten erforschten Sektoren. Es gibt in ihm Systeme, die absolut nichts mit der galaktischen Gemeinschaft zu tun haben wollen. Zudem treiben viele Piraten, Schmuggler und anderes Gesindel ihr Unwesen in dem Bereich. Der Würfel ist sicher nur der Köder einer Falle. Was die Herkunft der beschriebenen Technologie des Objektes anging, bin ich absolut ratlos. John, bitte überdenke noch einmal dein Vorhaben. Für den Fall, dass du dich nicht davon abbringen lässt, wünsche ich dir trotzdem viel Glück. Allerdings bestehe ich darauf, auf dem Laufenden gehalten zu werden." ,

John glaubte nicht an eine Falle, obwohl auch er diese Möglichkeit nicht zu 100% ausschließen konnte. Es kam ihm dennoch sinnlos vor, jemanden auf eine neunmonatige Reise zu schicken, um ihn auszurauben oder sein Schiff zu entern. Nach allem, was er über den Würfel wusste, hätte dieser einfach das Kommando der Laila I übernehmen und sie wo auch immer hin navigieren können. Er hielt also an seinem Plan fest und fuhr mit den Vorbereitungen des Schiffes für den Hyperraum fort.

*

Nuhhm glitt mit Höchstgeschwindigkeit durchs Wasser. John war erstaunt darüber, wie viel schneller dieses Flugboot unter, als über dem Wasser war. Sie hatten sich auf den Weg zur anderen Seite des Planeten gemacht. Nuhhm war der Auftrag einer Schiffsentladung im Orbit von MIB004 zugeteilt worden. Zuerst mussten sie zu einem der Raumhäfen des industriellen Kontinents, an dem sie in einen kleinen Transportgleiter umstiegen. Mit diesem würden sie Rohstoffe, die zum Bau der seesoljanischen Flugboote verwendet wurden, von einem der großen seesoljanischen Raumtransporter zu einer der Fabriken des Kontinents transportieren. John war über diese Abwechslung mehr als dankbar. Zeitweise vergaß er sogar, warum er Nuhhm nicht leiden 'durfte'. Über vieles, was sie auf ihrem Weg zum Kontinent sahen, fragte er seinen Piloten Löcher in den Bauch. Nuhhm war mehr als bereit, so gut er konnte, Johns Neugier zu befriedigen.

Der Raumhafen, den sie ansteuerten, lag an der Küste des Kontinents. Er bestand aus einer immens großen Fläche, auf der Transportgleiter verschiedenster Größen parkten, landeten oder abhoben. Ähnlich einem Flughafen auf der einstigen Erde, nur, dass hier keine Start- oder Ladenbahnen notwendig waren. Alle Fluggeräte vor Ort waren Senkrechtstarter. Die angrenzenden Gebäude dienten der Verwaltung der Apparate und koordinierten den Verkehr. Der Kontinent selbst war, Nuhhm zufolge, etwa zweimal so groß, wie der, auf dem John am Zentralcomputer des Übersetzers gearbeitet hatte. Es herrschte reges Treiben am Raumhafen, im Gegensatz zum Raumhafen von Johns Ankunft auf dem Planeten. Auch hier waren die Gebäude footballförmig, bestanden aus derselben roten Erde.

Der Laderaum des Transportgleiters, in den sie umstiegen, war groß genug, um vier der Raumgleiter darin zu verstauen. Johns Einschätzungen nach, beruhte dieser auf derselben Plattform und hatte lediglich einen größeren Laderaum, als der Raumgleiter, mit dem er auf MIB004 gelandet war. Selbst das Cockpit war identisch. Sie hoben vom Raumhafen ab, flogen in den Orbit und John wurden die Ausmaße der seesoljanischen Industrie bewusst. Die Hälfte des Kontinents war mit diesen footballähnlichen Gebäuden zugepflastert. Nuhhms Aussage zufolge dienten sie alle der Produktion, Lagerung oder Entwicklung. Er konnte mehrere Raumhäfen entlang der bebauten Küste ausmachen. Diese hoben sich, durch ihre riesigen Park-, Lande- und Abflugflächen, von der ansonsten bebauten Fläche auf dieser Hälfte des Kontinents, ab. Die andere Hälfte des Kontinents war komplett mit den lila-blauen Pflanzen bewachsen.

John kam, über die für ihn bis dahin unbewusste industrielle Aktivität des Planeten, aus dem Staunen nicht mehr raus. Er fragte Nuhhm, woher sie die Unmengen an Energie für all das nahmen. Sein Pilot deutete auf die bepflanzte Hälfte des Kontinents. Dem Anschein nach, funktionierten die lila und blauen Blätter der Pflanzen wie eine Art Solarzelle, welche die Energie der Sonnen aufnahmen. Diese wurde dann in den Ästen und Stämmen gespeichert. Die Seesoljaner hatten schon vor langer Zeit einen Weg gefunden, die Stämme wie Steckdosen anzuzapfen. Überschüssige Energie wurde aus den Pflanzen abgeleitet. Im Notfall konnten auch die Energiespeicher in den Stämmen aufgebraucht werden. Doch auf diesem Planeten schien so gut wie immer mindestens eine der Sonnen. Es gab Energie im Überfluss. John dachte darüber nach, wie anders sich doch die Erde mit einer solchen Wunderpflanze, die eine saubere, der Umwelt gegenüber nicht aggressiven Art der Energiegewinnung zuließ, entwickelt hätte.

Seine Aufmerksamkeit richtete sich wieder voll und ganz auf den Transportgleiter und dessen Steuerung. Fieberhaft versuchte er, diese zu begreifen. Er fing an, Nuhhm über den Gleiter und dessen Bedienung auszufragen. Seit seiner Ankunft auf MIB004, hatte er den Wunsch und das Bedürfnis verspürt, die verschiedenen Flugapparate, in denen er transportiert wurde, selbst steuern zu können. Sicherlich hatte dies auch mit dem Verlust seiner Selbständigkeit, der eigenen Identität zu tun, die er seit dem Aussterben der Menschheit und seiner Unterbringung bei den Seesoljanern erfahren hatte. Die Fähigkeit, diese Schiffe fliegen zu können, sich frei bewegen zu können, hätte ihm das Gefühl von Eigenständigkeit und Unabhängigkeit, wenigstens teilweise, zurückgegeben. Nuhhm stimmte Johns bitte zu, ihm das nötige Wissen zum Bedienen und Erwerben der nötigen Fluglizenz dieser Apparate beizubringen.

Von diesem Tag an begleitete John seinen zugeteilten Aufpasser auf jede seiner Transportreisen, lernte dadurch andere Lebewesen der Galaxie sowie deren unterschiedliche Raumfahrttechnologien kennen. Wenn keine Transportflüge anstanden, gab Nuhhm ihm seine ersten Flugstunden, vorerst mit dem Flugboot. In Übungseinheiten brachte Nuhhm ihm die theoretischen Aspekte des Raumgleiters näher. Bereits nach kurzer Zeit stellte sich heraus, dass sowohl John als auch Nuhhm fFlugbegeisterte waren. Ohne es zu merken, half ihnen dieses gemeinsame Interesse, sich kennen und schätzen zu lernen. Der Grundstein für eine neue Freundschaft war gelegt.

Chapter XXIV

Die Laila I war gerade dabei, das Sternsystem zu verlassen. Der Navigationscomputer würde in Kürze mit der Sequenz zur Einleitung des Hyperraumantriebs beginnen. John lehnte sich im Pilotensitz zurück und verfolgte am holographischen Monitor, wie das Navigationssystem die Checkliste der Schiffssysteme durchging. Als der Vorgang abgeschlossen war, fing die Laila I an zu beschleunigen. Die sonst so ruhige Phase der Akzeleration wurde plötzlich durch ein Alarmsignal und blinkende rote Lichter auf Johns Monitor unterbrochen. Es war der Alarm für einen Kollisionskurs, mit einem, sich in der Beschleunigungsbahn des Schiffes befindlichem Objekt.

„Alexa, Objekt in der Flugbahn auf den Monitor."

John fielen fast die Augen aus dem Kopf, als er erkannte, was der Laila I da den Weg versperrte. Es war der Würfel! Zumindest einer, der genau so aussah wie der, dem er begegnet war. Dieser schien nicht zu rotieren, sondern hatte eine seiner Wände dem Schiff zugewandt. Das Zentrum dieser Wand lag genau auf der horizontalen und vertikalen Achse der Laila I. Bei Beibehalten des Kurses würde diese also direkt in die Mitte der quadratischen Wand fliegen. John versuchte hastig, die Beschleunigung in den Hyperraum abzubrechen, doch der Computer reagierte nicht. Auch das Ändern der Flugroute, was das Schiff durch die extrem einwirkenden Kräfte, auf die Probe gestellt hätte, wurde vom Computer nicht angenommen.

„Alexa, Hyperraumbeschleunigung sofort abbrechen."

„Das Abbrechen der Hyperraumbeschleunigung ist in diesem Augenblick nicht möglich, John Spencer."

„Wieso ist der Abbruch nicht möglich."

„Der Zugriff auf den Bordcomputer wurde verweigert, John Spencer."

John wusste nicht weiter. Sollte hier alles enden? Er schaute auf den Monitor. Der Würfel näherte sich rasant. Grüne Lichtstrahlen traten plötzlich aus dem Zentrum des Würfels und formten ein, aus reinem Licht bestehendes, grünes Quadrat auf der ihm zugerichteten Wand. Blitzartig wuchs dieses Quadrat an, bis es die komplette Wand des Würfels grün leuchten ließ. Doch das Lichtspiel hörte nicht hier auf. Das grüne, aus einer Art Laser bestehende Quadrat, wuchs über den Würfel hinaus. In wenigen Sekunden hatte es die zehnfache Größe der Laila I erreicht. Ein riesiges, grünes, quadratisches Energiefeld, dessen Mitte aus einem Würfel bestand, hatte sich vor John, der in seinem Schiff genau darauf zuhielt, aufgebaut. Es gab nichts, was er dagegen unternehmen konnte. Die Kollision stand kurz bevor. Er bereitete sich darauf vor, als letzter Mensch die Galaxie zu verlassen. Bis zu diesem Augenblick, war es ihm nur möglich gewesen, das enorme grüne Energiefeld aus dem Panoramafenster, mit dem bloßen Auge sehen zu können. Nun sah er auch den Würfel, mit dem er in wenigen Sekunden zusammenstoßen würde, auf ihn zukommen.

Die Laila I trat mit dem Würfel in Kontakt. Alles erlosch, alles war stockdunkel. Er war noch am Leben, das fühlte er, auch das er schwerelos schwebte, nur sehen konnte er nichts. John befand sich noch auf der Brücke der Laila I, dessen war er sich sicher. An der Stelle, wo seinem Empfinden nach das Fenster der Brücke hätte sein müssen, war nur schwarz zu sehen. Alles war einfach nur schwarz. Noch immer wartete er jeden Moment darauf, dass das Schiff anfangen würde, sich in seine Einzelteile zu zerlegen und er mit ihm. Doch weiterhin geschah nichts. Seine Augen sahen schwarz und das Einzige, was seine Ohren hören konnten, war sein eigener Herzschlag. Es schien, als wäre er schon eine Ewigkeit in diesem schwebenden, blinden und tauben Zustand. In Wahrheit waren aber erst dreißig Sekunden seit dem Zusammenstoß mit dem Würfel vergangen.

Genauso plötzlich, wie es still und dunkel geworden war, füllte sich das Panoramafenster vor ihm auf einmal mit unzähligen Sternen. Beide, das grüne Quadrat sowie der Würfel, waren verschwunden. Aus dem Augenwinkel heraus konnte er erkennen, wie der Bordcomputer sich aktivierte und die Systeme begannen hochzufahren. Rasch nahm er eine Position ein, die ihn, bei Wiederherstellung der Schwerkraft, einen harten Aufschlag vermeiden ließ. Während er auf das Einsetzen der Schwerkraft wartete, schaute er aus dem Fenster und konnte keine der dortigen Sternenkonstellationen erkennen. Die Schwerkraft wieder hergestellt, begab er sich auf seinen Platz, überprüfte alle wichtigen Systeme und versuchte seinen Standort zu bestimmen.

*

John war ein schneller Lerner, wie Nuhhm sofort feststellte. Nach nur zwei Einweisungsflügen im Flugboot, übernahm John den Job, die beiden jeweils von und zu den Raumhäfen zu chauffieren, sobald ein Transportauftrag eintraf. Vor Ort steuerte Nuhhm dann wieder den Transportgleiter. Diese Fahrten halfen John, sich mit dem Gerät vertraut zu machen. Zudem boten sie Abwechslung in seinem Alltag. Er hatte etwas gefunden, was ihm Freude bereitete. Nach den ganzen Traumata, die er erlebt hatte, war dies eine riesen Errungenschaft für seine mentale Genesung. Er konzentrierte sich voll und ganz darauf, alles über die von den Seesoljanern verwendeten Flugapparate zu lernen.

In den Phasen, in denen sie in der Lagune verweilten, konnte er das Fliegen aller Raumfahrzeuge der seesoljanischen Flotte an einem Simulator üben. Nuhhm hatte ihm diesen eines Tages mitgebracht und in seinem Quartier eingerichtet. Die übrige Freizeit verbrachte er oft mit Turrhg, der ihm die Kultur des seesoljanischen Volkes näherbrachte und ein wenig über die Bevölkerungsstruktur der Galaxie erklärte. Ebenso hatte sich sein Verhältnis zu Nuhhm sehr positiv entwickelt. Seit dessen Schuldbekenntnis über das Vernichten der Erde hatte keiner von beiden den Vorfall erneut direkt angesprochen. Momentan schien dies für beide zu funktionieren. Hin und wieder war der Erdunfall aufgrund des Verlaufs einer Unterhaltung nicht auszulassen. In diesem Fall bezeichneten ihn beiden nur als 'Der Vorfall'.

Die Tage verstrichen. John genoss die Transportausflüge in den Orbit von MIB004, bekam aber schon bald Lust auf mehr. Jedes Mal, wenn sie Material von oder zu einem Schiff brachten, wollte er wissen, woher dieses kam oder wohin es ging. Die Welten der Wesen, die diese Schiffe flogen, wollte er besuchen. Johns Sehnsucht nach den Sternen wuchs immer weiter, bis er Nuhhm eines Tages den Vorschlag unterbreitete, gemeinsam ein kleines interplanetarisches Transportunternehmen zu gründen. Auf diese Weise würde es ihm möglich sein, andere Planeten zu bereisen. Nuhhm war von der Idee begeistert, auch er vermisste es, in der Galaxie umherzureisen, an spektakulären Orten, wie einem Asteroidengürtel, zu schürfen oder einfach nur hindurch zu fliegen. Doch John wusste bis zu diesem Zeitpunkt noch nichts über Nuhhms Fluglizenzverlust für außer orbitale Flüge. Der Grund hierfür war der 'Vorfall'. Seither waren kleine Transportflüge zwischen MIB004 und verschiedenen Schiffen in dessen Orbit, das Einzige, was ihm noch erlaubt war. Nach dem Entzug seiner Lizenzen für interplanetarische Vehikel war Nuhhm froh, wenigstens die Transportgleiter fliegen zu dürfen. Diese Antwort überraschte John und er entschied, vorerst nichts mehr zu dem Thema zu sagen.

Zeit verging und John fühlte sich sowohl physisch als auch psychisch immer besser. Sein tägliches Training, in der Schwerkraft von MIB004, hatte ihn stark werden lassen. Die stetige Beschäftigung, sei es das Lernen, Transportflüge oder Training, tat auch seiner Seele gut. Die faszinierenden Begegnungen mit anderen Spezies, die er bei den Transportflügen machte, ließen ihn zudem auf weitere Nahrungsmittel stoßen, die seine Diät bereicherten. Unter anderem gab es eine wurzelartige Knolle, dessen Textur und Geschmack ihn an eine Süßkartoffel erinnerte, diese mochte er besonders. Mit dem Flugsimulator hatte er ebenfalls Fortschritte gemacht, obwohl ihm die seesoljanische Konfiguration Kopfschmerzen bereitete. Ab und zu bat er Nuhhm, das Flugboot für Solo-

Erkundungsreisen auf dem Planeten benutzen zu dürfen. Es war leicht zu bedienen und bestand nur aus An- und Ausschalter, Geschwindigkeitsregler und einem Steuerelement.

Bei diesen Ausflügen lernte er MIB004, als wunderschönen, vor allem aber blauen Planeten kennen. Außer den zwei Hauptkontinenten gab es unzählig viele kleine bewohnte Inseln. Doch außer seinen wunderbaren Bewohnern, den energiespendenden Pflanzen und der Fischvielfalt, hatte die Heimat der Seesoljaner nichts zu bieten. Schon nach kurzer Zeit gab es für John nichts Neues mehr zu entdecken. Nicht, dass er sich auf einem fremden Planeten, in einem weit entfernten Sternensystem, unter Außerirdischen langweilte, aber wissend, dass es noch soviel mehr in dieser Galaxie zu entdecken gab, wollte er mehr.

John unternahm einen zweitägigen Ausflug. Nach seiner Rückkehr suchte er Nuhhm auf, bat ihn, alles stehen und liegenzulassen, um ihn unverzüglich zum industriellen Kontinent zu begleiten. Sie würden in maximal vierzig Stunden HST wieder zurück zu sein. Nach einigen Fragen, auf die Nuhhm keine Antwort bekam, willigte dieser trotzdem ein. Er hatte John vorher noch nie so aufgeregt, ja geradezu unter Strom stehend, gesehen, wie in diesem Augenblick. Nuhhm war neugierig darauf, was John derart motivierte. Seine eigene Langeweile erleichterte ihm die Entscheidung, an dem Ausflug teilzunehmen. Es war John, der den Tauchgang zum Kontinent durchführte. Der von ihm angesteuerte Raumhafen war keiner der üblichen, die sie normalerweise bei Transportaufträgen benutzten. Dieser spezielle Raumhafen wurde hauptsächlich für hybride Raumschiffe benutzt, das heißt Schiffe, die für interplanetarische Flüge gebaut wurden, aber trotzdem auf einigen Planeten landen konnten. Alles, was in die Kategorie Raumkreuzer fiel, war hier auszuschließen. Hybride Schiffskonzepte waren nur bis zu einer gewissen Größe möglich.

Kurz vor der Landzunge, an der sich der Raumhafen befand, manövrierte John das Flugboot aus dem Wasser in die Luft. Er landete auf einem der vorgesehenen Landeplätze, nahe dem Verwaltungsgebäude.

„Was machen wir hier?"

„Wart's ab."

Sie gingen in das anliegende Gebäude. John überspielte dem diensthabenden Seesoljaner eine Datei seines Übersetzers. Nachdem der Seesoljaner die Datei überprüft hatte, wies er die beiden an, ihm zu folgen. Außerhalb des Gebäudes bestiegen sie einen der Personengleiter, die ihn immer an ein Segway erinnerten. Dieser hatte allerdings eine so große Plattform unter sich, dass bis zu zehn Seesoljaner darauf Platz gehabt hätten. Sie überflogen den Raumhafen, der aus einem riesigen Feld bestand, auf dem mehrere hundert Raumschiffe auf markierten Stellplätzen parkten, von denen nicht alle besetzt waren. Selbst schwebend über den Schiffen, war es ihnen nicht möglich, das Ende des Raumhafens zu erblicken. Der Diensthabende steuerte den Gleiter in Richtung Landesinnere und setzte neben einem der geparkten Schiffe zur Landung an.

„Das hier ist es", sagte der Seesoljaner aus dem Verwaltungsgebäude.

„Perfekt, wir werden es kurz besichtigen und sind gleich zurück."

Nuhhm stand ein riesiges Fragezeichen ins Gesicht geschrieben, oder zumindest war dies Johns Interpretation. Die Gesichtszüge eines Seesoljaners waren schwer zu lesen. Sie standen vor einem C-Schiff der mittleren Klasse. Es hatte drei Decks, eine separate Brücke und einen kleinen externen Raumgleiter auf seinem Rücken. Nuhhm stellte keine Fragen mehr, sondern wollte abwarten, bis John endlich gewillt war, ihm zu erklären, was hier vor sich ging. Sie bestiegen das Schiff über die große hintere Ladeluke. Johns Augen wurden größer und größer, er freute sich wie ein Kind, welches das neue Auto seines Vaters zum ersten Mal zu Gesicht bekam und unter die Lupe nahm. Als sie auf dem obersten Deck angekommen waren, dreht sich John zu Nuhhm um.

„Und?"

„Und was?"

„Wie findest du es?"

„Es ist ein Schiff der mittleren C-Klasse. Das hätte ich dir auch über den Simulator zeigen, oder eine Besichtigung bei einer unserer Transportreisen einplanen können. War's das? Können wir jetzt wieder gehen?"

„Okay. Was würdest du dazu sagen, mit mir zusammen interplanetare Transporte durchzuführen?"

„Mit diesem Schiff? Wie willst du das anstellen? Erwerben oder leihen kannst du das nicht. Selbst wenn das aus irgendeinem seltsamen Grund möglich wäre, wie willst du es fliegen? Du kannst es nicht und ich habe keine Lizenz."

„Ich kann es 'NOCH' nicht fliegen, aber ich versichere dir, das wird sich ändern. Mal angenommen, du könntest fliegen, würdest du mit mir fliegen?"

„Angenommen, wir hätten ein Schiff und ich meine Lizenz? Natürlich würde ich mit dir fliegen."

„Na dann, willkommen auf meinem Schiff, Pilot Nuhhm."

„?"

„Das Schiff gehört mir ganz allein. Bitte, wenn du den Status deiner Fluglizenzen überprüfen möchtest, wirst du feststellen, dass sie allesamt wieder aktiv sind. Somit können wir ab sofort unser eigenes interplanetares Transportunternehmen in Betrieb nehmen. Na, was sagst du Partner?"

Chapter XXV

Der Computer arbeitete daran, alle Systeme wieder zum Laufen zu bringen. John schaute aus dem Panoramafenster und versuchte einen Anhaltspunkt zu finden, der ihm sagen konnte, wo er sich befand. Außer einigen Sternen, deren Konstellationen ihm völlig unbekannt waren, sah er nur eine Nebula, die er ebenfalls nicht zuordnen konnte.

„Alle Systeme überprüft und bereit, John Spencer"

„Danke, Alexa. Irgendeine Ahnung, wo wir uns befinden?"

„Starte Berechnung der aktuellen Position."

Auf dem Monitor vor ihm wurden die Standortkoordinaten angezeigt. Ungläubig starrte er die Zahlen, die dort erschienen, an. Er befand sich genau an dem Punkt, an dem er in etwa neun Monaten aus dem Hyperraum ausgetreten wäre. Die Nebula vor seinen Augen, war die, in der die Zielkoordinaten des Würfels lagen. Wie war das nur möglich? Natürlich steckte eine gewisse Logik dahinter, dass der Würfel ihn an diesen Ort und nicht an einen anderen transportiert hatte. Schließlich hatte er diesen als Ziel in den Bordcomputer eingegeben. Dennoch war es für John unbegreiflich, wie er in nur wenigen Sekunden ans andere Ende der Galaxie gelangt war. Immer noch ungläubig ließ er vom Computer erneut den Standort berechnen, doch das Ergebnis blieb gleich. Dieses grüne, quadratische Energiefeld musste ein, vom Kubus geschaffenes, wurmlochähnliches Portal gewesen sein, um ihn an diesen Ort der Galaxie zu bringen. Einen Augenblick lang überkam ihn, wie schon bei seiner ersten Begegnung mit dem Würfel, das Gefühl, dem Würfel hilflos ausgeliefert zu sein.

Er hatte es geschafft, dieses unangenehme Empfinden, der willkürlichen Kontrolle des Kubus zu unterliegen, abzuschütteln und fing an, in der zeitlichen Ersparnis, die er durch den Raumsprung errungen hatte, etwas Positives zu sehen. Zwar hatte er sich auf eine lange, abenteuerliche Reise quer durch die Galaxie eingestellt, war aber dennoch froh, neun Monate monotoner Einsamkeit im Hyperraum entkommen zu sein. Wie schon so oft, seit dem Auslöschen der Erde, versuchte John sich nicht zu lange an den unerklärlichen Dingen, die ihm widerfuhren und an denen er ohnehin nichts ändern konnte, aufzuhalten. Stattdessen versuchte er, zu seinem ursprünglichen Vorhaben zurückzukehren und es an die neue Situation anzupassen. Ohne langes Zögern setzte er Kurs auf die Zielkoordinaten in der Nebula.

Die Laila I befand sich auf halber Strecke, als der Bordcomputer ihn auf zwei Schiffe unbekannter Herkunft hinwies, die sich von hinten schnell näherten. John, der keinerlei Informationen über Spezies aus diesem Sektor hatte, wollte kein Risiko eingehen. Er erhöhte seine Geschwindigkeit. Auf diese Weise hoffte er, außer Reichweite der beiden Schiffe zu bleiben. Ein unbehagliches Gefühl überkam ihn, als auch diese ihre Geschwindigkeit proportional erhöhten. Die Distanz zur Laila I verkürzte sich weiterhin. Der Größe nach handelte es sich bei einem der Schiffe um einen Raumkreuzer der mittleren Klasse. Diese war nur geringfügig größer als die Laila I. Das zweite Schiff war mit einem Raumkreuzer der Klasse Type-F der Seesoljaner vergleichbar. Dieses war erheblich größer als Johns Raumtransporter, aber nicht groß genug, um die Laila I schlucken zu können. Das beruhigte ihn ein wenig.

Er wollte Gewissheit über eventuelle bösartige Absichten der beiden Schiffe erlangen, also leitete er eine Kursänderung ein. Mit Unbehagen stellte er fest, dass auch die beiden Verfolger ihren Kurs änderten. Die beiden hatten es auf ihn abgesehen. Den Hyperraumantrieb konnte er nicht mehr aktivieren, dafür war er dem System der Nebula mittlerweile zu nah. Sollte er versuchen, Kontakt zu den Schiffen herzustellen? Er entschied sich dagegen. Für ihn handelte es sich bei seinen Verfolgern ohne Zweifel um Raumpiraten. Er setzte ein Notrufsignal frei, in der Hoffnung, ein Schiff oder eine Kolonie in der Nähe würden dieses empfangen. Alexa wies er an, das Signal, bis auf neue Anweisung, ständig zu wiederholen. Auch dann, wenn er sich nicht mehr an Bord befinden sollte.

In der Zwischenzeit war es den beiden Schiffen gelungen, sich auf Feuer- und Nahsensorenreichweite zu nähern. John dachte fieberhaft nach, welche Strategie er anwenden könnte, um den Fängen der Piraten zu entkommen. Plötzlich verspürte er einen Ruck, der durch die Laila I ging. Er überprüfte alle Systeme nach Schadensanzeigen, doch laut Computer schien alles in Ordnung zu sein. Nur die Geschwindigkeit fing an, sich nach und nach zu verringern, obwohl sein Schiff immer noch auf vollem Impuls lief. Er leitete einen Sensoren-Scan ein und bekam prompt eine Antwort. Das größere, der beiden Schiffe, hatte einen Traktorstrahl aktiviert. Dieser hatte die Laila I erfasst und drosselte ihre Geschwindigkeit. Es musste ein extrem starker Strahl sein, denn die Laila I konnte nicht einmal mit vollem Impuls dagegen ankämpfen. Er versuchte, den Kurs erneut zu ändern, um aus dem Strahl auszubrechen. Die Laila I ächzte dabei so sehr, dass er um die Integrität des Schiffes bangte und den Vorgang abbrach. Noch nie zuvor hatte er einen so potenten Traktorstrahl gesehen. Es war sinnlos, gegen diesen anzukämpfen, also schaltete er den Antrieb des Schiffes ab.

Ohne zu wissen, was ihn erwartete, begab er sich vorsichtshalber in den mitgeführten Raumgleiter. Dort würde er das weitere Geschehen abwarten. Er machte den Gleiter flugbereit und justierte die Systeme für eine schnelle Abkopplung vor. Die kleinste Möglichkeit, die sich ihm bieten würde, wollte er dazu nutzen, einen Fluchtversuch zu wagen. Sollten die Piraten versuchen, an Bord der Laila I zu kommen, müssten sie, seines Wissens nach, vorher den Traktorstrahl abschalten. In genau diesem Moment wollte er mit dem Gleiter davonfliegen. Dies würde ihm höchstwahrscheinlich nur einen kleinen Vorsprung verschaffen, doch an Aufgeben war nicht zu denken. Es fiel ihm unglaublich schwer, die Laila I, sein Zuhause, zurückzulassen, doch es schien ihm die letzte Möglichkeit, sein Leben zu retten. Mit etwas Glück würden sich die Gauner mit der Erbeutung des Schiffes zufriedengeben und ihn davonziehen lassen.

Während er im Raumgleiter wartete, ging eine Nachricht ein. Sie kam vom kleineren Schiff der vermeintlichen Piraten.

„Hier spricht Zoll, Anführer der Tretter. Ihr Schiff befindet sich in unserer Gewalt. Es wird bald in unsere Flotte übernommen. Ruhig bleiben während des Transportes, dann passiert ihnen vielleicht nichts. Hahaha!"

John antwortete auf die Nachricht. Er wollte mit diesem Zoll verhandeln, sich eventuell aus der Bredouille reden, doch er bekam keine Rückmeldung. Der Nachricht der Tretter sowie den Instrumenten des Raumgleiters konnte er entnehmen, dass die Piraten vorerst nicht beabsichtigten, an die Laila I anzudocken. Es sah mehr so aus, als würden sie diese in Schlepptau nehmen. Allen voran flog das große Schiff, das die Laila I im Schlepptau des Traktorstrahls hinter sich herzog. Dahinter folgte das kleinere Schiff, von dem aus die Nachricht des Anführers Zoll gekommen war. Da ein unmittelbarer Zugriff vorerst nicht stattfand, verließ John den Raumgleiter, um sich wieder auf die Brücke der Laila I zu begeben.

Als Erstes identifizierte er die Sprache, in der die Nachricht der Piraten geschickt worden war. Es handelte sich um eine der Handelssprachen, welche schon vor vielen Jahrhunderten entstanden war. Sie wurde von vielen Nomaden, Händlern, aber eben auch von Piraten und Gaunern der Galaxie verwendet. Daraufhin suchte er nach Informationen über die Tretter. Sie waren kleinere Gaunerbanden und Piraten, die sich im Laufe der Zeit zu einer großen Piratengilde vereint hatte. In den vergangenen Jahrzehnten hatte diese ein solches Ausmaß erreicht, dass sie sogar für ganze Völker eine Gefahr darstellten. Für John waren diese Neuigkeiten keineswegs aufmunternd. Er wusste nicht, wie lange die Reise im Schlepptau der Tretter dauern würde, er wusste jedoch, er musste die Zeit nutzen, um einen Fluchtplan zu entwickeln. Wenn sie erst einmal an ihrem Ziel waren, würden die Chancen schlecht um ihn stehen.

*

Nuhhm war unbeschreiblich glücklich und dankbar über die Rückgewinnung seiner Fluglizenzen. Diese Geste ließ ihn John durch ganz andere Augen sehen. Er war verwundert über den Errrooo. Das Wesen, welches er seiner Heimat und seiner Spezies beraubt hatte, gab ihm sein Leben als Pilot zurück. Ja, es wollte sogar gemeinsam ein Unternehmen starten. All das ließ Nuhhms Herz noch mehr um den Verlust der Spezies Mensch trauern, die Last seiner Schuld schwerer werden.

Auf dem Rückweg zur Lagune hatte John ihm die Einzelheiten über den Schiffserwerb erläutert. Seinen letzten Ausflug im Flugboot hatte er zum Kontinent unternommen. Dort bat er um ein Treffen mit Mitgliedern des Kommandos. Er hatte sie an ihr Versprechen erinnert, ihn für den Verlust seiner Heimat und seiner Spezies, soweit es dem Kommando möglich war, zu entschädigen. Als John noch auf der Erde wohnte, hatte er sich im hohen Alter immer hinter dem Lenkrad eines Wohnmobils gesehen, mit dem er das Land erforschen würde. Nun wollte er sich diesen Wunsch erfüllen, indem er durch die Galaxie reiste. Er bat also das Kommando um ein Schiff, ein kleines Polster an galaktischer Währung und die Wiederherstellung der Lizenzen seines Freundes. Das

Schiffsmodell hatte er sich schon vorher ausgesucht. Einer freien galaktischen Lizenz als Transportunternehmer hatte das Kommando auch zugestimmt. Nuhhm war sprachlos.

Nachdem die beiden dann die Einzelheiten ihrer neu geschlossenen Transportgemeinschaft geklärt hatten, verbrachte John die darauffolgenden Monate ausschließlich damit, sich mit dem neuen Schiff vertraut zu machen. Nuhhm hingegen machte sich daran, bei seinen letzten Transportflügen von und zum Orbit, Aufträge für ihr neues Unternehmen zu besorgen. Immer wieder bat John seinen neuen Partner, ihm technische und funktionale Details des Schiffs zu erklären. Nuhhm stand ihm jederzeit zur Verfügung.

John, der erpicht darauf war, das Schiff, welches er nun sein Eigen nennen durfte, bedienen zu können, zu wissen, wie es funktionierte, merkte schon bald, dass die seesoljanischen Konfiguration des Schiffs ihn nicht so einfach zurechtkommen lassen würde. Er änderte seine Vorgehensweise, indem er anfing, das im Raumhafen geparkte Schiff genauer unter die Lupe zu nehmen. Erst probierte er alles, was es an Bord gab, aus. Er baute Dinge auseinander, wieder zusammen, drückte auf jeden Knopf und legte jeden Schalter um. Bei diesem Vorgang beschriftete er alles, sodass er später wusste, was, wie und in welcher Kombination Dinge funktionierten. Nach und nach begann er, Konzepte zu erkennen und zu verstehen.

Größere Probleme bereitete ihm der Bordcomputer. Ihm war klar, hier würde es mit ein paar Beschriftungen nicht getan sein. Er unternahm den Versuch, ein Interface zu bauen, welches ihm erlauben würde, sein Tablet an das Bordsystem anzuschließen. Es erforderte viel Zeit und Geduld, bis er sich das erforderte Wissen für den Bau eines solchen Apparates angeeignet hatte. Er konsultierte seesoljanischen Techniker, musste die geeigneten Materialien finden und kam dann beim entscheidenden Schritt des Baus nicht weiter. Auch die seesoljanischen Technikern waren ratlos. Sie wussten nicht, wie sie die Verknüpfung der Datenübertragung herstellen sollten. Nuhhm hatte John für seine Hartnäckigkeit, mit der er schon monatelang am Schiff gearbeitet hatte, bewundert. Er war es, der die Idee ins Spiel brachte, einen Kinchetenalp zu konsultieren. Im Register der Transportschiffe suchten sie nach einem vom Planet Kinchet geplanten Transport und organisierten ein Treffen mit einem Kinchetenalp Techniker. Der Ausflug verlief erfolgreich. Der Kinchetenalp konnte ihm den entscheidenden Tipp für die Verknüpfung mit dem Bordcomputer geben. Danach dauerte es nicht mehr lange, bis John zum ersten Mal sein Tablet mit dem Schiff verbinden konnte. Von da an begann der langwierige Prozess, jedes einzelne, von John benötigte, Kommando neu zu programmieren, beziehungsweise dem entsprechenden seesoljanischen Kommando zuzuordnen. Lange Tage, Nächte und Wochen verbrachten Nuhhm und John auf dem Schiff. Die Eingabe über den taktilen Bildschirm des Tablets, war sehr mühsam. So investierte John eine Woche in den Bau einer Tastatur. Auf diese Weise konnte er den Programmiervorgang um einiges beschleunigen.

In dieser Phase, in der die beiden unentwegt Zeit miteinander verbrachten, Niederlagen sowie Triumphe teilten, verstärkte sich das Band der Freundschaft zwischen ihnen. Der Tag ihrer ersten gemeinsamen interplanetaren Reise rückte näher und obwohl sie zwei völlig unterschiedlichen Spezies angehörten, konnte man doch in beiden die Vorfreude auf dieses Ereignis spüren.

Chapter XXVI

Während die Laila I im Traktorstrahl des großen Piratenschiffes hinterher gezogen wurde, versuchte John krampfhaft, einen Ausweg aus dieser heiklen Lage zu finden. Er konnte es nicht fassen, die Zerstörung der Erde und der Menschheit überlebt zu haben, um nun, gerade als er es geschafft hatte, mit der Vergangenheit abzuschließen und endlich wieder neue Lebensenergie zu schöpfen, durch Piratenhände umzukommen. Es galt genau das zu verhindern. Er musste eine Lösung für das Problem finden, also legte er die Gedanken ans Sterben beiseite und konzentrierte sich erneut aufs Hier und Jetzt.

Traktorstrahlen waren für John eine relativ neue Sache. Im Laufe seiner Karriere als interplanetarer Transporteur, hatte er zwar verschiedenste solcher Strahlen gesehen und kennengelernt, allerdings immer nur im Zusammenhang mit dem Bewegen von Warengut. Einen Strahl, mit einer so hohen Energiedichte wie der des Piratenschiffes, hatte er noch nie gesehen. Dennoch müsste die Funktionsweise bei allen dieser Strahlen die gleiche sein, davon ging er zumindest aus. Ähnlich wie ein Magnetfeld, welches Masse anzog oder abstieß, waren die Traktorstrahlen auf die Masse von Objekten ausgelegt. Anders als bei Magnetfeldern musste das zu beeinflussende Objekt nicht aus magnetischem Material bestehen. Das Energiefeld des Traktorstrahls konnte jedes beliebige Material anziehen oder abstoßen, lediglich die Dichte des Energiefeldes variierte, abhängig von der Masse des zu bewegenden Objektes. Deshalb seine Vermutung, der Traktorstrahl des Piratenschiffes sei genauso aufgebaut wie die zum Transportieren von Ladegut. Nur größer und stärker. Auf dieser Annahme beruhend, kam John eine Idee. Ob sie funktionierte oder nicht, wusste er nicht, aber er hatte nichts zu verlieren.

So schnell er konnte, begab er sich in seine Werkstatt, im untersten Deck der Laila I. Er suchte verschiedene Teile aus seinem kleinen Lager zusammen und legte diese dann vor sich auf den Arbeitstisch. Basisstruktur für seine Idee war ein Zylinder aus Leets. Er maß etwa zwei Meter in der Länge und einen halben Meter im Durchmesser. Leets war dem Stahl auf der Erde sehr ähnlich. Die Seesoljaner verwendeten es oft im Bau von Minen, um Gase abzuleiten. John brauchte nicht lange, um sein Versuchsobjekt fertigzustellen. Äußerlich sah es aus, als bestünde es nur aus dem Basiszylinder. Die beiden Enden des Rohres waren Vakuum-versiegelt und in der Mitte des Zylinders hatte er einen Kontaktschalter angebracht. John platzierte das Rohr in einer Schleuse, die er von der Brücke aus öffnen konnte. Durch diese konnte er den Zylinder ins All entlassen.

Wieder auf der Brücke, beobachtete er durch das Panoramafenster, wie sich ihr Konvoi auf einen interstellaren Asteroiden gewaltiger Ausmaße zubewegte. Die Sensoren machten auf der Oberfläche des Asteroiden eine Station aus, die in keinem seiner Karten verzeichnet war. Im Orbit des riesigen Brockens schwebte ein ganzer Haufen von Schiffen verschiedenster Modelle, die dort anscheinend geparkt waren.

Sie waren alle zu groß, als dass sie auf dem Asteroiden hätten landen können. Er musste sich beeilen, wenn er noch eine Chance haben wollte, seinen Plan auszuprobieren.

Sachte, ohne Hast, schwebte der Zylinder aus der Schleuse, als er diese durch einen Knopfdruck öffnete. Der Augenblick der Wahrheit, sein Befreiungsversuch, war gekommen. Alles hing davon ab, ob der Zylinder, durch seine weitaus geringere Masse gegenüber der Laila I, vom Traktorstrahl zum Kreuzer der Piraten gezogen würde oder nicht. Für einen Moment schwebte der Zylinder vor der Schleuse dahin. Er schien, wie Johns Schiff, vom Traktorstrahl in seiner Position gehalten zu werden. Doch dann, nach und nach, begann dieser sich, mit zunehmender Geschwindigkeit, in Richtung der Quelle des Traktorstrahls zu bewegen. Sein Plan schien aufzugehen. Die hohe Dichte des Traktorstrahls, die zum Halten der Laila I verwendet wurde, wirkte auf das kleine Rohr wie ein übermäßig starker Magnet und zog es unerbittlich an. John fiel ein halber Stein vom Herzen. Der erste Teil seines Planes schien erfolgreich zu sein. Jetzt musste das Artefakt, nach Erreichen seines Ziels, nur noch funktionieren und seine Flucht gelingen. Er hatte Alexa die Aufgabe erteilt, eine Hyperraumbeschleunigung in die Nebula hinein zu berechnen. Nach Eindringen in das Nebelsystem sollte sie diese dann wieder beenden.

Alle Hyperraumflüge wurden nur im interstellaren Raum vollzogen, denn um einzelnen Objekten in einem Sternensystem ausweichen zu können, dafür war die Geschwindigkeit einfach zu hoch. Vor allem in einer Nebula, die aus vielen kleinen Objekten, Staub und Gasen bestand. Um den besagten

Kurs mit Hyperraumgeschwindigkeit in die Nebula berechnen zu können, musste er Alexa einen 'Ausdrücklichen Befehl' erteilen. Nur so konnte sie die Sicherheitsprotokolle umgehen, die einen solchen Kurs im Normalfall verhinderten. Es war ein sehr gefährliches Unterfangen, doch John sah keinen anderen Ausweg. Sollte das Artefakt seinen Zweck erfüllen, musste alles sehr schnell gehen, wollte er eine Chance haben, den Piraten zu entkommen.

Der Zylinder hielt direkt auf das Zentrum des Traktorstrahls zu. Noch schien er von den Piraten unbemerkt. Wenige Meter bevor das Artefakt in die Quelle des Strahls flog, kam von Alexa die Nachricht, die angeforderte Operation vollendet und den neuen Kurs gesetzt zu haben. Ein weiterer Teil des Steins fiel von Johns Herz. Kurz darauf aktivierte sich der Kontaktschalter des Rohres. Der mit Gas gefüllte Zylinder explodierte im Inneren des Diffusors des Strahls. Der Traktorstrahl sowie ein Teil des Schiffes lösten sich in ihre Einzelteile auf. Noch bevor die Piraten wussten, was geschehen war, hatte sich die Laila I aus dem Staub gemacht.

Beim Eindringen in die Nebula glaubte John, jeden Moment mit etwas zusammenzustoßen. Zumindest für den Augenblick war seine Flucht vor den Piraten geglückt.

*

Mittlerweile fiel es John immer leichter, die Gesichtszüge der Seesoljaner zu deuten. Es war für ihn unmissverständlich sichtbar gewesen, dass Nuhhm, der gerade das Schiff betreten hatte, vor Aufregung regelrecht unter Strom stand. John machte keine Bemerkung diesbezüglich, sondern begrüßte ihn ganz normal und fuhr mit seiner Arbeit fort.

„Es ist so weit, ich habe soeben die Bestätigung für unseren ersten Auftrag bekommen. In einer Woche HST fliegen wir nach WOB053, um unsere erste Ladung zu transportieren."

John hörte auf, zu tippen. Er schaute Nuhhm mit einem Grinsen von Ohr zu Ohr an. Zwar war das Schiff zu diesem Zeitpunkt für ihn noch nicht vollständig bedienbar, aber da er noch keine Lizenz hatte, würde sowieso Nuhhm der Pilot auf dieser Reise sein. Wichtig war nur, dass sie ihren ersten interplanetaren Flug vollführten. Außerdem gab es viele Prozesse, die er besser während des Fluges einrichten konnte. Der Auftrag war für beide mehr ein Mittel zum Zweck. Sowohl John als auch Nuhhm, ging es um die Reise an sich. Die Auslieferung von Gütern war nur ein Vorwand, das All erkunden zu können. So unterschiedlich diese beiden Wesen auch waren, der Abenteuerdrang floss durch beide Körper.

WOB053 war ein Wasserplanet. Das System, in dem er sich befand, in etwa genauso weit entfernt, wie das Sonnensystem der Erde. Allerdings in einer völlig anderen Richtung. Auf dem Planeten waren die Niuler zu Hause. Eine Spezies, die ausschließlich unter Wasser lebte. Ihr komplettes Energiesystem beruhte auf biologischen Quellen. Ihre Schiffe, welche kaum mehr als Wasserkugeln umrandet von einem Energiefeld waren, und ihr lokaler Energieverbrauch, wurde aus ihren biologischen Unterwasserquellen gespeist. Sie bedienten sich der thermalen Energie ihres Planeten sowie der Bioelektrizität von verschiedenen Lebewesen und Pflanzen.

Auf der Suche nach neuen, innovativen Quellen, wollten sie diesbezüglich einige Versuche mit der energiereichen Pflanze der Seesoljaner unternehmen. Deshalb hatten Nuhhm und John den Auftrag erhalten, eine Ladung der seesoljanischen Pflanze nach WOB053 zu transportieren.

John war vor lauter Vorfreude so aufgeregt wie ein kleines Kind an Weihnachten. Nach so langer Zeit, voll von Ratlosigkeit und Hilflosigkeit, lag nun etwas Aufregendes vor ihm, mit dem er sich von seinen Gedanken über den Sinn seiner Existenz ablenken konnte. Nach dem Verlust der Erde, der Menschen und überhaupt allem Menschlichen, hatte er mit dem Schiff inzwischen wieder etwas, was ihm gehörte, das er sein Eigen machen und nennen konnte. Und Dank Nuhhm hatte er einen Partner.

„Eine wichtige Sache fehlt noch, bevor wir starten können."

Nuhhm schaute ihn verdutzt an.

„Was fehlt denn?"

„Da diese Reise unsere Jungfernfahrt sein wird, können wir diese nicht antreten, bevor wir dem Schiff einen Namen gegeben haben. Und ich habe mich dazu entschieden, es 'Laila I' zu nennen. Sie wird die Erste von vielen Schiffen in unserer Flotte sein. Was hältst du davon?"

„Jungfernfahrt, was ist das?"

John weihte Nuhhm in den Brauch der menschlichen Luft- und Schifffahrtstaufe ein. Obwohl Nuhhm Sinn und Zweck des Brauchs nicht nachvollziehen konnte, vereinbarten sie, eine kleine Zeremonie am Tag ihres Abfluges zu veranstalten. Auch Iggoh und Turrhg sollten dabei sein.

Eine Woche später war der Moment gekommen. Nach der Zeremonie hob die Laila I zum ersten Mal mit ihrer neuen Besatzung ab. Ihr unterstes Deck war voll beladen mit einer lila-blauen Farbenpracht. Es war ein gutes Gefühl, zu den Schiffen zu gehören, die den Orbit verließen, anstatt zu den Transportgleitern, die lediglich ein- und ausluden. Ihr erstes Abenteuer konnte beginnen.

Chapter XXVII

Die Laila I hatte den Hyperraum gerade erreicht, als der Prozess zum Hyperraumaustritt eingeleitet wurde. Das Schiff kam zum Stillstand, die Zielkoordinaten waren erreicht. John schaute aus dem Panoramafenster und sah ein farbenfrohes Lichtspiel. Lichtstrahlen brachen sich in dem Gemisch aus Gas und Staub der Nebula, drangen durch die verschiedenen Dichten der Stoffe und brachten das wunderschöne Farbenspiel zum Vorschein.

John atmete erleichtert auf. Sein Plan hatte funktioniert. Er selbst sowie das Schiff waren unversehrt. Der Langstrecken-Sensorenscan ergab, dass der interstellare Raum in unmittelbarer Nähe des Systems keine Bewegungen verzeichnete. Demnach wurden außerhalb der Nebula keine Verfolger geortet. Er gönnte sich einen Moment, um sich zu sammeln, tief durchzuatmen, um dann seinen nächsten Schritt zu planen. Zweifel, über die von ihm selbst gewählte Mission des Notsignals, kamen in ihm auf. Warum war er eigentlich hier? Nur, weil irgendein so Würfel Zielkoordinaten in seinen Bordcomputer eingespeist hatte, die ihn direkt in die Arme von Piraten hatte fliegen lassen? Vor einigen Monaten wäre ihm sein Leben egal gewesen. Doch jetzt, da er es endlich geschafft hatte, neue Lebenslust zu tanken und mit der Vergangenheit Frieden zu schließen, würde er ein ungefährlicheres Abenteuer vorziehen. Fürs Erste wollte er ein Versteck in der Nebula ausfindig machen, bis sich die Wogen mit den Piraten glätteten. Danach würde er so schnell wie möglich die Heimreise antreten. Als er diesen Gedanken fasste, war er über den Gebrauch des Wortes 'Heim', völlig perplex. Hatte er wirklich ans andere Ende der Galaxie reisen müssen, um festzustellen, dass er in den Seesoljanern und ihrem Sternensystem bereits eine neue Heimat gefunden hatte?

Die Scans zeigten einige Objekte im Zentrum des Nebels, die er keiner Kategorie zuordnen konnte. Ein Gas- und Staubnebel war normalerweise ein Ort, an dem neue Sterne entstanden, beziehungsweise erloschen waren. Oft wurde Licht, von in der Nähe liegenden Sternen, reflektiert. Allerdings wurde John im Zentrum dieser Nebula, ein bereits vorhandener Stern sowie Planeten und Monde angezeigt. Insgesamt waren es acht Planeten, die seinen Sensoren nach alle die gleiche Größe hatten, im gleichen Abstand und auf derselben Umlaufbahn um den Stern im Zentrum kreisten. Es wirkte auf ihn, als seien sie von Hand an ihre Positionen gesetzt worden. Jeden Planeten begleiteten zwei Monde. Das ganze Bild bot sich derart symmetrisch dar, dass es unwirklich erschien.

John setzte die Laila I in Bewegung. Er wollte sich dem Planetengürtel nähern. Die Himmelskörper schienen ihm am geeignetsten, um sich für eine Weile zu verstecken. Siebzig Stunden HST später, nach vorsichtigem Manövrieren durch Staub, Gestein und Gaswolken, die den interplanetaren Raum füllten, kam er am planetaren Gürtel an. Er verweilte eine gewisse Zeit in unmittelbarer Nähe der Planeten. Ein neuer Scan sollte den besten Ort zum Verstecken preisgeben. Die Resultate ließen John an der korrekten Funktion der Sensoren zweifeln. Das Zentrum des Systems bestand nicht aus einem einfachen Stern. Es beherbergte ein unvorstellbar großes Schwarzes Loch, in dessen Innern ein Stern lag, der das System bestrahlte. Wie war das möglich? Der Stern, eingeschlossen im tiefsten Schwarz, hatte nur ein Achtel der Masse des Schwarzen Loches. Trotzdem schien der Stern von der enormen Masse, die normalerweise nicht einmal das Licht entkommen ließ, nicht beeinflusst zu werden.

Alles in dieser Nebula widersprach den physikalischen Gesetzen, die John kannte. Selbst die Planeten des Systems schienen die Anwesenheit des Schwarzen Loches zu ignorieren, obwohl sie in dessen unmittelbarer Nähe kreisten. Zwei der Planeten hatten eine Atmosphäre, drei bestanden aus Gas und wiederum drei waren reine Wasserplaneten. Letztere hatten zwar einen festen Kern, doch diese lagen unter hunderten von Kilometern Wasser. Jeweils einer der zwei Monde, die um die acht Planeten kreisten, hatte eine Atmosphäre und wies Vegetation auf. Die anderen Monde schienen leblose Brocken, ähnlich dem einstigen Erdtrabanten.

Für John ergab das alles keinen Sinn. Wie konnte es im selben Abstand zum Stern drei völlig unterschiedliche Planetenarten geben, zumal sie auch noch die gleiche Größe hatten. Seines Wissens nach beeinflusste der Abstand zum Zentralgestirn ebenfalls die Beschaffenheit eines Himmelskörpers. Objekte gleicher Größe, im gleichen Abstand zum Stern, müssten demnach ähnlich beschaffen sein. Es sei denn, sie bestünden aus völlig unterschiedlichen Materialien, doch dies war hier nicht der Fall. Auch die Platzierung der Planeten in exakt demselben Abstand zueinander, das Kreisen auf exakt derselben Umlaufbahn sowie die Reihenfolge ihrer Anordnung, hätten an ein konstruiertes System glauben lassen können. Doch wer wäre fähig gewesen, ein solches Konstrukt zu bauen?

Die beiden Gesteinsplaneten, welche eine Atmosphäre aufwiesen, lagen sich gegenüber. Unabhängig von welchem der beiden man ausging, war die Reihenfolge auf der Umlaufbahn in die eine Richtung Wasser-, Gas-, Wasserplanet und in die andere Richtung Gas-, Wasser-, Gasplanet. Das Ganze war so symmetrisch, so perfekt, dass es nicht in das von John bekannte Universum passte. Es wirkte unheimlich auf ihn, ganz zu schweigen vom Schwarzen Loch, welches allen Gesetzen zuwider einen Stern in seinem Innern beherbergte. Er würde so wenig Zeit wie möglich in diesem System verweilen. In seiner Nähe lag einer der Gasplaneten, dessen lebloser Mond geeignet schien, um sich dort zu verstecken. Hoffentlich unauffällig genug für den Fall, die Piraten würden Jagd auf ihn machen. Nach drei bis vier Tagen HST würde er dann seine Rückreise antreten.

*

Auf ihrer ersten gemeinsamen interstellaren Reise bat er Nuhhm darum, eine längere Reisezeit in Kauf zu nehmen. Dieser sollte den Hyperraum meiden und nur mit höchstem Impuls fliegen. Auf diese Weise konnte John einen Blick auf den interstellaren Raum sowie die vorbeifliegenden Systeme mit seinen bloßen Augen werfen. Nuhhm war einfach nur froh, wieder fliegen zu können und hatte nichts dagegen. Zumal er wusste, dass John nach einigen Tagen im monotonen, leeren interstellaren Raum, von selbst darum bitten würde, den Hyperraumantrieb zu aktivieren. Genauso kam es am Ende dann auch.

John hatte noch nie zuvor den interstellaren Raum zu Gesicht bekommen, doch außer schwarzer Leere, gab es dort nicht viel zu sehen. Zu Beginn schaute er voll Neugier in die Weiten des Alls hinaus. Schon bald aber langweilte ihn der Blick ins Nichts. Bis auf einige wenige, weit entfernte Sterne im Hintergrund, sah er praktisch dasselbe, wie bei seinem dreimonatigen Flug vom Mars zu MIB004. Rasch gab er Nuhhm das Okay, in den Hyperraum überzugehen. Die Zeit im Hyperraum nutzte er, um weiterhin an der Programmierung der Laila I zu arbeiten. Schiffssysteme, die nur während des Fluges aktiv waren, konnte er so justieren. Einen weiteren, enorm wichtigen Aspekt, den er vernachlässigt hatte, war die Einrichtung des Schiffes. Diese war nämlich ausschließlich auf Seesoljaner ausgerichtet und bot für Menschen wenig Komfort. Erst während des Jungfernfluges, also beim täglichen Gebrauch, stellte er fest, wo es hakte und fehlte. Er machte sich mentale Notizen über die Dinge, die er nach ihrer Rückkehr an der Inneneinrichtung ändern oder ihr hinzufügen wollte. Der Rest der Reise verlief ruhig und ohne Zwischenfälle.

Sie verließen den Hyperraum. Vor ihnen lag das Sternsystem, in dem sich WOB053 befand. Das System bestand aus sechs Planeten, deren Oberflächen gänzlich unter Wasser lagen. Wie John von Nuhhm erfuhr, lebten die Niuler auf allen sechs Planeten. Jeder Himmelskörper hatte eine Schwerpunktaufgabe im sozialen Gefüge der Niuler. So war es, dass

WOB053 sich um Forschung, Entwicklung und Energien kümmerte, während WOB056, der nächstgelegene Planet zu WOB053, sich mehr der Nahrungsversorgung widmete. Unter anderem durch Unterwasseranbau und der Zucht von Lebewesen. Natürlich schloss dies keineswegs kleinere Unterwasserfelder oder umher schwimmendes Freiwild, welches zum Verzehr gefangen wurde, auf WOB053 aus.

Der Anblick faszinierte John. Die Sicht, aus dem interstellaren Raum, auf ein Sternensystem kannte er bis dato nur aus Computeranimationen oder Satellitenbildern. Doch war dies mit der Betrachtung durch das bloße Auge nicht zu vergleichen. Die Kompaktheit des Systems, in seinen Dimensionen, machten die Entfernungen zwischen den Objekten in ihm, im Vergleich zu anderen, sehr gering. Die Position der Laila I erlaubte es den beiden, einen guten Blick auf die Totalität der Planetenkonstellation zu werfen. Nachdem beide den Anblick ausgekostet hatten, nahmen sie Kurs auf WOB053. Nuhhm kündigte den Niulern ihre bevorstehende Ankunft per Nachricht an.

Sie schwenkten in eine Umlaufbahn um WOB053 ein. Bereits dort konnte John einige der kuriosen Flugapparate der Niuler ausmachen. Es waren tatsächlich riesige Wasserblasen, die von einem Energiefeld umgeben waren. Dieses Energiefeld übernahm die Funktion einer konventionellen Schiffshülle. Sie waren völlig transparent und gewährten ungehinderten Blick ins Innere der Wasserblase. Je nach Schiff konnte man dort zwei bis sechs Niuler sehen, die vor Bedientafeln daher schwammen und durch eine Art Nabelschnur mit dem Energiefeld verbunden waren.

Die Niuler waren neongrüne, torpedoförmige Wesen, die am hinteren Ende flach ausliefen. Wie ein Fisch verschafften sie sich mit der hinteren Flosse Antrieb im Wasser. An ihrem vorderen Ende, welches rund und zylindrisch war, hatten sie bis zu zwei Dutzend Öffnungen. Mit diesen nahmen sie auf ihre Umwelt Einfluss, indem sie Impulse daraus hervorstießen, die das Wasser vor ihnen in Bewegung setzte. Jede Öffnung setzte einen andersartigen Impuls frei, der in Härte, Dichte und Struktur variierte. Auf diese Weise konnten sie große, schwere Gegenstände bewegen, gezielt präzise Feineinstellungen vornehmen oder die Bedientafeln in ihren Wasserblasen benutzen. Einige der Öffnungen stießen Impulse aus, die zur Kommunikation dienten. Wiederum andere dienten zur Aufnahme von Wasserimpulsen, damit sie ihre Umgebung wahrnehmen und interpretieren konnten.

Die Übergabe des Transportguts verlief ohne Schwierigkeiten. Die Niuler modifizierten ihr Energiefeld, indem sie, eine zweite, kleinere und wasserfreie Blase herstellten. In diese wurden die vakuumverpackten seesoljanischen Pflanzen entladen und nach dem erneuten Fluten der kleinen Blase, ins feuchte Innere übernommen. Die Laila I versiegelte erneut ihren Laderaum. Die Übergabe war abgeschlossen. Nuhhm und John hatten ihren ersten Auftrag erfolgreich ausgeführt.

Gerne hätte sie den Planeten WOB053 oder einen seiner Nachbarn besucht, doch der Laila I war es leider nicht möglich auf einem Wasserplaneten zu landen. Die beiden Abenteuerlustigen waren allerdings noch nicht gewillt, die Heimreise im direkten Anschluss anzutreten. Sie wollten noch etwas mehr von der Freiheit, die sie das Fliegen durchs All verspüren ließ.

John hätte zu gerne eine neue planetarische Erfahrung gemacht und Nuhhm war mehr als dazu bereit, ihm dieses Erlebnis zu ermöglichen. Sein seesoljanischer Freund setzte Kurs auf eines der benachbarten Systeme, in dem sich mehrere Planeten befanden. Er schien den perfekten Ort für einen solchen Abstecher zu kennen.

Chapter XXVIII

Wie einst der Erdtrabant, hatte auch dieser Mond, der John als Versteck vor den Piraten dienen sollte, seinem Planeten immer dieselbe Seite zugewandt. Der Grund hierfür war die Mondrotation um die eigene Achse und um den Planeten. Beide vollzogen einen kompletten Zyklus in der gleichen Zeit.

Für seine Landung wählte John die dem Planeten zugewandte Seite. Bei einem eventuellen Scan der Piraten würde er so im Schatten zwischen Trabant und Planet liegen. Er war ohnehin über die Abwesenheit jeglicher Anzeichen der Piraten verwundert. Außerhalb des Nebels hatte es nicht viele Orte gegeben, an denen er sich verstecken konnte. Zudem war es ein Leichtes für die Piraten, die Beschleunigungssignatur der Laila I in die Nebula zu verfolgen. Obwohl es ihm riskant schien, positionierte John den Drohnenbot an der äußeren Grenze der Nebula. Mit dessen Sensoren konnte er den unmittelbaren Raum außerhalb des Nebels im Auge behalten. Er hoffte nur, der Bot würde nicht wieder ungewollt die Aufmerksamkeit auf sich ziehen und wie schon bei seiner Begegnung mit dem Würfel, seine Position verraten. Er war jedoch bereit, dieses Risiko auf sich zu nehmen, dafür aber über sich annähernde Piraten frühzeitig informiert zu sein.

Die Drohne erreichte ihre Position. Die ersten Daten aus dem Raum außerhalb der Nebula trafen auf der Laila I ein. Mittlerweile hatten sich nicht nur seine beiden Entführer-Schiffe, sondern auch zwei weitere vermeintliche Piraten-schiffe im freien Raum um die Nebula eingefunden. Mit

Sicherheit waren sie seiner Hyperraumsignatur gefolgt. Doch warum verharrten diese Schiffe außerhalb des Systems, anstatt einzudringen? Es wäre nicht schwer für sie, ihn aufzuspüren, ihre Beute zu machen. Was hielt sie davon ab? Natürlich war es ihm mehr als recht, dass die Piraten ihm nicht hinterherflogen, nur der unbekannte Grund für das nicht Eindringen der Piraten machte ihn stutzig. Er überprüfte noch einmal seine Position in der Sternenkarte. Durch die ganze Aufregung der Entführung und der anschließenden Flucht, hatte er vollkommen vergessen, wo er sich gerade befand. Die Nebula entsprach nämlich der Zielregion der Koordinaten des Würfels.

John machte sich daran, den exakten Standort des Ziels, innerhalb des Nebels, zu ermitteln. Wie sich herausstellte, markierten die Koordinaten, die der mysteriöse Würfel in seinen Bordcomputer eingespielt hatte, genau das Zentrum des schwarzen Loches der Nebula. Genauer gesagt, den Stern, der sich darin befand. Ein verzweifeltes Lächeln schlich über Johns Lippen. Wo auch sonst, als am unzugänglichsten Ort der Nebula, sollte sein Ziel liegen. Mittlerweile war er von einer Verschwörung gegen sich, seitens des Universums, überzeugt. Immerhin schienen die Piraten vorerst nicht in den Nebel einzudringen. Vor allem aber gab es ihm Zeit, weitere Schritte zu planen. Was er jedoch vollends ausschloss, war die Erkundung seines Ziels, im Innern des Schwarzen Loches. Selbst für den unwahrscheinlichen Fall, dass er dies überleben sollte, war da immer noch der Stern, in dem er verglühen würde.

Für John ging es nicht mehr darum, herauszufinden, was sich hinter diesen ominösen Koordinaten verbarg, sondern die Piraten loszuwerden und lebend zu entkommen. Bis die Piraten sich dazu entschließen würden abzuziehen, blieb ihm nichts weiter übrig, als zu warten. Währenddessen wies er Alexa an, die einzelnen Planeten und ihre Monde zu scannen. Dann gönnte er sich in der Bordküche eine kleine Erholungspause und bereitete sich etwas zu essen zu. Gerade als er es sich in der Aufenthaltsecke neben der Küche bequem machte und anfing zu essen, war Alexas Stimme zu hören.

„John Spencer, der Scan nach intelligenten Lebensformen ist abgeschlossen. Ein positives Ergebnis gab es auf dem Gesteinsplaneten in unserer unmittelbaren Nähe. Die Lebensformen scheinen jedoch technologisch nicht sehr fortgeschritten zu sein. Es konnte keine industrielle oder elektromagnetische Signatur gelesen werden. Die Atmosphäre ist für John Spencer nicht Atembar, die Strahlenwerte sind jedoch gering und nicht schädlich."

Der Happen blieb ihm im Hals stecken. Erst, als er das Essen mit Wasser nachspülte, wurde es besser. In diesem seltsamen System gab es tatsächlich Leben. Vielleicht waren es ja diese Wesen, die ihn über den Würfel hierher geleitet hatten? Die im Stern liegenden Zielkoordinaten könnten nur als Verweis auf das System und nicht auf einen konkreten Punkt der Nebula gedeutet werden. Dieser Theorie widersprach allerdings Alexas Aussage über den geringen technologischen Fortschritt dieser Wesen. Von den Besitzern des Würfels hatte

John das genaue Gegenteil erwartet. Er beendete seine Mahlzeit in Ruhe. Dann erst würde er über sein weiteres Vorgehen nachdenken. Er brauchte eine Pause.

*

Nuhhm hatte sich über die Kuriositäten des Systems, in das sie flogen, im Bordcomputer informiert. Er wollte John ein unvergessliches Erlebnis schenken. Sie landeten auf einem der Monde von ZENIT0780. John, unwissend über Nuhhms Plan, freute sich auf den Besuch eines neuen Himmelskörpers. ZENIT0780 war ein Gasriese, im Gegenteil zu seinen vierunddreißig Monden, auf denen sich verschiedene Spezies der Galaxie niedergelassen hatten, war der Planet unbewohnt. Einige der Lebewesen des Systems machten sich die natürlichen Ressourcen des Gasplaneten zunutze, andere trieben Handel und wieder andere hatten verschiedene Freizeitangebote zu ihrem Geschäft gemacht. Nellaf, der Mond, auf dem sie gelandet waren, hatte sich auf eben diese Freizeitangebote spezialisiert. Die Naboon, das Volk der zwanzig Arme und die hiesige Spezies, hatten alle Freizeitangebote im ZENIT0780 System fest in ihrer Hand.

Bevor die beiden die Laila I verließen, legten sie sich ihre Nasenklemmen an, um auf Nellaf beschwerdefrei atmen zu können. Nuhhm nahm zudem noch einen kleinen Beutel mit, von dem sein menschlicher Freund nicht wusste, was sich darin befand. Sie verließen das Schiff und wurden sogleich von einer Robotereinheit auf Nellaf willkommen geheißen. Diese forderte sie dann auf, ihr zu folgen. Die Robotereinheit, welche einer handgroßen Drohne glich, schwebte zwischen

Johns und Nuhhms Augenhöhe vor ihnen her. Also etwa einen halben Meter über Johns und einen halben Meter unter Nuhhms Kopf.

Dafür, dass der Mond das neuralgische Zentrum von Freizeitangeboten sein sollte, fand John die Gebäude und Gänge, in denen sie sich bewegten, recht steril eingerichtet. Der Roboter führte sie vom Landeplatz aus durch eine Vielzahl von Gängen. Diese waren vom Boden bis zur Decke in einem seichten Grau gehalten. Weder Fenster noch Türöffnungen waren zu sehen. Die Schwerkraft betrug ein Drittel jener, die es einst auf der Erde gegeben hatte. John, der an die 'G's' von MIB004 gewöhnt war, fühlte sich kräftig. Sie gelangten in eine Halle, welche sehr an ein Flughafenterminal erinnerte. Wie sich bald herausstellte, hatte sie auch eine ähnliche Funktion inne. Das Terminal war ebenfalls in Grautönen gehalten. An einer Art Schalter verabschiedete sich die Robotereinheit von ihnen und hinter dem Schalter begrüßte sie ein Naboon.

Das Wesen hatte einen wurmartigen Körper von etwa zweieinhalb Meter Länge. Auf beiden Seiten zierten zehn Arme seinen Körper. Diese wurden abhängig davon, wie sehr die Naboon ihren Körper aufrichteten oder sich vorbeugten, als Beine oder Arme benutzt. Wie so oft, seitdem er die Erde, aber vor allem den Mars verlassen hatte, waren Johns Sinnesorgane reizüberflutet. Er ließ sich einfach treiben, versuchte so viel wie möglich von dem, was ihn umgab aufzunehmen.

Die Halle, in der sie sich befanden, war zwar an sich nicht sehr spektakulär, der Naboon hingegen hatte Johns ganze Aufmerksamkeit. Er versuchte, jedes Detail dieses Wesens zu studieren. Hinzu kam, dass er sich durch die geringe Schwerkraft wie ein Supermensch auf Droge fühlte, auch daran hatte er sich noch nicht gewöhnt. Wie ein Kind, das mit seinen Eltern zum ersten Mal in einen Freizeitpark geht, beobachtete John alles um sich herum. Von dem, was Nuhhm mit dem Naboon besprach, bekam er nichts mit. Kurze Zeit darauf rief der Naboon einen anderen Roboter zu ihnen, der sie erneut durch unzählige Gänge führte, bis sie am Ende in einen Hangar gelangten, in dem ein kleiner Raumgleiter mit offener Einstiegsluke auf sie wartete. Der Raumgleiter hatte Platz für zehn Passagiere, war aber, bis auf den Piloten, der zugleich ihr Guide war, leer. Der Roboter verabschiedete sich von ihnen. Als sie an Bord waren, schloss der Naboonpilot die Einstiegsluke und verließ mit dem Raumgleiter den Hangar durch ein automatisches Tor in Richtung ZENIT0780.

Nuhhm holte den kleinen Beutel hervor, den er aus der Laila I mitgenommen hatte. Diesem entnahm er zwei Ringe, die etwa vierzig Zentimeter Durchmesser hatten. Einen dieser Ringe gab er John, während er den anderen öffnete, sich um den Hals legte und wieder schloss. John schaute ihn fragend an.

„Was ist das?"

„Ein Geschenk?"

„Es war mir bis jetzt noch gar nicht aufgefallen, dass die Seesoljaner Schmuck benutzen."

„Was ist Schmuck? Das hier ist ein Raumring. Er agiert zusammen mit der Nasenklemme. Wenn du dich an Orten aufhältst, die deinem Körper aufgrund von Temperatur oder Strahlung schaden, schützt dich der Halsring davor. Man kann ihn sogar im freien Raum benutzen."

John legte sich den Halsring ungläubig an. Er schaute erstaunt drein, als er merkte, wie sich ein kaum spürbares, elektromagnetisches Feld um die Konturen seines Körpers legte. Hätte er nicht schon die wundersame Nasenklemme gekannt, wäre er dem Ring gegenüber skeptisch geblieben, doch so bedankte er sich bei Nuhhm. Er konnte es kaum abwarten, diesen unsichtbaren und nicht zu spürenden Raumanzug auszuprobieren. Am liebsten wäre er nackt, nur mit Nasenklemme und Halsring bekleidet, ins All gesprungen.

Kurz darauf kam ihr Raumgleiter in den oberen Schichten der Atmosphäre des Gasriesen zum Stehen. Der Naboon wendete sich an seine Gäste und bat sie, sich, nach dem Anlegen ihrer jeweiligen Schutzausrüstung, der Luke des Gleiters zu nähern. Nach dem 'Okay' der beiden Passagiere öffnete er die Luke, gab ihnen grünes Licht und wünschte ihnen viel Spaß. Er versicherte, dass sie sich in zehn bis fünfzehn Minuten HST wiedersehen würden. John hatte keine Ahnung, was vor sich ging. Die Luke, vor der er stand, öffnete sich. Er blickte ins Nichts. Mit weichen Knien schaute er Nuhhm fragend an.

„Was jetzt?"

„Spring!"

„Was?"

Nuhhm schob John beiseite. Dann verschwand er durch die Luke ins Nichts. Der Errrooo streckte seinen Kopf hinterher. Zwanzig Kilometer unter sich, konnte er eine Nebelschicht ausmachen, die sich um den ganzen Planeten zog. Der farbenfrohe Nebel, aus rosa, blauen und gelben Tönen, die ineinander übergingen, war der Beginn einer dichteren

Schicht der Atmosphäre auf ZENIT0780. Von Nuhhm war weit und breit nichts zu sehen. Der Naboon gab John ungeduldig, aber höflich zu verstehen, dass er sich keine Sorgen machen und den Fall einfach genießen solle. John fasste sich ein Herz und sprang ins Nichts.

Die ersten Kilometer, bis zur Nebelschicht, waren atemberaubend. Es bot sich ihm ein freier Blick auf das Planetensystem mit seinen Monden. Obwohl seine Fallgeschwindigkeit weiter zunahm, machte er sich anfangs nicht allzu viele Sorgen. Erinnerungen an seine Ausbildungszeit zum Fallschirmspringer auf der Erde kamen in ihm auf. Dann tauchte er in den Nebel ein. Seine Augen sahen nur noch das Farbenspiel auf einem grauen Hintergrund, sein Orientierungssinn ging verloren. John fing an nervös zu werden. Wie es schien, hatte seine Geschwindigkeit ihren höchsten Wert erreicht. Jeden Augenblick rechnete er damit, auf irgendeinem Untergrund zu zerschellen. Lange Zeit passierte nichts. Er fiel Minuten lang durch den Nebel, der ihm ein prächtiges Spektakel, aus ineinander fließenden Farben, darbot. Mittlerweile fiel er schon so lange, dass er aufhörte, sich Sorgen zu machen. Er genoss einfach das ihm dargebotene Spektakel sowie das Gefühl zu fliegen. Nach ungefähr zwölf Minuten des freien, ungebremsten Falls, begann er langsam zu spüren, wie die Schicht der Atmosphäre unter ihm immer dichter wurde. Wie eine Wolke aus Watte, fing diese an, ihn immer stärker abzufangen. Am Ende kam er in einem schwebenden Zustand zum Stehen.

Es war kaum zu glauben. Er war blindlings in die Atmosphäre eines Gasriesen gesprungen und hatte überlebt. Vollgepumpt mit Adrenalin schwebte er an einem unbestimmten Ort über der Oberfläche von ZENIT0780. Er schaute sich um und konnte, etwa vierzig Meter von seiner Position aus entfernt, den Raumgleiter erkennen, aus dem er vor einigen Minuten gesprungen war. Die Einstiegsluke, aus der Nuhhm ihn begrüßte, stand offen. Das Gefühl von Sicherheit kehrte zurück und er bekam große Lust darauf, das eben Erlebte zu wiederholen.

Die beiden blieben drei weitere Tage HST im Orbit von ZENIT0780, bevor sie ihre Heimreise antraten. In dieser Zeit führten sie noch so einige dieser Sprünge durch.

Chapter XXIX

John warf einen Blick auf die Ergebnisse der Scans des Nachbarplaneten. Alexa fuhr mit der Untersuchung der anderen Planeten fort. Dies war nur möglich, weil der Raum innerhalb der Planetenumlaufbahn frei von Gasen, Sternenstaub und anderen Störfaktoren war. Selbst das Schwarze Loch rief seltsamerweise nur geringfügige Störungen hervor. Alexa hatte richtig gelegen, auf dem Gesteinsplaneten gab es tatsächlich eine primitive Zivilisation. Sie besaß einfache Gebäude, nicht allzu große Siedlungen und eine dem Anschein nach sehr einfache Energiestruktur. Gerade wollte er einen manuellen biologischen Scan, zur Feststellung der Diversität von Spezies vornehmen, als Alexa sich erneut zu Wort meldete.

„John Spencer, auf dem zweiten Gesteinsplanet des Systems konnten ebenfalls intelligente Lebensformen nachgewiesen werden. Wie auf dem anderen, so ist auch hier die Atmosphäre nicht Atembar und die Strahlung unschädlich."

Er war verblüfft. Vielleicht war seine Reise doch nicht umsonst gewesen. Was für eine Chance gab es, dass es in ein und demselben System zwei besiedelte Planeten gab? Wussten sie voneinander? Wahrscheinlicher war, die Lebewesen von einem der beiden Planeten, hatten den anderen besiedelt. Bei der unterentwickelten Technologie stellte sich nur die Frage, wie sie das vollbracht hatten. Wenn er doch nur wüsste, aus welchem Grund der Würfel ihn hierher gelockt hatte? Was war seine Aufgabe in dem Ganzen?

Es stellte sich ihm nun die Frage, ob er diese Wesen kontaktieren sollte oder nicht. Er war jetzt schon seit einiger Zeit Mitglied der galaktischen Gemeinschaft, deren Prämisse es war, Kontakt zu nicht-interstellaren und unterentwickelte Wesen zu vermeiden und in die Entwicklung solcher Völker nicht einzugreifen. Es schien allerdings sehr seltsam, dass beide Gesteinsplaneten intelligentes Leben bargen. Für ihn war klar, es musste eine Verbindung zwischen ihnen bestehen.

Seine Neugier siegte über die Furcht. Er verließ sein Versteck und manövrierte die Laila I in eine Umlaufbahn des benachbarten Planeten. Von hier aus würde es einfacher sein, diesen einem detaillierteren Scan zu unterziehen und nach versteckten, abgeschirmten, komplexeren und nicht erkennbaren Technologien zu suchen. Der Drohnenbot wäre hervorragend geeignet für diese Mission gewesen, John zog es aber vor, diesen in seiner derzeitigen Position zu belassen, um über einen unverhofften Piratenbesuch rechtzeitig informiert zu werden.

In der stabilen Umlaufbahn angekommen, schaltete er alle unnötigen Systeme ab. Die Laila kreiste wie ein weiterer Trabant um den Planeten. Sogleich fing er an, die Oberfläche des Planeten im breiten Spektrum nach emittierenden Energiefeldern abzusuchen. Nach zwei Stunden HST war der Scan beendet, das Resultat negativ. Kurz davor, die Suche aufzugeben und zum nächsten Planeten aufzubrechen, um diesen derselben Prozedur zu unterziehen, entschied er, einen letzten Versuch zu unternehmen. Diesmal richtete John die Sensoren aber so aus, dass sie bis zu fünfzig Meter unter die Oberfläche des Planeten scannten. Drei Stunden HST später war der Scan abgeschlossen. Volltreffer! Nicht eine, sondern gleich mehrere Quellen, mit einer sehr hohen Energiedichte, wurden verzeichnet. Die Art der verwendeten Energie konnte nicht ermittelt werden, die hohe Dichte hingegen gab John genug Indizien, um diese Wesen nicht als primitive, sondern äußerst fortgeschrittene Lebensform einzustufen.

Diese sogenannten Indizien waren selbstverständlich nicht ausreichend, um einen Kontakt mit diesen Lebewesen herzustellen. John war bei seiner Auslegung der Beweise aber sehr großzügig, um einen Kontakt zu rechtfertigen. Seiner Meinung nach hatte das Volk auf dem Planeten unter ihm bereits in Kontakt mit Spezies aus anderen Welten gestanden, oder besaß zumindest die Technologie dafür. Zudem war die Prämisse der galaktischen Gemeinschaft mehr ein Leitfaden und kein in Stein gemeißeltes Gesetz. Bevor er aber einen Kontaktversuch in Angriff nahm, wollte er den zweiten Planeten ebenfalls scannen und setzte Kurs auf diesen.

Während die Laila I sich auf dem Flug zum Zwilling des Planeten begab, überprüfte John die Lage an der Piratenfront. Suchten sie immer noch nach ihm? Zwei der Schiffe hatten sich zurückgezogen, zwei schienen weiterhin Ausschau nach ihm zu halten oder auf ihn zu warten. Immer noch vermieden sie es, der Nebula zu Nahe zukommen. John verließ die Brücke, gönnte sich einen Mokka und legte sich eine Weile aufs Ohr. Alexa würde ihn über die Ankunft beim anderen Planeten informieren. Damit er sich dem Schwarzen Loch im Zentrum nicht zu sehr näherte, entschied er, einen Kurs zu setzten, der das Schiff über die Umlaufbahn der Planeten um den Stern, aber in die entgegengesetzte Richtung führte. So hielt er genügend Abstand zum Schwarzen Loch, musste aber die Hälfte der Planeten passieren und einen Umweg in Kauf nehmen.

Die Laila I hatte eine sichere Umlaufbahn um den zweiten Gesteinsplaneten eingenommen. John führte auch hier die Suche nach Energiequellen durch. Erstaunlicherweise kam er zum selben Ergebnis, wie beim ersten Planeten. Es schien fast so, als handelte es sich bei den Planeten um Zwillinge oder Klone. Beide Himmelskörper hatten jeweils zwei gigantische Energiesignaturen, zudem gab es in jeder der Siedlungen eine weitere, weitaus schwächere Quelle. Indes schienen die Siedlungen an sich, völlig ohne Energie zu funktionieren. Er fand weder ein Energieverteilungssystem, noch waren Spuren der Energienutzungen in den Behausungen festzustellen. Die Suche nach Funkverbindungen oder anderen Methoden der Kommunikation blieb erfolglos. Ein Kontakt zu diesen Wesen wäre also nur auf persönlichem Wege möglich.

Lange zerbrach er sich den Kopf. Ihm wurde klar, von der Laila I aus konnte er nichts weiter tun. Er suchte nach einer völlig unbewohnten Region auf dem Planeten, um dort mit dem Raumgleiter zu landen. Vorerst wollte er diese Wesen aus der Ferne, unbemerkt, beobachten. Nachdem er die passende Stelle gefunden hatte, machte er den Gleiter fertig, dockte ab und nahm Kurs auf den Planeten.

*

Nuhhm und John konnten es kaum abwarten, einen weiteren Transportflug durchzuführen, als sie von ihrem ersten Auftrag, oder besser gesagt Ausflug, zurückkamen.

Während sie auf diese Gelegenheit warteten, arbeitete John wie ein Besessener daran, die Laila I immer mehr seinen Bedürfnissen anzupassen. Wie den Raum, der von den Seesoljanern für den Transport von Passagieren vorgesehen war und direkt unter der Brücke lag und den er in eine Kombination aus Bordküche, Essens- und Aufenthaltsraum umgestaltete. Er entfernte alle Sitze und sonstigen Dinge, welche nicht zur strukturellen Integrität des Schiffes beitrugen. Zurück blieb ein leerer Raum. In eine der Ecken baute er eine Sitzbank in L-Form und fügte einen Tisch hinzu. In eine andere stellte er zwei selbst gebaute Sofas. Gegenüber des Brückenzugangs konfigurierte er eine Küche. Diese bestand aus einer Reihe oberer und unterer Schränken, sowie einem Becken. Wie er es von der Erde gewohnt war, legte er Zu- und Ableitung. Auch einen kleinen Kühlschrank bastelte er sich zusammen. Für die sanitären Anlagen musste er sich auch etwas einfallen lassen, er war es leid, den Eimer für die Entrichtung seiner Bedürfnisse zu benutzen. Er zog Wände, legte ebenfalls Zu- sowie Ableitung und baute sich eine ordentliche Toilette. Ihm fehlte nur noch ein privates Quartier. Für dieses konstruierte er ein großes Bett und ließ sich die Füllung für seine eigenhändig genähte Matratze aus ARG023 einfliegen. Auf dem Planeten wuchs, aufgrund der dort herrschenden Atmosphäre und den Witterungsbedingungen, ein Gras, dass so weich war, wie die feinste Seide der einstigen Erde.

John fühlte sich bei Nuhhm, Turrhg und Iggoh sehr wohl, doch nach Fertigstellung der essentiellen Wohnbereiche in der Laila I, entschied er sich dazu, umzuziehen. Er benötigte sein eigenes Reich, musste lernen, wieder allein auf zwei Beinen zu stehen. Dazu brauchte er einen Ort, den er sein Eigen nennen und in den er sich zurückziehen konnte. Auf diese Weise hatte er auch mehr Zeit, weiterhin an der Laila I zu arbeiten, sie menschentauglicher, oder besser gesagt, John-tauglicher zu machen. Nuhhm hatte Verständnis für Johns Wunsch auf Selbständigkeit, dennoch ließ er den Errrooo wissen, dass er jederzeit bei ihnen willkommen sei. Sein Zimmer würde weiterhin sein Zimmer bleiben. Er könnte es benutzen, wann immer er wollte. Es war nicht so, dass John gar keine Zeit mehr in der Lagune verbrachte, im Gegenteil, weiterhin schlief er viele Nächte in der Lagune. Trotzdem war er froh darüber, sich endlich emanzipiert zu haben.

Erst Monate später traten die beiden dann ihren zweiten Auftrag an. Nuhhm war erstaunt über die Veränderungen, die John mittlerweile auf dem ganzen Schiff vorgenommen hatte. Selbst mit dem Bordcomputer konnte er mittlerweile, über die eigens gebaute Tastatur, fließend kommunizieren. So kam es, nach einer weiteren Auslieferung von Pflanzen an die Niuler, dass John das Steuer übernahm und unter Nuhhms Anweisungen, die Laila I sicher nach MIB004 zurückbrachte und landete. Dann begann für John eine Zeit des Lernens.

Sein neues Ziel war es, eines Tages sein Schiff allein fliegen zu können und auch zu dürfen. Dies vor Augen ging er nahezu jeden Tag Flugprotokolle durch und lernte mit Nuhhms Unterstützung verschiedene Andockmanöver. Diese versuchte er dann erst im Simulator und später, unter Nuhhms Aufsicht, mit der Laila I im Orbit von MIB004 umzusetzen. Alle zwei bis drei Tage ließ Nuhhm ihn Flugübungen mit der Laila I durchführen, so lernte John schon bald, sein eigenes Schiff unter Kontrolle zu haben. Vor und nach den Flugübungen, studierte er fleißig alle galaktischen Richtlinien, die er kennen musste, um eine seesoljanische Lizenz erhalten zu können.

Als Mensch hätte er nicht unbedingt eine Lizenz gebraucht, doch im Verbund der seesoljanischen Piloten unterwegs zu sein, würde ihm einen gewissen Schutz und Rückhalt geben, die er beim Durchreisen der Galaxie, als Mensch, nicht haben würde. Zudem würde das Generieren von Aufträgen über das seesoljanische Transportsystem, somit erleichtert. Er lernte also fleißig weiter.

Eines Morgens dann, John hatte die Nacht in der Lagune verbracht, kam Nuhhm auf ihn zu und bat ihn um Begleitung. Es handelte sich um eine Angelegenheit des Zentralkommandos auf dem Kontinent. Nach ihrer Ankunft, führte Nuhhm ihn in eines der Gebäude, das nicht weit von dem entfernt lag, in dem John bei seiner Ankunft gewohnt hatte. John wusste nicht genau, was Nuhhm dort zu erledigen hatte, zog es aber vor, im Eingangsbereich zu warten. Nuhhm trat an eine Art Rezeption und unterhielt sich mit dem Seesoljaner, der ihn bediente. Dann kam er auf John zu und bat ihn darum, ihn zu begleiten. Sie gingen eine Rampe hinunter, bis sie in ein unterirdisches Stockwerk gelangten. Die Rampe endete in einer Lobby, von der aus drei Türen abgingen.

„Wo sind wir hier?"

„Das hier ist ein Zentrum für Flugsimulatoren. Es ist weitaus präziser und wahrheitsgetreuer, als der Simulator in der Lagune. Ich dachte, du solltest ihn mal ausprobieren. Es ist so, als würdest du die Laila I wirklich fliegen."

„Deshalb sind wir hier? Ich dachte, du hattest etwas zu erledigen? Wir hätten doch auch die echte Laila I fliegen können."

„Schon, aber hier kannst du allein fliegen, ohne jemanden an deiner Seite, verschiedene Manöver ausprobieren. Probiere es einfach mal. Versuche bitte so fehlerfrei wie möglich zu fliegen. Route und Aufgaben werden dir auf der Brücke erteilt."

John wusste nicht, was hier gespielt wurde, entschied sich aber dazu, mitzumachen. Er ging durch die Tür, auf die Nuhhm zeigte. Auf der anderen Seite der Tür stand er plötzlich inmitten der Brücke, der Laila I. Selbst seine persönlichen Modifikationen der echten Laila I waren vorhanden. Er setzte sich auf den Pilotensitz. Sogleich erhielt er eine Nachricht, die ein Ziel und einen Frachtauftrag verzeichnet hatte. John war die letzten Monate so vertieft in das ganze Prozedere gewesen, dass er alle folgenden und nötigen Schritte schon automatisch durchführte. Er errechnete die Flugroute und gab sie ein. Dann erbat er über die 'Komm', die Erlaubnis abzuheben. Sowohl die Warenannahme, als auch der Flug an sich, verliefen einwandfrei. Lediglich ein verirrter Asteroid sowie ein Gammastrahlenausstoß zwangen ihn dazu, seine Flugroute kurzfristig zu ändern. Die Flugzeit ohne Zwischenfälle wurde in der Simulation verkürzt. Ansonsten hätte man mehrere Tage, Wochen oder Monate im Simulator verbracht, um einen einzelnen Fernflug zu absolvieren.

Nach Übergabe der Ladung kehrte er wieder zurück. Die Landung auf MIB004 vollzog er behutsam. John verließ den Simulator. Nuhhm wartete bereits auf ihn und führte ihn erneut in das obere Stockwerk. Dort hielt der Seesoljaner inne. Er schien auf etwas zu warten.

„Und, wie fandest du es, allein zu fliegen?"

„Sehr gut, nur frage ich mich, warum wir diesen Flug nicht an unserem Simulator durchführen konnten? Ich musste kein Flugmanöver vollziehen, das wir nicht auch in der Lagune hätten üben können. Auch wenn ich verblüfft darüber war, dass sogar meine persönlichen Modifikationen in der Simulation vertreten waren, aber das Fliegen war wie am anderen Simulator."

Aus einem Raum hinter ihnen, erschien erneut der Seesoljaner, mit dem sich Nuhhm zuvor unterhalten hatte. Er bat John um seinen Übersetzer. John schaute Nuhhm fragend an, doch dieser stimmte nur zu und kurz darauf wechselte der Übersetzer die Hände. Der Seesoljaner schien etwas auf den Apparat zu laden. Nach wenigen Sekunden überreichte er diesen wieder an seinen Eigentümer. Nuhhm blickte John an. Er sah aus, als würde er vor Ungeduld gleich platzen.

„Wie sagt ihr Errrooo doch gleich? Herzlichen Glückwunsch!"

„Glückwunsch wozu?"

„Zu deiner ersten seesoljanischen Fluglizenz. Von diesem Moment an bist du offiziell lizenzierter Pilot des seesoljanischen Kommandos."

„Was?"

„Gerade wurde dir die Lizenz auf deinen Übersetzer übertragen und gleichzeitig im Kommandoregister verzeichnet."

„Ich verstehe nicht?"

„Ich habe dich heute hierher gebracht, damit du deine Prüfung ablegst. Dieser Simulator ist der offizielle Prüfungssimulator des Zentralkommandos. Alle seesoljanischen Piloten legen hier ihre Prüfung ab. Du hast die Prüfung einwandfrei bestanden."

John brauchte ein wenig Zeit, bevor er realisierte, was er da gerade hörte. Je mehr er darüber nachdachte, desto breiter wurde das Grinsen auf seinem Gesicht. Für kurze Zeit war er so von Glück erfüllt, dass er den Riesen vor ihm ansprang und umarmte. Nuhhm, der nicht wusste, wie ihm geschah, erschrak, stand aber einfach nur da, ohne einen Muskel zu bewegen. Für den Seesoljaner, der die Lizenz übertragen hatte, gab die Szene ein bizarres Bild ab. John hing wie ein großes Schmuckstück um den Hals seines großen Freundes. Nachdem Johns Glücksgefühl wieder auf ein normales Niveau gesunken war, bedankte er sich bei seinem Partner. Auf dem Rückweg in die Lagune berichtet dieser ihm ausführlich, wie er das Kommando von Johns Fortschritten unterrichtet und die Prüfung eingefädelt hatte. Nuhhm wollte sich auf diesem Wege noch einmal für die Wiederherstellung seiner eigenen Fluglizenzen bei John bedanken.

Chapter XXX

Der Raumgleiter der Laila I befand sich hundert Kilometer über der Oberfläche des Gesteinsplaneten. Plötzlich verlor John jegliche Kontrolle über den Gleiter, der wie von Geisterhand gesteuert wurde. Zwar konnte er auf den Instrumenten ablesen, was geschah, hatte jedoch keinen Einfluss auf das Geschehen. Der Raumgleiter änderte seinen vorhergesehenen Kurs und bewegte sich zielstrebig auf eine der Hauptenergiequellen zu, die John auf den Scans gefunden hatte. Wieder einmal fühlte er sich hilflos und ausgeliefert. Andererseits brauchte er sich nun keine Sorgen mehr darüber zu machen, mit einer unterentwickelten Spezies in Kontakt zu treten. Er kam seinem Ziel näher, was er als positiv empfand. Auf diese Weise würde er hoffentlich bald erfahren, warum der Würfel diese Koordinaten in seinem Bordcomputer hinterlassen hatte. Für ihn gab es keinen Zweifel daran, dass es sich um ein und dieselbe Technologie handelte, die jetzt schon zum dritten Mal die Kontrolle über sein Schiff übernahm.

Wenige Kilometer von der Oberfläche entfernt, konnte er direkt unter sich ein etwa zweihundert Meter großes Loch im Boden sehen, auf das sein Gleiter direkt zusteuerte. Dieses Loch lag etwa einen Kilometer von der angezeigten Energiequelle entfernt. Sein Raumgleiter tauchte in das Loch ein. Zuerst war es ein langer Schacht, der dann in eine Höhle gigantischer Ausmaße überging. Der Boden, auf dem der

Gleiter landete, war eben und solide. Es schien ein Platz für genau diesen Zweck, nämlich der Ladung von Schiffen, zu sein.

John überprüfte alle Systeme, auf die er nach der Landung wieder Zugriff hatte. Er konnte jedoch keinen Kontakt zur Laila I herstellen, die Höhle schien das Signal zu blockieren. Der Bordcomputer des Gleiters, der normalerweise mit dem der Laila I und so auch mit Alexa verknüpft war, hatte für Situationen wie diese eine abgespeckte Version Alexas installiert. Nach ihrer Aktivierung gab sie ihm dieselbe Antwort, wie schon bei der Übernahmen durch den Würfel.

„Das Schiff wurde durch einen externen Zugriff kontrolliert, John Spencer."

Die Übernahme des Gleiters sowie der nicht vorhandene Funkkontakt zur Laila I, gaben ihm nicht gerade ein Gefühl von Sicherheit. Zudem hatte er es versäumt, Nuhhm und Agwhh über seine Position zu informieren. Selbstverständlich war eine solche Nachricht rein informativer Natur. Im Notfall hätte keiner seiner beiden Freunde auch nur annähernd rechtzeitig vor Ort sein können, um ihm zu helfen.

Auf einer Seite der Höhle führte ein Weg zu einer Öffnung in der Felswand, die wie ein Tunnel aussah. Die Atmosphäre der Höhle schien, im Gegenteil zu der an der Oberfläche des Planeten, für seinen Körper verträglich zu sein. Vorsorglich legte er dennoch die Nasenklemme und den Halsring an. Immerhin hatte er in diesem System einen Stern inmitten eines Schwarzen Loches gesehen. Er vertraute weder physikalischen Gesetzen noch den Anzeigen seiner Sensoren. Dann verließ er den Raumgleiter.

Außer dem Licht, welches durch das große Loch in der Decke drang, nahm er ein leichtes grünes Schimmern wahr. Dieses Schimmern beleuchtete Teile der Höhle, aber vor allem den Tunnel in der Felswand. Seine Quelle konnte er nicht ausmachen. Es schien mehr ein indirektes Schimmern, ohne bestimmter Herkunft zu sein. Am Tunneleingang angelangt, konnte John dessen Ende nicht ausmachen. Zu hören waren nur seine Schritte, die im Tunnel widerhallten. Nach Betreten des Tunnels fand er in regelmäßigen Abständen insgesamt vier, ungleichmäßige in die Tunnelwand gehauene, Öffnungen, die jedoch alle mit einer Art Metallplatte versperrt waren. Nach etwa zehn Minuten trat er am anderen Ende aus dem Tunnel.

Vor ihm tat sich eine weitere Höhle auf. Diese war mindestens so groß wie die, in der er gelandet war, wenn nicht noch größer. Auf den ersten Blick konnte man erkennen, dass in diese wesentlich mehr Arbeit investiert worden war, als in die erste. Die nackten Felswände waren hier nicht mehr zu sehen. Sie waren aalglatt, ebenfalls in seichtes, grünes Licht getaucht und wiesen keine einzige Fuge auf. Die ganze Höhle bildete einen riesigen Dom. John musste am Ziel sein, denn inmitten dieser Höhle, direkt vor ihm, schwebte er. Der Würfel.

Ob es derselbe war, der ihn hierher gelotst hatte oder ein anderer, konnte er nicht sagen. Der Würfel schien hundert Meter über ihm still im Raum zu schweben. Er regte sich keinen Millimeter. John näherte sich dem Würfel. Er wollte ihn genauer betrachten. Er war etwa auf hundert Meter an ihn herangekommen, als plötzlich eine, in grünes Licht getauchte, Schockwelle von diesem ausging. Sie durchfuhr Johns Körper ohne Widerstand. Abgesehen von einem Schrecken löste sie nichts weiter in ihm aus. Kurz darauf fing der Würfel an, in einem strahlenden Grün zu leuchten, wie es schon bei der ersten Begegnung, am Rande des Sonnensystems, nach dem Scan geschehen war.

*

Seine erste seesoljanischen Fluglizenz, gespeichert in seinem Übersetzer, in der Hand, kehrten sie zur Lagune zurück. Dort warteten bereits Iggoh und Turrhg darauf, John zu gratulieren zu. Turrhg, der in die geheime Prüfung eingeweiht war, hatte im Vorfeld bereits Ausschau nach neuen, organischen Nahrungsmitteln für den Errrooo gehalten. Zwei Tage vor der Prüfung erreichte ihn die Nachricht über ein Schiff im Orbit, dessen Besatzung ähnliche Nährwertstrukturen zu sich nahm, wie John. Ein Kurier lieferte Turrhg ein Sortiment an Nahrungsmittel dieser Besatzung. Turrhg hatte gehofft, einige würden Johns Geschmacksnerven sowie seinem Verdauungssystem zusagen. Der frisch gebackene Pilot wurde also mit einer familiären Begrüßung und einer Auswahl an neuen Lebensmittel empfangen. Zumindest zwei von ihnen nahm er in seine Liste der 'Für-Menschen-taugliche-Nahrung' auf.

Die darauffolgenden Tage verbrachte er bei Nuuhm und dessen, aber mittlerweile auch seiner neugewonnen, Familie. Gemeinsam schmiedeten sie Zukunftspläne. Da er nun ebenfalls Pilot war, lautete das Ziel, ein zweites Schiff zu erlangen. So könnten sie größere Mengen transportieren oder zwei verschiedene Aufträge zur gleichen Zeit ausführen. Nuhhm war von der Idee begeistert und fing an, von seinem eigenen Schiff zu träumen, auch wenn sie nicht wussten, woher sie die Unsummen dafür nehmen sollten.

Drei Tage HST vergingen. John bekam allmählich 'Hummeln im Hintern' und begab sich wieder auf die Laila I. Da kein unmittelbarer Auftrag bevorstand, wollte er die Zeit dafür nutzen, seinen ersten Solo-Flug in den freien Raum zu absolvieren. Er würde es genießen, einige Tage oder sogar Wochen allein im weiten Nichts zu verbringen. Sein Plan war es, seine Gedanken zu sammeln und Arbeiten an seinem neuen Zuhause durchzuführen. Er positionierte die Laila I am Rande des Systems MIB000. Er trainierte Flugmanöver und nahm weitere Programmierarbeiten vor, um auch die Sekundärsysteme besser kontrollieren zu können. Hier und da verbesserte er zudem Kleinigkeiten, die ihm das Wohnen auf dem Schiff erleichterten.

Bei seinem ersten Alleingang, kam ihm die Idee, dem Bordcomputer eine Art Alexa, als zusätzliches Eingabesystem zur Tastatur, hinzuzufügen. Dadurch glaubte er, agiler bei der Ausführung gewisser Operationen zu werden. Gleich nach seiner Rückkehr machte er sich an die Arbeit. In seinem Tablet verfügte er bereits über eine solche Sprachapplikation, die er fast eins zu eins übernehmen konnte. Anschließend programmierte er die Schiffsfunktionen und verankerte die App dann mit Hilfe eines Kinchetenalp im System des Bordcomputers. Die physischen Komponenten, wie Mikrophone und Lautsprecher, waren ebenfalls einfach über die Kinchetenalp zu besorgen und zu installieren. Sie waren schließlich die Erfinder und Hersteller des Übersetzers.

Es nahm dennoch eine gewisse Zeit in Anspruch, das ganze Schiff mit den Sprechanlagen auszustatten und mit dem Computer zu verbinden. Auf diese Weise würde er von jedem Ort Zugriff auf den Sprachassistenten haben. Nach der Installierung der ersten Version wusste er gleich, dass es ein wenig mehr Zeit und Programmierung bedürfe, bis die KI der Laila I den Sprachassistenten korrekt einbetten und zu seinem vollen Potential bringen würde.

Wochen verstrichen, bis Nuhhm sich mit einem neuen Auftrag meldete. Diesmal handelte es sich um zwanzig Lieferungen eines Erzes, das monatlich von einer Mondmine in einem benachbarten System, nach XUNIL042 transportiert werden musste. Das System XUNIL042 lag im weiten Nichts zwischen zwei Spiralarmen der Galaxie. Es befand sich im Krieg mit seinem Nachbarsystem. Keines der beiden Systeme gehörte der galaktischen Gemeinschaft an, was den Handel mit ihnen aber nicht ausschloss, da es sich um einen lokalen Konflikt handelte. Keine der beiden Parteien wurde von der Gemeinschaft bevorzugt oder benachteiligt. Theoretisch sollten diese Transporte also keine Gefahr für die Laila I und ihre Besatzung darstellen.

Johns Neugier über den Konflikt war geweckt. Was könnte wohl zwei Systeme dazu bringen, Krieg miteinander zu führen? Ihre Planeten lagen schließlich nicht nebeneinander, sondern befanden sich in zwei unterschiedlichen Sternsystemen. Streit über Landverteilung konnte es demnach nicht sein. Auf der Erde war dies häufig der Fall gewesen. Der Krieg war zudem nur auf die beiden Völker begrenzt, was einen größenwahnsinnigen Herrscher, der die ganze Galaxie dominieren wollte, ebenfalls ausschloss. Nuhhm konnte ihm auch keine Auskunft darüber geben. Der Konflikt, der zwei Systeme ließ John erkennen, dass er zwar ein Schiff und eine Lizenz besaß, ansonsten aber eher unwissend über die Galaxie, ihre Geschichte und die Zusammenhänge in ihr war. Diese Situation wollte er ändern. Er holte Erkundigungen über einen Gelehrten oder Historiker beim seesoljanischen Kommando ein, der ihm wenigstens in groben Zügen die Geschichte der Galaxie lehren konnte.

Der Galaxienforscher Iigsh war sehr erfreut, John kennenzulernen. Er hatte schon von dem Errrooo gehört und war neugierig auf den Erdling gewesen. Gewillt, diesem Fragen über die Galaxie zu beantworten, hoffte er im Gegenzug sein sehr begrenztes Wissen über die Spezies der Errrooo, mit Johns Hilfe zu erweitern. Iigsh war ein überaus großer Seesoljaner. Aus unerklärbaren Gründen kam er John sehr alt vor. Seine Wendigkeit war durch seine dreieinhalb Meter nicht im Geringsten beeinflusst. Die Beiden konnten sich auf Anhieb gut leiden. Für ihre regelmäßigen Treffen hatten sie die Vereinbarung getroffen, die Hälfte der Zeit für Johns und die andere Hälfte für Iigshs Fragen zu verwenden. Schon bald entwickelte sich auch hier aus einer Zweckgemeinschaft eine Freundschaft.

Chapter XXXI

John erstarrte auf der Stelle, als der Würfel anfing, grün zu leuchten. Was hatte das alles zu bedeuten? War er der Grund für das grüne Leuchten? Es war schon das zweite Mal, dass ein Würfel ihn auf scannte und danach anfing, grün aufzuleuchten. Er löste sich aus seiner Starre und bewegte sich weiter auf den Kubus zu, bis er direkt unter ihm stand. Darauf gefasst, dass jeden Moment etwas passieren würde, wartete er angespannt. Doch nichts geschah.

Das Leuchten tauchte die Wände der Höhle in strahlendes Grün, das wie Wasser von den glatten Oberflächen zu fließen schien. John suchte die Höhle nach anderen Objekten, Gängen, Tunnel und Räumen ab. Irgendetwas, das ihm Aufschluss darüber geben könnte, was das alles zu bedeuten hatte oder warum er hierher gelockt wurde. Doch er fand nichts. Er kehrte in die erste Höhle zurück, in der sein Raumgleiter geparkt war. Als er aus dem Tunnel trat, wurde er von drei Wesen überrascht, die vor seinem Gleiter standen und dem Anschein nach auf ihn warteten. Die Wesen sahen wie Pflanzen aus und waren etwa eineinhalb Meter groß. Ihr Körper, der die Form eines Stammes hatte, endete nach obenhin in einem Auswuchs, der wie Efeu aussah. Unterhalb des Efeus und zu den Seiten hin, ragten Äste aus dem Stamm, die sowohl Blüten als auch Blätter trugen. Das andere, untere Ende der Wesen, hatte eine Vielzahl an wurzelähnlichen

Tentakeln, mit denen sie sich fortbewegten. Auf den ersten Blick konnte John keine sichtbaren Sinnesorgane, wie Augen, Mund oder Nase entdecken.

Fünf Meter vor den Kreaturen blieb er stehen und wartete ab, was geschehen würde. Dem ersten Eindruck nach schienen sie keine Gefahr für ihn darzustellen, auch wenn das nichts zu bedeuten hatten. In der Höhle herrschte totale Windstille, dennoch fingen die Blätter dieser Wesen plötzlich an, sich zu bewegen. Das typische Geräusch von Wind, der durch Blätter streifte, war zu hören. Es erinnerte John an die Wälder der einstigen Erde. Er schaute auf seinen Übersetzer, doch dieser schien nichts zu erkennen.

„Aloha, mein Name ist John Spencer!"

Doch, auch hier nur Schweigen vom Übersetzer. Die Pflanzenwesen gaben ein erneutes Rascheln von sich. Es war zum Verrücktwerden, nun stand er wahrscheinlich vor denjenigen, die ihn hierher gelotst hatten und konnte sich nicht mit ihnen verständigen. Die Pflanzen fingen an, sich fortzubewegen. Sie gingen auf eine Öffnung in der Höhlenwand zu, die er vorher übersehen hatte oder die nicht dagewesen war. Bevor sie in der Öffnung verschwanden, blieben sie stehen und drehten sich erneut zu John um. Erst als dieser verstand, dass er ihnen folgen sollte und anfing, sich ebenfalls in Richtung Öffnung zu bewegen, gingen sie weiter.

Nach einem langen und stetig aufsteigendem Gang kamen sie an die Oberfläche des Planeten. John war froh, sowohl den Halsring, als auch die Nasenklemme angelegt zu haben. Auf einem staubigen Weg, der mitten durch einen Wald, bestehend aus Felssäulen verlief, führten die Pflanzen ihn in eine der Siedlungen, die sein Scan aufgezeigt hatte. Die Siedlung bestand aus einfachen Gesteinswohnungen. Die Pflanzen hatten die natürliche Lage der herumliegenden Felsbrocken dazu genutzt, Gebäude in allen Größen und Formen zu bauen. Sie erreichten die Mitte der Siedlung. Vor ihnen war ein Loch im Boden, in das eine Treppe an der Wand des Loches spiralförmig nach unten führte. Fünfzehn Meter weiter unten eröffnete sich ihnen auch hier ein unterirdischer Raum, der, wie die Höhle, in der sich der Würfel befand, aalglatte und perfekte Wände aufwies. Der Raum war oval. In der Mitte des Raums, stieg eine Gesteinssäule aus dem Boden empor, die etwa einen Meter hoch war. Über ihr schwebte eine fußballgroße, grün strahlende Kugel. Die Pflanzen begannen erneut zu rascheln. Mit einem Mal fing die schwebende Kugel an zu pulsieren, grüne Lichtwellen gingen von ihr aus. Als diese Impulse Johns Übersetzer erreichten, fing dieser an, seine Arbeit zu tun.

„Aloha, John Spencer! Wir heißen dich im Namen des Feuers bei uns willkommen. Das Feuer hat uns angewiesen, dir den Weg zu ihm zu weisen."

„Das Feuer? Seid ihr das Feuer?"

„Nein, die Gründer sind das Feuer."

„Die Gründer wovon? Was für einen Weg und was wollen die Gründer von mir?"

„Die Gründer leben im Licht, das vom Nichts umhüllt ist. Du musst dich ins Feuer begeben, um die Antworten auf deine Fragen zu erhalten."

„Wo finde ich dieses Licht, umhüllt von Nichts? Wo ist das Feuer?"

„Es befindet sich im Zentrum, im Zentrum von allem."

John glaubte langsam zu verstehen, wo diese Wesen ihn hinschicken wollten, suchte aber nach einer Möglichkeit, seine Vermutung zu bestätigen.

„Meint ihr ins Zentrum dieses Sternensystems? Der Stern, der sich inmitten des Schwarzen Loches, also dem Nichts befindet?"

„Dort lebt das Feuer, die Wiege des Lebens. Es erwartet dich. Gute Reise."

Die Wesen wandten sich von John ab und verließen über dieselbe Treppe, über die sie gekommen waren, den Raum. John hatte mehr Fragen als Antworten gefunden. Für einen Augenblick verweilte er vor der Kugel, um seine Gedanken zu sammeln. Genauso plötzlich, wie diese angefangen hatte, Grün zu leuchten, hörte sie damit auf. Dann schwebte sie schwarz, wie die Nacht, vor sich hin. Er nahm die Treppe, verließ das Loch und konnte weder in der Siedlung noch auf dem Rückweg zu seinem Gleiter Anzeichen dieser Pflanzenwesen oder sonstigem Leben finden. Wieder bei seinem Raumgleiter angekommen, führte er einen weiteren Scan durch. Diesmal wurden ihm keine Lebenszeichen auf dem Planeten angezeigt.

Zurück an Bord der Laila I musste er einen Moment über das Geschehene nachdenken. Dies tat er am besten während und nach dem Essen. So entschied er erst einmal etwas zu sich zu nehmen.

*

Das erste Jahr HST der monatlichen Erzauslieferungen an XUNIL042, nutzte John dafür, der Laila I den letzten Schliff zu verpassen. So konnte er auch für längere Perioden, sprich Jahre, unabhängig mit seinem Schiff in der Galaxie unterwegs sein. Weiterhin bemühte er sich darum, so viel wie möglich über die bekannte Geschichte der Milchstraße zu lernen. Nach dem Fertigstellen der Laila I hatte er mehr Zeit zur Verfügung, die er versuchte, mit Iigsh zu verbringen, um seinen Wissensdurst zu stillen. Zudem sammelte er durch die monatlichen Flüge in eine Region der Galaxie, die nicht der galaktischen Gemeinschaft angehörte, nicht nur Erfahrung als Raumpilot, sondern lernte auch, seine diplomatischen Fähigkeiten zu entwickeln.

Bereits bei ihrem dritten Flug in das Gebiet der sich bekriegenden Systeme, erfuhr er, wie wichtig diplomatische Verhandlungen sein konnten. Kampfgleiter der gegnerischen Partei fingen sie auf dieser Reise ab. Der Captain des dazugehörigen Raumkreuzers hätte sie beinahe als feindliche Spione weggesperrt. Nur Nuhhms Verhandlungsgeschick war es zu verdanken, dass dies nicht geschah. Er wendete eine Doppelstrategie an. Einerseits wies er den Captain auf die Konsequenzen hin, die das Wegsperren von zwei, der galaktischen Gemeinschaft angehörigen, Piloten mit sich bringen könnte und machte ihm gleichzeitig ein günstigeres Transportangebot, als das der Gegenpartei. Auf diese Weise schaffte Nuhhm es nicht nur die beiden zu befreien, sondern den Raumkreuzer, mit fünf Aufträgen für Transportflügen, unversehrt zu verlassen.

Johns erste Begegnung mit Raumpiraten fand ebenfalls bei einem der Transportflüge nach XUNIL042, in Begleitung von Nuhhm, statt. Wieder handelte Nuhhm umgehend. Nach Identifizierung des Piratenschiffes sendete er ein Notsignal ab und hielt daraufhin die Piraten, bis zum Eintreffen von Hilfe, mit gekonnten Flugmanövern auf Distanz. Ein Kriegsschiff von XUNIL042 näherte sich dem Geschehen und als die Piraten dieses orteten, gaben sie die Verfolgung auf und flohen. Das Kriegsschiff war nicht etwa wegen John und Nuhhm herbeigeeilt, sondern um die wichtige Erzlieferung, die die beiden transportierten, vor den Piraten zu retten.

Im zweiten Jahr HST, welches dank Nuhhm nun auf fünfundzwanzig Auslieferungen in das Kriegsgebiet angewachsen war, fühlte sich John nicht mehr ganz so hilflos in einer Galaxie, voller fremder Spezies. Er wusste aber auch, dass er noch viel zu lernen hatte. Die Arbeiten an der Laila I waren soweit abgeschlossen und natürlich verbrachte er nicht all seine gewonnene freie Zeit mit Iigsh. John fing also an, des Öfteren allein umherzureisen. Seine Ziele wählte er aufgrund Iigshs Erzählungen aus. Die Orte, die interessant erschienen, flog er an. Ihre monatlichen Transportreisen ließen sich gut mit seinen Ausflügen kombinieren. Auch hierbei lernte er viele und wichtige Lektionen. Wie jene auf dem Mond, den er Hawaii nannte. Die da hieß: Man sollte immer seine Position, Flugroute beziehungsweise den Kurs bei irgendeiner Stelle vermerken oder hinterlegen, um im Notfall in der immensen Weite der Galaxie auffindbar zu sein.

Diese Kurzreisen schürten seine Lust auf mehr. Nach dem Abschluss, der noch ausstehenden Aufträge, wollte er einen längeren Ausflug in die Tiefen der Galaxie wagen. Allerdings hatte Nuhhm, der nicht nur diplomatisch ein gutes Händchen zu haben schien, bereits Folgeaufträge an Land gezogen. Dies stellte John vor ein Dilemma. Ihnen stand nur die Laila I zum Tätigen der Aufträge zur Verfügung. Eine längere Reise hätte es Nuhhm unmöglich gemacht, die Aufträge auszuführen. Aus diesem Grund setzte John seine Karte, als armer, allein gelassener und seiner Spezies beraubter Mensch, erneut ein.

Bei ihrem vorletzten Transportflug nach XUNIL042, steuerte John, anstatt in den Hyperraum zu beschleunigen, auf ein, sich im Orbit von MIB004 befindliches, Schiff der B-Klasse zu. Dieses hatte wesentlich größere Ausmaße als die Laila I. Nuhhm gab sich mit der Auskunft zufrieden, dass John dort etwas für sein Toilettensystem in der Laila I abholen wollte. Der Errrooo vollzog ein einwandfreies Andockmanöver. Er bat Nuhhm, ihn auf das andere Schiff zu begleiten. Sie öffneten die Schleuse zum anderen Schiff, dabei kam es Nuhhm sehr merkwürdig vor, dass sie von keinem Besatzungsmitglied empfangen wurden. Auch sonst sah das Schiff völlig unbemannt aus. Der Errrooo hatte sicherlich das falsche Schiff angeflogen. Doch John machte sich unbeirrt auf den Weg zur Brücke und bestand auf Nuhhms Begleitung. Das Schiff war der anfänglichen Laila I sehr ähnlich, nur erheblich größer. Auf der Brücke angekommen, drehte John sich zu seinem Partner um.

„Und, wie findest du dieses Schiff? Mit solch einem hätten wir die Transporte nach XUNIL042 in 10 Flügen durchgeführt."

„Das ist richtig, und wenn wir ein Schiff der A-Klasse gehabt hätten, wären wir mit zwei Flügen davongekommen. Nur leider haben wir weder ein Schiff der B- noch der A-Klasse, also lass uns bitte aufs Schiff zurückkehren und unsere Reise beginnen."

„Da hast du recht, WIR haben kein Schiff der B-Klasse, aber DU schon."

„Was redest du da? Lass uns gehen."

„Mein lieber Nuhhm, hiermit übergebe ich dir offiziell und im Namen des seesoljanischen Zentralkommandos, das Kommando über dieses Schiff der B-Klasse. Es ist bereits in allen Registern, als dein Eigentum verzeichnet."

Nuhhm schaute sich stillschweigend auf der Brücke um. John hätte schwören können, wenn Nuhhm ein Mensch gewesen wäre, hätte er mit offenem Mund gestaunt.

„Was...? Aber wie....? Wie hast du das angestellt?"

„Ich habe dem Kommando nur noch einmal klargemacht, dass euer Volk für die komplette Auslöschung meiner Welt verantwortlich ist und dass dies nicht mit zwei Schiffen aufzuwiegen sei."

„Aber warum auf meinen Namen?"

„Ich wollte einfach, dass wir ebenbürtige Partner sind. Für den Fall, dass sich unsere Wege irgendwann einmal trennen, musst du dir so keine Sorgen zu machen."

Nuhhm wusste nicht recht, wie er sich ausdrücken sollte und versuchte es diesmal auf die Art und Weise der Errrooo. Er nahm den Winzling in seine vier mächtigen Arme und drückte, bis dieser in darum bat, ihn Luftholen zu lassen.

Chapter XXXII

John saß vor dem Panoramafenster der Brücke und blickte ins Zentrum dieses außergewöhnlichen Sternensystems. Vor ihm lag das Schwarze Loch. Im Verhältnis zum Rest des Systems war es extrem groß. Desto mehr verwirrte es ihn, dass es keinerlei Auswirkung auf die Planeten um sich, geschweige denn auf die Laila I hatte. Noch unwirklicher erschien ihm jedoch der Stern in der Mitte. Ihn umhüllte die tiefste Schwärze, die es gab, denn wie allen anderen, so entfloh auch diesem Schwarzen Loch kein Licht, und doch strahlte aus seiner Mitte ein Stern. Das war unwirklich. Wie konnte das Licht des Sterns aus dem Schwarzen Loch entkommen, wenn dieses nichts, nicht einmal Licht entkommen ließ?

Je länger John ins Zentrum blickte, in dem sich zwei der Lebens-unfreundlichsten Plätze des Universums vereint hatten, desto mehr war er davon überzeugt, dort nicht freiwillig hineinzufliegen. Die Pflanzenwesen hatten gesagt, das Feuer würde ihn erwarten. War das Feuer tatsächlich ein Wesen, eine Intelligenz, oder wie auf der frühen Erde einfach nur ein Symbol, das die Pflanzenwesen anbeteten, wie eine Gottheit? Vielleicht wollten sie ihn einfach nur opfern und so ihren Feuergott milde stimmen? Aber warum dann der ganze Aufwand, ihn durch die gesamte Galaxie an diesen Ort zu führen?

Er nahm seinen Blick vom Stern und stellte Kontakt zu seinem Drohnenbot her. Es war an der Zeit, die Lage an der Piratenfront zu prüfen. Mittlerweile war nur noch das kleinere

Schiff der Piraten in unmittelbarer Nähe des Systems zu orten. Mit großer Wahrscheinlichkeit überwachte es den freien Raum um das System und er hätte wetten können, dass sie Satellitenbojen dafür einsetzten. Auf diese Weise konnte das kleine Schiff der Piraten den enormen Raum um das System allein überwachen. Seine Hoffnung, diesem System und den Piraten den Rücken zuzukehren und sich aus dem Staub zu machen, schwand erneut.

Plötzlich, aus dem Nichts, kam ihm eine Eingebung, vielmehr eine Idee, mit der er das Schwarze Loch auf die Probe stellen konnte. Er begab sich aufs untere Deck der Laila I, in seine Werkstatt. Dort suchte er aus dem Lager und dem Laderaum einige Objekte zusammen. Aus dem Laderaum brachte er einen Frachtschlitten mit, welcher unter normalen Umständen dazu benutzt wurde, Fracht im All zwischen Schiffen umzuladen. Der Schlitten war mit Vakuummotoren von hoher Potenz ausgestattet, die darauf ausgelegt waren, schwere Lasten in einem Vakuum fortzubewegen, abzubremsen und Richtungswechseln zu unterziehen. John zerlegte den Schlitten, bis er einen der Motoren vor sich liegen hatte. Diesen konfigurierte er um, sodass er auf Geschwindigkeit und nicht auf Kraft ausgelegt war. Danach wurden noch einige Sensoren am Motor angebracht und fertig war das Schwarze-Loch-Testvehikel.

Wie schon jene Konstruktion, die ihm geholfen hatte, vor den Piraten zu fliehen, sah auch diese einem Torpedo sehr ähnlich. Er hoffte, die Ähnlichkeit der Apparate sei ein gutes Omen, für das Gelingen seines Vorhabens. Das Testvehikel verstaute er in der Schleuse, begab sich erneut auf die Brücke und entließ es von dort aus in den freien Raum. Mit dem Fernzünder entfachte er den Motor. Über die von ihm installierten Flaps an der Motorglocke, richtete er die Flugroute gen Zentrum des Schwarzen Loches. Soweit verlief alles nach Plan. Jetzt musste er nur noch warten.

Die Aufgabe des Torpedos war es, sich dem Schwarzen Loch soweit es ging zu nähern, um zu sehen, ob dieses an irgendeinem Punkt Einfluss auf das Gefährt nehmen würde. Er hoffte, Informationen darüber zu erlangen, was am 'Event Horizon' des Schwarzen Loches vor sich ging. Normalerweise war der Horizont der Geschehnisse eines Schwarzen Loches der Punkt ohne Wiederkehr, an dem sogar das Licht es nicht mehr schaffte, dessen Schwerkraft zu entkommen.

Konstant überprüfte er die Daten der Sensoren, welche schnell die Höchstgeschwindigkeit von einhunderttausend Kilometer pro Sekunde erreichten. Die Sensoren der Laila I waren ebenfalls auf das Geschehen gerichtet, so konnte er den Torpedo mit Hilfe der Kameras bildlich verfolgen. Die Schwerkraftmessung zeigte kontinuierlich ansteigende Werte, die sich aber im Normbereich für die Annäherung an ein Schwarzes Loch befanden. Mit einem Mal verschwand das Projektil vom Monitor, auf dem John das Geschehen per Videostream verfolgte. Er schaute auf die Sensoranzeige. Die Geschwindigkeit hatte sich mehr als verdoppelt. Sie lag nun bei zweihundertfünfzig tausend Kilometer pro Sekunde und steigend. Kurz darauf fielen alle Signale des Projektils aus und auch die Sensoren der Laila I konnten es nicht mehr orten. Als letzte Maßnahme, suchte John nach der im Raum hinterlassenen Signatur des Antriebs. Da das All zwischen den Planeten und dem Stern frei von anderen Residuen war, konnte er die Spur, die der Motor hinterließ, gut verfolgen. Ein Ende des Motorschweifs war allerdings nicht zu finden. Das Gefährt musste demnach immer noch intakt sein und dem Verlauf der Signatur zufolge, bewegte es sich weiterhin in Richtung des Schwarzen Loches.

Eines war zumindest schon bestätigt. Das Schwarze Loch schien tatsächlich die Eigenschaft seiner Masse innezuhaben. Deshalb hatte das Projektil so rasant beschleunigt. Auf den ersten Blick schien der Motor nicht der Desintegration zum Opfer gefallen zu sein. Demnach könnte der Ausfall der Signale auf die hohe Anziehungskraft des Schwarzen Loches zurückzuführen sein, welches diese nicht aus seiner Schwerkraft entkommen ließ. Plötzlich verlief sich die Spur des Motors im Nichts. Das Projektil hatte seine Mission beendet. John würde mit den Daten arbeiten müssen, die er bis zu diesem Zeitpunkt sammeln konnte.

Er sah sich die Auswertung der Sensoren an. Rein mathematisch schien es möglich zu sein, mit der Laila I bis an die Position zu fliegen, an der das Signal vom Projektil verloren gegangen war. An diesem Punkt sollte das Schiff immer noch über genug Schubkraft verfügen, um der Anziehungskraft der beiden Himmelskörper entfliehen zu können. Ein tollkühnes Unterfangen und sehr riskant. Allerdings würde ihm diese Position ermöglichen, einen Oberflächenscan des sich im Schwarzen Loches befindlichen Sterns durchzuführen. In einem 'normalen' Sternensystem wäre er ohne zu zögern an die Grenze des *'Point of no return'* geflogen, auch ohne vorher das Projektil abzuschicken. Er hätte einfach den Berechnungen des Bordcomputers vertraut. Doch hier handelte es sich nicht um ein 'normales' System.

*

Nuhhm und John hatten die fünfundzwanzig Transportaufträge nach XUNIL042 ausgeführt und John nahm sich seine Auszeit, um ein wenig in der Milchstraße umherzureisen. Zudem wollte er die Zeit allein dazu nutzen, zu entscheiden, was er mit dem Rest seines Lebens, als letzter Mensch der Galaxie anfangen wollte. Nuhhm hatte Verständnis, auch wenn er traurig darüber war, die Aufträge nicht mehr an der Seite seines neuen Freundes durchzuführen. Bis zu Johns Rückkehr würde er das Transportunternehmen im Namen beider weiterführen. Eine Woche darauf hatte John alle Vorbereitungen an der Laila I abgeschlossen. Sie war bereit dafür, die Galaxie zu erkunden. Er verabschiedete sich von Iigsh, Nuhhm und dessen Familie. Selbst Agwhh sendete er eine Nachricht, in der er ihm von seinen Reiseplänen berichtete. Danach verließ er MIB004 und setzte Kurs auf den Perseus-Spiralarm der Galaxie.

Sein Ziel war die „Crab Nebula". Dieser Ort hatte ihn schon in frühen Jahren, bei seinen Beobachtungen von der Erde aus, fasziniert. Jetzt hatte er die Mittel und die Möglichkeit, einen Jugendtraum wahr werden zu lassen. Es war einer der Art Träume, die ihren Status als Traum nicht verlieren, weil sie normalerweise nicht möglich waren.

Unmittelbar nach Verlassen seines neuen Heimatsystems MIB000, konnte John endlich tief durchatmen. Eine Last, von der er bis dahin nicht gewusst hatte, fiel von ihm ab. Er genoss die Stille, die Abgeschiedenheit sowie die Ungebundenheit an Bord. Erinnerungen und Gefühle, für die er bis zu diesem Moment noch keine Zeit gefunden hatte, kamen in ihm auf. Seine Familie, Freunde, Bekanntschaften, alle von denen er bei seinem Flug zum Mars auf unbestimmte Zeit Abschied genommen hatte, existierten nicht mehr. Die Perspektive, zu ihnen zurückzukehren, war ihm genommen worden. Er merkte, wie sich der Beginn eines Trauerprozesses anbahnte, doch er wollte nicht zu tief in diesem versinken. Je mehr er über all das, was geschehen war, nachdachte, desto klarer wurde ihm, wie 'alleine' er war. Einzigartig, im wahrsten Sinne des Wortes.

Kurz kam in ihm der Gedanke auf, die Erde und den Mars anzusteuern. Er fühlte sich aber nicht in der Lage, der brutalen Realität gegenüberzutreten. Gerade fing er an, in dem ihm neu geschenkten Leben, Fuß zu fassen. Ihm war bewusst, dass emotional schwere Zeiten auf ihn zukamen, deshalb versuchte er, seine Tage an Bord mit weiteren Verbesserungen der Laila I, dem Studium der Galaxie, Essen und Schlafen zu füllen. Er wollte wenig Zeit zum Nachdenken haben. Was zum Vorteil hatte, dass die Laila I immer bedienbarer für den menschlichen Gebrauch wurde. Einige Steuereinheiten konnten nach der Programmierung sogar feinere Korrekturen durchführen, als es die Originalversion der Seesoljaner erlaubte. Ebenso die Inneneinrichtung der Laila I, die kaum noch an ein seesoljanisches Schiff erinnerte. John schuf sich ein Heim, ein Nest, einen Ort, an dem er Mensch sein konnte und machte seine ersten Schritte als Weltraumbummler.

Chapter XXXIII

Er fühlte eine gewisse Unruhe in sich. Es schien ihm, als sei der Moment gekommen, eine Entscheidung zu treffen. Sollte er die Herausforderung des Würfels annehmen und erforschen, was sich hinter dem Geheimnis der markierten Koordinaten verbarg, oder das Abenteuer auf sich beruhen lassen und sich der Flucht vor den Piraten widmen? John mochte keine schwarz-weiß Entscheidungen. Immer, wenn er vor einer solchen Wahl stand, versuchte er eine Grauzone, einen Kompromiss zu finden. Schon oft hatte ihm diese Art zu denken erlaubt, mehrere Probleme gleichzeitig zu lösen, oder die Entscheidung wenigstens so lange wie möglich hinauszuzögern, damit er sich im letzten Moment noch umentscheiden konnte. Auch dieses Mal weigerte er sich, bereits zu diesem Zeitpunkt eine Entscheidung zu treffen. Er beschloss, die Laila I vorerst auf ein Drittel des 'Point of no return' heranzufliegen und danach erneut die Lage zu prüfen.

Die Laila I setzte sich in Bewegung. Langsam tastete sie sich an die, im Vorfeld berechnete Position. John wollte kein Risiko eingehen, eventuelle Fluktuationen im Raumgefüge so früh wie möglich wahrnehmen, um darauf reagieren zu können. Die Koordinaten waren erreicht. Alles schien so zu verlaufen, wie es der Bordcomputer vorausgesagt hatte. Sein Ziel, den Stern im Innern des Schwarzen Lochs zu scannen, lag greifbar nah. Johns Durst nach Wissen, der Drang, nach dem Wieso, Weshalb und Warum, der ihn hierher gebracht hatte, war erneut entfacht. Der abenteuerliche Forscher in ihm übernahm das Kommando. Überzeugt davon, der Scan würde ihn mit den Daten versorgen, mit denen er das Geheimnis des Sterns inmitten eines Schwarzen Lochs lüften könnte, navigierte er die Laila I an den *'Point of no return'*.

Noch nicht ganz an seinem Ziel, musste er schon mit zunehmendem Gegenimpuls navigieren, um nicht dem Sog des Schwarzen Lochs zu erliegen. Den Scan hatte er bereits vor der Annäherung an den Event Horizon vorbereitet. Alles war bereit, um dem Stern sein Geheimnis zu entlocken, er wartete nur noch darauf, in die dafür benötigte Reichweite zu gelangen. Ohne Vorwarnung, aus heiterem Himmel, verlor er plötzlich die Kontrolle über den Antrieb. Erst fiel die Schubkraft rapide ab, dann der Antrieb komplett aus. Instrumente und Funktionen des Schiffes standen ihm weiterhin zur Verfügung, sein Antriebssystem jedoch war tot. Er versuchte, jede verfügbare Problemlösung anzuwenden, es gelang ihm jedoch nicht, den Antrieb wieder in Gang zu setzen. Er konnte nur dabei zusehen, wie seine Geschwindigkeitsanzeige rasant in die Höhe schnellte, während sich die Laila I dem Schwarzen Loch näherte.

Das Gefühl von Hilflosigkeit überkam ihn. Unterschwellig führte dieses Gefühl auch Angst mit sich, die zunehmend stärker wurde. Er hatte gesehen, was mit dem Torpedo geschehen war, den er kurz zuvor in dieselbe Richtung entsandt hatte, in die er gerade schoss. Das Schiff würde einer solchen Beschleunigung nicht standhalten. Die schreckliche Gewissheit, diesmal nicht mit dem Leben davonzukommen, breitete sich ihn ihm wie ein Virus aus.

Bei zweihundertfünfzig tausend Kilometer pro Sekunde krachte und knirschte jede Ecke der Laila I, die sich kurz vor dem Kontakt mit dem Event Horizen des Schwarzen Lochs befand. Eins nach dem anderen, fingen all seine Instrumente an zu versagen. Etwas Seltsames geschah, als das Schiff den *'Point of no return'* erreichte. Wie schon bei seinem Zusammenstoß mit dem Würfel, der ihn in diesen Bereich der Galaxie gebracht hatte, fielen alle Systeme aus. Er begann auf der Brücke der Laila I zu schweben. Nur sein eigener Herzschlag war zu hören. In einer Sache unterschied sich dieser Totalausfall allerdings völlig von dem anderen. Er konnte sehen. Anstatt des dunkelsten Schwarz, strahlte ihn diesmal ein Stern aus der Mitte der Finsternis, durch das Panoramafenster der Brücke, an. Wie beim letzten Mal dauerte dieser Zustand nur Sekunden an, bevor die Laila I wieder anfing, zum Leben zu erwachen. Was zum Teufel war geschehen? Und wie zum Teufel hatte er überlebt?

Nach und nach fingen die Systeme an, sich wieder zu aktivieren. John unterzog seine Umgebung einer visuellen Überprüfung. Doch da war nichts. Wo er auch hinschaute, bis auf den Stern vor ihm, war alles in Finsternis getaucht. Es war ihm nicht möglich, seine Position zu bestimmen, auch der Computer konnte weder Sterne, Planeten noch sonstigen Objekte orten. Nur das Gestirn, im Zentrum des Schwarzen Lochs, strahlte vor sich hin. Im Gegensatz zur guten alten Sonne war dieser Stern tausendmal größer und bei genauerem Betrachten über den Monitor stellte John fest, dass der Stern Farbfluktuationen unterlag. Diese wechselten von strahlendem Weiß, über Blau, bis hin zu einem strahlendem Grün.

Er unterzog die Laila I einem kompletten Check, um ihre strukturelle Integrität auf fatalen Schäden zu überprüfen. Der Laderaum im untersten Deck wies einen Atmosphärenverlust über die Ladeluke auf. Doch dies war kein Problem, welches er sofort beheben musste. Er trennte den Laderaum von der Werkstatt, mit einer mechanischen Wand, ab. Auf diese Weise reduzierte er den Druckabfall auf den Laderaum. Auch wenn dies den Verlust einiger seiner sensiblen Versorgungsgüter bedeutete, weil er diese dem Vakuum überließ. Es war allerdings ein geringer Preis dafür, das Eindringen in ein Schwarzes Loch überlebt zu haben. John konnte froh sein, dass sowohl er als auch das Schiff noch an einem Stück waren.

Der erste Schock des Erlebten ließ ein wenig nach und er kam langsam wieder zu sich. Der völlige Stillstand der Laila I verwunderte ihn. Weder das Schwarze Loch, noch der Stern schienen irgendeine Kraft auf das Schiff auszuüben. Alle physikalischen Gesetze schienen in diesem Bereich der Galaxie ungültig zu sein. Seine Fähigkeit, sich auf imminente und lösbare Probleme zu konzentrieren, florierte erneut, und so widmete er sich, nachdem er die Unversehrtheit des Schiffes festgestellt hatte, der Aufgabe, die ihn hergebracht hatte, dem Scannen des Sterns. Bevor er dies durchführen konnte, musste er aber alles neu konfigurieren, denn durch den Reboot der Laila I waren die vorherigen Konfigurationen verloren gegangen. Alles andere konnte warten.

*

Als John bei der 'Crab Nebula' angekommen war, parkte er die Laila I in gewisser Entfernung zu dieser, um sie, wie ein Kunstliebhaber ein Bild, aus der Entfernung betrachten zu können. Er verweilte einige Tage in dieser Position und prägte sich die Farbenpracht, die sich ihm darbot, aus jedem Winkel ein. Zugleich suchte er die Region nach Lebensformen und außergewöhnlichen Planeten oder Monden ab. Es dauerte nicht lang, bis er feststellte, dass diese Nebula, außer ihrer Schönheit, nichts wirklich Interessantes zu bieten hatte. Bevor die Erde ausgelöscht wurde, wäre alles an dieser Nebula mehr gewesen, als er sich jemals hätte erträumen können. Doch seitdem hatte John unglaubliche Dinge in der Galaxie zu Gesicht bekommen, so einiges erlebt und sein Wissen als Mensch erheblich erweitert. Die wunderschöne, aber leblose Nebula, war für ihn nur noch das: Ein hübsches Bild in einer Galaxie, in der es an seltsamen Wesen und wundersamen Planeten nur so wimmelte.

An dem Tag auf dem Mars, an dem er in den Raumgleiter der Seesoljaner gestiegen war, hatten Dinge, die vorher ein lebensveränderndes Erlebnis gewesen wären, begonnen, ihren Zauber zu verlieren. Denn seitdem war er ununterbrochen damit beschäftigt gewesen, über Dinge zu staunen, die ihm begegnet oder widerfahren waren. Es schien so, als hätte er sich in sehr kurzer Zeit, in seinem Dasein als Mensch, erheblich weiterentwickelt. Vielleicht lag es aber auch nur daran, dass der Mensch ein Gewohnheitstier war und John sich in der kurzen Zeit einfach an solch atemberaubende Anblicke, wie dem der Nebula, gewöhnt hatte.

John suchte im Bordcomputer nach Informationen über die angrenzenden Systeme. In einem der Systeme, JBO000, lag ein binäres Planetensystem, auf dem ein Volk namens Ressaw ihr Zuhause hatte. Die Planeten waren als JBO007 und JBO009 verzeichnet und während sie sich um einen gemeinsamen Schwerpunkt, in nur einer Millionen dreihunderttausend Kilometer Abstand zueinander, bewegten, kreisten sie gemeinsam um ihren Stern JBO000. Obwohl auf JBO009 erdähnliche Verhältnisse herrschten, bewohnten die Ressaw nur JBO007. Bis auf zwei Wochen im Jahr, welches sechs Jahre HST dauerte, schien es dort ununterbrochen zu regnen. Dem Bordcomputer zur Folge war das Wasser, welches dort vom Himmel fiel, mit dem auf der Erde fast identisch und trotz des vielen Regens, gab es verhältnismäßig viele Landmassen.

Johns Interesse war geweckt. Er hatte sich die Nebula lange genug angesehen, seinen Ausflug zur Crab-Nebula beendet und beschlossen, dem Regenplaneten und seinem Volk einen Besuch abzustatten. Immerhin herrschten dort, trotz des Dauerregens, wunderbare 30° Celsius. Nach einem zweiwöchigen, langweiligen Flug, näherte er sich dem Planetensystem. Er nutzte die Gelegenheit, um einige Flugstunden im mitgeführten Raumgleiter zu absolvieren und ließ die Laila I in einer stationären Umlaufbahn der beiden Planeten zurück.

Seinen Besuch hatte er per Nachricht bei den Ressaw angemeldet und dank des Übersetzers gab es mit der Verständigung keine Schwierigkeiten. Dennoch war die einzige Antwort, die auf seine Anmeldung folgte, die Nummer eines Landeplatzes. Die Luft war für ihn nicht Atembar, aber die Strahlungswerte lagen im grünen Bereich und so reichte es aus, die Nasenklemme anzulegen. Auf den Halsring verzichtete er. John verließ den Gleiter, konnte aber weit und breit kein Bodenpersonal ausmachen. Nicht einmal ein Serviceroboter, der ihn in Empfang nahm oder ihn einweisen konnte.

Üppige Vegetation wartete am Rand des Landefelds. Die Umgebung wirkte sehr tropisch auf ihn. Er blieb für einen Moment still stehen, schloss die Augen und genoss den Regen, der auf ihn hinabfiel. Die Tropfen fielen perfekt, weder zu hart noch zu weich. Keine der Pflanzen kam ihm bekannt vor, dennoch ähnelte das grüne Dickicht sehr dem tropischen Regenwald der einstigen Erde. Er verließ das Landefeld, welches mitten ins Dickicht geschlagen worden war. Außer dem seinen, hatten dort noch andere Schiffe geparkt. Ein Pfad, der ebenfalls durchs Dickicht führte, brachte ihn bald auf einen größeren Weg, dessen Rand von kugelförmigen Hütten aus Pflanzenmaterialien gesäumt wurden.

Einige der Hütten waren sehr groß und beherbergten Bars und Kneipen. Dem Anschein nach ging die lokale Bevölkerung in diesen Bars einem recht genügsamen Tag nach. Aus dem ersten der Lokale grüßten ihn einige der Ressaw, so deutete John zumindest ihre Gesten. Diese Wesen sahen für ihn wie eine Mischung aus Tintenfisch und Fledermaus aus. Ihre Beine bestanden aus vier Tentakeln, auf denen sie sich fortbewegten und die untereinander durch Schwimmhäute verbunden waren. Der Körper, der auf den Tentakeln balancierte, war, einschließlich dem, was der Kopf zu sein schien, zylinderförmig. Zudem hatten sie zwei Flügel-Arme, die denen einer Fledermaus verblüffend ähnlich waren. Ihre Haut war aalglatt, graublau und schien perfekt für das lokale Klima geeignet zu sein.

Bereits durchnässt bis auf die Knochen, gesellte sich John zu den Einheimischen, die ihn gegrüßt hatten. Einige der Anwesenden schienen weggetreten zu sein und nahmen ihn erst gar nicht wahr. Die Stimmung war ausgelassen und er vernahm Klänge, die sich für ihn nicht sonderlich schön anhörten, für die Anwesenden aber Musik zu sein schien.

Einer der Ressaw machte ihm ein Zeichen, sich zu ihnen zu setzten und John nahm neben ihm auf dem Boden Platz.

Chapter XXXIV

Der Bordcomputer hatte den Scan des Sterns im Schwarzen Loch abgeschlossen. John saß vor den Ergebnissen. Seine Augen starrten auf den Indikator für die Existenz von Leben und konnten sich von dessen Resultat nicht lösen. Der Stern wies wahrhaftig Anzeichen von Leben auf seiner Oberfläche auf. Er versuchte sich vorzustellen, unter welchen Umständen Leben auf einem Stern bestehen könnte, fand aber keine Lösung zu diesem Problem. Die Messwerte der Oberflächentemperatur des Sterns lagen bei 8000° Celsius. Johns Wissensstand zufolge war die Existenz von Leben unter diesen Bedingungen unmöglichen.

Bevor er sich bezüglich der Indikatoren für Leben den Kopf zerbrach, nahm er sich erst noch die restlichen Ergebnisse des Scans vor. Seine Aufmerksamkeit richtete sich auf die Kartographie des Sterns. In der Nähe des Nordpols entdeckte er eine Anomalie. Die Vergrößerung des Abschnitts wies an einer Stelle eine hohe Temperaturschwankung auf, die er nochmals vergrößerte. Bei genauerer Beobachtung konnte er eine Art Hurrikan ausmachen, der sich an genau dieser Stelle der Temperaturabweichung befand. Der Durchmesser des Wirbels betrug fünfhundert Kilometer, schien seinen Ursprung auf der Oberfläche des Sterns zu haben und reichte weit hinaus, bis ins dunkle Nichts des Schwarzen Lochs. Im Innern des Orkans fiel die Temperatur bis auf 570° Celsius ab. Kühl genug, dass selbst die Laila I keine Probleme hätte, der Hitze standzuhalten.

Wie in Trance verharrte John stundenlang im Pilotensitz. Abwechselnd schaute er auf den Monitor und durch das Panoramafenster. Nach fast dreißig Beobachtungsstunden hatte sich der Hurrikan nicht einen Zentimeter von seiner Position bewegt. Ein erneuter Scan bestätigte seine Beobachtung. Wie eine Art vertikaler Tunnel führte der Hurrikan durch die unbarmherzige Atmosphäre des Sterns auf dessen Oberfläche. Die Frage, ob er es tatsächlich wagen sollte, diese Feuerwesen aufzusuchen, stellte sich ihm erneut und eine weitere drängte sich ihm auf. Warum gaben sich ihm diese Wesen nicht zu erkennen, oder kontaktierten ihn? Immerhin war John ihrer Einladung, übertragen durch den Würfel, hierher gefolgt.

Ihm kamen Zweifel an der Mission und die Vermutung, alles sei nur der Köder einer Falle. Wieso nannte er es eigentlich seine Mission? Vielmehr war es eine von ihm selbst zusammengereimte Geschichte und er allein hatte Schuld daran, sich in dieser Situation zu befinden. Aber das war alles nicht wichtig. Er befand sich kurz vor dem Erreichen seines Ziels und wie so oft, seit der Zerstörung der Erde, stand er vor einer Entscheidung.

Abermals ging er alle Informationen durch, die er seit dem Empfangen des Notsignals gesammelt hatte. Die Nachricht selbst gab ihm nur vier lose Wörter. 'Suchen', 'Not', 'Wasser' und 'Erde'. Er schaute sich die Sternenkarte an, in der die zwei Koordinaten markiert waren. Die Erde und dieser unwirkliche Stern, der vor ihm lag, mussten auf irgendeine Weise in Beziehung zueinander stehen. Warum sonst hätte der Würfel beide und nicht nur den Stern auf der Karte markiert? Er schaute sich die Signatur des Notsignals an. Anhand der Frequenz und dessen Stärke konnte er bestätigen, dass dieses nur im Bereich des Sonnensystems gesendet wurde. Die Frage war, seit wann wurde dieses Signal gesendet? Nach dem Erlöschen der Erde hatten auch die Seesoljaner ihr Interesse am Asteroidengürtel verloren und es gab weder Menschen, Sonden noch Patrouillen im Sonnensystem, die das Signal hätten empfangen können. Es bestand demnach die Möglichkeit, dass diese Signal schon seit längerer Zeit gesendet wurde.

Kurz davor, Antworten auf all seine Fragen zu bekommen, die sich mit jedem Annähern an sein Ziel zu vermehren schienen, musste John eine Entscheidung treffen. Es war verrückt, seit mehreren Tagen trieb er nun schon inmitten eines Schwarzen Lochs unversehrt umher und stand vor dem unglaublichen Dilemma, den Versuch zu wagen, auf einem 8000° Celsius heißem Stern zu landen. Eine so wichtige und wahrscheinlich tödliche Entscheidung wollte er lieber über einem Becher Mokka fällen. Dafür begab er sich in den Aufenthaltsraum unter der Brücke. Er wollte mehr Zeit vergehen lassen, um zu überprüfen, ob der Hurrikan auch über eine größere Zeitspanne weiterhin an derselben Stelle verweilte. Schließlich gab es keine Garantie oder historische Aufzeichnungen, die ihm versicherten, dass dieser vertikale Tunnel sich nicht plötzlich in Bewegung setzte. Dies wäre höchst ungünstig, sollte er es tatsächlich wagen, auf den Stern zu gelangen.

Der erste Schluck Mokka, der seinen Hals hinunterfuhr, ließ ihn auf seinen Bärenhunger aufmerksam werden. Seit seinem letzten Snack war schon eine Weile vergangen und auch die Müdigkeit machte sich bemerkbar. Der letzte erholsame Schlaf lag ebenfalls einige Tage zurück. Nach einem ausgiebigen Essen schwang er sich auf eines der Sofas im Aufenthaltsraum. Schlafen würde er nicht können, aber ein wenig Ausruhen würde es auch tun.

*

Die kugelförmige Hütte der Ressaw, in der John sich befand, war nach oben hin offen. Der Regen fiel also im selben Maße auf ihn herab, wie außerhalb. Das Wesen, welches ihm angeboten hatte, sich zu ihnen zu setzten, holte ein Fläschchen hervor und hielt es John hin.

„Was ist das?"

„Das sind Träume."

„Was meinst du damit, es sind Träume?"

„Es gibt wohl nur einen Weg, es herauszufinden."

Der Ressaw hielt ihm immer noch das Fläschchen hin. John sah sich um. Er vermutete, all diejenigen um ihn herum, die wie weggetreten wirkten, hatten ebenfalls von diesen 'Träumen' genommen.

„Woher weißt du, dass es mir nicht schadet oder mich gar umbringt?"

„Weiß ich nicht, aber bis heute hat es noch keinem Wesen geschadet. Und glaub mir, die meisten, die unseren Planeten besuchen kommen, tun es dieser Tropfen wegen. Du etwa nicht?"

Der Ressaw sah John zögernd an und fügte hinzu:

„Die Tropfen passen sich jedem individuell an, brauchst dir also keine Sorgen zu machen."

Der Regen, der auf ihn niederschlug, die ruhige Art des Ressaw und überhaupt das ganze Ambiente hatten etwas Hypnotisches an sich. Seinen Besuch bei den Ressaw war John ohne Erwartungen und völlig aufgeschlossen angegangen. Er wollte etwas erleben, das ihn spüren ließ, am Leben zu sein.

Ohne zu wissen, was ihn erwartete, streckte John seinen Arm aus, nahm das Fläschchen in die Hand und inspizierte es.

„Zwei Tropfen reichen."

Er war noch nie zuvor mit Drogen in Kontakt gekommen. Viel zu früh hatte er seine Berufung zum Astronauten gefunden und sich völlig darauf konzentriert. Er wusste nicht einmal, ob er gegen oder für Drogen war, er hatte sich schlichtweg noch nie damit auseinandergesetzt und deshalb auch keine Meinung dazu entwickelt. John sah sich in der Runde der fremden Wesen, in dessen Mitte er saß, um. Seine Gedanken kreisten um die trostlose Situation, in der er sich seit der Auslöschung der Menschheit befand. Es war der perfekte Moment, eine wildfremde und völlig unbekannte Droge von wildfremden Wesen auf einem wildfremden Planeten auszuprobieren.

„Wie nehme ich die Tropfen zu mir?"

„Über denselben Weg, über den dein Körper Flüssigkeiten aufnimmt."

John stand auf und ging an den Rand der Hütte, der einzige Ort an dem, aufgrund der rund geformten Wände, der Regen nicht direkt auf ihn hinab fiel. Nur hier und da ein paar Tropfen, die die Wand herunterliefen. Er hielt das Fläschchen über seinen Mund, bis zwei Tropfen der Flüssigkeit in ihm verschwunden waren. Zurück an seinem Platz gab er das Fläschchen seinem Besitzer und wartete gespannt. Jedoch nicht lange.

Kaum hatte er das Gefäß aus der Hand gegeben, überkam ihn ein wohltuendes, herzliches und warmes Gefühl. Es war, als ob sich eine kuschelige Decke um sein allein gelassenes Herz legte. Ein Gefühl, das ihn nur das Hier und Jetzt spüren ließ und somit all den Stress, den er über die zurückliegenden Jahre angesammelt hatte, aus seinem Dasein verdrängte. Jeden einzelnen Regentropfen, der seinen Körper traf, spürte und genoss er. Der ganze Vorgang schien Stunden anzudauern, doch nicht einmal eine Minute war vergangen. Gerade als John seinen Zen-Punkt erreicht hatte, legte sich in seinem Gehirn eine Art Schalter um und für eine Sekunde wurde ihm schwarz vor Augen. Seine Sicht kehrte wieder, er fühlte sich seltsam. Sein Blickfeld bewegte sich vor und zurück und auf gewisse Wiese war er John Spencer, aber nicht jetzt und nicht hier. Er fühlte kindliche Freude in sich aufkommen. Ihm wurde klar, weshalb sich sein Blickfeld vor und zurück bewegte. Er befand sich auf einer Schaukel.

So sehr er auch versuchte, die Schaukel zum Stillstand zu bringen, er schaffte es nicht, Einfluss auf seinen Körper oder seine Umgebung auszuüben. Alles, was seine Augen einfingen, kam ihm sehr bekannt vor. Er sah sich die Schaukel an, die von einem Baum hing, der auf einem weiten Feld stand. Die Schaukel, der Baum und auch das Feld kamen ihm nicht nur bekannt, sondern zudem sehr vertraut vor. Er hatte das Gefühl, ein Déjà-vu zu erleben. Mit einem Schlag fiel es ihm wie Schuppen von den Augen. Das Feld, der Baum und die Schaukel hatten seinem Großvater gehört und derjenige, der gerade Spaß auf der Schaukel hatte, war er selbst. Genau diesen Moment hatte er bereits erlebt, als er fünf Jahre alt war. Unzählige Gedanken schossen ihm durch den Kopf. Er fing an, sich glasklar an diesen wunderschönen Sommertag seiner Kindheit zu erinnern.

Von den beiden Johns, die sich auf der Schaukel befanden, war es der ältere, der im jüngeren steckte. Er spürte, fühlte, hörte und sah alles, was der junge John erlebte, war jedoch nicht mehr als ein Zuschauer, der keinen Einfluss auf das Geschehen hatte. Der ältere John wusste bereits, wie dieser Tag verlaufen würde und lehnte sich deshalb in seinem jüngeren Ich zurück und genoss die Show. Es war ein sehr glücklicher Tag seiner Kindheit und er freute sich, ihn erneut erfahren zu dürfen.

Zum einen war da die Apfeltorte seiner Oma, als er genug vom Schaukeln hatte und zum Haus seiner Großeltern zurückgekehrte. Der Welpe, den sein Opa mitgebracht hatte und dem er versuchte Tricks beizubringen, obwohl dieser viel zu jung dafür war. Wie er nach dem Abendessen noch aufbleiben durfte, um Madagaskar im Fernseher zu schauen und wie seine Oma ihm noch eine Gutenachtgeschichte vor dem Einschlafen erzählte. Beide Johns waren glücklich.

Der ältere John öffnete die Augen und schloss sie schnell wieder, als die ersten Regentropfen hineinfielen. Er saß inmitten eines kugelförmigen Raums, durch dessen Öffnung im Dach es auf ihn herabregnete. Um ihn herum befanden sich fremde, seltsame tintenfischartige Wesen. Für einen Moment wusste er nicht, wo er war, was er dort tat oder ob er träumte. Als er wieder anfing, er selbst zu sein, schaute er den Ressaw neben ihm an.

„Was ist passiert?"

„Du warst im Land der Träume."

„Wie lange war ich weg?"

„Eine Stunde HST."

John konnte kaum glauben, dass er nur eine Stunde abwesend gewesen sein sollte, immerhin hatte er einen ganzen Tag erlebt. Er überprüfte seinen physischen und psychischen Zustand und fühlte sich gut, sogar großartig, ausgeruht und stressfrei. Nur der Dauerregen fing an, ihn allmählich zu nerven. Er stand auf, bedankte sich bei dem Ressaw für die Gastfreundlichkeit und dessen Einladung. Gerade wollte er zur Laila I aufbrechen, als der Ressaw ein weiteres, volles Fläschchen hervorholte und es ihm als Geschenk mit auf den Weg gab. Ohne großartig darüber nachzudenken, nahm John, das Fläschchen mit der Traumdroge dankend an, verabschiedete sich erneut und begab sich zum Schiff.

Chapter XXXV

Nach einem veganen, molaahrischen Sandwich und mit dem zweiten Mokka in der Hand, fand sich John erneut auf der Brücke ein. Wobei er den Begriff vegan nicht mehr als etwas benutzte, das ausschließlich die Ausbeutung von fleischlichen Lebewesen ablehnte. Denn in den letzten Jahren hatte er mehrere pflanzliche, intelligente Lebensformen kennengelernt. Das letzte Beispiel hierfür waren die Wesen, die ihn vor kurzem erst zu ihrem Feuergott in das Schwarze Loch geschickt hatten.

Immer noch verharrte der Hurrikan, allen Anzeigen zufolge, an derselben Stelle. Auch sonst wies dieser keine Veränderungen auf. John hatte lange darüber nachgedacht, was seine nächsten Schritte sein würden. Doch welche Alternativen hatte er? War es ihm überhaupt möglich umzukehren, sprich, dem Schwarzen Loch zu entkommen? Diese Frage quälte ihn, denn die Antwort, welche er zu wissen glaubte, stimmte ihn hoffnungslos. Er wollte nicht spekulieren, sondern Tatsachen, also machte er sich an die Arbeit.

John bereitete eine vorerst letzte Nachricht an Nuhhm, Iigsh und Agwhh vor, in die er den Ablauf und die gesammelten Daten des bisher Vorgefallenen packte. Zusätzlich verfasste er eine Videobotschaft, in der er seine derzeitige Situation beschrieb und sich gleichzeitig, für den wahrscheinlichen Fall seines Misslingens, bei den Adressaten für alles bedankte, was sie je für ihn getan hatten. Danach bereitete er den Raumgleiter für einen automatisierten Flug vor. Dieser sollte den Versuch unternehmen, dem Schwarzen Loch zu entkommen. Der Raumgleiter verfügte zwar nicht über die Schubkraft der Laila I, aber die Daten des Fluges würden ihm dennoch Aufschluss darüber geben, ob die Laila I eine Chance hätte, das dunkle Nichts zu verlassen. Die zuvor erstellte Nachricht, spielte er in das System des Gleiters ein. Er programmierte das Versenden der Nachricht so, dass der Computer sie in regelmäßigen Intervallen immer wieder abschickte, bis eine Empfangsbestätigung eingegangen war. Auch am Gleiter selbst nahm er Veränderungen vor. Das Antriebssystem richtete er auf maximale Leistung aus, anstelle der eingestellten Effizienz. Dadurch wollte er die größtmögliche Schubkraft erreichen. Nach dem Einstellen aller Sensoren, zum Verfolgen des Versuchsverlaufs, begann er per Fernsteuerung den Gleiter abzukoppeln und aktivierte kurz darauf den Autopiloten.

Außer der Laila I und dem Stern im Zentrum des Schwarzen Loches hatte John keinen einzigen Anhaltspunkt für die Navigation. Der im Gleiter eingegebene Kurs war einfach die entgegengesetzte Richtung zum Stern. Anfangs entfernte sich das Gefährt recht schnell von der Laila I sowie dem Stern. Ohne Schwierigkeiten stieg die Geschwindigkeit stetig an. Der Gleiter war fast außer Sichtweite, als die Instrumente der Mini-Laila einen rapiden Abfall der Beschleunigung anzeigten. Dies geschah so schnell, dass die entgegengesetzten Kräfte, die des Schiffsantriebes und die des Schwarzen Loches, an einen Punkt kamen, an dem sie auf den Gleiter wirkten, als ob dieser gegen eine Wand flog. Ein kurzer Licht-blitz und das Erlöschen der gesamten Telemetrie ließen John wissen, der Raumgleiter existierte nicht mehr.

Die gesammelten Daten schlossen ein Entrinnen des Schwarzen Loches mit der Laila I aus. Seine Vermutung war bestätigt, auch wenn er sich in diesem Fall gerne geirrt hätte. Seltsamerweise, schien das Schwarze Loch seine Eigenschaften als solches, nur im Bereich des *Event Horizon* innezuhaben, aber wie dem auch sein mochte, die Umstände ließen John nur zwei Optionen. Entweder er verweilt im bis dato ungefährlichen Raum um den Stern oder er versuchte doch auf dem Stern zu landen.

Die erste Option ließ ihm wenig Handlungsspielraum. Er würde dazu verdammt sein, auf fremdes Einwirken zu warten. Sei es durch Veränderungen der Eigenschaften des Schwarzen Loches, des Sterns oder auf Hilfe von außerhalb. An Proviant würde es ihm nicht fehlen, schließlich hatte er das Schiff, vor seinem Blitzflug in diesen Teil der Galaxie, für eine lange Reise ausgestattet. Der meiste Proviant befand sich zwar im Laderaum und war durch den Verlust der Atmosphäre unbrauchbar geworden, dennoch könnte er ohne Probleme ein Jahr ausharren. Eine sehr lange Zeit, um darauf zu warten, dass der Tod eintritt. Langsam fing er an zu begreifen, warum die Piraten ihm nicht in dieses System des Horrors gefolgt waren. Die andere Option, die sich nicht weniger tödlich darstellte, war die, in den Stern zu fliegen. Auf diese Weise würde er zumindest die Agonie des Wartens eliminieren. Zudem bestand eine winzig kleine Chance, eventuell zu überleben.

Wieder einmal kam das Vermeiden von schwarz-weiß Entscheidungen und die Bereitschaft zum Kompromiss, in ihm zum Vorschein. Selbst in solchen Situationen schaffte er es, einen kühlen Kopf zu bewahren und anstatt der Panik, dem rationalen Denken den Vorrang zu geben. Er musste zugeben, dass sowohl die NASA, als auch SpaceX ihn in dieser Hinsicht gut ausgebildet hatten. Am Computer versuchte er mit allen gesammelten Daten ein Modell des seltsamen Sternensystems zu erstellen. Ein kompletter Zyklus des Systems, vergleichbar mit einem Erdjahr, dauerte seinen Einschätzungen zufolge sechs Monate HST.

Das Wort Erdjahr ließ ihn daran denken, was er alles durch- und überlebt hatte, bevor er an diesem Ort angekommen war, an dem er sich jetzt befand. Mit einem Mal stieg aus seinem Unterbewusstsein eine Art Mantra an die Oberfläche, welches sich in seinem Kopf wiederholte und jedes Mal lauter wurde. „Ich bin noch nicht bereit zu sterben, nicht ohne, mit allem was ich habe dagegen anzukämpfen." Weder wollte er wartend in der Laila I vor sich hin krepieren, noch wollte er einen Kamikazeflug in den Stern vollführen, auch wenn er das letztere dem Ersten vorzog.

Letzten Endes beschloss er, beiden Optionen die Tür offenzuhalten. Er würde in seiner derzeitigen Position einen kompletten Zyklus des Systems abwarten. Auf diese Weise konnte er die Situation studieren und herausbekommen, ob sich in irgendeinem Moment eine Veränderung einstellte, die es ermöglichte, das Schwarze Loch zu verlassen. Gleichzeitig würde er den Feuerwesen genügend Zeit für eine eventuelle Kontaktaufnahme geben. Für den unwahrscheinlichen Fall von externer Hilfe, hätte auch diese eine Chance, ihn im Innern des Schwarzen Loches zu finden, obwohl er nicht ganz sicher war, ob ihm von Außen geholfen werden könnte.

Sollte in diesem Zeitraum keine Veränderung stattfinden, hätte er danach immer noch genügend Zeit, eine Landung auf dem Stern auszuprobieren. Alexa programmierte er, jede noch so kleine Veränderung der Umgebung und in dessen Parametern zu melden. Er selbst bereitete sich darauf vor, sich sechs Monate zu langweilen. Wie schon bei dem Versuch mit dem Raumgleiter war er sich auch hier ziemlich sicher, in den kommenden sechs Monaten, keine Veränderungen feststellen zu können. Aber er fühlte sich der Wissenschaft verbunden und seine Vermutung war erneut nicht Beweis genug.

*

Nach dem Besuch der Crab-Nebula und seinem Erlebnis bei den Ressaw kehrte John nach MIB004 zurück. Nicht weil es ihm nicht gefallen hatte, allein durch die Weiten der Galaxie zu ziehen, sondern weil er sich, nach seinem Aufenthalt auf dem Wasserplaneten JBO007, dazu entschlossen hatte, endlich etwas an seiner persönlichen Hygienesituation an Bord zu ändern.

Die Laila I besaß, wie alle seesoljanischen Schiffe, diese Zellreinigungsräume. So nannte John sie jedenfalls. Diese Räume dienten den Seesoljanern bei längeren Reisen als Ersatz für die Lagunen auf ihrem Heimatplaneten. Zwar gab es in ihnen kein Wasser, in dem die Larven die toten Zellen verzehrten, aber in einer Art elektromagnetischem Feld, lösten sich die Seesoljaner auch hier auf und die toten Zellen wurden daraufhin identifiziert und mittels Laserstrahl zerstört. Das Hinzufügen von neuen Zellen fand bei diesem Prozess nicht statt. Zudem war das Auflösen im elektromagnetischen Feld, im Gegenteil zu dem im Wasser, für seine großen Freunde recht unangenehm.

Für John war dieser Raum, in seiner derzeitigen Konfiguration, völlig unbrauchbar. Nur wenn Nuhhm oder ein anderer seiner Art, für längere Zeit auf der Laila I zu Besuch war, wurde er genutzt. Deshalb entschied er, diesen Raum für seine persönlichen Bedürfnisse umzufunktionieren.

Wieder auf MIB004 besuchte er sowohl Nuhhm als auch Iigsh und berichtete von seinen Erfahrungen. Iigsh, der schon von JBO007 gehört hatte, war besonders neugierig auf Johns Erlebnis mit den berühmten Tropfen. Er fragte ihn Löcher darüber in den Bauch. Daraufhin zog John das Fläschchen hervor und bot Iigsh an, sich seine eigene Meinung über die Tropfen zu bilden und diese dann mit Johns Erfahrung zu vergleichen. Auf diese Weise wüssten sie, ob die Tropfen bei jedem dasselbe bewirkten. Nach anfänglichem Zögern, getrieben vom Wissensdurst, entschied sich Iigsh dazu, Johns Angebot anzunehmen und die Tropfen selbst zu probieren. John schloss sich ihm an. Zusammen verbrachten sie einen Moment, in dem jeder für sich in angenehmen Erinnerungen schwelgte.

Dann war John an der Reihe, seinen Wissensdurst zu stillen und erkundigte sich bei seinem seesoljanischen Mentor nach verschiedenen Methoden der Körperhygiene in der Galaxie. Iigsh nannte ihm sehr interessante Arten der Körperreinigung, doch die meisten kamen für den menschlichen

Körper nicht infrage. Alle anderen waren nicht wirklich praktisch, oder auf der Laila I nicht umsetzbar. Der Besuch bei Iigsh war für die Lösung seines Problems fruchtlos ausgefallen. Zusammen mit Nuhhm stellten sie eine Recherche über mögliche Reinigungssysteme an, deren Installation an Bord seines Schiffes möglich waren.

Zuallererst stellten sie eine Liste mit allen im Zentralcomputer gespeicherten Informationen zum gesuchten Thema zusammen. Danach schlossen sie diejenigen aus, die für Menschen oder die Laila I nicht infrage kamen. Als letztes eliminierten sie jene, die John aus diversen Gründen nicht zusagten. Das Ergebnis ergab keine Übereinstimmungen. Die Optionen waren entweder nicht realisierbar oder tödlich für John. Wasser hatte er zum Reinigen ausgeschlossen. Bei längeren Reisen wäre allein das mitzuführende Volumen sehr groß gewesen, zudem müsste der Tank dafür fest installiert werden und würde somit sehr viel des verfügbaren Platzes auf der Laila I einnehmen. Sie standen also wieder am Anfang. Nuhhm schlug seinem Freund vor, sich mit einem der Wissenschaftler der Seesoljaner zusammenzusetzen und so eine individuelle Lösung für das Problem zu entwickeln. John, der diesem Unterfangen erst skeptisch gegenüberstand, ließ sich aufgrund fehlender Alternativen schnell überreden. Außer Zeit hatte er schließlich nichts zu verlieren.

Croohn, der das Studium von Hautzellen aller Arten betrieb, war mit seinen zweihundert Jahren HST ein eher junger Wissenschaftler auf MIB004. Sofort zeigte er sich von der Aufgabe, einen Reinigungsmechanismus für den einzigen noch existierenden Errrooo zu kreieren, begeistert. Nicht weil ihn die technische Herausforderung besonders interessierte, sondern weil er zur Entwicklung eines solchen Apparates detailliertes Wissen über die Körperfunktion der Errrooo benötigte. Es faszinierte ihn, Johns Körper dafür zu studieren und zu lernen, diesen chemisch zu begreifen.

So kam es, dass der letzte Mensch der Milchstraße zum freiwilligen Versuchsobjekt von Außerirdischen wurde. John erklärte dem seesoljanischen Wissenschaftler, was er über die Funktion der menschlichen Haut wusste und welche Methoden der Reinigung die Menschen auf der Erde verwendet hatten. Croohn hörte aufmerksam zu, als der Errrooo ihm vom Schweiß erzählte, der aus Poren drang, von der Fettigkeit der Haut und den toten Zellen, die abgestoßen wurden. Doch die Schilderung über Waschen, Duschen und Baden schienen ihn im Gegenzug gar nicht zu interessieren. Er betrachtete die Art der menschlichen Hygiene eher als ungeschickte Lösung.

Croohn war Seesoljaner, deshalb nahm er als Ausgangspunkt für die Entwicklung eines Reinigungssystems die Art und Weise, in welcher, die Seinen sich ihrer toten Zellen entledigten. Er entnahm John Proben von Hautzellen, Schweiß, Fett, Gewebe und Blut. Dann entschlüsselte er die chemischen Bestandteile der Proben und suchte nach Mikroorganismen, die sich von den toten Hautzellen, dem Fett und Schweiß ernährten, die lebende Haut- und Gewebezellen aber nicht angriffen. Es dauerte an die zwei Monate HST, bis er eine Kombination an Organismen zusammengestellt hatte, die diese Aufgabe bewältigte. Bevor John jedoch den ersten Test absolvieren konnte, musste Croohn noch die Dosierung bestimmen. Johns Begeisterung darüber, seinen Körper mit

Mikroorganismen zu übersäen, die sich dann auf ihm und von ihm ernährten, hielt sich in Grenzen. Aber er war verzweifelt genug, der Idee eine Chance zu geben.

Das oberste Ziel war es, ein besseres Ergebnis zu erlangen, als mit dem bisher benutzten Pulver. Zudem war die Frage, wie diese Organismen nach getaner Arbeit wieder entfernt werden konnten, noch ungelöst. Wie sich herausstellte, war diese weitaus schwieriger zu beantworten, als den zellfressenden Mix herzustellen. Einige der Mikroorganismen in Croohns Duschcocktail waren sehr resistent. Johns Körper hätte einer biologischen oder chemischen Behandlung, um die Organismen zu vernichten, nicht standgehalten. Am Ende war es John, der Croohn in die richtige Richtung stieß. Wasser, oder generell Flüssigkeiten kamen nicht infrage, deshalb hatte John zuerst die Idee gehabt, die Organismen mit hohem Luftdruck von seinem Körper zu blasen. Dies hätte jedoch das Umherschwirren dieser Viecher überall auf dem Schiff zur Folge gehabt. Also ging er gleich zu seiner zweiten Idee über, welche ihm durch die von der NASA anfänglich benutzten Toiletten auf der ISS gekommen war.

Diese WCs hatten wie folgt funktioniert: Wenn ein ehemaliger Astronaut der NASA seinem Harndrang in der Schwerelosigkeit nachging, tat er dies in einen Trichter, der mit einem Schlauch verbunden war und die Flüssigkeit absaugte. Dadurch wurde verhindert, dass der Urin überall auf der Station verteilte wurde. Croohn hielt diesen Vorschlag erst für irrsinnig, überraschte den Errrooo aber einige Zeit danach mit einem ersten Prototyp eines Absaugapparates. Später entwickelte er diesen zu einer Art Absaugkabine weiter. Gut ein halbes Jahr HST dauerte es, bis der Seesoljaner dann das erste Modell fertiggestellt hatte und John die Etappe, in der er Mikroorganismen mit seinen Körperresten ernährte, begann.

Chapter XXXVI

In den ersten vier Wochen, der sechsmonatigen Wartezeit, meldete sich Alexa rund zwanzigmal, um ihm minimale Temperaturveränderungen auf der Sternoberfläche oder dem Innern des Hurrikans mitzuteilen. Diese waren allerdings so gering, dass sie an der generellen Situation nichts änderten. Anfänglich nutzte er die Zeit des Wartens, um den erlittenen Schaden im unteren Deck, der beim Eintritt ins Schwarze Loch entstanden war, zu inspizieren und wenn möglich zu reparieren. Denn, was auch immer die folgenden sechs Monate bringen würden, er brauchte die Laila I in bester Verfassung, wenn er eine Chance haben wollte, zu überleben. Sei es, um dem Schwarzen Loch zu entkommen oder eine Landung auf dem Stern zu unternehmen. Schon bei der ersten visuellen Inspektion konnte er die geringfügig verzogene Ladeluke ausmachen. Die Atmosphäre war über die Dichtung, welche die Luke umrandete, verloren gegangen. Um sicherzugehen, ließ er den Bordcomputer eine zusätzliche Analyse vornehmen, um so weitere, eventuell nicht sichtbare, Schäden auszuschließen. Die Ladeluke schien jedoch die einzige Schwachstelle zu sein.

Er musste eine sichere und stabile Lösung sein, deshalb wollte er die Luke durch einen selbst schweißenden Schaum mit der Struktur der Laila I verbinden. Dies würde die Luke zwar untauglich machen, aber sie war zurzeit ohnehin unbenutzbar. Für den Fall, dass er diese Reise überleben sollte, müsste die Luke ohnehin komplett ausgetauscht werden.

Überall in der Galaxie hätte er das Versiegeln des Zugangs von außen vorgenommen, doch er wollte es unbedingt vermeiden, im freien Raum des Schwarzen Loches zu schweben. Er wusste nicht wirklich warum, aber er fühlte sich nicht wohl dabei. Nur wie sollte er von innen an die Luke herankommen? Ihm kam nur in den Sinn, eine Schleuse zu bauen, die es ihm erlaubte, von der Werkstatt aus in den versiegelten Teil des Laderaums zu gelangen. Hierzu nahm er Ersatzteile der Wand, die er nach Feststellen des Lecks hatte ausfahren lassen, um den Laderaum zu versiegeln und von der Werkstatt zu trennen. Er errichtete eine Art Telefonzelle. Diese hatte auf der Seite, die John zugewandt war, einen druck-sicheren, versiegelbaren Zugang, zwei Seitenpaneele und eine Rückwand. Die Rückwand bildete eines der Paneele der Trennwand.

Dieses nutzte er, um in den Laderaum zu gelangen. Mit Hilfe der Nasenklemme und dem Halsring waren die zu verrichtenden Arbeiten schnell beendet und der Druck im Laderaum konnte wieder hergestellt werden. Danach begann er die Laila I zu organisieren, zu reinigen und seine Vorräte zu überprüfen und einzuteilen. Als er auch dies erledigt hatte, ging John dazu über, zu trainieren, Musik zu hören und Filme zu schauen, die er von den Datenträgern vom Mars hatte retten können. Doch recht schnell war die begrenzte Filmothek mehrmals gesichtet und er tat sich schwer, die Zeit totzuschlagen. Da er sich nicht im Flug befand, sondern einfach an derselben Stelle im Schwarzen Loch verweilte, waren auch keine Kurskontrollen durchzuführen oder Instrumente zu überprüfen. Die Laila I war zudem in eine Art Tiefschlaf versetzt, um Energie zu sparen. Es gab also noch weniger aktive Systeme, die er routinemäßig hätte überprüfen können. Den Rest seiner Traumtropfen hatte er mittlerweile auch aufgebraucht und er musste all seine Willenskraft aufbringen, um die Ruhe zu bewahren und sich nicht in seinen Gedanken zu verlieren und völlig durchzudrehen.

Immer wieder visualisierte er das Ziel, sechs Monate auszuharren. Immer wieder führte er sich vor Augen, in welcher Position er sich befand und dass er all dies durchmachte, um eine Chance zu bekommen, dem Schwarzen Loch zu entkommen. Dies half ihm, die mental schwierigsten Momente zu überstehen. Zwei Wochen bevor der Zyklus des Sternensystems vollendet war, beschäftigte er sich damit, die Stunden zu zählen. Als er endlich die sechs Monate hinter sich gebracht und der Computer die Vollendung des Zyklus bestätigt hatte, war er erleichtert. Das Warten hatte ein Ende.

Unabhängig davon, ob dies seinen Tod oder seine Rettung bedeutete, wichtig war nur, das Nichtstun zu beenden. Weiterhin nahm er sich vor, in Zukunft, falls es die für ihn geben würde, seinem Bauchgefühl mehr Vertrauen zu schenken und es des Öfteren vor die wissenschaftliche Überprüfung zu stellen. In diesem Fall hätte es ihm immerhin sechs lange Monate erspart. Während dieser Zeit hatte er aus Langeweile den Stern des Öfteren nach Leben gescannt und jedes Mal ein positives Ergebnis angezeigt bekommen. Leider schaffte es keiner der feineren Sensoren, auf die Oberfläche des Sterns durchzudringen. So war es ihm nicht möglich gewesen, die Art des Lebens oder dessen genauen Aufenthaltsort zu bestimmen.

Bereits vor dem Ablauf der Wartezeit hatte er begonnen, alles für den Flug ins Feuer vorzubereiten. Der Augenblick der Wahrheit war sowohl für John, als auch die Laila I gekommen. Würde das Schiff die Annäherung, den Eintritt in die Atmosphäre und den Versuch einer Landung überstehen? Abgesehen von der Temperatur innerhalb und außerhalb des Hurrikans, wusste er kaum etwas über die Verhältnisse des Sterns und der Kräfte, die ihn und sein Schiff dort erwarteten. Vielleicht würde die Schwerkraft des Schwarzen Loches in der Umgebung des Gestirns einsetzen und die Laila I in Stücke reißen. Für einen kurzen Moment überlegte er, einem zweiten Zyklus des Systems eine Chance zu geben, verwarf diese Idee aber gleich wieder, nachdem er sich die Agonie der letzten Monate erneut vor Augen geführt hatte. Hier und jetzt würde er es zu Ende bringen. Wie auch immer es ausgehen würde.

Er überprüfte noch einmal alle Systeme, der bereits aus ihrem Tiefschlaf geholten Laila I und nahm dann, mit langsam steigendem Impuls, Kurs auf den Stern. Seit sechs Monaten war dieser das Einzige, was er in dem ihn umgebenden, tief schwarzen Nichts gesehen hatte.

*

Nuhhm hatte sich sehr gefreut, den Errrooo wiederzusehen. Erst nach dessen Rückkehr hatte er gemerkt, wie sehr er die Gesellschaft seines Partners und Freundes vermisst hatte. Er war mehr als bereit, John bei seinem Vorhaben, die Laila I weiter auszubauen, zu helfen. Auf diese Weise würden sie Zeit miteinander verbringen. Nachdem John und Croohn über Wochen hinweg die bakterielle Dusche verfeinert hatten, installierte Nuhhm diese im Schiff.

Stück für Stück fühlte John sich immer heimischer auf der Laila I. Sie wurde zur letzten menschengerechten Zufluchtsstätte der Galaxie. Doch noch war er nicht vollends mit ihrer Ausstattung zufrieden. Seitdem er nicht mehr in der Lagune wohnte, hatte er keine Möglichkeit, sich körperlich fit zu halten. Sein Körper beklagte sich darüber. Der nächster Schritt war demnach, einen Trainingsbereich auf der Laila I einzurichten. Wieder stand Nuhhm an seiner Seite, auch wenn dieser nichts mit den Begriffen Sport, Fitness, Muskelaufbau, Ausdauer oder Training anfangen konnte. Der Körper der Seesoljaner war anscheinend so konzipiert, dass sie in ihren ganzen siebenhundert Jahren keine Art der körperlichen Instandhaltung benötigten. Außer der beim Baden in der Lagune.

John hatte den Versuch unternommen, seinen Partner über die Wichtigkeit der sportlichen Betätigung für Menschen aufzuklären, am Ende limitierte er sich aber nur noch darauf, ihm die Gerätschaften zu erläutern, die er für ein ausgewogenes Training benötigte. Der Platz, den er dafür vorgesehen hatte, lag neben der bereits installierten Dusche. Denn der Raum, in dem die Seesoljaner normalerweise ihre Reinigung vollzogen, war groß genug, um beides zu beherbergen. Fünfundzwanzig Quadratmeter sollten ausreichen, um ein vollwertiges Fitnessstudio einzurichten. In den darauffolgenden Wochen übernachtete er in der Lagune, während er versuchte, Pläne für das Fitnessstudio und die Geräte zu machen. Nuhhm, Iggoh und Turrhg waren sehr erfreut darüber, den Errrooo wieder einmal bei sich zu haben. John erstellte eine Liste mit den Materialien, die sie für den Bau der

Geräte benötigen würden. Es war nicht ganz einfach, alles auf der Liste zu beschaffen und erforderte Ausflüge zu beiden Kontinenten, sowie zu Handelsschiffen, die sich im Orbit befanden.

Bei diesen Streifzügen stellte John fest, wie gut er sich mittlerweile auf MIB004 und in dessen Orbit zurechtfand. Er wusste, wo er hingehen und mit wem er sprechen musste, wenn er dies oder jenes benötigte. Auch der Umgang mit anderen Spezies fiel ihm immer leichter. Nach und nach schien er sich auf dem Planeten zu akklimatisieren. Auch Nuhhm bemerkte dies, hatte aber dennoch im Gespür, dass sein Freund bald wieder in die Weiten der Galaxie ziehen würde. Dies war auch der Grund dafür, dass der Seesoljaner alle Transportauslieferungen der darauffolgenden Wochen verschob, oder sie an andere Transportunternehmen abgab. Er zog es vor, die Zeit mit seinem Freund, dem Errrooo zu verbringen. Nicht zuletzt bestand darin auch sein offizieller Auftrag, erteilt vom Zentralkommando, sich um den letzten lebenden Errrooo zu kümmern.

Als sie alles benötigte für die Geräte zusammen hatten, nisteten sich die beiden für einige Zeit auf der Laila I ein. Der Bau von Johns privatem Fitnessstudio konnte beginnen. Nicht nur Nuhhm genoss Johns Gesellschaft, auch John hatte den großen Seesoljaner zu schätzen gelernt. Er konnte sich gar nicht vorstellen, wie es ihm ohne Nuhhms Unterstützung und Freundschaft in der Zeit nach dem „Vorfall" ergangen wäre. Es vergingen weniger als zwei Wochen HST, bis der Trainingsraum ausgebaut und alle Geräte installiert waren. Nach Beendigung der Arbeiten bereitete sich John erneut darauf vor, verschiedene Regionen in der Galaxie zu erforschen. Allerdings wollte er diesmal nicht einfach so drauf losfliegen, sondern machte sich eine Mission zum Ziel. Es galt, Planeten, Monde und Völker nach möglichen und für ihn nutzbaren Essensquellen abzusuchen. Ein weiterer Schritt dahin, das Leben in der Galaxie menschenfreundlicher zu gestalten.

Er konnte Nuhhm förmlich ansehen, wie gerne dieser ihn auf seiner Mission durch die Galaxie begleitet hätte. Spontan bot er seinem Freund an, ihn für eine Weile auf seiner Suche nach neuen Nahrungsmittel zu begleiten. Um ihm die Entscheidung zu erleichtern, räumte er noch einen, seinen großen Freund jederzeit wieder nach MIB004 zurückzubringen. Nuhhm reagierte kaum auf das Angebot des Errrooo. Er dankte John und meinte lediglich, er würde ihm seine Entscheidung diesbezüglich am darauffolgenden Tag mitteilen. John war verwirrt. Er hatte Angst seinen Freund, ohne es zu wissen, auf irgendeine Weise beleidigt zu haben.

Am nächsten Tag jedoch, kam der Seesoljaner mit etwas, das wie ein Grinsen aussah, auf ihn zu und bestätigte freudig seine Teilnahme an der Suche nach Essensquellen durch die Galaxie. Später stellte sich heraus, dass er erst Rücksprache mit Turrhg gehalten hatte, bevor er dem Unterfangen zustimmte. Nun gab es nur noch eine Sache. Den Zellreinigungsraum auf der Laila I gab es nicht mehr. Als John dieses Problem ansprach, winkte Nuhhm ab. Anscheinend konnten die Seesoljaner einen solchen Zellreinigungsprozess bis zu einem Jahr hinauszögern, außerdem musste Nuhhm so oder so vorher zurückkehren. John staunte über die Kapazität der

Seesoljaner, die Reinigung so lange hinausschieben zu können. Er hatte sie immer im Wochen oder Monatsrhythmus beobachtet, wie sie sich in die Lagunen begaben.

„Ein Jahr ohne Zellreinigung?"

„Die ersten sechs Monate merkt man gar nichts. Die drei darauffolgenden Monate gibt der Körper leichte Signale von sich und die letzten drei Monate kämpft man ein wenig mit einer Art Druck, der durch die Verengung des Raumes zwischen den Zellen ausgeht. Ältere Seesoljaner schaffen es nicht mehr, ein ganzes Jahr auszuhalten."

Das Problem war also gelöst. Nur zwei Wochen später waren die beiden bereits unterwegs in ein System mit der Bezeichnung KLH0000. Die Suche nach etwas Essbarem hatte begonnen.

Chapter XXXVII

Die Laila I näherte sich langsam dem Stern. Noch waren auf den Instrumenten keine außergewöhnlichen Veränderungen festzustellen. Johns Blick war fest auf die Anzeigen gerichtet, jederzeit bereit den Annäherungsflug sofort abzubrechen, falls diese auch nur um 0,0001% vom Nominalwert abweichen sollten. Er wollte nicht erneut die Kontrolle über sein Schiff verlieren. Dies war ihm in letzter Zeit viel zu oft passiert.

Der festgelegte Kurs des Schiffs, beschrieb einen Bogen um den Stern, bis es in weiter Entfernung, direkt über dem Auge des Orkans, positioniert sein würde. Diese Koordinaten waren weit genug entfernt, um den hohen Temperaturen der Atmosphäre sowie der Anziehungskraft des Sterns auszuweichen. Sollte er die Landung auf diesem Feuerball wirklich in Angriff nehmen, wäre dies die perfekte Ausgangsposition.

Ein unglaubliches Spektakel bot sich ihm da und ginge es nicht um sein Überleben, würde er sich zurücklehnen und den Ausblick, der seinesgleichen suchte, genießen. Die Farbenpracht des Sterns strahlte, ohne jegliche visuelle Ablenkung, auf dem schwärzesten Hintergrund den es gab, einem Schwarzen Loch. Dank der Filtern, über die das Panoramafenster der Brücke verfügte, konnte John ungehindert in den Stern blicken. Aus so kurzer Entfernung sah er mit dem bloßen Auge die Farbfluktuationen, die er zuvor nur über den Monitor wahrnehmen konnte.

Die Laila I hatte mittlerweile die Position unmittelbar über dem Hurrikan erreicht. Von hier aus konnte John einen direkten Blick ins Zentrum des Orkan-Tunnels werfen. An dieser Stelle wollte er, in sicherem Abstand zu diesem, einige Zeit verweilen und sein Ziel aus der Nähe beobachten. Erneut führte er einen Temperatur-Scan durch. Dieser Hurrikan schien tatsächlich einen sicheren Korridor, bis auf die Oberfläche des Sterns, darzustellen. Der Temperaturunterschied, sowie die damit zusammenhängende farbliche Abhebung, ließen den Orkan, im Vergleich zur restlichen Oberfläche des strahlenden Feuerballs, wie ein kleines Muttermal wirken. Das Innere, des vertikalen Tunnels, war bis weit in die oberen Schichten der Atmosphäre mit Rauch und Nebel gefüllt, sodass er keine Chance bekam, etwas darin zu erkennen. Blitze flackerten im turbulenten Nebel auf und luden nicht gerade dazu ein, in diesen hineinzufliegen.

John fing an, die Laila I ganz langsam näher an den Stern heranzuführen. Das Schiff war an die hunderttausend Kilometer von der Atmosphäre entfernt. Es befand sich direkt über dem Auge des Hurrikans, als es plötzlich an Geschwindigkeit zunahm. Sofort leitete er Gegenmaßnahmen ein. Er versuchte, die volle Schubkraft der Laila I in die entgegengesetzte Richtung zu leiten, doch die Wirkung war gleich null. Unaufhaltsam begab sich die Laila I auf direktem Kurs ins Auge des Hurrikans. Wieder gab das Schiff schreckliche Geräusche von sich, die aufgrund der entgegenwirkenden Kräfte, welche drohten die Laila I auseinanderzureißen, entstanden. John schaltete den Antrieb ab. Es blieb ihm nur zu hoffen, dass der vom Orkan ausgehende Sog früher oder später nachließ und er dann den Antrieb erneut einsetzen könnte.

Seltsamerweise nahm seine Beschleunigung in Richtung Hurrikan auch nach dem Abschalten des Antriebs nicht zu, sondern blieb konstant. Wie so oft in letzter Zeit, war er hilfloser Zuschauer des Geschehens. John hasste es, diese Position innezuhaben. Zumindest ließen die ächzenden Geräusche, die das Schiff von sich gab, allmählich nach. Er stand nun kurz davor, in den Nebel aus Blitz und Rauch einzutauchen. Unwissend über die Kräfte, die dort auf ihn warteten, fragte er sich abermals, ob dies sein Ende sei. Mittlerweile war er es leid, sich diese Frage zu stellen. Mit Ausnahme der letzten sechs Monate, die er mit Warten verbracht hatte, war er seit seiner Ankunft in diesem Teil der Galaxie fast ununterbrochen in Situationen geraten, in denen sein Leben vor dem Ende stand.

Die Laila I verschwand inmitten des Nebels, umgeben von Blitzen. Aufgrund der Kräfte, die in diesem Hurrikan an ihr zerrten, fing sie an, erneut aus allen Ecken zu kreischen. Einer der Blitze traf das Schiff, woraufhin das komplette Bordsystem ausfiel. Fieberhaft versuchte John, es erneut zu starten, jedoch ohne Erfolg. Sein Blick aus dem Fenster fiel auf eine dunkle Wand aus Grau, welche ab und zu von grellen Blitzen durchleuchtet wurde. Die Laila I schaukelte hin und her, wie in einer Achterbahn, deren Schienen nicht richtig festgeschraubt waren. Wenigstens schaffte John es, die Grundsysteme des Schiffs, mit Hilfe der Notaggregate, zu betreiben. So konnte er die Lebenserhaltung und die künstliche Schwerkraft am Laufen halten.

Gleich nach dem Ausfall der Instrumente hatte er sofort damit angefangen, den Countdown bis zum Aufschlag des Schiffs in seinem Kopf weiterzuführen. Dazu benutzte er die von ihm zuletzt gesehene Geschwindigkeitsanzeige und verbleibende Distanz zur Oberfläche des Sterns. Es war allerdings möglich, dass er diesen Countdown nicht zu Ende führen würde, da er jeden Moment mit dem Auseinanderbrechen der Laila I rechnete. Aber sie tat es nicht. Glücklicherweise hatte er sich um die Luke im Laderaum gekümmert, sonst gäbe es ihn und die Laila I jetzt nicht mehr. Das Leck hätte diesen Kräften nicht standgehalten. Seinem, im Kopf stattfindenden Countdown zufolge, blieben ihm noch an die fünfzehn Minuten bis zur Oberfläche.

Völlig unerwartet, fing der Nebel nach und nach an aufzuklaren. Anstatt des dunklen Graus trat nun gleißendes Licht durch das Panoramafenster auf die Brücke. Trotz Filter in den Fenstern konnte John seine Augen kaum offenhalten. Er flog, im wahrsten Sinne des Wortes, durchs Feuer, überall war nur Feuer. Seinen Blick richtete er auf die Seitenwand des Hurrikans, in dem er sich befand. Dort war es noch heller. Kurz darauf hatten die Sensoren des Schutzschottes des Panoramafensters, ihr Limit erreicht und schlossen das Schott. Von jetzt an raste John nicht nur ohne Instrumente, sondern auch ohne Sicht auf die Oberfläche des Sterns zu. Völlig blind überprüfte er erneut die Zeit, die ihm, seiner Kopfuhr nach, noch zur

Verfügung stand. Seine Schätzung lag bei zehn Minuten. Genug Zeit, um sich als letzter Mensch von dieser Welt zu verabschieden.

*

Das Sternsystem KLH0000 war ein besonderes System. Es lag ganz am Ende eines der Spiralarme und berührte praktisch den intergalaktischen Raum. Bei der Betrachtung des absolut leeren Raums hinter dem System, kam John zum ersten Mal die Frage in den Sinn, warum er bis jetzt noch kein einziges Wesen in der Galaxie, über andere Galaxien hatte reden hören. Auch von intergalaktischen Flügen war ihm nichts bekannt. Nicht einmal Iigsh hatte andere Galaxien erwähnt. Er sprach Nuhhm darauf an.

„Reisen in andere Galaxien sind derzeit für die bekannten Völker der Galaxie nicht möglich. Man könnte sie in dieselbe Kategorie einordnen, wie es die Reisen zum nächstgelegenen Stern für die Menschen waren. Es gab zwar einige Versuche, doch von den Besatzungen wurde nie wieder etwas gehört. Wenn ich mich nicht irre, waren die Kinchetenalp an einer solchen Mission beteiligt, aber das liegt lange zurück. Zudem gibt es in unserer Galaxie noch genügend zu erforschen und sowohl der betriebene Aufwand als auch das Risiko sind weitaus geringer."

„Ich hatte nur daran gedacht, dass es in unserer Galaxie Wesen geben muss, die ähnlich den Menschen in ihrem Innern eine gewisse Unruhe verspüren, welche sie antreibt und forschen lässt. Wie Newton."

„Wer?"

„Ach, ist nicht wichtig. Er war ein Wissenschaftler und Forscher der Menschen."

KLH0000 bestand aus nur einem Stern und einem Planeten. Allerdings waren beide von gigantischen Ausmaßen. Der Planet KLH0100 hatte in etwa die Größe der Sonne und sein Stern die hundertfache Größe des Planeten. KLH0100 befand sich in der für Menschen habitablen Zone. Aufgrund seiner Größe konnte man auf ihm alle nur vorstellbaren Lebensbedingungen vorfinden. Von extremer Hitze, bis zur extremen Kälte waren alle Klimavarietäten vorzufinden. Deshalb hatte John auch große Hoffnung, an diesem Ort für den menschlichen Verzehr geeignete Pflanzen zu finden.

Seitdem er einen Einblick in die immense Biodiversität der Galaxie und ihrer unterschiedlichen Intelligenzen gewonnen hatte, traute er sich nicht mehr Fleisch, oder überhaupt andere Lebewesen, zu verzehren, denn er saß bei Weitem nicht an der Spitze der Nahrungskette. Diese Position hatte er zusammen mit der Erde verloren. Ihn quälte des Öfteren die Frage, ob die Menschen den Tieren auf der Erde unbeschreibliches Unrecht angetan hatten, oder es einfach nur dummes Vieh gewesen war. Selbst bei Früchten und anderen Pflanzen war er sich nicht mehr so sicher, auch unter diesen hatte er, in der Zeit seit dem 'Vorfall', Leben kennengelernt. Nicht nur einfaches, sondern auch komplexes und intelligentes Leben. Wahr war aber auch, er musste sich ernähren. Das Pulver und der Schleim hielten ihn am Leben, aber sein Körper, oder vielmehr seine Geschmacksnerven, verlangten hin und wieder eine Abwechslung.

Er hoffte, irgendwann auf die Einnahme von organischer Nahrung verzichten zu können, nutze aber die Suche nach dieser dafür, einen Grund zu haben, in der Galaxie umherzureisen.

Einen geeigneten Landeort auf KLH0100 ausfindig zu machen, war aufgrund der großen Auswahl nicht so einfach. Es gab unzählige Lebensformen und Biotope auf dem Planeten. Allein die Anzahl an verschiedenem, umgebungsbedingtem und intelligentem Leben war enorm. Dieser Planet allein hätte in seiner Vielfalt ein ganzes Sonnensystem darstellen können. Die beiden Reisenden waren auf der Suche nach pflanzlicher Nahrung, deshalb entschieden sie sich für einen Landeort, der nicht zu weit im Norden oder Süden lag, aber auch nicht zu nahe am Äquator. Auf diese Weise stellten sie sicher, dass es weder zu heiß noch zu kalt für die meisten Pflanzenarten war.

Nach ihrer Landung auf einer felsigen Anhöhe, der ein undurchdringlicher Dschungel zu Füßen lag, verließen die beiden das Schiff, bestückt mit ihren Nasenklemmen. Nuhhm hätte auch ohne diese auf dem Planeten umherwandern können, denn die Anzeige des Bordcomputers zeigte eine für ihn geeignete Atmosphäre an. Beim ersten Betreten eines Planeten ließ er jedoch immer Vorsicht walten. Den Halsring brauchten sie beide nicht, auch wenn John schon nach wenigen Minuten darüber nachdachte, ihn aufgrund der hohen Luftfeuchtigkeit und der Schwüle anzulegen.

Eine Zentralregierung, oder überhaupt etwas, das einem führenden Organ ähnelte, gab es auf KLH0100 nicht. Die Spezies und Völker auf diesem Planeten waren dafür zu viele und zu verschieden. Einige hatten sich der Technik verschrieben und so etwas wie eine moderne Zivilisation aufgebaut, während andere der Natur zugewandt lebten. Der Planet war groß genug, um alle Lebensweisen, auch Hybridgesellschaften, zu beherbergen, ohne dass diese sich gegenseitig störten.

Aus dem Dschungel vor ihnen, vernahmen sie Hunderte von Geräuschen, die alle von Tieren oder Pflanzen ausgingen. Einige klangen schön, einige interessant und einige nach 'renn, so schnell du kannst'. Dem Bordcomputer zufolge gab es mitten im Dschungel, nur fünf Kilometer vom Landeplatz entfernt, eine recht große einheimische Stadt. Es war eines der Natur verbundenen Völker, welches dort lebte. Dies ließ John auf Früchte, Gemüse oder ähnlichem, was ihm sowohl bekommen als auch schmecken würde, hoffen. John vertrat die Theorie, dass ein einheimisches Volk, wie kein anderes, über die Vielfalt der vorhandenen Pflanzen wusste. Der Planet selbst barg eine Vielzahl einheimischen Lebens, zu diesem gab es aber auch jede Menge zugewanderte Spezies.

Im Anflug war ihnen der Weg zum Dschungelvolk wie ein Kinderspiel vorgekommen, doch mit den Füßen am Boden sah die Sache schon ganz anders aus. Es würde weder ein Spaziergang werden, noch würde es schnell gehen. Auf der Hut vor gefährlichen Raubwesen müssten sie auch sein. John holte seinen Übersetzer hervor, auf dem er die Position der Stadt inmitten des Dschungels geladen hatte. Das Dickicht vor ihnen schien offensichtlich die Eigenschaft zu haben, sich bereits nach nur fünf Metern darin verlaufen zu können. Übersetzer in der Hand fingen sie an, die Anhöhe in Richtung undurchdringliches Dickicht zu verlassen. Zweihundert Meter später hätten sie, ohne den Übersetzer, nicht einmal mehr den

Weg zurück zur Laila I finden können. John hatte sich schon beim Betreten des Dschungels einen langen Ast gesucht, der ihm beim Durchdringen der Vegetation helfen sollte. Vor allem aber diente dieser zur eventuellen Verteidigung vor Tieren. Er war mehr als froh, seinen riesigen, seesoljanischen Freund auf dieser Reise dabei zu haben.

Chapter XXXVIII

Es verblieben noch etwa fünf Minuten, bevor John samt seines Schiffes beim Treffen auf die Gasschicht des Sterns zerschellen würde. Er war überrascht, überhaupt so weit gekommen zu sein. Ein letztes Mal versuchte er, die Laila I wieder zum Leben zu erwecken und die Systeme hochzufahren. Und siehe da, wie durch ein Wunder reagierten die Schalter wieder. Der Bordcomputer begann hochzufahren. Es würde jedoch eine Zeitlang dauern, bis er Zugriff auf die Instrumente haben würde. Zu spät für den Versuch, mit den Motoren zu entfliehen. Zumindest schien es so zu sein, als hätte das Schiff die heißere Schicht der Sternatmosphäre hinter sich gelassen, denn die Temperaturanzeige des Schotts war an die 100° Celsius gefallen. Da das Schott sowohl per Computer, als auch über ein unabhängiges System bedienbar war, konnte John dieses nun wieder öffnen. Dieses System, ein sehr einfaches, benötigte kaum Energie und war mit mehreren Thermostaten der Laila I verbunden. Erst wenn alle bis auf die erforderliche Temperatur gefallen waren, ließ sich der Schalter zur Öffnung aktivieren. Nachdem er das Schott geöffnet hatte, mussten sich seine Augen erst an das extreme Licht, das durch das Fenster auf die Brücke drang, gewöhnen.

Er hatte enormes Glück gehabt, nach dem „Vorfall" in die Hände der Seesoljaner und nicht einer anderen Spezies gefallen zu sein. Die Seesoljaner waren ein Minenvolk. Ihre besonders robusten Schiffe waren vor allem strahlungssicher gebaut. Nicht umsonst war ihre Spezies dafür bekannt, Materialien dort abbauen zu können, wo es aufgrund der extremen Bedingungen keine andere konnte. Im Augenblick würde ihm aber auch das nicht mehr helfen.

In seiner konfusen Hilflosigkeit fragte er sich, wie seine großen Freunde ein Panoramafenster hergestellt hatten, das der Strahlung eines Sterns in dessen unmittelbarer Nähe standhielt. Die Seesoljaner bauten verschiedene Gase in der Nähe von Sternen ab, wobei die Temperatur der Sternatmosphäre bestimmte, in welcher Nähe sie dies taten. Gäbe es diesen seltsamen, vertikalen Orkantunnel nicht, wäre das Schiff schon längst an seine Grenzen gestoßen, so hielt es jedoch weiterhin den extremen Bedingungen stand und wurde auf seine Robustheit getestet.

Seine Augen hatten sich endlich angepasst. Er sah die sogenannte Oberfläche des Sterns. Diese war nicht solide, sondern aus Gas und war der Anfang seines Endes. Die unsagbaren Kräfte, welche die Kernfusion im Zentrum eines jeden Sterns freisetzte, hatte seines Wissens nach noch kein Wesen erlebt, überlebt, geschweige denn zu Gesicht bekommen. Es gab nichts, dass ihn oder die Laila I den Eintritt in die Gasschicht überstehen lassen würde. In einem Akt der Verzweiflung versuchte er alle Antriebssysteme, die dem Schiff zur Verfügung standen, zu aktivieren. Die Systeme waren aber noch nicht bereit und der Eintritt in die Gaswolke imminent.

„Das war's mein Freund. Du bist dem Tod oft genug entkommen. Welch glorreiches Ende, in einem Stern zu verglühen und gesehen zu haben, was noch nie ein Mensch zuvor gesehen hat."

Die Laila I tauchte, Brücke voran, in die Gaswolke ein. Beim Kontakt mit dessen Oberfläche begrüßte John sein Ende. Urplötzlich füllte sich die Brücke mit einem grünen Leuchten. Wie ein Luftballon, den man aufblies, formte sich um das Schiff eine grüne Schutzblase, während es weiter in die Gasschicht eindrang. John hatte seinen Tod bereits akzeptiert und mit offenen Armen empfangen. Er brauchte einen Moment, um von seinem Weg zum Jenseits wieder zurück ins Leben zu kehren. Als die Laila I vollends in die Gaswolke eingetaucht war, flog sie immer weiter hindurch. Umhüllt von einer grünen Blase, die das Schiff und so auch John vor der Vernichtung zu bewahren schien, traute er sich nicht einmal mit den Wimpern zu zucken, aus Angst, dies würde sein Ende doch noch einleiten.

John verharrte hundert Kilometer erstarrt im Pilotensitz und bangte bei jedem Atemzug die Zerstörung der Laila I auszulösen. Die grüne Rettungsblase, in der sich das Schiff fortbewegte, traf dann auf eine ebenfalls grün leuchtende Barriere vor sich. Als die Blase mit der Barriere in Kontakt trat, vereinten sich die beiden. Dabei bildete sich eine Öffnung in den dahinterliegenden Raum. Auf dieselbe Weise, in der sich die Blase beim Eintritt in die Gaswolke wie ein Ballon aufgeblasen und das Schiff umhüllt hatte, entleerte sich diese nun durch die Öffnung und spuckte die Laila I in einen gasfreien Raum aus. Das Schiff schwebte jetzt ohne jeglichen Antrieb oder einer einwirkenden Kraft vor sich hin. Ruhe kehrte auf der Brücke ein. Aus Reflex tastete John seinen ganzen Körper ab, um sicherzugehen, dass noch alles an ihm dran war. Es war kaum zu glauben, aber er lebte noch.

*

Der Dschungel schien undurchdringlich. John hatte erst versucht, sich mit seinem Stock einen Weg durchs Dickicht zu schlagen, stellte dieses Unterfangen aber schnell wieder ein. Zum einen, weil die Stockhiebe so gut wie keinen Schaden anrichteten, zum anderen, weil das ständige Schlagen einen enormen Energieaufwand erforderte. Obwohl er fast um die Hälfte kleiner war als sein seesoljanischer Freund, schaffte Nuhhm es dennoch schneller als er, durch das Pflanzengewirr zu kommen. Auf seinem Heimatplaneten hatte dieser, in den Jahren seiner Ausbildung auf dem Kontinent, Übung darin bekommen, durch üppiges Gestrüpp zu den Lagunen zu wandern. Auch seine zwei extra Arme kamen ihm zugute. Damit konnte er doppelt so viele Äste beiseiteschieben.

Schon bald ließ John seinem Freund den Vorrang und versuchte, dessen Weg durchs Dickicht zu folgen. Es dauerte dennoch eine Ewigkeit, um zehn Meter zurückzulegen. Als sie bei ihrem Anflug die Stadt und den Landeplatz ausgewählt hatten, konnte der Computer keine Wege oder Pfade orten, deshalb war nur die Entfernung des Landeplatzes zur Stadt ins Gewicht gefallen, nicht aber der Zugang zu ihr. Bei diesem Tempo würde es Tage dauern, sich der Stadt zu nähern. Den Geräuschen und Spuren nach zu urteilen, die sie bis dahin gehört und gesehen hatten, wäre es unklug gewesen, auch nur eine einzige Nacht inmitten dieses Labyrinthes zu verbringen. Selbst die kleinsten Tiere, die sie bis jetzt zu Gesicht bekommen hatten, waren, mit ihren Hörnern und Zähnen, als schwer bewaffnet einzustufen.

Gerade als sie darüber berieten, ob es besser wäre, zum Schiff zurückzukehren, tat sich vor ihnen ein Pfad auf. Dieser ermöglichte es ihnen, wesentlich schneller voranzukommen. Sie entschieden, ihren Weg fortzuführen. Während sie in recht gutem Tempo den Pfad entlang gingen, fiel John eine Eigenart an diesem auf. Anfangs hatte er diese nicht wahrgenommen. Der Boden des Pfades war bewachsen, teils hüfthoch, teils bis zur Brust. Es handelte sich hier fast ausschließlich um eine Art Gras, welches das Vorankommen nicht sonderlich behinderte. Zudem war der Pfad am Boden sehr eng, während er sich oberhalb des Grases kugelförmig in das anliegende Geäst und Gestrüpp ausweitete. Am Boden, also im Gras, lagen dem Anschein nach die Reste dessen, was vorher in dieser Schneise gewachsen war. John blickte den Pfad entlang. Es kam ihm vor, als ob ein Kugelgeschoss, mit acht Metern Durchmesser, eineinhalb Meter über dem Boden durch den Dschungel geflogen wäre und diese Schneise zurückgelassen hatte. Seltsam war nur, dass der Pfad zwar benutzt schien, der Boden aber, sprich das Gras, nicht ausgetreten oder befahren war. Während er darüber nachgrübelte, wurde er durch eine Art Schnecke abgelenkt, die einen halben Meter groß war. Sie verweilte auf einem Ast seitlich des Pfades. Auch Nuhhm hatte sie bemerkt. Während beide über ihre Größe staunten, dachte John nicht weiter über den Pfad nach.

Sie hatten eine gute halbe Stunde auf dem kleinen Weg zurückgelegt und auch wenn dieser von der vorgegebenen Route des Übersetzers abwich, entschieden sie, ihm trotzdem zu folgen. Sie hofften, der Pfad würde sie auf einen größeren Weg bringen, der in die Stadt führte. Wieder hörten sie eines dieser Geräusche, dessen Ursprung sie nicht kennenlernen wollten. Dieses Mal schien es allerdings sehr nah zu sein. Es war ein Geräusch von geballter Urkraft, das John bis in die Knochen fuhr. Obwohl Nuhhm Augen in seinem Hinterkopf besaß, drehte er sich gleichzeitig mit John um. Beide hielten Ausschau nach der Herkunft des Geräuschs.

Erst sahen sie nichts, nahmen aber plötzlich über sich Lärm wahr, der sich nach einem Bulldozer anhörte, der durch den Wald fuhr. Dann hatten sie Blickkontakt. Sie sahen, wie zwei Doppelreihen aus Zähnen aus dem Himmel auf sie zu rasten. Das Tier, welches die beiden eindeutig als Nahrung identifiziert hatte und dessen zwei Meter Maul aufgerissen auf sie zukam, hatte einen kugelförmigen Körper, der vier bis fünf Meter maß. Sein offenes Maul, umrandet von neun Augen, zeigte zwei Doppelreihen Zähne, die gut einen halben Meter lang waren. Zu seinen Seiten ragten aus dem Monster, in regelmäßigen Abständen zueinander, vier Flügel heraus. Diese waren an ihren vorderen Kanten mit knochigen Zacken bestückt. Während das Tier sich um seine eigene Achse drehte, flog es vorwärts und bohrte sich praktisch vom Himmel in den Dschungel. Hinter sich zog es zwei lächerliche Stummel her, die ihm wohl als Beine dienten. Diese streiften leicht das Gras, nachdem das Monster horizontal in den Pfad eingeschwenkt hatte.

Blitzartig wurde John klar, dass dies kein Pfad, sondern eine Flugschneise jenes Tieres war, welches den Pfad als Köder für seine Beute benutzte. Es kam mit hoher Geschwindigkeit auf sie zu. Der Dschungel links und rechts von ihnen war so üppig, dass es keine Möglichkeit gab, den Pfad rechtzeitig verlassen zu können. Nuhhms 360° Blick hatte ihm diesmal nichts genutzt, denn der Angriff wurde von oben gestartet. Beiden war klar, bei dieser Geschwindigkeit würde jegliche Berührung mit diesem Wesen, den Verlust eines Körperteils, oder gar den Tod bedeuten.

Ohne Ausweg und Stock in der Hand bereitete John sich darauf vor, dem Wesen entgegenzutreten. Klar war, weder er noch der Stock, hätten etwas ausrichten können. Den Bruchteil einer Sekunde, bevor John und sein Stock von dem Wesen zerrissen wurden, gab ihm Nuhhm, der hinter ihm stand, einen Schubser. Noch bevor das Tier John erreichte, fiel dieser zu Boden und das Monster flog über ihn hinweg. Nuhhm warf sich ebenfalls zu Boden, konnte dem fliegenden Koloss aber nicht rechtzeitig ausweichen. Einer seiner Arme wurde von einem der Flügel erfasst. Die unter Hälfte des Arms wurde abgetrennt, als ob es sich um ein Ästchen gehandelt hätte.

John, der unvorbereitet zu Boden gefallen war und sich dabei den Kopf gestoßen hatte, richtete sich auf und eilte zu seinem Freund. Er half ihm auf. Gemeinsam bahnten sie sich einen Weg ins Dickicht, um aus der Beutezone des Raubtiers zu entkommen. Erst dann sah John, was seinem Freund widerfahren war.

„Oh mein Gott, Nuhhm, dein Arm? Was kann ich tun?"

„Gib mir einen Moment."

Nuhhm lehnte sich mit dem Rücken gegen eine der Pflanzen, schaute auf die Stelle, an der der Arm abgetrennt worden war und richtete seine ganze Konzentration auf die Wunde. Obwohl anfangs Flüssigkeit aus der Wunde trat, konnte John dabei zusehen, wie sich diese vor seinen Augen versiegelte, bis nichts weiter als ein Stummel übrig blieb. Danach legte Nuhhm seinen Kopf zurück und atmete tief durch.

„Es geht mir gut."

John lehnte sich ebenfalls zurück und atmete tief durch.

„Gott sei Dank."

Chapter XXXIX

John war, nach dem Beinahe-Tot beim Eindringen in den Stern, wieder einigermaßen gefasst. Er blickte aus dem Panoramafenster. Sein Atem fing dabei erneut an zu stocken. Was er dort sah, hätte er sich in seinen kühnsten Träumen nicht ausmalen können. Der freie Raum, in den ihn die grüne Blase entlassen hatte, war so immens, dass er dessen Ende nicht ausmachen konnte. Dies lag nicht zuletzt an den Raumstationen, die sich vor ihm ausbreiteten, soweit sein Auge reichte. In allen Größen und Formen waren diese Stationen vertreten. Erst vor wenigen Augenblicken war er in einen Stern eingedrungen. Eigentlich dürfte er zu diesem Zeitpunkt nicht mehr existieren. Jetzt befand er sich im Innern des Sterns und vor ihm lag eine neue Welt. Sein Gehirn lief auf Hochtouren und war völlig überreizt. John stand kurz vor einem Kurzschluss.

Wieder schweifte sein Blick über die vielen Raumstationen. Soweit er die Begrenzungen des Raumes sehen konnte, bestand dieser ebenfalls aus einer grünen Blase. Sie schien jener gleich zu sein, mit der er durch die Gaswolke des Sterns gereist war, nur unbeschreiblich viel größer. Hinter sich konnte er durch die grün schimmernde Wand, auf die in Flammen stehende Gaswolke des Sterns blicken, aus der er gerade gekommen war. Das grüne Energiefeld, welches John und der Laila I ermöglicht hatte, ohne Schaden in einen Stern zu fliegen, hatte allem Anschein nach innerhalb des Sterns eine Oase geschaffen. Ohne Zweifel musste diese von dem

Volk stammen, das in den Raumstationen vor ihm lebte. Alles schimmerte in einem leichten Grün, das von den Wänden ringsum ausging, welche diese Blase bildeten.

Plötzlich traten, links und rechts von ihm, jeweils zwei kleinere Raumgleiter aus der Gaswolke des Sterns. Sie positionierten sich in seiner Nähe. Als er die Gleiter bemerkte, fiel ihm ein, dass er noch keinen Systemcheck der Laila I durchgeführt hatte. Sofort leitete er diesen ein, um seine Lage korrekt einschätzen zu können. Kurz darauf bekam er vom Bordcomputer das Ergebnis. Bis auf einige Sekundärsysteme war die Laila I voll einsatzbereit. Gerade als er über etwaige nächste Schritte nachdenken wollte, erfassten die beiden Raumgleiter die Laila I mit einem grünen Strahl. Langsam setzten sie sich in Bewegung und zogen das seesoljanische Schiff mit sich. Erinnerungen an den Traktorstrahl der Piraten kamen in ihm auf. Die beiden anderen Schiffe begleiteten den Konvoi, der sich vom Rand der Gaswolke weg, in Richtung der Raumstationen bewegte.

Dieses Mal lehnte sich John in seinem Pilotensitz zurück und ließ es einfach geschehen. Er unternahm nicht einmal den Versuch, sich loszureißen. Wohin sollte er auch fliehen? Gerade erst war er dem sicheren Tod entgangen. Alles, was er von nun an erlebte, war zusätzliche, geschenkte Lebenszeit. Zumindest, solange sein Schock noch anhielt, konnte ihn vorerst nichts in Panik versetzen. Er ließ sich im Geschehen treiben. Auf diese Weise war es ihm möglich, die Aussicht genießen und das Spektakel der vor ihm liegenden Raumstationen genauer in Augenschein nehmen. Wo zum Teufel befand er sich? Und vor allem, wie hatten es die Wesen, die hier lebten, geschafft, nicht nur einen Stern zu dominieren, sondern auch die ganzen Stationen und Schiffe an diesen Ort zu transportieren, oder sie hier zu bauen? Hinzu kam, dass dieser Stern nicht irgendeiner war, sondern sich mitten in einem unwirklichen Schwarzen Loch befand. Vielleicht entsprang jene Tatsache aber genau diesem Umstand.

Wieder einmal geriet das kleine menschliche Gehirn in Johns Kopf an seine Grenzen. Er wollte es nicht überfordern, deshalb hörte er auf darüber nachzudenken und beschloss, einfach abzuwarten, was geschehen würde. Er war froh, die Fähigkeit zu besitzen gewisse Dinge, die aufgrund ihrer Komplexität oder fehlenden Informationen momentan nicht lösbar waren, ausblenden zu können.

John bereiste nun schon etwas länger als ein Jahrzehnt die Galaxie. Er hatte viele verschiedene Raumkonstruktionen, in verschiedenen Teilen der Milchstraße gesehen. Die hiesigen Stationen wiesen allerdings schon von Weitem auf eine Entwicklung hin, die nicht Jahrhunderte, sondern Jahrtausende voraus war. Unabhängig der Formen der Raumstationen und Schiffe vor ihm schienen alle aus einer Art flüssigem Quecksilber zu bestehen. An keiner der Stationen konnte er sichtbare Öffnungen oder sonstige Unterbrechungen in der Oberfläche ausmachen. Er sah Schiffe, die sich den Raumstationen näherten und einfach an einem für John nicht definierbaren Punkt im Innern der Stationen verschwanden. Kein Andockmanöver, keine Luke, die sich öffnete. Sie entschwanden einfach durch die Wand. Die Art und Weise, mit der die Schiffe durch die silbrige, flüssige Außenhülle der vor ihm schwebenden Kolosse flogen, ließen in Johns Gehirn auf unerklärliche Weise, Bilder von Kugeleinschlägen im Roboter T-1000 des Films Terminator aufflackern.

Zweifelsfrei handelte es sich hier um dieselbe Technologie, aus der auch der Würfel bestand. John glaubte tatsächlich, dass er es ans Ziel seiner Reise geschafft hatte, und zudem unversehrt.

*

Im Dickicht liegend, warteten die beiden Freunde auf die Rückkehr des fliegenden Monsters. Sie nutzten dabei die Zeit, um eine kurze Verschnaufpause einzulegen. Nach einer guten halben Stunde glaubten sie nicht mehr daran, dass ihr fliegender Verfolger es immer noch auf sie abgesehen hatte. Sie beschlossen dennoch, den direkten Weg durch den dichten Dschungel zu nehmen, den ihnen der Übersetzer vorgegeben hatte. Auf diese Weise reduzierten sie drastisch die Größe möglicher Angreifer, die sich in diesem verschlungenen Dschungel bewegen konnten. Wieder bahnte Nuhhm den Weg, während John Schwierigkeiten hatte, seinem Freund, der durch den Verlust seines unteren Armes kein bisschen an Geschwindigkeit verloren hatte, zu folgen.

In den darauffolgenden drei Stunden kreuzten zwei weitere Pfade ihren Weg. Aufgrund der gemachten Erfahrung, erkannten sie diese im Nu, als Flugschneise ihres Jägers oder dessen Artverwandten und überquerten diese so schnell sie nur konnten. Nach dem, was John wie eine Ewigkeit vorgekommen war, traten sie plötzlich aus dem Dickicht auf einen breiten Weg. Dieser verlief entlang einer Mauer aus fünfzig

Meter hohen Bäumen, die so dicht aneinander standen, dass sich nicht einmal eine Katze zwischen ihnen hätte durchquetschen können. John war von der natürlichen Barriere, welche sich vor ihnen aufgetan hatte, sehr beeindruckt. Es war deutlich zu erkennen, dass diese Mauer aus Bäumen nicht zufällig so gewachsen war. Es musste sich hierbei um die Stadtmauer handeln. Nun galt es nur noch, einen Weg in die dahinterliegende Stadt zu finden.

Der Weg entlang der Mauer schien von den Bewohnern der Stadt instand gehalten zu werden, was das Vorankommen der beiden unglaublich beschleunigte. Da sie nicht wussten, ob der nächstgelegene Zugang links oder rechts entlang der Mauer zu finden sei, folgte John ohne Widerrede der Richtung, die Nuhhm eingeschlagen hatte. John versuchte zu verstehen, was die Bewohner dazu veranlasst hatte, eine solche Mauer zu errichten, beziehungsweise wachsen zu lassen. War sie nur dafür da den Dschungel davon abzuhalten die Stadt erneut zu erobern oder gab es andere Gründe? Der Weg entlang der Mauer erinnerte ihn stark an Grenzübergänge oder Festungsgraben. Was darauf schließen ließ, dass sowohl die Mauer als auch der Weg dazu benutzt wurden, um Feinde oder unwillkommene Gäste fernzuhalten. Während sie schnellen Schrittes den Weg entlang gingen und nach einem Eingang suchten, wollte er Nuhhms Meinung zu diesem Thema wissen, doch dieser schien mit etwas anderem beschäftigt zu sein.

„Die Mauer interessiert mich nicht wirklich, viel mehr bereitet mir Sorge, dass wir auf diesem Weg das perfekte Opfer für unseren Flugfreund sind."

Mit einem Schlag hatten sich auch Johns Gedanken über die Mauer verflüchtigt. Er legte einen Schritt zu, während er anfing, sich in alle Himmelsrichtungen umzuschauen. Ihn befiel die Angst, eine dieser Flugkugeln würde jeden Moment auf sie herabstürzen. Eine weitere Stunde verging. Mittlerweile tat John vor lauter umherschauen schon der Nacken weh. Plötzlich erspähten sie, in etwa zweihundert Metern Entfernung, endlich etwas, das wie ein Zugang zur Stadt aussah. Das Loch in der Baummauer war fünfzig Meter breit und die Baumkronen bildeten in etwa dreißig Meter Höhe einen Bogen aus zusammengewachsenen Ästen und Zweigen. Wie bei Burgen im Mittelalter befanden sich Wachposten und Kontrolleure auf beiden Seiten des Durchgangs. Hoch oben auf dem natürlichen Torbogen saßen ebenfalls Wachposten.

John war immer wieder überrascht darüber, wie kreativ die Natur sein konnte, wenn es darum ging, Leben seinen Umgebungsbedingungen anzupassen. Die Posten am Tor und auf dem Bogen schienen, Johns erstem Eindruck zufolge, mehr Baum als Bodenbewohner zu sein. Sie hatten ungefähr Nuhhms Größe und stellten offensichtlich die bewohnende Spezies der Stadt dar. Ihr Körper trug einen schmalen, langgezogenen Kopf, vier Beine und sieben schwanzartige Tentakel. Die Beine fungierten wohl nur auf dem Boden als Beine. In den Bäumen schienen sie die Funktion von Armen zu übernehmen. Sechs der Tentakel waren wie Flügel auf dem Rücken angelegt, drei auf jeder Seite. Der siebte befand sich an der typischen Stelle für einen Schwanz. Diese kraftvollen, zwei bis drei Meter langen Tentakel, erlaubten es diesen Wesen, sich ohne jegliche Mühe durch die Baumkronen zu bewegen. Da diese sich auf dem Rücken befanden, blieben ihnen die vier vorderen Arme für andere Aufgaben frei. Die Tentakel bewegten sich wie selbständige Schlangen auf den Rücken. Sie ertasteten den bestmöglichen Halt, während sie sich, mit dem Rücken dem Baum zugewandt, fortbewegten. Einer dieser Schwänze allein war stark genug, um eines der Wesen zu tragen. Ihre Hautfarbe konnte er nicht bestimmen. Sie waren komplett mit kurzem, stoppeligem und enganliegendem Haar übersät, welches jeden Zentimeter ihres Körpers bedeckte. Es handelte sich um gescheckte Wesen, deren Fellfärbung recht unterschiedlich ausfiel. Zu diesem Zeitpunkt hatte John Mischungen aus Weis-Schwarz, Lila-Braun-Gelb-Weis und Grün-Braun-Schwarz ausmachen können.

Gerade, als die beiden dabei waren durch das Tor zu gehen, materialisierte sich eines dieser Wesen vor ihnen. Besser gesagt, es zeigte sich ihnen. Es hatte die ganze Zeit über camoufliert in einem Busch neben ihnen gestanden. John faszinierte es, dass diese Wesen die Fellfarbe ihrer Umgebung perfekt anpassen konnten. Beide erschraken, als das Wesen vor ihnen sichtbar wurde.

„UUHHHUUHHUUUUUHHHUUHUHUUHU"

Das Wesen schrie in höllischer Lautstärke. John, nervös und erschrocken, hob seinen Übersetzer ans Ohr. Erneut ließ er sich das zuletzt Übersetzte wiedergeben. Aufgrund der Lautstärke des Wesens hatte er den Apparat nicht gehört.

„Was ist euer Anliegen in unserer Heimat?"

„Wir sind auf der Suche nach Nahrungsmitteln und Proviant."

„UUUUHHHHHUHUHUUHUHUHU", blies es in voller Lautstärke aus dem Übersetzer. John hatte gar nicht gewusst, dass der Apparat ein solches Volumen an den Tag legen konnte. Das Wesen hatte sie also nicht angeschrien, sondern in seiner normalen Kommunikationslautstärke gesprochen. Es schaute hinauf zu einem seiner Artgenossen, der oben am Torbogen hing. Dieser gab ihm ein Zeichen und den beiden wurde der Zutritt gewährt.

Chapter XL

Die Raumgleiter, welche die Laila I erfassten, sahen ebenfalls so aus, als wären sie aus flüssigem Quecksilber. John konnte keine einzige Kante oder Fuge an ihnen erkennen. Sie hatten auch keine Fenster, durch die er eine Besatzung oder einen Piloten hätte ausmachen können. Er stellte sich die Frage, ob überhaupt ein Lebewesen in ihnen saß, oder ob es sich um automatisierte Drohnen handelte. An diesem Punkt angelangt, zog er sogar die Möglichkeit in Betracht, dass die Flugapparate selbst die Lebewesen waren.

Wie schon beim Kubus konnte er an ihnen keinen Antrieb ausmachen. Ihre Form erinnerte ihn an Ninjasterne. Als Kind hatte er in Filmen beobachtet, wie die asiatischen Kampfkünstler diese Waffe treffsicher und tödlich auf ihre Gegner warfen. Die Traktorstrahlen der beiden Gleiter, die ihn erfasst hatten, gingen von einer der Spitzen der Ninjastern-Form aus. Im Detail schienen alle Gleiter leicht unterschiedlich zu sein. Einer hatte fünf, ein anderer vier Spitzen. Wieder ein anderer hatte zwar vier Spitzen, aber die Endungen der Spitzen krümmten sich leicht in eine Richtung. Der letzte der vier Gleiter hatte ebenfalls vier Spitzen, zwischen denen kleinere, kürzere Spitzen herausragten. Wie Schneeflocken wichen sie alle leicht voneinander ab.

Die fünf Flugobjekte bewegten sich direkt auf die größte, in seinem Blickfeld befindliche Raumstation zu. Er stufte diese Gebilde aus eigenem Empfinden als Raumstationen ein, auch wenn er dafür nur ihre Formen und Größen als Anhaltspunkte hatte. In Wirklichkeit wusste er nicht, ob er mit seiner Einschätzung richtig lag oder nicht. Auch aus der Nähe konnte er bei diesen Raumstationen keine Kanten, Fugen oder Luken entdecken. Wie auch schon die Raumgleiter glich keine Stationen einer anderen. Die Ausmaße der Raumstation, auf die sie zusteuerten, wurden ihm erst bewusst, als sie die zehn Kilometer Marke zu dieser unterschritten hatten. Erst jetzt konnte sein Augenmaß die Größe des Konstrukts vor ihm abschätzen.

An einem ihrer Enden lief die Station in einer dem Eiffelturm ähnlichen Spitze aus. Das Größenverhältnis dieser Spitze zum echten Eiffelturm, verhielt sich in etwa so, wie das der Eiffeltürme, die man in jedem Souvenirladen in Paris kaufen konnte, zum Original. Der Sockel dieser Spitze ging in eine riesige, runde Scheibe über, deren Durchmesser eineinhalbmal die Länge der Spitze hatte und eineinhalb bis zwei Kilometer dick war. Der Größe nach zu urteilen, schien diese Scheibe das Hauptdeck zu sein. Unterhalb dieser Scheibe gab es noch sechs weitere, die ebenfalls je eineinhalb bis zwei Kilometer dick waren, aber bei Weitem nicht den Durchmesser aufwiesen, wie die oberste. Alle Decks waren durch einen Hauptstrang verbunden, der einen Durchmesser von fünfhundert Metern hatte und die einzelnen Scheiben dreihundert Meter voneinander trennte. Das letzte dieser Decks lief ebenfalls in eine Spitze aus, welche aber nur halb so groß wie die obere war.

Die beiden Raumgleiter, die John im Schlepptau hatten, steuerten auf die dritte Scheibe von unten zu. Es war die zweitkleinste. Drei Kilometer vor ihr drehten die beiden begleitenden Raumgleiter ab, während die beiden Schlepper direkt auf die Seitenwand der Scheibe zuhielten. Johns Gelassenheit verschwand. Er wurde zunehmend nervöser. Es war nicht die Angst, an der Wand zu zerschellen, denn er hatte schon mehrere Flugobjekte gesehen, die ohne Probleme in dieser Wand verschwunden waren. Der Augenblick dessen, was ihn im Innern dieser Station erwartete würde, rückte aus der unmittelbaren Zukunft in die Gegenwart.

Sie flogen durch die Wand. Für einen Moment schimmerte alles grün. Auf der anderen Seite kamen sie in einem riesigen Hangar an, der über hundert Schiffe beherbergen musste. Die Schiffe hingen an Andockstellen von den Wänden, der Decke sowie am Boden. Die beiden Raumgleiter schalteten den grünen Traktorstrahl ab. Gleich darauf erfasste ein neuer Strahl Johns Schiff. Dieser ging von einer der Andockstellen aus und führte das Schiff an diese heran. Der Andockstutzen der Schleuse war flexibel und passte sich der Schleuse der Laila I an. Alles in dem Hangar bestand aus diesem silbrigem Material, welches sich, wie im Falle des Andockstutzen, beliebig verformen und anpassen konnte. Hier und da blitzte ein grünes Licht auf. Es war sehr ruhig. Kein hektisches Treiben, wie John es von anderen Kreuzern gewohnt war. Es kam ihm vor, als würde er sich in einem Schweizer Uhrwerk befinden, alles lief automatisch und perfekt ab.

Der Moment der Antworten war gekommen. Er hoffte, schon bald zu erfahren, warum er hier war, was diesen Ort mit der Erde verband. Ruhig stand er vom Pilotensitz auf, begab sich an die Schleuse der Laila I, welches sich nach einem kurzen Klicken und Surren öffnete sich diese. Er fühlte sich bereit.

Die beiden seesoljanischen Piloten hatten gehofft, den Dschungel auf der anderen Seite der Stadtmauer aus Bäumen hinter sich zu lassen. Die massive Baummauer, welche die Stadt umgab, trennte aber lediglich einen Teil des Dschungels von einem anderen. Innerhalb der Mauer befand sich dasselbe Dickicht wie außerhalb. Zumindest gab es auf dieser Seite der Mauer Wege und Pfade, die einem das Vorankommen vereinfachten.

Auf den ersten Blick waren alle Bauwerke, die es in dieser Stadt zu geben schien, aus organischen Materialien gebaut. Die Hütten und Gebäude, welche die Wege und Pfade säumten, machten jedenfalls den Eindruck, aus dem erbaut zu sein, was ihre Umgebung zur Verfügung gestellt hatte. Nuhhm und John fanden es jedoch seltsam, Gebäude vorzufinden, die dem Anschein nach nur dazu dienten, Besuchern der Stadt Unterkünfte, Essen und andere Dienstleistungen anzubieten. Bis auf einige wenige Ausnahmen wurden die Einrichtungen fast ausschließlich von Zugewanderten betrieben. Auch die Wege und Pfade waren wohl nur für Besucher angelegt, denn die Einheimischen bewegten sich ausschließlich von Baum zu Baum fort.

Während John sich nach einer Unterkunft umsah, spürte er plötzlich eine von Nuhhms vier Händen auf seiner Schulter. Als er sich zum Großen umdrehte, waren dessen zwei vorderen Augen gen Himmel gerichtet. John folgte dem Blick seines Freundes. Die wirkliche Stadt befand sich in Wahrheit dreißig Meter über ihnen. Durch das Dickicht der Bäume, Pflanzen und Sträucher verdeckt, war diese auf Anhieb kaum sichtbar. Nur hier und da, wenn Löcher im Dickicht es erlaubten, bekamen die beiden seesoljanischen Piloten einen kleinen Einblick darauf, was sich dort oben abspielte.

John, der enttäuscht darüber gewesen war, am Boden, außer Unterkünften und Freizeitangebote für Touristen, nichts weiter gefunden zu haben, schöpfte erneut Hoffnung. Sie hatten am falschen Ort gesucht. Es galt, einen Weg in die obere Stadt zu finden. Zuerst waren sie unsicher, ob Fremde überhaupt Erlaubnis hatten, sich in die obere Stadt zu begeben Einer der Einheimischen, der eine der Unterkünfte betrieb, teilte ihnen jedoch mit, dass dies nicht der Fall sei. Bei der Frage nach einem Zugang zur oberen Stadt, deutete dieser einfach willkürlich auf Bäume, Lianen und sonstiges Gewächs in ihrer Umgebung.

„UUHHUHUHUUHUHHUHHU"(Welcher auch immer euch zusagt!)

Verdutzt schauten sich die beiden Freunde an. Das einheimische Volk bewegte sich im Dickicht und in den Baumwipfeln so leicht fort, wie ein Fisch im Wasser. Deshalb hatten sie es vermutlich nie für nötig gehalten, geschweige denn in Erwägung gezogen, einen gesonderten Zugang zu schaffen. Nuhhm und John bedankten sich für die Auskunft. Sie suchten ihre Umgebung nach einfachen und für sie möglichen Wegen ab, in die obere Stadt zu gelangen. Der Große hatte eine ähnliche Statur wie die Einheimischen und ihm standen drei Arme zur Verfügung. Dies erlaubte ihm, mehrere Punkte zu finden, an denen er nach oben hätte klettern können. Für John ein schwierigeres Unterfangen. Die Bäume waren riesig, ebenso die Abstände und Durchmesser der Äste. Er wusste nicht, ob er es an einer der Lianen bis nach oben schaffen würde, schließlich galt es an die dreißig Meter bis zur Stadt in den Bäumen zu überwinden.

Sie fragten einige Zugewanderte nach anderen Möglichkeiten, in die obere Stadt zu gelangen. Die, die schon länger vor Ort lebten, erzählten von Versuchen, die einige Zuwanderer unternommen hatten, Zugänge in die Stadt zu bauen. Diese wurden allerdings von Einheimischen nicht geduldet und schon vor Vollendung abgerissen. Einige hatten resigniert, sich mit dem Leben am Fuße der Stadt abgefunden. Andere wiederum hatten die Herausforderung angenommen und trainiert, bis sie die Fähigkeiten erlangten, die es ihnen erlaubten, in die obere Stadt zu gelangen. Wieder andere brachten bereits die biologischen Voraussetzungen mit, die sie ohne jegliche Anstrengung die Bäume erklimmen ließ. Einige wenige konnten sogar fliegen. John musste daran denken, wie hilfreich in diesem Moment eine dieser Schwebeplattformen von MIB004 wäre. Sie hatten aber keine dabei.

Die darauffolgenden Stunden verbrachten sie damit, innerhalb der Stadtmauern nach einem für John möglichen Zugangspunkt zu suchen. Ohne Erfolg. Gerade, als John verzweifelt das ganze Unternehmen absagen wollte, wies ihn Nuhhm an, auf seinen Rücken zu klettern und sich festzuhalten.

„Was? Das sind dreißig Meter. Glaubst du, dass du das schaffst? Denk daran, dass dir ein Arm fehlt."

„Du, halt dich einfach gut fest und überlasse mir den Rest."

Unsicher, aber mit neuer Hoffnung, kletterte John auf den Rücken seines Freundes. Er umklammerte diesen mit Armen und Beinen. John in Position, trat Nuhhm an die nächstgelegene Liane und fing an, diese, ein Arm nach dem anderen, der drei noch verfügbaren Arme, hochzuklettern. John war überrascht darüber, wie zügig sein Partner sie beide in die Höhe hievte. Die Liane hielt stand. Rasch näherten sich die beiden der oberen Stadt.

Chapter XLI

Aus irgendeinem Grund hatte John es im Gespür, dass er auf dieser silbrigen Raumstation weder die Nasenklemme noch den Halsring benötigte. Zur Sicherheit legte er dennoch beides an, bevor er auf das Öffnen der Schleuse wartete. Als er den ersten Schritt aus der Laila I tat, kniff er aufgrund der Helligkeit, die ihn hinter der Schleuse begrüßte, seine Augen zusammen. Der Tag, an dem er zum ersten Mal den seesoljanischen Raumgleiter betreten hatte, als er den Mars verließ, kam ihm ins Gedächtnis. Es war, als stünde er erneut vor seinem ersten außerirdischen Kontakt.

Nach und nach gewöhnten sich seine Augen an die gleißende Helligkeit. Vor ihm lag ein kurzer Gang. Die Wände des Ganges, der sich über den Andockstutzen der Laila I gelegt, verformt und angepasst hatte, waren überraschenderweise stahlhart. Die Anzeige des Übersetzers gab seiner Vermutung, den Nasen- und Halsring nicht zu benötigen recht. Sowohl das Luftgemisch, die Strahlungswerte, als auch die Schwerkraft waren perfekt auf menschliche Bedürfnisse ausgerichtet. Er zog es trotzdem vor, seine kleinen, aber feinen Spielzeuge anzubehalten.

Der kurze Gang der Schleuse endete in einem Durchgang, der in einen zylindrischen Raum von etwa fünf Metern Durchmesser führte. Inmitten dieses Raums, auf Johns Augenhöhe, schwebte ein Würfel vor sich hin. Dieser Kubus sah genauso aus wie die anderen, die er getroffen hatte. Nur maß dieser höchstens fünfzig Zentimeter und nicht zwanzig Meter. Die

John zugeneigte Wand des Würfels leuchtete grün. Er ging den kurzen Gang entlang, direkt auf den Würfel zu. Wie schon im Gang, sahen auch die Oberflächen in diesem zylindrischen Raum so aus, als ob sie flüssig wären. Das täuschte, denn die Wände und der Boden, auf dem John stand, fühlten sich härter an, als alles, was er bisher kennengelernt hatte.

Der Würfel schien Johns Empfangseskorte zu sein. Kaum war er in den Raum mit dem Würfel getreten, schloss sich der Durchgang und der Raum setzte sich in Bewegung. Nicht, dass er spürte, wie der Raum sich bewegte, es war das leise Summen und die grünen Lichteffekte, welche er durch ein Fenster wahrnahm, die ihn darauf schließen ließen. Das Fenster war ebenfalls aus diesem flüssig aussehenden Silbermaterial geschaffen, nur dünner und transparent, aber deshalb nicht weniger robust. Dieses erschien dort, wo noch vor wenigen Augenblicken die Fuge zwischen Wand und Durchgang zu sehen gewesen war. Jetzt gab es nur noch eine einheitliche Oberfläche, selbst das Fenster ging fließend in die Wand über. John inspizierte den Raum. Wohin auch immer er sich wandte, der Würfel hielt seine grün leuchtende Seite auf ihn gerichtet.

Vielleicht waren es die Nerven, die mit ihm durchgingen, vielleicht auch seine Gelassenheit. Für einen kurzen Moment musste er über die Tatsache schmunzeln, dass er all die Strapazen, Todesängste und den Stress der Reise auf sich genommen hatte, nur um in einem hochmodernen Fahrstuhl zu stehen. Gleich darauf verbannte er diese Gedanken wieder aus seinem Kopf. Sein Gehirn erlaubte sich wohl solche kleinen Scherze in extremen Momenten, um ein wenig Spannung aus diesen zu nehmen. Immerhin, es half und dafür war er dankbar.

Der Aufzug stoppte. Erneut formte sich an der Stelle, an der eben noch das Fenster war, ein Durchgang. Der Würfel, die grüne Seite immer noch auf ihn gerichtet, schwebte aus dem Aufzug. Langsam begann dieser, sich entlang eines Ganges zu entfernen. John wartete. Der Kubus stoppte in der Luft und verweilte schwebend auf der Stelle. Erst als John aus dem Aufzug trat und sich in seine Richtung begab, setzte sich dieser erneut in Bewegung.

Es war ein sehr langer, leicht gebogener Gang, dessen Ende John nicht erblicken konnte. Auch dieser schien aus flüssigem Silber und wies keine Kanten auf. In diesem kantenlosen Schlauch, war der Würfel vor ihm ein fixer Punkt, der ihm half, nicht die Orientierung zu verlieren, denn die Beleuchtung des Ganges war für ihn nicht erkennbar. Das Licht schien überall und nirgends zu entstehen. Ohne seinen kleinen schwebenden Freund, konnte er weder Oben von Unten, noch Links von Rechts unterscheiden. An einem für John willkürlich gewähltem Punkt im Gang blieb der Kubus stehen. Zu seiner Linken formte sich eine Tür in der Wand und öffnete sich.

Er wartete, doch der Kubus setzte sich nicht in Bewegung. Schwebend verharrte das Objekt vor John, an seiner Stelle im Gang. Nach einem kurzen Augenblick wurde John klar, von hier an sollte er allein weitergehen. Er warf einen Blick in den Raum, den die Tür freigab. Der Saal hatte die Größe einer

Sportarena. John wurde nervös. Um etwas von dieser Nervosität abzulassen, drehte er sich vor Betreten des Raums erneut dem Würfel zu.

„Vielen Dank, für deine diskrete und aufschlussreiche Führung durch die Silberstadt, ich werde sie im GalaticWedeWeb positiv bewerten."

Danach verneigte er sich leicht vor dem Kubus und trat durch die Tür.

*

Nuhhm hatte keine Mühe gehabt, sich und seinen angehängten Errrooo, bis unter die Baumspitzen zu hieven. John, der schon zehn Meter unter der Stadt seinen Mund vor lauter Staunen nicht mehr zu bekommen hatte, stieg wie benommen vom Rücken seines Transporteurs. Nie im Leben hätte er sich diese Stadt in dreißig Metern Höhe zwischen Bäumen vorstellen können. Sie war riesig und hing versteckt inmitten der Bäume, die ihren Weg ungehindert nach oben, bis zu den Wipfeln fortführten. Es gab ein Straßennetz, Häuser, Hütten, Geschäfte und Marktstände.

Eine der Straßen stach besonders hervor. Sie schien die Hauptader des Geschehens zu sein. Nuhhm und John, die sich just auf dieser befanden, konnten ihr Ende nicht ausmachen. Sie war an die zehn Meter breit und wie auch die anderen, aus Holzstämmen gebaut. Überall dort, wo Bäume im Verlauf der Straße wuchsen, hatte man diese durch ein Loch ausgespart. Auf diese Weise war eine Allee gesäumt von Bäumen entstanden, die zu einem Spaziergang geradezu einlud. Links, rechts, über und unter der Straße hingen an den angrenzenden Bäumen eine Vielzahl unterschiedlichster Gebäude. Von einfachen Strohhütten, die wie überdimensionale Vogelnester wirkten bis hin zu schlichten Holzhütten und wahrhaftigen Palästen, die über mehreren Stockwerken verfügten, war alles vertreten. Die übrigen Gebäude lagen zwischen diesen Extremen, bei denen die Erbauer ihrer Fantasie freien Lauf gelassen hatten. Hinzu kamen Läden, Restaurants und Imbissstuben. Diese erfreuten besonders John. Die Auswahl an Geschäften und Ständen gab ihm Hoffnung, bei seiner Suche fündig zu werden.

Vor lauter Staunen hatte er ganz vergessen, Nuhhm für den Transport und somit die Möglichkeit diese unwirkliche Stadt betreten zu können, zu danken. Sie hatten einen langen Tag hinter sich, deshalb entschieden sie die Nahrungsmittel-suche auf den darauffolgenden zu verschieben. Vorrang hatte die Suche nach einer Unterkunft für die Nacht gehabt.

Reges Treiben herrschte in der Stadt. Aufgrund der Sprach-lautstärke der Einheimischen war die Geräuschkulisse, die man an einem solchen idyllischen Ort, inmitten des Waldes, nicht erwartet hätte, immens. Die lokale Bevölkerung bewegte sich nicht nur auf der horizontalen Ebene, sondern auch auf der Vertikalen, was einen ungeregelten Personenverkehr zur Folge hatte. Das Resultat war ein kontinuierliches Chaos, das John an ein Affenhaus erinnerte. Trotz des Chaos, des Lärms und des regen Treibens hatte John schon seit dem Betreten der Stadt das Gefühl gehabt, beobachtet zu werden. Da die Bewohner sich perfekt tarnen konnten und sie sich selbst ohne Tarnung, bis auf die Farbmuster im Fell, nur schwer unter-scheiden ließen, konnte John seinen Verdacht nicht vollends bestätigen. Gerade, als die beiden in eines der Gebäude eintreten wollten, welches Übernachtungsmöglichkeiten anbot, ertappte er eines der Wesen dabei, wie es ihn durch einen Spalt in der Straße beobachtete. Er glaubte, das Wesen als jenes wiederzuerkennen, das oberhalb des Eingangstors gehangen und die Genehmigung für ihren Einlass in die Stadt gegeben hatte. Allerdings hätte er es nicht beschwören können. Vielleicht hatte es sich auch einfach nur um ein neugieriges Wesen gehandelt, das einen Seesoljaner und einen, für sie bis dahin unbekannten Menschen, betrachtete.

Die beiden betraten das Gebäude, nahmen eine Unterkunft und begaben sich in den ihnen zugewiesenen Raum. Als Nuhhm die Tür hinter sich schloss, teilte John ihm seinen Verdacht auf Verfolgung mit.

„Du täuschst dich nicht John, wir werden beobachtet. Und zwar von demselben, der uns die Erlaubnis erteilt hat, die Stadt zu betreten. Ich weiß nur nicht, ob er aufpasst, dass wir nichts anstellen oder ob er andere Absichten hat."

„Ich wusste es. Könnte ich mich doch bloß mehr auf mein Gefühl verlassen. Und was machen wir jetzt?"

„Ich würde sagen, wir machen weiterhin unser Ding. Wir führen ja nichts im Schilde. Wissend, dass wir beobachtet werden, behalten wir unsere Beobachter im Auge. Nur für den Fall, dass die Absichten, die dahinterstecken, nicht ganz sauber sind."

„Na, das hört sich doch nach einem Plan an."

John besorgte sich noch schnell eine chemisch zusammengesetzte Mahlzeit an einem der Stände neben ihrer Unterbringung, während Nuhhm im Zimmer blieb und meditierte. Nach dem

Essen legt sich John auf den Boden und schlief. In weniger als fünf Minuten war er weg, auch ohne Bett. Nicht eine Sekunde länger hätte er durchgehalten.

Die Nacht auf KLH0100 beschrieb mit zweiundzwanzig Stunden ohne Sonne, die längste Nacht, die John bis dahin in der Galaxie kennengelernt hatte. Er schlief gut und lange, trotzdem war er nach zehn Stunden hellwach. Er öffnete seine Augen. Nuhhm fand er in derselben Position vor, in der dieser am Abend zuvor seine Meditation begonnen hatte. Der Seesoljaner hatte wahrgenommen, dass John erwacht war und seine Meditation beendet.

Geschäftsöffnungszeiten gab es Johns Wissen nach auf keinem der Planeten oder Monden. Vielmehr ging jeder seinen Geschäften nach, wie er es für richtig hielt. Es war also nicht wichtig, ob es Tag oder Nacht war. In einer Stadt, gefüllt mit interplanetaren Völkern, lief das Treiben rund um die Uhr. Die beiden verließen ihre Unterkunft und begaben sich auf die Suche nach dem, wofür sie gekommen waren. Mögliche Nahrungsmittel für John.

Noch vor ihrer Abreise von MIB004 hatte John einen der Kinchetenalp darum gebeten, seinen Übersetzer mit einer speziellen Software zu bestücken. Diese ermöglichte es ihm, die chemische Zusammensetzung von Nahrung zu analysieren. Über die nötigen Sensoren hatte der Apparat bereits verfügt, denn er übersetzte auch chemische Sprachen, wie die seiner Erbauer. Durch dieses Upgrade war es für John sehr einfach gewesen, das Nahrungsangebot der verschiedenen Pflanzen, Sträucher, Bäume und Geschäfte nach etwas für ihn Verträglichem zu durchsuchen.

Sie gingen auch durch die kleineren, versteckteren Gassen. John hatte schon einige Gemüse positiv getestet, doch waren diese geschmacklich nicht sonderlich genießbar für ihn. Er betrat ein weiteres Geschäft. Nuhhm hatte es vorgezogen diesmal auf der Straße unter einer Baumkrone zu warten. John konnte durch den Zugang des Geschäftes sehen, wie der Seesoljaner sich mit zwei dieser einheimischen Wesen unterhielt. Noch bevor er aus dem Laden kam, waren die Wesen wieder verschwunden. Er näherte sich seinem großen Freund, während dieser sich nervös in alle vier Himmelsrichtungen umschaute.

„Was ist denn los? Was wollten die zwei von dir?"

„Dich!"

„Was? Ich verstehe nicht?"

„Sie wollen dich."

Chapter XLII

Mit dem ersten Fuß, den John in den sportarenagroßen Raum setzte, verwandelte sich dieser von einem silbrigen, runden, kantenlosen Raum, in einen wesentlich kleineren, aber immer noch imposanten Saal. Diese reibungslose Verschiebung des silbrigen Materials, die den Raum in kürzester Zeit von einer riesigen Arena in einen Saal verwandelte, beeindruckt John sehr. Dieser neue Raum wirkte wie der eines Parlaments oder eines Gerichtssaals. Natürlich nicht irgendeinem Parlament oder Gerichtssaal, sondern mehr von der Sorte, wie John sich den Saal des jüngsten Gerichts oder das Parlament des Universums vorstellen würde.

Vor ihm, bis zur Mitte des Saales, breitete sich auf dem silbernen Boden ein Gang aus rotem Teppich aus. Ab der Mitte des Saales ging der Teppich dann kreisförmig über den gesamten Boden weiter, bis die Hälfte eines Kreises erreicht war. Das Ganze sah aus wie ein Regenschirm, der vom Wind umgestülpt wurde. Der rote Halbkreis war riesig. In seiner Mitte stand ein quadratisches Podest, das aussah, als wäre es aus Erlenholz gemacht. An drei Seiten des Podests befand sich jeweils ein Geländer. Auf John machte es den Eindruck eines Rednerpults. Dort, wo der rote Halbkreis des Teppichs endete, entwuchs eine etwa einen halben Meter hohe Stufe über die ganze Breite des Saales. Sie bestand aus einer Art weißen Marmors und führte bis zum Ende des Raumes. Der restliche Boden sowie die Wände hatten sich nicht verwandelt, sie blieben in Silber gehüllt. Was von Silber in pechschwarzes

Marmor überging war die Decke. Die Aufteilung des Saales erinnerte ein wenig an eine Kirche, nur dass das Rednerpult zum Altar hin und nicht von ihm weg gerichtet war.

John ging den roten Teppich entlang. Er steuerte direkt auf das Podest zu. Links und rechts von ihm, wo der silbrige Boden strahlte, hätten in einem Gerichtssaal die Sitzreihen der Zuschauer gestanden. Außer ihm war aber niemand hier und damit auch die Abwesenheit von Bänken gerechtfertigt. Es war ein langer Gang über den roten Teppich. Während er diesen entlang schritt, fragte er sich, woraus dieses silbrige Wundermaterial bestand. Wie konnte dieses sich in andere Objekte, Formen und Farben transformieren und dennoch so robust sein? Es handelte sich um Technologie und keine Zauberei, dessen war er sich sicher. Nur zu gerne hätte er diese erforscht. Vielleicht Nanotechnologie? Ohne Einblick hinter die Kulissen des Spektakels war es sinnlos, sich über das Wie Gedanken zu machen.

Er war am Podest angekommen. Würde er tatsächlich die Möglichkeit bekommen, all die Dinge, die ihm seit seinem ersten Zusammentreffen mit dem Würfel zugestoßen waren, aufzuklären? Er schaute sich um. Gegenüber des Podests, auf der weißen Stufe aus Marmor, wäre in einem Gerichtssaal die Richterbank oder der Sitz des Rates. In diesem Saal herrschte dort aber nur Leere.

„Aloha!"

Der Gruß hallte in alle Richtungen des Saales. Nichts. Was erwartete man von ihm? Er kam sich sowohl albern als auch veralbert vor. Auf seine ironische und stressreduzierende Art nahm er sich vor, dem hiesigen Veranstalter, solange es sich nicht um Götter oder ähnliches handelte, die Leviten für die schlechte Organisation des Events zu lesen. Weiterhin geschah nichts. Ihm fiel jedoch auf, dass das Podest das einzige Mobiliar im Saal war. Es stand genau in dessen Mitte. Auf einmal schien ihm klar zu sein, was er zu tun hatte.

Mit Ehrfurcht, Neugier, Ungeduld und auch ein wenig Angst, setzte er erst einen, dann den anderen Fuß auf das Podest. Voller Erwartung schaute er sich um. Auf einmal kam Bewegung in den Saal. Genau vor ihm, über der Marmorstufe, in etwa zehn Metern Höhe, fingen Dinge an, sich zu materialisieren. Noch konnte er nicht erkennen, um was es sich handelte, aber die Energie, die dort über ihm aufgebracht wurde, konnte er auf dem Podest spüren. Dieses stand gute fünfzig Meter vom Geschehen entfernt. Eine leichte Vibration durchfuhr seinen Körper. Die Materialisierung dauerte nicht lange und mit einem Mal schwebten fünfzig Meter entfernt von ihm und in zehn Metern Höhe, fünf Wesen auf Stühlen, die wie Throne aussahen. Sie blickten auf John hinab.

Sie strahlten ihm Ruhe entgegen, was John half, die Aufregung über den erlebten Materialisierungsprozesses unter Kontrolle zu bringen. Die Kraft, die ihm durch die Ruhe dieser Wesen entgegengebracht wurde, ging sozusagen auf ihn über, nicht nur im übertragenen Sinne, sondern er spürte wahrhaftig, wie sich eine Art Energie in seinem Körper ausbreitete. In all den Jahren, die er als letzter Mensch in der Galaxie umhergezogen war, hatte er eine Vielzahl, unterschiedlicher, wundersamer Wesen und Völker kennengelernt. Doch es waren diese hier, die in ihm erneut das Gefühl hervorriefen, welches er auf dem Mars bei der ersten Kontaktbestätigung der Außerirdischen in seiner kleinen Kommunikationszentrale empfunden hatte.

John war überwältigt. Diese Lebewesen schienen anders als alle anderen zu sein. Nicht nur aufgrund ihrer Erscheinung, das auch, aber vielmehr ihrer Präsenz wegen und dessen, was jeder Millimeter ihres Körpers ausstrahlte. Er wusste noch nicht, ob es ihr spektakulärer Auftritt war oder die mysteriöse Reise, die er bis zu diesem Moment durchlebt hatte. Verzaubert von diesen Wesen, konnte er seine Augen nicht von ihnen abwenden.

Die Wesen, die vor ihm auf ihren Thronen schwebten, hatten einen Rumpf, einen Kopf und vier Gliedmaßen. Trotzdem waren sie von einer humanoiden Form weit entfernt. Ihre Körperhaltung erschien ihm mehr die eines Werwolfes zu sein, so wie er sie aus Filmen kannte. Ihr Kopf wiederum sah von dieser Entfernung aus, als wäre er das Stück eines Baumstammes. Sie hatten drei Augen, von denen zwei wie bei den Menschen angeordnet waren und das dritte inmitten der Stirn lag. Die Augen, von denen ihn zwei blau und das auf der Stirn grün anstrahlten, waren komplett mit der jeweiligen Farbe ausgefüllt, hatten also keine Pupillen. Der Körper, die Arme und Beine schienen aus Leder sein. Sie waren zum größten Teil schwarz, bis auf einige Stellen, die weiß hervorstachen. Aus manchen der weißen Stellen, wie die auf den Schultern und von den Achseln bis zur Hüfte, entwuchs ein dicht bewachsener Flaum. Dieser bestand ebenfalls aus einem weißen, undefinierbarem Material. Es machte den Eindruck, als ob sie einen Pelzmantel trugen. Mehr konnte John in diesem Augenblick, von seiner Position aus nicht erkennen. Allerdings konnte er die Weisheit und Güte der Wesen mit all seinen Poren spüren. Die einzigen Unterschiede, die er zwischen den einzelnen Wesen feststellen konnte, waren ihre Größe und die Länge und Dichte des weißen Flaums.

John stand wie angewachsen auf dem Podest, die Arme auf das vordere Geländer gestützt. Selbst wenn er hätte sprechen können, hätte er sich nicht getraut. Er zuckte höllisch zusammen, als sich mit einem Mal aus dem Nichts eine fußballgroße Kugel zwischen ihm und den Wesen materialisierte. Sie glich der, die auch die Pflanzenwesen zum Kommunizieren benutzt hatten. Diese hier strahlte ebenfalls grünes Licht aus. Ohne Vorwarnung fing einer dieser Wesen an, einen hypnotisierenden polyphonen Gesang von sich zu geben. Die grün leuchtende Kugel reagierte oszillierend auf diesen wundersamen Gesang. John wartete gespannt auf die Wiedergabe der ersten Worte dieser Wesen aus der Kugel.

*

Nachdem die beiden sich auf Nuhhms dringlicher Bitte hin in eine ruhigere und weniger öffentliche Seitenstraße der Baumstadt zurückgezogen hatten, fing an John, von seiner Unterhaltung mit den zwei Einheimischen zu berichten. Wie es schien, hatten diese Affenwesen John für so etwas wie Nuhhms Haustier gehalten und wollten ihm dieses abkaufen. John, der ein wenig in seiner Eitelkeit gekränkt gewesen war, weil man ihn für ein Haustier gehalten hatte, fand die Geschichte bis dahin dennoch recht amüsant. Wut und Unsicherheit kamen erst in ihm auf, als Nuhhm ihm davon berichtete, dass diese Wesen ihm am Ende nur zwei Optionen gelassen hatten. Entweder John zu verkaufen oder ihn gewaltsam zu entwenden. Die Baumkraxler hatten Nuhhm das Verlassen der Stadt nur ohne sein Haustier genehmigt.

Schweigen breitete sich zwischen den beiden aus. Man konnte förmlich sehen, wie sie ihre Gehirne auf Hochtouren laufen ließen, um das weitere Vorgehen zu erörtern. Eines war klar, ihr Besuch in der Stadt hatte eine dramatische Wendung genommen, die Prioritäten sich geändert. Sie waren sich einig, zuerst die Stadt und dann den Planeten so schnell wie möglich zu verlassen. Klar war aber auch, diese Klettermonster würden sie mit Sicherheit nicht aus den Augen verlieren, um eben das zu verhindern. Sie brauchten einen Plan. Einen, der diese Wesen ablenken oder in die Irre führen musste. Nur so hätten sie eine Chance, aus der Stadt zu fliehen.

Auf ihrem Weg in die Stadt hatten sie zwar keine dieser Wesen im Dschungel gesehen, doch dies hieß nicht, dass sie außerhalb der Stadtmauern vor ihnen sicher waren. Sollten die Baumkraxler die beiden bei einer Flucht durch den Dschungel verfolgen, hätten John und Nuhhm ein Problem. Diese Wesen bewegten sich weitaus schneller im Dickicht fort als die beiden. Hinzu kam der Boden des Dschungels, der sehr dicht bewachsen war, während es hoch oben in den Bäumen kaum Hindernisse gab. Dies vergrößerte den Vorteil dieser Tiere weiterhin. John geriet leicht in Panik, als er seine Chancen, diesen Planeten heil zu verlassen, schwinden sah.

Die beiden zogen sich vorerst in eines der Restaurants für Touristen der Hauptstraße zurück. Dort berieten sie in Ruhe darüber, welche Möglichkeiten sie hatten, aus der Stadt zu fliehen. Nuhhm hatte ein sehr diskretes Benehmen bei den beiden Baumkraxlern festgestellt, die ihm das Kaufangebot unterbreitet hatten. Sie wollten kein Aufsehen erregen, deshalb war ein viel besuchter Ort auf der Hauptader der Stadt genau richtig, um sich in Sicherheit zu wiegen. Selbstverständlich waren das alles nur Vermutungen. Dennoch einigten sie sich darauf, bei ihrem noch nicht existierenden Fluchtplan, keine Einheimischen um Hilfe oder Rat zu fragen. Sie wollten so unauffällig wie möglich vorgehen.

John begann in jedem der Baumwesen einen potentiellen Angreifer oder Entführer zu sehen. Erst als Nuhhm ihm versicherte, sein Versprechen auf ihn aufzupassen einzuhalten, beruhigte der Errrooo sich ein wenig. Zudem machte Nuhhm ihm klar, dies nicht seines Auftrages wegen, sondern aus Freundschaft zu tun, was für John einen noch größeren Garant darstellte.

Sie wägten ihre Optionen ab. Schnell hatten sie sich geeinigt, die Stadt auf keinen Fall über einen der offiziellen Ausgänge zu verlassen. Immerhin glaubten sie, einer der Wachposten sei an der ganze Sache beteiligt. Es blieben ihnen also nur zwei Möglichkeiten. Entweder sie versuchten unbeobachtet auf den Boden zu gelangen, um sich dort einen Weg durch die Baummauer oder unter ihr hindurch zu verschaffen, oder sie nahmen den Weg nach oben, um über die Baummauer zu entkommen. Beide Optionen hatten ihre Vor- und Nachteile.

John hätte gerne die Bodenlösung genommen, doch sicherlich erwarteten die Affenwesen einen eventuellen Fluchtversuch über den unteren Weg. Mit großer Wahrscheinlichkeit wurde das Gelände unterhalb der Stadt schärfer überwacht, als das darüberliegende. Auf dem Boden wären sie leichte Beute für die Kletterer gewesen und die Mauer selbst stellte ebenfalls ein Problem dar. John hätte eventuell einen Zwischenraum in den Bäumen gefunden, durch den er sich hätte quetschen können, für Nuhhm wäre dies, ohne ein Loch zu schneiden oder einen Tunnel zu graben, unmöglich gewesen. Für solche Aktionen hätten sie sicherlich keine Zeit. Blieb der Weg nach oben. Auch hier gäbe es Heimvorteil für die Baumwesen. Nuhhm und John glaubten dennoch, dass die Klettermonster nicht mit dieser Route rechnen würden. Der Überraschungseffekt läge auf ihrer Seite. Probleme bei dieser Variante: Nuhhm hätte John wieder transportieren müssen und wie sie die andere Seite der Mauer hinunterkommen würden, war auch noch ungeklärt. Die letzten dreißig Meter nach unten gab es an der Baummauer nämlich nichts, an dem man hätte herunter- oder hochklettern können.

Sie wussten noch nicht, wie sie den Plan umsetzen würden, hatten sich aber für die Lösung nach oben, über die Mauer, entschieden. Zuerst mussten sie einen geeigneten Zugang zur Mauer finden. Die Stadt selbst lag hoch genug, sodass die Bäume der Mauer hier bereits wieder Äste und Zweige hatten. Sie hatten aber noch keinen Punkt in der Stadt gefunden, der näher als fünfzehn Meter an der Mauer lag. Diese Lücke müssten sie also über dazwischen stehende Bäume überwinden. Es galt, einen Weg zu finden, der über Äste und Zweige und von Baum zu Baum, aus der Stadt, bis hin zur Mauer führte. Um die dreißig Meter zum Boden auf der anderen Seite der Mauer zu meistern, wollte Nuhhm auf ihrem Weg zu dieser, nach einer brauchbaren Liane Ausschau halten. Diese sollten dann als Seil verwendet werden. Als Fremder in einen direkt an die Mauer angrenzenden Baum zu klettern, würde gewiss die Aufmerksamkeit der lokalen Bevölkerung auf sich ziehen. Genau das galt es zu vermeiden, zudem durften sie nicht vergessen, dass sie beschattet wurden. Sie mussten einen Weg finden, ihre Verfolger in die Irre zu führen.

Nach einer weiteren Stunde der Beratung hatten die beiden einen Plan ausgeheckt. Dieser wies zwar einige Lücken auf, aber zumindest hatten sie etwas, mit dem sie arbeiten konnten. Der Rest musste sich spontan ergeben. Zuerst wollten sie das Verhalten ihrer Verfolger so unauffällig wie möglich studieren. Dazu führten sie ihre Shopping-Tour in verschiedene Läden fort. Nuhhms Hinterkopfaugen waren beim unauffälligen Beobachten von großer Hilfe. Schon bald hatten sie das Verhaltensmuster ihrer Verfolger entschlüsselt. Wie vermutet, bewegten sich diese immer unterhalb der Straßen. Auf diese Weise versuchten sie, sich vor ihren Opfern zu verstecken. Die Affenwesen behielten so nicht nur die beiden im Auge, sondern auch die möglichen Wege, die Stadt nach unten zu verlassen. Jedes Mal, wenn Nuhhm und John in einem der Läden verschwanden, positionierten sich die Kletterer auf der unteren, gegenüberliegenden Straßenseite. Dort warteten sie, bis die beiden den Laden wieder verlassen hatten. Darin sahen die beiden seesoljanischen Piloten ihre Chance. In den nächsten drei Läden verlängerten sie jedes Mal ein wenig mehr ihren Aufenthalt, um ihre Beobachter an längere Wartezeiten zu gewöhnen. Dann, bevor die Haustierdiebe anfingen, ungeduldig zu werden und eventuell einen

Zugriff auf John wagten, war der Moment für Nuhhm und John gekommen. Um den Plan in die Tat umzusetzen und den Überraschungseffekt zu nutzen, mussten sie handeln. Wieder betraten sie einen der Nahrungsmittelläden.

Chapter XLIII

„Wir heißen dich willkommen, John Spencer, letzter Vertreter der Menschheit in der Galaxie. Wir hatten gehofft, dass du deinen Weg zu uns finden würdest. Es war nicht einfach, dennoch hatten wir vollstes Vertrauen in dich und deine zu treffenden Entscheidungen."

Johns Verzauberung und Benommenheit dieser Wesen gegenüber riss abrupt ab, als ihr wundersamer Gesang von der grünen Kugel in menschliche Worte verwandelt wurde. Er kam zurück ins Hier und Jetzt. Die Wesen vor ihm verloren einen winzig kleinen Teil ihrer mystischen Ausstrahlung. Gerade genug, um Johns Gehirn wieder normal funktionieren zu lassen. Es überraschte ihn nicht, dass diese Wesen wussten, wer er war. Ihr Würfel hatte ihn und die Laila I schließlich schon bei der ersten Begegnung bis aufs Knochenmark gescannt. Jetzt, da er einigermaßen wieder er selbst war, kochte er innerlich vor Wut. Am liebsten hätte er diesen Wesen die Leviten, für 'den Weg, den er gefunden hatte' und 'die Entscheidungen, die er hatte treffen müssen', gelesen.

Wieder einmal ging seine Fantasie mit ihm durch, in der er sich vorstellte, einen übermenschlichen Sprung zu vollziehen, um jedem einzelnen dieser Wesen eine Ohrfeige zu verpassen. Ihnen hatte er es zu verdanken, dem Tod immer wieder in die Augen gesehen zu haben. Nur weil er seines Ermessens nach gar nicht lebend, sondern tot sein müsste, konnte er dieses Thema so gelassen angehen. Was sollten sie tun, ihn umbringen? Sollte er aus seiner aktuellen Situation tatsächlich mit dem

Leben davonkommen, bräuchte er für den Rest seines Lebens psychologische Betreuung. Es gelang ihm, seinen kurzen, aber verständlichen Wutanfall unter Kontrolle zu bringen. Letztendlich hatte er es geschafft, allen Umständen zu trotzen und bis zu diesem Moment zu überleben.

Es war an der Zeit, den Grund für seine Odyssee und sein Hiersein zu erfahren. Es war Zeit, dass die Verantwortlichen sich erklärten. Später konnte er immer noch entscheiden, ob er wütend sein wollte. Er atmete tief durch und schaffte es, diesen Wesen in einem diplomatischen Ton zu antworten.

„Ich sehe, ihr wisst, wer ich bin. Dürfte ich erfahren, wer ihr seid?"

„Im Laufe der Zeit hat man uns viele verschiedene Namen gegeben. In jeder Welt nennt man uns anders. Wir sind die Wächter, … die Bauer, … die Schützer der intergalaktischen Integrität. Wir sorgen dafür, dass das Gefüge dieses Universums nicht aus den Fugen gerät und somit sein Fortbestand und der allen Lebens in ihm gesichert ist."

Auf diese Antwort war er nicht gefasst. Sie mussten eine hoch entwickelte Spezies sein, soviel konnte er aus ihrem technischen Knowhow ableiten. Er hatte jedoch nicht damit gerechnet, den Wächtern, oder ihrer Beschreibung nach konnte man sie fast schon eine Art Hausmeister nennen, nicht nur dieser Galaxie, sondern aller Galaxien des Universums gegenüberzutreten. Sollten diese Wesen gemeint sein, wenn man auf der einstigen Erde von Gott gesprochen hatte? Waren sie die hochtechnologischen Wesen aus den Sagen der antiken Geschichte der Kinchetenalp? Immer wenn John kurz davor war, seine Fragen beantwortet zu bekommen, taten sich ihm zehn neue auf. Sollten diese Wesen tatsächlich übergreifende, komplexe Vorgänge von Galaxien betreuen, was zum Teufel hatte er damit zu tun? Welcher war sein Part in der Gleichung? Warum war er hier? Die Gedanken in seinem Gehirn überschlugen sich und wieder einmal musste er sich selbst zügeln, um nicht einfach all seine Fragen auf einmal zu stellen. Er musste Ruhe bewahren und diesen eindeutig intelligenteren Wesen die Chance geben, sich zu erklären. Vorerst sagte er nichts.

„Die Station, in der wir uns befinden, wurde von uns hierher gebracht, schon bevor das erste Leben in dieser Galaxie entstand. Stationen wie diese gibt es viele, verstreut über alle Galaxien. Es ist uns untersagt direkt auf einzelne Geschehnisse, die innerhalb einer einzigen Galaxie passieren, Einfluss zu nehmen. Dies war einer der Hauptgründe dafür, dass du deinen Weg praktisch allein hierher machen musstest. Doch wir freuen uns und sind froh darüber, dass du jetzt endlich zu uns gefunden hast."

In Johns Gehirn generierten sich zwei Gedankengänge. Zum einen war da sein Hauptanliegen, der Grund für sein Hiersein, also das Warum. Zum anderen hatte er, seitdem er zum ersten Mal in Kontakt mit der Technologie dieser Wesen getreten war, seine Neugier über das technische Wissen dieser Spezies kaum in Zaum halten können. Das Wie dieser Technologie beschäftigte ihn, in einer zweiten Ebene seines Bewusstseins, ununterbrochen. Es war der Ingenieur in ihm, der niemals ruhte, auch nicht in einer solchen, emotional überwältigenden Situation. Diese schwebenden Wesen hatten von anderen Galaxien, also im Plural, gesprochen. Weder die

Dimensionen, über die sie sprachen, noch die Technologie, die hinter all dem steckte, konnte er begreifen. Als Mensch, fehlte ihm einfach die Kapazität dafür.

„Wer untersagt euch, in Geschehnisse einzugreifen? Ihr habt eben behauptet, ihr seid die Ältesten des Universums."

„Wir haben es uns selbst untersagt. Nach vielen Äonen an Erfahrung im Universum, haben wir auf schmerzhafte Weise gelernt, wie eng die Geschehnisse innerhalb einer Galaxie miteinander verknüpft sind. Man kann unmöglich absehen, was für Folgen es mit sich bringt, in diese einzugreifen, sie zu verändern. Zu Beginn haben wir versucht, Kriege zu verhindern, am Ende führte dies aber ebenso zu Chaos und Untergang von Galaxien, wie es auch ohne unser Eingreifen geschehen wäre. Die selbstregulierenden Kräfte der Galaxien in einem Universum sind nicht zu unterschätzen. Natürlich gibt es tragische Ereignisse, aber die Resultate sind ohne unser Einwirken weitaus tragbarer."

„Bitte verzeiht mir, wenn ich mir anmaße zu glauben, ansatzweise eure Aufgabe im Universum zu verstehen. Aber dies macht es mir noch schwerer, die Zusammenhänge und vor allem die Fragen nach dem Warum zu verstehen. Warum das Notsignal, warum die Kurseingabe in meinen Bordcomputer, warum die Markierungen auf der Sternenkarte und warum war der Würfel überhaupt da? Was war seine Aufgabe? Kurz gesagt, warum ich? Was mache ich hier? Welche Rolle spielt mein vergleichsweise wertloses Leben im Gefüge der Galaxis oder des Universums? Ich hoffe, ihr könnt mir dabei helfen, meine Rolle in dem Ganzen zu verstehen."

Die Wesen vor ihm sahen sich untereinander kurz an, danach richteten sie ihre Blicke wieder auf John. Auch wenn sich in ihren Gesichtern kein einzelnes Stück Rinde bewegte, so hätte er dennoch schwören können, ein Schmunzeln in ihren Blicken wahrzunehmen.

„Verehrter John Spencer. Dies ist einer der Gründe, warum wir heute hier sind. Wir werden versuchen all deine Fragen, so gut wir können, zu beantworten. Und vorab, einer der Gründe, warum du hier bist, ist der, dass du 'Wissen' möchtest."

*

Nuhhm und John hatten das Geschäft, welches sie diesmal betreten hatten, aus genau zwei Gründen gewählt. Zum einen, weil sein Besitzer keiner der Einheimischen war, sondern ein Zugewanderter. Zum anderen, weil mindestens ein Baum durch die Räume des Geschäfts wuchs. In diesem Fall wurde dieser Punkt gleich durch drei Bäume erfüllt. Ein weiterer Pluspunkt des Ladens war seine Lage, nur eine Straße vom Rand der Stadt entfernt. Somit war der Weg zur Mauer nicht weit.

Gleich nach dem Eintreten in den Laden überprüften sie, ob sich weitere Kunde im Geschäft befanden. Den Besitzer baten sie in einen der hinteren Teile des Ladens zu kommen, da sie ihn um Rat zu einer der Gemüsearten bitten wollten. Der Besitzer, der laut Übersetzer ein Mellow war, maß in etwa einen Meter, hatte stummelartige Füße und keine Armen. Dafür besaß er einen Rüssel, der ihm direkt aus der Mitte des Gesichts wuchs. Dieser vereinte mehrere Organe in einem. Er endete in einer Art Greiforgan und in dessen Innern lag eine Öffnung, die für die Nahrungsaufnahme sowie zum Riechen diente. Außer dem Rüssel hatte der Mellow nur ein einziges Auge in einem Gesicht, welches das Ende eines raupenartigen Körpers war.

Als der Mellow sich John näherte, der an einer der Theken voll mit organischen Dingen stand, die nach Gemüse aussahen, packte Nuhhm die Raupe von hinten und trug ihn in einen der Hinterräume des Ladens. John, der ihnen gefolgt war, suchte in dem Raum nach etwas Nützlichem, um den Mellow festzubinden. In einem der Regale fand er eine Rolle Schnur, welche wohl zum Verpacken von Ware benutzt wurde. Während sie den Mellow festbanden, erklärten sie ihm, dass sie nicht beabsichtigten, ihm Schaden zuzufügen. Sie würden ihn so schnell wie möglich, wieder verlassen.

Der Mellow war unschädlich gemacht. Ohne Zeit zu verlieren, fingen sie damit an, am hintersten Baum, der durch den Laden wuchs, ein Loch ins Dach zu reißen. Es musste groß genug sein, damit sowohl John als auch Nuhhm hindurchpassten. Dabei versuchten sie, so wenig Lärm wie möglich zu machen. Sie wollten kein Aufsehen erregen. Die Ladentür hatten sie absichtlich nicht versperrt, damit ihre Beobachter keinen Kunden sahen, der die Tür zum Laden nicht öffnen konnte. Das hätte die Baumkraxler mit Sicherheit misstrauisch gestimmt. Wäre ein Kunde eingetreten, hätte John diesen auf irgendeine Weise versucht abzuwimmeln, doch sie hatten Glück. Kein Kunde betrat das Geschäft. Als das Loch endlich groß genug war, kletterten sie schnell aufs Dach. Aufgrund seiner kleineren Statur nahm John den Vortritt. Er sollte überprüfen, ob man sie von der Straße auf dem Dach sehen konnte. Wieder hatten sie Glück. Das Dach des Verkaufsraums, durch den sie den Laden betreten hatten, war höher als die dahinterliegenden Räume. Der Baum, den sie ausgewählt hatten, wuchs durch einen dieser hinteren Räume. Selbst als Nuhhm aufs Dach kam und sich aufrecht hinstellte, konnten sie von der Straße aus nicht gesehen werden.

Es galt, keine Zeit zu verlieren, denn schon bald würden ihre Verfolger stutzig werden und nach ihnen suchen. Sobald sie den Mellow und das Loch im Dach gefunden hatten, würde jeder Vorsprung, den die beiden bis dahin ausbauen konnten, rapide schwinden. Sie schauten den Baum hinauf und versuchten einen Weg, der erst nach oben und dann seitlich zur Mauer verlief, zu finden. Der Astbewuchs der Bäume hier oben, auf etwa fünfunddreißig Metern Höhe, war wesentlich dichter, als in den unteren Lagen. Dies ermöglichte es John auch ohne die Hilfe seines Freundes, emporzuklettern. In den Baumwipfel konnten sie aufgrund des dichten Bewuchses keinen klaren Weg zur Mauer auszumachen. Sie entschieden, erst einmal Boden zu gewinnen. Während des Aufstieges würden sie dann nach einem möglichen Pfad durch die Bäume suchen.

In etwa fünfundvierzig Metern Höhe angelangt, konnte man nur noch durch einzelne Lücken im immer dichter werdenden Blätterwald, kleine Ausschnitte der Stadt erkennen. Aber nicht nur die Blätter wurden mehr. Immer mehr Äste der anliegenden Bäume kreuzten die des ihren. Sie entschieden, nicht höher zu gehen, sondern hier den Versuch zu wagen, von Baum zu Baum zu klettern. Sie wollten die letzte Straße der Stadt, die fast zwanzig Meter unter ihnen lag, überqueren und auf die Baummauer zusteuern. John konnte kaum glauben, wie gut ihr Fluchtversuch vorangegangen war. Etwa acht Meter von der Mauer entfernt, stoppten sie einen Moment, um nach einem geeigneten Zugangspunkt zu suchen. Im Idealfall sollte dieser es ihnen ermöglichen, so schnell es nur ging, auf die andere Seite der Mauer zu kommen, um den Abstieg zu beginnen.

Zu seiner Linken erspähte Nuhhm eine Baumspitze in der Mauer, die etwas krumm gewachsen war. Dies hatte eine Lücke in der Mauer erzeugt. Sie würde es ihnen ersparen, noch höher klettern zu müssen, um über die Mauer zu gelangen. Gerade als John durch die Lücke kletterte, vernahmen sie Geschrei und Tumult aus der Stadt. Sie mussten den gefesselten Mellow gefunden haben. Nun würde es nicht mehr lange dauern, bis diese Affenwesen das Loch in der Decke entdecken und ihre Spur aufnehmen würden. Wenn sie eine Chance haben wollten, mussten sie so schnell wie möglich von der Mauer runter und ins Dickicht auf der anderen Seite des Weges gelangen, der entlang der Mauer führte. Mit etwas Glück könnten sie sich dort vielleicht wie Mäuse vor einer Katze im Gestrüpp verstecken.

John war durch die Lücke auf die anderen Seite der Mauer geklettert und bewegte sich so schnell er konnte zur Seite, damit Nuhhm nachkommen konnte. Etwa zehn Meter unter ihnen begann die astfreie und glatt geschliffene Zone der Mauer. Die Bäume standen so dicht aneinander, dass es nicht einmal möglich war, die Arme hindurch zu stecken, um sich wie an einer Feuerwehrstange daran hinabzulassen. Hastig schauten sich beide nach einer Möglichkeit um, unverletzt die

Mauer zu verlassen. Weder zu ihrer Linken noch zu ihrer Rechten der Mauer fanden sie eine Lösung. Nuhhm schaute nach oben und erspähte auf der anderen Seite des Weges, der an die zehn Meter breit war, den Ast eines Baumes. John folgte dem Blick seines Freundes und sah den Ast, der etwa drei Meter in den Weg hineinragte. Er wusste jedoch auf Anhieb, dass es für ihn unmöglich wäre, diesen irgendwie zu erreichen. Selbst wenn es möglich gewesen wäre, war er sich nicht sicher, ob dieser sein Gewicht, geschweige denn das von Nuhhm, hätte tragen können.

Während John nach anderen Wegen Ausschau hielt die Baummauer zu verlassen, suchte Nuhhm weiterhin nach einer Möglichkeit, den Ast als schnelle Lösung zu verwenden. Er schaute über sich. In einiger Entfernung und leicht versetzt zum Ast auf der anderen Seite des Weges, sah er einen weiteren Ast, der drei bis vier Meter von der Mauer in den Weg ragte. Die beiden Äste hatten keine der drei physischen Achsen gemein und doch sah Nuhhm hier ihre Chance. Die beiden Baumauswucherungen trennten drei Meter Höhenunterschied und sie waren seitlich an die fünf Meter voneinander entfernt. Zudem waren da noch die drei bis vier Meter weite Kluft des Weges, die zwischen ihnen herrschte. Den beiden lief die Zeit davon, schon bald würden diese Wesen mit ihren Klettertentakeln sie einholen. Nuhhm fasste einen Entschluss.

„John, kletter auf meinen Rücken."

„Wieso, was hast du vor?"

„Wir haben keine Zeit für Erklärungen. Vertrau mir und kletter auf meinen Rücken."

In diesem Moment hörten sie, wie sich, durch das Geäst auf der anderen Seite der Mauer, etwas schnell näherte. John geriet in die Panik des Gejagten. Im Nu sprang er auf den Rücken seines Freundes und krallte sich an ihm fest. In dem Moment, in dem Nuhhm den Errrooo auf seinem Rücken wusste, fing er an in die Höhe, zu dem herauswachsenden Ast, zu klettern. Als John diesen erspähte, ahnte er, was sein Freund vorhatte. Er war mit der Idee ganz und gar nicht einverstanden, doch für Diskussionen war keine Zeit. Auch wenn er keinem der beiden Baumauswüchse zutraute, ihr Gewicht zu tragen, sie hatten keine Alternative zur Auswahl. In dem Moment, in dem Nuhhm den Ast erreicht hatte, steckte das erste Affenwesen seinen Kopf durch die Lücke in der Mauer und suchte die Gegend nach den beiden ab. Es dauerte einen Augenblick, bis das Kletteräffchen die beiden über sich erspähte. Dann fing es aber sofort an, seine Begleiter zu informieren. Wie ein Pfeil schoss es aus der Baumlücke in Richtung Nuhhm und John. Jetzt gab es für die beiden kein Zurück mehr.

Nuhhm rannte, John auf seinem Rücken, so gut er konnte den Ast entlang und sprang mit all seiner Kraft auf den schräg gegenüberliegenden Zweig zu. John, der völlig hilflos auf dessen Rücken hing, schloss mit seinem Leben ab. Schon in der frühen Flugphase merkte er jedoch, dass er sowohl die Dimensionen, als auch die Kraft seines seesoljanischen Freundes falsch eingeschätzt hatte. Die Kluft zwischen den Ästen würden sie mit Leichtigkeit überwinden, die Traglast des Zweiges, auf dem sie landen wollten, war eine andere Geschichte. Mit seinen drei Armen hatte Nuhhm nach dem Ast gegriffen, der zwar den ersten Schwung abfederte, dann aber sofort nachgab und brach. Glücklicherweise war Nuhhms Sprung so mächtig gewesen, dass sie nicht an der äußeren Spitze des Astes, sondern mehr in dessen Mitte gelandet waren. Weitere Äste kreuzten ihren Weg beim freien Fall nach unten. Ein weiterer Ast brach. Dann aber schaffte Nuhhm es, zwei Äste gleichzeitig zu erfassen, die das Gewicht der beiden aushielt. Nach der ersten Erleichterung richteten sie ihren Blick nach oben, um nach ihren Verfolgern Ausschau zu halten. Es war niemand zu sehen.

Die Kletteräffchen hatten den Sprung nicht gewagt. Sie saßen in der Mauer an genau dem Punkt, an dem bis vor wenigen Augenblicken noch der Ast aus der Mauer geragt hatte, von dem aus Nuhhm abgesprungen war. Der kraftvolle Absprung hatte den Ast glücklicherweise abgebrochen und in die Tiefe fallen lassen. Dies hatte ihre Verfolger daran gehindert, ihnen auf demselben Weg zu folgen. Nun mussten die Affenwesen zurück durch die Mauer und zu einem der Ausgänge der Stadt gelangen, um ihre Verfolgung erneut aufnehmen zu können. Nuhhm und John hatten etwas Zeit gewonnen. Der Errrooo drückte Nuhhm kräftig und lachte.

„Ha,ha,ha,ha....Du bist der Beste, der Beste!"

Langsam, aber stetig fing der Große an, den Baum hinunterzuklettern.

Chapter XLIV

John kam nicht ganz dahinter, was diese Wächter des Universums im Schilde führten, aber zumindest hatte es den Anschein, als würden hier und jetzt tatsächlich einige seiner Fragen und Zweifel beantwortet oder geklärt werden. Vielleicht bekäme er sogar Antworten, für die er nicht einmal Fragen hatte. Gespannt darauf, was diese Wesen ihm enthüllen würden, beschloss er vorerst zu schweigen.

„Wie ich schon erwähnte, sind wir eine Art Wächter der Galaxien, greifen aber nicht direkt in das Geschehen der einzelnen ein. Dennoch, wie auch in deinem Fall, versuchen wir manchmal das Schicksal ein wenig in die richtige Richtung zu lenken. Dies kann auf vielen Wegen geschehen. Wie in Form eines Würfels, der eine Zielkoordinate in einem Bordcomputer markiert. Unser Wirken ist auf Anhieb nicht immer nachvollziehbar, weil wir im Normalfall die Galaxien über Millionen von Jahren beobachten und erst dann, wenn es uns wirklich nötig erscheint, einen kleinen gezielten Schubser erteilen. Dessen Wirkung ist ebenfalls erst auf sehr lange Sicht hin erkennbar. Direkte Aktionen, wie in deinem Fall, kommen eigentlich nicht vor."

John konnte nicht anders.

„Aber warum habt ihr es dann getan?"

Die Fünf sahen sich abermals untereinander an, sagten aber nichts. Einen Augenblick später fiel es John wie Schuppen von den Augen.

„Weil ich der letzte bin. Weil ich der einzige bin, der von den Menschen noch übrig ist."

Das Wesen, das in der Mitte der fünf saß, und mit ihm das Gespräch führte, stimmte ihm mit einer Geste zu.

„Aber ich verstehe nicht. Wir Menschen sind doch... waren doch, im Vergleich zu anderen Völkern dieser Galaxie, Nichts. Man konnte uns kaum als interplanetare Spezies bezeichnen. Nicht einmal hundert Menschen hatten einen Fuß auf einen anderen Planeten gesetzt. Was ist dann so wichtig an meiner Person, dass ihr eure eigenen Regeln dafür brecht?"

„Lass mich etwas weiter ausholen, um dir diese Frage zu beantworten. Wie ich schon sagte, wir waren hier, bevor überhaupt Leben in der Galaxie gezeugt wurde. So haben wir die Entstehung aller Bewohner in ihr verfolgen können. Nicht nur in dieser Galaxie, sondern in all denjenigen des Universums, die Leben beherbergen. Wir haben Galaxien wachsen, aufblühen und verwelken gesehen. So oft, dass wir, anhand von sich wiederholenden Mustern, gewisse Entwicklungen frühzeitig erkennen können. Am Anfang entwickelt sich das Leben auf verschiedenen Planeten, in unterschiedlichen Systemen. Manches schneller, manches langsamer. Einiges intelligenter, anderes aufgrund von Beharrlichkeit. Wieder andere schaffen einige der evolutionären Sprünge nicht und verenden. Danach durchlaufen die Völker, die sich behaupten konnten, verschiedene Phasen von Zivilisationen. Auf deinem Planeten habt ihr diese, glaube ich, Kardashian-Skala genannt."

„Kardaschow- oder Kardashev-Skala."

„Wie bitte?"

„Kardaschow nicht Kardashian. Verzeiht mir bitte, aber diese beiden Namen zu verwechseln, grenzt schon an Blasphemie und würde Nikolai Kardaschows Gedenken nicht gerecht."

Das Wesen wirkte verwirrt, ging aber auf Johns Einwurf nicht weiter ein.

„Wie dem auch sei. Bevor die erste Zivilisationsstufe dieser Skala erreicht wird, durchlaufen die Lebewesen andere Phasen. Wir nennen sie auch gerne die Nicht-Intelligenten-Phasen. Diese sind voll mit Egoismus, Gier, Größenwahn, Neid, Hass und Krieg. Erst wenn diese Phasen durchlaufen sind und die Völker sich dabei nicht selbst zerstört haben, erlangen sie die Fähigkeit, die erste Stufe der Kardaschow-Skala zu erreichen. Die Skala von diesem Kardaschow bezieht sich zwar auf die Energienutzung einer Zivilisation, diese verläuft aber in den meisten Fällen parallel zu der soziologischen Entwicklung einer Gesellschaft."

Johns Geduldsfaden stand kurz vor dem Zerreißen. Am liebsten hätte er laut geschrien, 'KOMM AUF DEN PUNKT'. Doch er zügelte seine Ungeduld, indem er sich Jordi und nicht das Wesen auf dem Thron vor ihm ins Gedächtnis rief. Jordi war ein ehemaliger Bekannter gewesen, der hatte ebenfalls gerne weit ausgeholt, wenn er etwas erzählte. Dieses Bild ließ ihn innerlich schmunzeln, was ihm half, weiterhin der Erzählung über die Entwicklung von Galaxien zu lauschen, ohne die Fassung zu verlieren.

„Nachdem die Völker dann interplanetarisch und interstellar werden, fangen sie an, ihre Galaxie zu erforschen. Dabei stoßen sie auf andere Völker, andere Spezies und zeigen anfänglich meist einen offenen Geist. Eine Galaxie ist sehr groß. Nichts im Vergleich zu einem Universum, aber trotz allem ist es für die verschiedenen Völker nicht einfach, große Distanzen in ihr schnell zurückzulegen. Für fast alle Völker ist ihre eigene Galaxie ausreichend und groß genug, um in ihr zu leben, zu forschen, ja sogar neue Welten in einem anderen System zu finden und zu besiedeln. Auch wenn einige von ihnen klägliche Versuche unternehmen, ihre Galaxie zu verlassen und in andere vorzustoßen, so scheitern letzten Endes alle bei ihren ersten Unternehmungen, eine andere Galaxie zu erreichen. Schnell stellen sie dann ihre Bemühungen ein, um sich auf die eigene zu konzentrieren. Und das, mein lieber John, ist meist der Scheitelpunkt in der Entwicklung von Galaxien."

Das Wesen vor ihm schien eine dramatische Pause einzulegen, doch John konnte diese nicht nachvollziehen. Er fand immer noch keinen Zusammenhang zwischen der Geschichte und seiner Situation, oder der, der Menschen. Doch er versuchte mitzuspielen.

„Inwiefern ein Scheitelpunkt?"

„Die Sache ist die. Wenn Völker nicht mehr nach vorn schauen, schauen sie zur Seite oder zurück. Und wenn die eigene Galaxie nicht mehr neu, groß und weit genug ist, kehren in ihr die alten Laster ein, die es zuvor auf den einzelnen Welten gab. Egoismus, Gier, Größenwahn, Neid, Hass und am Ende Krieg. Im Laufe der Zeit haben wir oft den Beginn des Niedergangs von Galaxien beobachten können."

„Aber warum habt ihr nichts dagegen unternommen? So wie ich es verstanden habe, seid ihr doch die Wächter des Universums und der Galaxien."

„Wir haben es versucht, oft und auf viele verschiedene Weisen. Unser Eingreifen hatte allerdings höchstens einen Verzögerungseffekt auf den Niedergang oder verschob die Machtverhältnisse einfach in eine andere Richtung, ohne an der Situation wirklich etwas zu ändern. Wir haben auch versucht, uns selbst als regulierendes Organ in den Galaxien zu etablieren, sind mit den Völkern in Kontakt getreten. Auch dieses Unterfangen schlug fehl. Am Ende wurden auch wir von einigen als Tyrannen gesehen und Kriege wurden geführt. Wir zogen es vor, uns wieder in die Rolle als Wächter in den Hintergrund zurückzuziehen. Bis heute gibt es in den ältesten Völkern der Galaxien Sagen über die Zeit, in der wir versuchten, ganze Galaxien unter uns zu vereinen.“

John glaubte, die Geschichte war hier zu einem Ende gekommen. Nach dem Gehörten konnte er sich nun doch nicht mehr zurückhalten.

„Bitte versteht mich nicht falsch, es ist eine interessante Geschichte, aber sie hat keine meiner Fragen beantwortet. Was haben wir Menschen mit all dem zu tun? Was habe ich damit zu tun? Und vor allem, wenn ihr dabei zuseht, wie ganze Galaxien dem Untergang geweiht sind, was für Wächter seid ihr dann? Was bewacht oder bewahrt ihr?“

„Wie ich schon zu Beginn meiner Erzählung angedeutet habe, muss ich ein wenig ausholen, um deine berechtigten Fragen beantworten zu können. Wenn du mir noch etwas Geduld entgegenbringen könntest, werde ich dies im Anschluss auch tun.“

*

Nuhhm war am Fuß des Baumes angekommen, John von seinem Rücken gestiegen. Noch wussten sie nicht, ob ihre Verfolger aufgegeben hatten und die Sache damit erledigt war. Wie auch immer, sie konnten es nicht darauf ankommen lassen. Es galt, so schnell wie möglich Land zwischen sich und dieser Stadt zu bringen. Ohne zu zögern, holte John den Übersetzer hervor und rief den direkten Weg zur Laila I auf. Wie schon bei ihrer Ankunft ging Nuhhm voran. Er kam besser und schneller durch das Dickicht. Während der Seesoljaner den Weg des geringsten Widerstandes durch diesen Dschungel suchte, limitierte John sich darauf, den eingeschlagenen Weg seines Freundes so schnell wie möglich zu imitieren.

Bereits kurz darauf hörten sie ihre Verfolger. Sie hatten die Jagd nicht aufgegeben. Nuhhm und John konnten hören, wie sich die Baumkraxler ohne Mühe durch die Baumwipfel bewegten und den Abstand zu ihnen verkürzten. Nicht nur das Geräusch von sich bewegenden Ästen verriet diese Wesen, ihre Art sehr laut miteinander zu kommunizieren half Nuhhm und John ebenfalls ihre Verfolger zu orten. Auch wenn ihnen dies nicht wirklich einen Vorteil verschaffte. Beiden war klar, sie mussten sich ein Versteck suchen oder schnell eine andere Strategie ausdenken. Wenn sie weiterhin einfach nur davonliefen, würden sie ihren Verfolgern schon in wenigen Minuten zum Opfer fallen.

Nuhhm blieb stehen. Beide versuchten sie durch Lauschen festzustellen, um wie viele Verfolger es sich handelte, doch der Dschungel war gefüllt mit allen möglichen Geräuschen. Zudem hatten die Wesen ihr lautstarkes Geschrei eingestellt. Sie konnten keine genaue Zahl der Kraxler bestimmen. Mit

Sicherheit wussten sie nur, dass es mehr als zwei waren. Rasch suchten sie nach möglichen Verstecken, konnten jedoch keine geeignete Stelle in ihrer Umgebung ausmachen. Wieder war es Nuhhm, dem eine Idee kam. Sie war gefährlich. Vor allem, weil er die Fähigkeiten und den Intellekt ihrer Verfolger nicht einschätzen konnte. Er glaubte aber, während ihres Aufenthaltes in der Stadt festgestellt zu haben, dass diese Wesen sich immer mit den Tentakeln auf ihren Rücken, also Körper nach unten hängend, fortbewegten. Ihr Blick war demnach immer auf das gerichtet, was unterhalb von ihnen geschah.

Nuhhm forderte seinen Freund erneut auf, seinen Rücken zu besteigen. Aufgrund fehlender Alternativen sprang John ohne zu zögern auf den Buckel seines Freundes. Wenigstens einer von ihnen hatte einen Plan. In ihrer direkten Umgebung suchte sein großer Freund nach einem der dicksten Baumstämme. Mit der Hoffnung, dass die Dicke auch Rückschluss auf die Höhe des Baumes zuließ, fing er an, diesen wie ein Besessener zu erklimmen. Sie durften keine Zeit verlieren. John vertraute Nuhhm, doch dieses Mal glaubte er, einen Fehler begangen zu haben, sich blindlings auf den Rücken seines Freundes zu schwingen.

Aufgrund seiner Größe und der Zuhilfenahme seiner drei Arme kletterte Nuhhm in Windeseile den Baum hinauf. So wie John es beurteilen konnte, stand sein seesoljanischer Freund diesen Klettermonstern in nichts nach. Nuhhm hatte den richtigen Baum für sein Vorhaben ausgewählt. Es war einer der höheren Bäume, mit einem sehr dicht bewachsenen Wipfel. Auf den letzten Metern in die Spitze, konnten sie trotz ihrer eigenen Geräusche bereits ihre Verfolger hören, die nur noch wenige Meter entfernt schienen. Der Große kletterte so hoch er konnte und die Tragfähigkeit des Wipfels es dem Gewicht der beiden erlaubte. Dann verharrte er, mit John auf seinem Rücken, mucksmäuschenstill an den Stamm geklammert. Keiner der beiden bewegte einen Muskel.

Unter ihnen vernahmen sie Geräusche, die einer Affenbande glich, welche sich durch den Dschungel bewegte. John, der seine Augen nach unten gerichtet hatte, sah eines der Wesen, wie es von einem Ast ihres Baumes hing. Schweiß trat auf seine Stirn. Er hoffte nur, dass dieser nicht anfing zu tropfen. Die Flugbahn des Tropfens lag auf direktem Weg des Baumbesucher. Das Wesen verharrte einen Augenblick, schwang sich dann aber zum nächsten Baum weiter. Einen Moment später hörten die beiden, wie sich ihre Verfolger von ihnen entfernten. John atmete erleichtert auf. Wieder einmal verdankte er Nuhhm seine Rettung.

Er fragte sich, warum er nicht auf die Idee gekommen war, sich im Baumwipfel zu verstecken. John selbst hätte den Baum jedoch nicht erklimmen können, deshalb hatte er wohl nur nach Lösungen gesucht, die in seinem, dem menschlich Machbaren lagen. Dieses Scheuklappendenken hätte ihn fast seine Freiheit gekostet. Er musste endlich anfangen, sein Denken zu erweitern, wenn er in der Galaxie überleben wollte. Nicht immer würde jemand an seiner Seite sein, der ihm die Kastanien aus dem Feuer holte. Leise flüsterte er Nuhhm ins Ohr.

„Wie ich schon sagte, du bist ein Genie."

„Lass uns nicht zu früh feiern, wir haben sie nur abgelenkt, noch sind wir nicht am Schiff."

„Du hast ja recht, aber man muss auch die kleinen Erfolge feiern."

Sie entschieden, ihre Route zu ändern und einen Bogen zur Laila I zu schlagen. Auch wenn dies eine Übernachtung inmitten des Dschungels bedeutete. Sie wollten es vermeiden, den Entführern in die Tentakel zu laufen, falls diese ihre Suche beendeten und entschieden zurück zur Stadt zu hangeln.

Als die Dunkelheit hereinbrach, suchten sich die beiden im Schatten eines Baumes ein Eckchen, das ihnen den Rücken freihielt, aber gleichzeitig ermöglichte, Angreifer wahrzunehmen. Sie hielten abwechselnd Wache. Die Geräusche, die nachts zu vernehmen waren, sowie die generelle Situation, in der sie sich befanden, ließ jedoch keinen von beiden auch nur ein Auge zu machen. Schon nach wenigen Stunden HST entschieden sie, ihre Nachtruhe abzubrechen. Die Nacht würde noch viele Stunden andauern, in denen sie ohnehin nicht schlafen würden. Sie machten sich also in der Dunkelheit auf den Weg zur Laila I, froh über den bis dato zwischenfallfreien Verlauf des neu gewählten Weges. Was sie nicht wussten und ihnen Sorge bereitete war, ob die Wesen die Position ihres Schiffes kannten. Es wäre ein Leichtes, dort in einen Hinterhalt zu geraten. Diesem Problem würden sie sich aber erst widmen, wenn sie sich unversehrt dem Landeplatz näherten.

Unerbittlich kämpften sie sich durch den Dschungel, bis sie auf einen dieser Pfade trafen, der Nuhhm den Arm gekostet hatte. Laut dem Übersetzter waren sie dreihundert Meter von der Laila I und somit der Anhöhe, auf der diese stand, entfernt. Sie überquerten den Pfad so schnell wie möglich. Als sie die Laila I durch das Dickicht erspähen konnten, stoppten sie. Sie hatten Glück im Unglück. Ihr neu gewählter Weg hatte sie von hinten an die Anhöhe herangeführt. Ihre Befürchtung war eingetroffen. Ohne entdeckt zu werden, waren sie der Falle der vier Wesen, die es sich auf der Laila I bequem gemacht hatten, vorerst entkommen. Noch bot ihnen das Dickicht Schutz, doch sobald sie anfingen, die Anhöhe zu erklimmen, würden sie die Aufmerksamkeit auf sich ziehen. Zudem wussten sie nicht, ob noch weitere Wesen in der Umgebung auf sie lauerten. Sie konnten zwar keine weiteren Angreifer ausmachen, doch durften sie nicht vergessen, dass diese Wesen die Fähigkeit hatten, sich in ihrer Umgebung perfekt zu tarnen. John verließ die kürzlich zurückgewonnene Hoffnung. Wie sollten sie bloß zu ihrem Schiff gelangen? Sie brauchten ein Ablenkungsmanöver. Der Plan, den sie sich ausdachten, war aber vor allem für Nuhhm alles andere als ungefährlich.

Chapter XLV

Ein wenig Unbehagen kam in John auf. Er fühlte sich ermahnt, so als ob ihn ein Lehrer in der Schule zur Ordnung gerufen hätte. Abermals nahm er sich vor, Stillschweigen zu bewahren und das Wesen auf dem Thron, welches ihm offensichtlich ein ganzes und einheitliches Bild schildern wollte, nicht mehr zu unterbrechen.

„Nachdem du nun einen groben Einblick in die verschiedenen Entwicklungsphasen von Galaxien erhalten hast, oder zumindest von vielen Galaxien, möchte ich nun eine der wenigen Ausnahmen erläutern. Es passiert nicht oft, aber alle X Äonen geschieht es, dass in einer willkürlich gewählten Galaxie ein Volk entsteht, welches dazu auserkoren ist, diese Barriere der Stagnation zu durchbrechen. Vielleicht hast du es schon erraten, eine dieser besonderen Spezies war die deine, die Menschen. Unsere Aufgabe als Wächter ist es, solche Spezies zu suchen, zu erkennen, zu bewahren und auf ihrem Weg zu begleiten, bis sie die dritte Stufe der Skala erreicht haben. Dann schließen sie sich uns an."

John war verblüfft. Hatte er richtig gehört? Die Menschen sollen eine der besonderen Spezies im Universum gewesen sein? Klar, er vermisste die Erde und seine Bewohner, aber wenn er es richtig in Erinnerung hatte, waren die Menschen weit davon entfernt gewesen, auch nur annähernd die erste Stufe der Kardashow-Skala zu erreichen. Wahrscheinlich hätten sie sich vorher sogar selbst vernichtet. Vielleicht hatten diese Wesen sich ja geirrt, eine andere Spezies gemeint und das ganze Spektakel, das ihm widerfahren war, beruhte auf einem einfachen Missverständnis. Er hatte in den letzten Jahren viele Völker kennengelernt, denen er eine solche Rolle zugeschrieben hätte, aber seinem eigenen bei Weitem nicht.

„Natürlich hattet ihr noch einen weiten Weg zu gehen, bevor ihr zu eurem vollen Potenzial aufgeblüht wärt, doch wir setzten all unser Vertrauen in euch. Stets haben wir die Menschen auf ihrem Weg begleitet. Bis zu diesem tragischen Unfall, den auch wir nicht vorhersehen oder abwenden konnten. Das, was deine Spezies so außergewöhnlich machte, war ihre Beharrlichkeit, Wissensgier und der Forschungsdrang. Sobald die Menschheit ihre eigenen Konflikte gelöst und die dritte Stufe der Zivilisationen erreicht hätte, wären all ihre Bemühung, Energie und Kraft in das Mehr-Wissen-Wollen geflossen. Ihr wirkliches Potential hätte sich entfalten können."

John hatte diese Wesen vor ihm wirklich für weise und wissend gehalten, doch auch wenn sich all das, was sie erzählten, fabelhaft anhörte, so kamen ihm nun doch Zweifel an seiner eigenen Einschätzung dieser Wesen. Er konnte sich die Menschheit, zumindest die, die er kannte, wahrhaftig nicht so vorstellen, wie sie ihm gerade beschrieben wurde. Er musste allerdings eingestehen, dass eine sehr, sehr, sehr lange Zeitspanne, wie es schon die Evolution auf der Erde bewiesen hatte, große Veränderungen hervorrufen konnte.

„Die Menschheit wäre zu einer dieser Ausnahmen von Völkern geworden, die vor der Barriere des leeren Raums zwischen Galaxien nicht Halt gemacht hätten. Egal, wie lange es gedauert hätte, welche Fehlschläge und Opfer sie auch hätte hinnehmen müssen, sie wäre nicht zu stoppen gewesen.

Der Drang zu wissen, was dort draußen liegt, wo sie noch nicht waren, war ihr größtes Gut. Dieses 'Gut' war leider auch der Verantwortliche für die meisten Kriege in ihrer eigenen Geschichte. Doch erst einmal an den Punkt gekommen, an dem der Mensch seine Egozentrik und Gier abgelegt hätte, wäre deine Art in ferner Zukunft intergalaktisch geworden und unserer Gemeinschaft der Wächter beigetreten."

Dieses Wesen zu hören, wie es so glorreich von den Menschen sprach, ließ in John Ehrgefühl und Trauer zugleich aufkommen.

„Es muss dir schwerfallen, in deinem Volk zu sehen, was wir gesehen haben. Aber glaube mir, wenn ich dir sage, dass unsere Voraussagen auf Wissen beruht, dem Äonen an Erfahrung zugrunde liegen. Nur durch unvorhersehbare Unfälle, wie dem der Erde, treten diese nicht ein. Ich hoffe, dies klärt deine Frage über den Zusammenhang zwischen der Menschheit und unserem Interesse an ihr."

„Wenn all das wahr ist, was ihr erzählt habt, kann ich euer Interesse an der Menschheit natürlich nachvollziehen. Wie ich die Zusammenhänge verstehe, kann die Auslöschung einer solchen Spezies einen wichtigen Verlust für das Universum bedeuten. Doch es entzieht sich mir immer noch mein Part in dem Ganzen."

„Du musst wissen, wir haben von der Vernichtung der Erde erst durch die Auswirkungen des Zusammenpralls der beiden Himmelskörper erfahren und waren zutiefst erschüttert. Für uns sind Zeitspannen von mehreren tausend Jahren, wie für dich Minuten. Wir wussten nicht genau, auf welchem Stand der Technologie die Menschen sich bei ihrer Zerstörung befanden. Ob sie schon auf anderen Planeten etabliert waren,

Schiffe ausgesandt hatten oder Raumstationen besaßen, die von der Zerstörung nicht betroffen waren. Die Nachricht einer Kolonie auf dem Planeten, den ihr Mars nennt, erreichte uns erst, nachdem diese einem Beben zum Opfer gefallen war. Wir erfuhren von dem Kontakt zu den Seesoljanern, wussten aber nicht, wie viele es von euch geschafft hatten, die Katastrophe zu überleben. Erst später erhielten wir die Nachricht, dass du, John Spencer, der letzte überlebende Mensch der Galaxie bist. Daraufhin entsandten wir eine Sonde an die Grenzen des Sonnensystems. Wir wollten es dir ermöglichen, uns zu finden, wenn deine innere Unruhe es von dir verlangte. Und so ist es dann auch gekommen."

*

Der Plan, der die Affenwesen von der Laila I weglocken und somit den seesoljanischen Piloten Zugang gewähren sollte, sah vor, dass Nuhhm und John sich trennten. Dies beinhaltete ein hohes Risiko für John. Würde er in die Hände der Entführer fallen, wäre er diesen völlig ausgeliefert. Rein physisch war er diesen Baumwesen weit unterlegen. Ohne die Hilfe seines Freundes hätte John nichts gegen einen Übergriff dieser Wesen ausrichten könne. Für Nuhhm barg der Plan ebenfalls ein Risiko, denn er sollte die Ablenkung sein. In Wirklichkeit handelte es sich nicht um einen richtigen Plan, sondern mehr die Idee eines Plans. Nachdem sie die Eckdaten besprochen hatten, fing Nuhhm an, sich von John zu entfernen.

„Warte!"

Nuhhm blieb stehen. John ging die wenigen Schritte, welche die beiden trennten, auf seinen Freund zu und umarmte diesen. Mittlerweile hatte der Seesoljaner Gefallen an dieser sonderlichen Form der Errrooo gefunden, mit denen sie Gefühle von Freude, Trauer und Abschied ausdrückten. Er erwiderte die Umarmung. Dann verschwand der Große in dieselbe Richtung ins Dickicht, aus der die beiden gekommen waren. Dem Plan nach sollte Nuhhm einen großen Bogen durchs Dickicht schlagen, um sich ihren Verfolger von der gegenüberliegenden Seite zu nähern und den Köder zu spielen.

Nachdem der Seesoljaner an seinem strategischen Punkt angelangt war, holte er Johns Übersetzter hervor, stellte diesen auf das höchste Volumen ein und fing an, ein Selbstgespräch zu führen. Fröhlich plapperte der Übersetzer drauflos und übersetzte Nuhhms Worte. John war indes etwa zweihundert Meter entfernt, auf der anderen Seite des Schiffes und wartete. Er beobachte die Wachposten auf der Laila I. Plötzlich änderten diese ihre Körperhaltung, von einer eher bequemen, in eine wachsame Position. Ihre Aufmerksamkeit richtete sich auf einen Punkt vor ihnen im Dickicht. Das war das Zeichen, Nuhhm hatte es anscheinend geschafft, ihr Interesse zu wecken.

Die Partie hatte begonnen. Langsam und so unauffällig wie möglich, fing John an, sich dem Schiff zu nähern. Sollten die Wesen in ihre Falle tappen und die Jagd auf Nuhhm beginnen, würde ihm nur wenig Zeit bleiben, um den Rest des Weges zur Laila I zurückzulegen und diese startklar zu machen. Dann ging alles blitzschnell. Die vier Wachen, die sich wie ein

Wolfspack in eine alarmbereite Position gebracht hatten, orteten die Herkunft der Stimmen aus dem Dschungel. Mit einem Satz sprangen sie vom Schiff und nahmen die Fährte auf. Sie hielten direkt auf Nuhhms Position zu. Soweit hatte ihr Plan funktioniert. Die Unterhaltung mit dem Übersetzer hatte diese Wesen glauben lassen, beide befänden sich an Nuhhms Standort und näherten sich von dort aus der Laila I. Die Klettermonster sahen keinen Grund, einen Wachposten zurückzulassen.

Nachdem John den letzten Schwanz im Dschungel verschwinden gesehen hatte, rannte er so schnell er konnte und das Dickicht es zuließ, die Anhöhe zum Schiff hinauf. Jeden Moment erwartete er von einem der getarnten Wesen gepackt und verschleppt zu werden, ließ sich von diesen Gedanken aber nicht beirren und hielt weiter geradewegs auf sein Ziel zu. Als er die Zugangsschleuse der Laila I hinter sich geschlossen hatte, konnte er es kaum glauben. Er hatte es ins Schiff geschafft. Erleichtert atmete er auf. Dann klickte es in seinem Kopf. Nuhhm! Hastig, begab er sich auf die Brücke und fing an, das Schiff startklar zu machen.

Nuhhm, der Initiator des Plans, hatte diesen nicht wirklich zu Ende gedacht. Sein Hauptanliegen lag darin, John unversehrt an Board der Laila I zu bekommen. Alles Weitere würde sich dann ergeben. Wie es dem Errrooo ergangen war, wusste er nicht, doch dies lag nun nicht mehr in seiner Hand. Die Horde von Jägern, die sich ihm durch das Dickicht näherte, war deutlich zu hören. Der Moment eine Strategie zu entwickeln, um nicht in ihre Hände fallen, war gekommen. Wollte er eine Chance gegen diese Klettermeister haben, musste er sich auf einem Terrain bewegen, das die Verhältnisse ausglich. Im Dickicht hätte er jedenfalls keine Chance gegen seine Verfolger.

Nuhhm erinnerte sich daran, auf dem Weg zum Schiff einen Pfad der Flugmonster gekreuzt zu haben, der sich unweit von seiner derzeitigen Position befand. Er beschloss, das Risiko einzugehen und sich auf diesen Pfad zu begeben. Auf diesem konnte er sich wesentlich schneller fortbewegen. Er musste einen Weg finden, seine Position mit der seiner Verfolger zu tauschen, sodass nicht diese sich zwischen ihm und dem Schiff befanden, sondern er zwischen ihnen und dem Schiff. Auf diese Weise könnte er in Richtung der Laila I vor den Baumkraxlern fliehen. Im Innern des Schiffes wäre er in Sicherheit. Der Pfad, auf dem er rannte was seine Beine hergaben, verlief parallel zur Position des Schiffes. Er hoffte, die Affen würden ihm auf den Pfad folgen. Sollte es ihm dann gelingen, einen Bogen zu schlagen, könnten sich die Positionen umkehren.

Er hatte nun schon einige Meter auf dem Pfand zurückgelegt, doch seine Verfolger mieden diesen. Sie hatten einen Weg durch den Dschungel eingeschlagen, der in gerader Linie auf ihn zuführte. Immerhin gelang es ihm, den Abstand zu ihnen beizubehalten. Weiterhin ließ er den Übersetzer die letzten Aufzeichnungen wiedergeben. Die Verfolger sollten immer noch in seine Richtung gelockt werden. Plötzlich vernahm er über sich das Geräusch, das zum Verlust seines Arms geführt hatte und das in diesem Moment völlig ungelegen kam. Die Baumwesen hörten ebenfalls den Schrei des Flugmonsters. Noch hastiger eilten sie in die Richtung, aus der die Stimmen kamen.

Sie wollten ihr neues Haustier fangen, bevor das Flugmonster es erreichte. Für den Fall, dass sie zu spät eintreffen würden, hofften sie das Haustier, wenn auch verletzt, lebend vorzufinden und dass das Flugmonster sich zuerst dem Verzehr des Großen widmen würde.

Die Affenwesen erreichten den Rand des Pfads, konnten aber weder den Großen noch sein Haustier ausmachen. Die Stimme des Tieres war dennoch zu hören. Von dem dreiarmigen Besitzer war weder etwas zu hören, noch zu sehen. Die Baumkraxler gingen davon aus, dass dieser bereits dem Monster zum Opfer gefallen war und das Tier verletzt im tiefen Gras des Pfads lag. Die vier Baumwesen sprangen auf den Pfad, um nach dem verletzten Haustier zu suchen. Immer noch hörten sie die Stimme des Tieres, fanden jedoch nur einen seltsamen Apparat auf dem Boden. Genau in dem Moment, in dem sich die vier von der Suche nach John im Gras wieder aufrichteten, wurden sie, einer nach dem anderen, wie Kegel mit der Bowlingkugel, vom Flugmonster zerschmettert. Der Letzte von ihnen wurde vom Maul des Fliegers mitgerissen und hatte mit großer Wahrscheinlichkeit wenig später als Mahlzeit geendet.

Nuhhms verzweifelte Aktion, den Übersetzer im Gras zu verstecken und auf Wiederholung zu stellen, hatte funktioniert. Er sprang aus seinem Versteck auf der anderen Seite des Pfads, schnappte sich den Übersetzer und machte sich so schnell er konnte auf den direkten Weg zur Laila I.

Chapter XLVI

John schwieg. Er wusste immer noch nicht, warum er sich auf dieser Raumstation, inmitten eines Sternes, der sich in einem Schwarzen Loch befand, aufhielt. Während seiner Raumbummler Phase, hatte er viele hochtechnologisch entwickelte Völker kennengelernt, die in der Lage gewesen wären, die Zerstörung der Erde zu verhindern. Vorausgesetzt, sie hätten von Nuhhms Unfall mit dem Asteroiden gewusst. Die vor ihm schwebenden Holzrindengesichter, welche sich als Wächter der menschlichen Superspezies ausgaben, verfügten über eine Technologie, die alles von ihm Gesehene bei Weitem übertraf. Mehr als das! Es war, als würde man in Stein gemeißeltes mit einem Computer vergleichen. Dennoch hatten sie es versäumt, aus welchen Gründen auch immer, die Vernichtung dessen, was sie eigentlich bewahren wollten, nicht verhindert. Rein technologisch hätten sie diesen Asteroiden mit einem Augenzwinkern davon abhalten können, mit der Erde zusammenzustoßen.

Jetzt, da John all diese Informationen besaß, war er wesentlich wütender auf diese Möchtegernwächter, als er es auf Nuhhm je gewesen war. Zudem hatten sie mit ihrem 'indirekten Einwirken', wie sie es nannten, mit dem sie ihn hierher gelockt hatten, mehr als nur einmal sein Leben aufs Spiel gesetzt. Aus irgendeinem Grund ließen sie ihn über sein Hiersein weiterhin im Dunkeln tappen. Sollte die mehrfach lebensgefährliche Einladung dieser Wesen nur dazu gedient haben, ihn über die vergangenen Möglichkeiten der Menschheit zu informieren, würde er sich das mit dem Ohrfeigen verteilen noch einmal überlegen. Es war wie bei den Ameisen. Jene kleinen Insekten, die ihrer Arbeit nachgingen und vom Menschen, der in einem anderen Größenverhältnis zu den Dingen stand, beim Werken gar nicht oder nur begrenzt berücksichtigt wurden. In diesem Falle fand John sich allerdings in der Rolle der Ameise wieder, während die Wesen die der Menschen übernommen hatten. Erneut fasste er sich, um das, was er sagen wollte, besonnen vorzutragen.

„Wenn ihr es mir erlaubt, möchte ich kurz zusammenfassen, was ihr mir bis jetzt berichtet habt. Ich möchte nur sicherstellen, dass ich die Zusammenhänge auch richtig verstanden habe. Ihr seid also die Wächter der Galaxien im Universum, die Leben enthalten. Eure Aufgabe ist es, potenzielle Spezies in diesen Galaxien zu bewahren und zu unterstützen, bis sie intergalaktisch werden, um dann eurem privaten 'Club' beizutreten."

Den privaten Club konnte er sich nicht verkneifen, hoffte aber, die Wesen hätten die mitklingende Ironie nicht wahrgenommen.

„Unabhängig davon, wer euch zum Wächter des Universums gemacht hat, verstehe ich es so, dass ihr bei der einzigen Aufgabe, die ihr euch in dieser Galaxie selbst aufgetragen habt, nämlich die menschliche Spezies zu bewahren und zu unterstützen, versagt habt. Nur, weil ihr genau in der Zeitspanne, in der der Asteroid auf die Erde zusteuerte, anderweitig beschäftigt wart? Zudem setzt ihr mein Leben mehrfach aufs Spiel, indem ihr mich mit mysteriösen Würfeln und Koordinaten hierher lockt und dabei einen weiteren, den letzten dieser für euch so wertvollen Menschen, riskiert? Wofür das Ganze? Um mir diese Geschichte zu erzählen, mich zur Entschädigung frühzeitig in euren Club aufzunehmen?"

Ihm war klar, dass er es zum Ende hin nicht ganz geschafft hatte, die Beherrschung zu bewahren. Dafür fühlte er sich jetzt, nachdem er alles herausgelassen hatte, befreiter, leichter. Er spürte, wie nun die innere Ruhe in ihn zurückkehrte. Weit davon entfernt, sich angegriffen oder beleidigt zu fühlen, reagierten die Wesen vor ihm mit Güte und Verständnis. Wie es eine Mutter mit ihrem verärgerten Kind tun würde.

„Wir verstehen, dass du erzürnt bist. Es ist nicht einfach, als einziger seine Rasse zu überleben. Niemand, der die Dinge im gleichen Licht sieht, wie du sie siehst. Niemand, der physische Bedürfnisse erlebt, wie du sie erlebst und in deinem Fall auch, keinen Partner zum Paaren. Doch glaube mir, selbst wenn wir dabei zugesehen hätten, wie der Asteroid sich der Erde näherte, wäre es sehr schwierig für uns gewesen, in das Geschehen einzugreifen, ohne Aufmerksamkeit auf uns zu ziehen. Es war schon schwierig genug, dir ein Notsignal zu erstellen, das dich ausreichend neugierig machte, uns aufzusuchen, aber anderen Spezies nicht interessierte. Unsere Aufgabe ist es nicht, um jeden Preis die potenziellen Spezies zu bewahren. Es gibt Situationen, in denen man die Galaxie walten lassen muss. Sie hat ihren eigenen Plan. Nun, da du der Letzte einer solchen potenziellen Spezies in dieser Galaxie bist, bist du, und nur du allein, zu unserer Aufgabe geworden."

John hörte das Wesen darüber reden, was es bedeutete, der einzige einer Spezies zu sein und welche Einsamkeit dies mit sich führte. Tränen stiegen ihm in die Augen und seine geliebte Laila kam ihm ins Gedächtnis. Die wunderschöne Laila, die er aufgegeben hatte. Aber wofür? Er dachte darüber nach, ob er, wenn er noch einmal zurückkönnte, anders entscheiden würde und die Zeit, die bis zur Auslöschung der Erde geblieben wäre, lieber mit ihr verbracht hätte. Der Mensch und Forscher in ihm würde nichts an der erlebten Geschichte ändern. Der Mann und Romantiker in ihm, wäre jetzt lieber tot, hätte dafür aber die letzten Momente mit seiner Geliebten verbracht.

„Und was bedeutet das genau für mich, eure 'Aufgabe' zu sein?"

*

Nuhhm traf bei der Laila I gerade in dem Moment ein, als John dabei war abzuheben, um nach seinem Freund zu suchen. So war schon alles für den Abflug vorbereitet. Im Nu hatten sie die Oberfläche von KLH0100 verlassen. Ohne neue Nahrungsmittel, aber lebendig. Gegenseitig schilderten sich die beiden, was ihnen widerfahren war, nachdem sie sich getrennt hatten. Dann hüllten sich beide in Schweigen. Jeder für sich in Gedanken versunken.

John fing an, die ganze Reise geistig erneut Revue passieren zu lassen. Er schämte sich vor sich selbst. Seitdem er von den Seesoljanern aufgenommen, unterrichtet und so gut es ging in die galaktische Ordnung eingewiesen worden war, hatte er alles, was sie ihm entgegengebracht hatten, für selbstverständlich hingenommen – Sicherheit, Geborgenheit. Er hingegen hatte sich wie Kind in einem Spielzeugladen verhalten. Wie ein Kind bei seinen Eltern hatte er beim Minenvolk nur

Sicherheit erfahren. Er hatte geglaubt, die ganze Galaxie sei ein einziger Spielzeugladen, in dem er einfach drauf losziehen und auf Erkundungstour gehen konnte. Dabei hatte er Riesenglück gehabt, bei einem Volk wie den Seesoljanern gelandet zu sein und nicht bei einem wie diese Baumwesen oder noch schlimmer. Ihm war bewusst, ohne Nuhhms Hilfe hätte er diesen Planeten wahrscheinlich nicht mehr verlassen. Er hatte diese Reise begonnen, als ob es nichts in der Galaxie geben könnte, das ihm etwas Schlechtes wollte. Dabei hatten sie auf KLH0100 noch Glück gehabt, denn es gab bestimmt weitaus schlimmere Orte und Wesen in den Weiten der Milchstraße.

Allein er hatte den Armverlust seines treuen Freundes und Retters zu verantworten. Es war an der Zeit aufzuwachen und die neue Realität, in der er nun lebte, zu akzeptieren. Die Erde und auch die Menschen gab es nicht mehr. Von jetzt an und für den Rest seines Lebens würde dies seine Realität sein, es gab keinen Weg zurück. Er musste erwachsen werden und seine neue Rolle im Gefüge der Galaxie akzeptieren. Auf der Erde waren die Menschen die herrschende Rasse und an der Spitze der Nahrungskette gewesen. In den Weiten der Galaxie, als einziger Mensch, war sein neuer Platz, sowohl in der Hierarchie als auch in der Nahrungskette, eher mit der eines Wurmes auf der Erde zu vergleichen. Diesen, seinen neuen Platz, fing John erst in diesem Moment an zu begreifen und zu akzeptieren. Ein Schalter hatte sich in seinem Kopf umgelegt, der sein Verhalten von diesem Zeitpunkt an ändern würde. Statt Kind im Spielzeugladen, unter der Obhut seiner Eltern, würde er die Vorsicht eines Blinden im Straßenverkehr walten lassen.

Nach seinem geistigen Reset richtete er sich an Nuhhm, um diesem sein Bedauern über den Verlust seines Armes auszudrücken.

„Danke, dass du mir das Leben gerettet hast. Ich kann dir gar nicht sagen, wie schlecht ich mich wegen des Verlusts deines Armes fühle.Du hast ihn meinetwegen verloren. Es tut mir leid."

„Deshalb brauchst du dir keine Sorgen zu machen. Alles, was ich brauche, ist ein langes Bad in der Lagune und der Arm wird wieder vollständig hergestellt."

John war verblüfft. Er konnte nicht fassen, wie effektiv und wundersam diese Bäder waren. Ihm fiel ein Stein vom Herzen. Er war ein wenig eifersüchtig auf die seesoljanische Zellregeneration, schätzte sich aber glücklich, diese Reise, als Lektion für sein zukünftiges Leben in der Galaxie, abhaken zu können, ohne schwerwiegende Folgen verursacht zu haben.

John wurde vorsichtiger. Seine Reisen in die Tiefen der Galaxie gestaltete er progressiver. Immer mit MIB004 als Basis und mit Besuchen von Systemen, über die die Seesoljaner reichlich Informationen besaßen. So wuchs seine Erfahrung und sein Wissen. In den Zeiten, in denen er auf dem seesoljanischen Planeten verweilte, nahm er an allen Transportflügen teil, die Nuhhm durchzuführen hatte. Auf diese Weise bekam er mehr und mehr Übung darin, die Sensoren der Laila I gezielter einzusetzen. Vor allem lernte er, die Ergebnisse besser zu deuten. Seine wichtigste Lektion war die, niemals ausgelernt zu haben, nicht zu glauben, alles zu wissen oder eine Situation ganz einschätzen zu können.

Die Jahre vergingen. Nach und nach fand John zu einer gewissen Routine in seinem Leben. In sehr, sehr vielen Momenten und auf verschiedenen Ebenen fühlte er sich, trotz allem und verständlicherweise, einsam. Da war die Einsamkeit der langen Raumflüge, die er solo unternahm. Die Einsamkeit als letzter Mensch, die zur Folge hatte, sich nicht verstanden zu fühlen und die Einsamkeit des Mannes, dem es untersagt wurde zu lieben. Über die Jahre hinweg schlich sich auf diese Weise ein grauer Schleier über seine Seele. John tat nichts weiter als zu funktionieren. Eines Tages dann, entschloss er sich, dorthin zurückzukehren, wo alles angefangen und auch geendet hatte. Zum ersten Mal, seit dem 'Vorfall', kehrte er ins Sonnensystem, zur Erde und zum Mars zurück.

Chapter XLVII

Die Tatsache der letzte Mensch zu sein sowie die Einsamkeit, die dies mit sich führte, war John noch nie in dem Maße bewusst geworden wie hier, am Ende der Galaxis. Weit entfernt von seinen neu gewonnen Freunden, den Seesoljanern und vor diesen seltsamen Wesen aus einer anderen Welt. Obwohl Nuhhm und auch all die anderen versuchten, Verständnis für das ihm Widerfahrene aufzubringen, so war es dennoch keinem von ihnen möglich, sich wirklich in seine Lage zu versetzen. Noch bis kürzlich hatte John jahrelang eine emotionale Mauer in sich aufrechterhalten, die ihn davor schützen sollte, in sich zusammenzufallen. Jetzt stand er vor diesen Wächtern der Galaxie, mit neu gewonnenem Mut und Lebensfreude, und all die trostlosen Gefühle kamen zu ihm zurück. Das Abenteuer, das ihm helfen sollte, diesen Mut und die Freude zu festigen, hatte ihm bis jetzt nur geschadet. Sowohl materiell als auch psychisch. Am liebsten hätte er mit den Fingern geschnippt und wäre wieder auf MIB004 gewesen.

„John, du bist der letzte Mensch. Was möchtest du mit dem Rest deines Lebens anfangen? Du könntest es mit den Seesoljanern verbringen oder einer anderen Spezies in dieser Galaxie. Doch, wird es nicht darauf hinauslaufen, dass du einer anderen Spezies bei ihrem Leben zusiehst? Die Möglichkeit auf einen Lebenspartner wird dir ebenfalls verwehrt bleiben. Ohne Zweifel wirst du gute und sogar enge Freundschaften bilden, aber es wird immer eine, auf die Spezies zurückzuführende, Kluft bleiben. Vielleicht entscheidest du auch, als Raumbummler allein durch die Milchstraße zu reisen. Aber ist es wirklich das, was du mit dem Rest deines Lebens anfangen möchtest? Wir haben in das Geschehen der Galaxie eingegriffen, mit dir Kontakt aufgenommen, weil wir glauben, dass du, in Vertretung deines Volkes, eine Chance zu etwas Größerem verdient hast. Deshalb möchten wir dir eine Alternative anbieten."

John, der immer noch damit beschäftigt war, seine Gefühle zu sortieren, wurde hellhörig. Sollte er letztendlich wirklich erfahren, aus welchem Grund diese vor ihm schwebenden Holzwesen ihn an diesen lebensfeindlichen Ort gebracht haben? Er beendete alle internen Dialoge und war gespannt darauf, was sich hinter dieser 'Alternative' verbarg.

„Es war erstaunlich zu beobachten, wie du dich, trotz allem, was dir in kürzester Zeit widerfahren ist, an die Geschehnisse angepasst, sie verarbeitet und akzeptiert hast. Ein Beweis mehr dafür, welch außergewöhnlich und offenen Geist ihr Menschen besitzt. Die Galaxie hat uns die Menschheit genommen, aber durch dein Überleben hat sich gleichzeitig eine einmalige Gelegenheit aufgetan. Deiner Besonderheit wegen und, weil du der letzte Vertreter deiner Rasse bist, möchten wir dir anbieten, als erstes Wesen die Reise in ein paralleles Universum zu unternehmen. Denn aufgrund....."

„Moment, Moment. Habe ich richtig verstanden? Universum, nicht Galaxie?"

„Genau, so ist es."

„Ich habe auf der Erde zwar die Theorien über weitere Universen gelesen, jedoch wurde deren Existenz nie nachgewiesen. Wenn ihr also davon sprecht, mich in ein anderes Universum zu schicken, dann wisst ihr ganz genau das und wo es existiert? Oder handelt es sich um eine Reise ins Leere, bei der man zwar weiß, wann und wo man abreist, aber nicht wann oder ob man ankommt?"

„Ich verstehe nicht ganz, worauf du hinaus möchtest, aber die Existenz des Multiversums ist eine Tatsache. Es ist sogar kartographiert. Es gibt so viele Universen, wie es Galaxien in dem unseren gibt."

John war völlig perplex und überrascht von dem seltsamen Angebot, das sie ihm soeben unterbreiteten. Er hatte mit allem gerechnet, nur nicht damit und wusste immer weniger, was er von diesen Wesen halten sollte. Vielleicht war er einfach zu leichtgläubig und diese Wächter waren gar keine, sondern einfach nur verrückt. Warum sonst würden sie ausgerechnet ihn für eine solche Reise auswählen? Er kannte nicht mal ein Prozent der hiesigen Galaxie, noch begriff er die meisten Dinge in ihr.

„Der Grund dafür, dass bis heute keine Reise in ein anderes Universum unternommen wurde, ist kein technischer, John, sondern der, dass alle Wesen einer Spezies, innerhalb desselben Universums, durch einen energetischen Strang miteinander verbunden sind. Dieser Bund, zwischen den einzelnen Individuen, würde bei einer Reise in ein anderes Universum bestehen bleiben. Gleichzeitig würde der Reisende, bei seiner Ankunft im neuen Universum, einen zweiten Bund mit dem dortigen Pendant seiner Spezies eingehen. Diese doppelte Verknüpfung würde zu einer Überkreuzung der Universen führen und ein Paradoxon erzeugen, dessen Auswirkungen verheerend sein könnten. Durch deine traurige, aber außergewöhnliche Situation, bietet sich eine einmalige Chance, die

Umstände einer solchen Reise zwischen Universen zu erforschen und eventuell auch für intergalaktische Wesen möglich zu machen. Wenn du dieses Universum verlässt, wird es keinen Bund geben, der zurückbleibt und dadurch auch kein Paradoxon erzeugt."

Was John da hörte, war zu abstrakt für ihn. Er konnte es gar nicht richtig wahrnehmen.

„Ihr wollt also, dass ich das Versuchskaninchen spiele und bei einer Reise in ein anderes Universum Daten für euch sammle, damit ich dort was mache? Allein durch die Weiten eines völlig unbekannten Universums treibe, anstatt durch diese Galaxie zu fliegen, in der ich wenigstens Freunde habe, die sich um mich sorgen?"

„Ja, deine Reise wird uns wichtige Informationen liefern und nein, du bist nicht unser Versuchskaninchen. Das Universum, in welches wir dich entsenden möchten, beinhaltet eine Galaxie, in der es ein System wie das Sonnensystem gibt. In diesem gibt es eine Erde und Menschen. Es wird keine exakte Kopie des Planeten und der Menschen der hiesigen Galaxie sein, aber dennoch eine Erde und vor allem Menschen. Deinesgleichen. Eine Möglichkeit, neu anzufangen."

„Was meint ihr mit anders als in diesem Universum?"

„Ihre soziale und technische Entwicklung wird mit großer Wahrscheinlichkeit anders verlaufen sein, als die hiesige."

Johns Kopf, überflutet mit ungreifbarer Information, stand kurz vor einer Explosion. Die Wesen vor ihm schienen dies ebenfalls zu spüren.

„Du wirst viele Fragen haben und einiges überdenken wollen. Deshalb möchten wir dir Zeit zum Nachdenken geben und haben dir einen Raum bereitgestellt, in dem du in Ruhe deine Entscheidung treffen kannst. In diesem Raum findest du ebenfalls alle Details über das Wie der Reise. Auf diese Weise hast du Einblick in die technischen Details, die dir hoffentlich helfen deine Entscheidung zu treffen. Nimm dir die Zeit, die du benötigst, um einen Entschluss zu fassen. Wir danken dir für deine Geduld."

John nickte nur. Einen Augenblick später verschwanden die Wesen vor seinen Augen auf demselben Weg, auf dem sie sich vor ihm materialisiert hatten. Sie lösten sich in Luft auf. Allein im Saal schaute er sich um. Die Tür, durch die er eingetreten war, öffnete sich. Hinter ihr wartete bereits der Würfel auf ihn. Dieser begleitete ihn in einen Raum, der sich, wie auch schon der große Saal zuvor, beim Betreten in ein gemütliches Quartier verwandelte. Ein Fenster bot ihm Ausblick auf den Kern des Sterns und eine Vielzahl an Raumstationen, die sich in dem grünen Energiefeld befanden. Der Raum hatte drei rechteckige Wände und die vierte, jene mit dem Fenster, war rund und konkav. An einer der Wände formte sich aus dem Nichts ein schwebendes Bett. Gegenüber des Bettes schwebte ein großer dreidimensionaler Bildschirm. Dieser war in zwei Fenster aufgeteilt. In dem einen konnte John technische Daten erkennen, in dem anderen schien eine Simulation der Mission abzulaufen. Gleich neben dem Eingang materialisierte sich ein Tisch mit etwas zu essen und zu trinken. Der Boden verwandelte sich in einen beigefarbenen, weichen Teppich und die silbrigen Wände in Nussbaumholz.

John ließ sich erschöpft auf dem Bett nieder. Für einen Augenblick wollte er einfach nur die Augen schließen, seinen Kopf leeren, aber es gelang ihm nicht. Nur dreißig Sekunden später erhob er sich aus dem Bett, ging an den Tisch, aß und trank eine Kleinigkeit. Dann wandte er sich den auf dem Bildschirm erscheinenden Daten zu. Das Konzentrieren auf die Information, half ihm deutlich besser seine Gedanken zu beruhigen, als auf dem Bett zu liegen. Mit der Aussicht auf eine neue Erde hatten ihn die Wesen überrascht. Er musste eine schwere Entscheidung fällen. Dieses Mal gab es nur die Wahl zwischen Schwarz und Weiß.

Hatte er nicht nach Abenteuer Ausschau gehalten? Nun bot man ihm die Möglichkeit eines zu erleben, das ihn nicht nur in die Geschichte der Menschheit, sondern in die aller Multiversen eingehen lassen würde.

Die technischen Daten auf dem Bildschirm erklärten die physische Aspekte des Unterfangens, während die Simulation der Mission in einer Animation dargestellt wurde. Diese wiederholte sich in einer Schleife. Man sah ein Schiff, in seinen Dimensionen etwas größer als die Laila I. Es bestand aus demselben silbrigen Material, wie auch die Station und alles andere um ihn herum. An seinem Heck wies es einen außergewöhnlichen Antrieb auf. Man konnte klar erkennen, dass dieser auf den herkömmlichen Motor des Schiffes montiert worden war. Die Form des für diesen Zweck montierten Aggregats erinnerte John an etwas. Er wusste nicht an was, aber irgendwo hatte er diese Form schon einmal gesehen.

Die Animation beschrieb, wie sich dieser Antrieb über die Standardmaschine des Schiffes speiste, um ein Energiefeld zu erzeugen. John konnte der beschriebenen Technologie nicht einmal ansatzweise folgen. Dieses Feld war es, welches dem Schiff ermöglichte in das andere Universum zu reisen. Dort angekommen, würde ihm die Standardtechnologie dieser silbrigen Schiffe zur Verfügung stehen, um sich intergalaktisch fortzubewegen. Doch auch dessen Technologie war von Johns Wissensstand weit entfernt. Von der technischen Seite aus müsste er diesen Wesen vertrauen, sollte er sich dazu entscheiden, diese verrückte Reise zu wagen. Aber hier ging es vielmehr darum, was er mit seinem Leben anfangen wollte.

Ohne auf die Tragödie einzugehen, die ihn zu einem Weisen seiner Spezies hatte werden lassen, war es John möglich gewesen, im vergangenen Jahrzehnt viel dazuzulernen. Er hatte viel gesehen, erlebt und Freunde gewonnen. Dennoch hatten die Wächter nicht unrecht. Er fühlte sich immer noch wie ein Außenstehender. Wenn er ehrlich sein sollte, wusste er nicht, ob sich dieses Gefühl irgendwann einmal ändern würde. Doch es war eine Sache, in dieser Galaxie ein Außenseiter zu sein, und eine ganz andere, in einem fremden Universum sein Leben für Wesen zu riskieren, die er erst seit Stunden kannte. Andererseits unternahm er auch in dieser Galaxie Abenteuer, bei denen er jahrelang allein unterwegs war. Warum also nicht dasselbe in einer komplett neuen, unentdeckten Welt tun? Er hatte sich immer als Forscher, ja sogar Wissenschaftler gesehen. Seitdem er fünfzehn Jahre alt war, hatte er seinen Blick immer auf das Unbekannte in den Sternen gerichtet. Er wusste nur nie warum. Sollte dies der Grund für die Vision an seinem fünfzehnten Geburtstag gewesen sein? Hatte die Galaxie ihm damals, beim Anblick des Starships, in vorausschauender Weise den Weg und alle Entscheidungen bis zu diesem Zeitpunkt wählen lassen? Auf seinem Weg hierher hatte er unglaubliche Katastrophen überlebt und Gefahren abgewandt. Vielleicht war es einfach sein Schicksal, diesen neuen Weg zu gehen. In diesem Universum hielt ihn nichts.

Erneut schaute er auf die Animation, die in diesem Moment ein dreidimensionales, rotierendes Bild des Schiffes zeigte. Da war es! Ein ganz bestimmter Winkel der Ansicht, gestatte John, einen Blick auf den speziellen Antrieb zu werfen, bei dem es ihm wie Schuppen von den Augen fiel. Dieser aufgesetzte Antrieb bestand aus einem Hauptzylinder, welcher auch die Verbindung zum herkömmlichen Antrieb bildete und vier, im 90° Winkel abgehende Paneelen hatte, die wie Fledermausflügel aussahen. John stand, den Mund weit geöffnet, vor der Animation und war fassungslos. Er sah genau das Bild, welches er bei seiner Vision, beim Ausflug mit seinem Vater zum Kennedy-Space-Center, gehabt hatte und bei der in Ohnmacht gefallen war. Hatte die Galaxie ihn tatsächlich schon an seinem fünfzehnten Geburtstag auf diesen Moment vorbereitet? War er von ihr ausgewählt worden, der letzte Mensch dieses Universums zu werden und die Reise in ein anderes zu wagen? Er konnte keine Antwort darauf finden und wusste, dass er wohl nie eine bekommen würde.

Seine neu gewonnene Familie kam ihm ins Gedächtnis. Er würde sie vermissen. Er wüsste sie aber in Sicherheit und nicht ausgelöscht, wie es die Menschheit war. Der einzige und größte Unterschied, zwischen dem Durchstreifen der Milchstraße und der Galaxien eines anderen Universums war der, dass er hier einen Heimathafen gefunden hatte. Einen Ort, an dem er sich in Sicherheit fühlte, Freunde, die er um Hilfe bitten konnte, ja sogar eine ganze Regierung, die so tief in seiner Schuld stand, dass sie fast alles für ihn tun würde. Sollte er die Reise antreten, wäre er auf sich allein gestellt.

Erneut setzte sich John auf das Bett und atmete tief durch. Er versuchte, sich selbst und die ganze Situation von außen zu betrachten. Es war nicht zu glauben, dass er, John Spencer, von einem kleinen Ort auf der Erde, gerade darüber entschied, in ein fremdes Universum zu reisen, um dort auf andere Menschen und eine neue Erde zu treffen. Verrückt!

Zwei Stunden später trat er an die Stelle, an der zuvor die Tür gewesen war, welche ihm Eintritt ins Quartier gewährt hatte. Erneut formte sich diese aus dem silbrigen Material der Wand. Wieder war das Erste, das ihn auf der anderen Seite der Tür erwartete, der Würfel. Dieser führte ihn erneut in den Saal. Beim Betreten des Podests materialisierten sich die Wächter vor ihm aufs Neue.

„Wir begrüßen dich erneut, John Spencer! Bist du zu einer Entscheidung gelangt?"

„Zuerst würde ich gerne wissen, ob es möglich ist, den verwendeten Antrieb, der es einem erlaubt in ein anderes Universum zu reisen, auch dafür zu benutzen in das hiesige zurückzukehren?"

„Vorerst wird eine Rückreise nicht möglich sein. Sobald du in das andere Universum eindringst, knüpfst du den Bund mit den Menschen im dortigen Universum. Bei einer Rückkehr würdest du genau das Paradoxon auslösen, das durch deinen Status, als letzter Menschen in diesem Universum, bei der Hinreise nicht stattfindet."

„Wann würde die Reise beginnen?"

„Deiner Zeitrechnung zufolge in zwei Tagen."

Bis zu diesem Moment wusste John noch nicht, wie er sich entscheiden würde. Dann hörte er sich sagen:

„Gut, bereitet alles vor. Ich fliege!"

EPILOG

In den darauffolgenden zwei Tagen wurde John auf die Reise vorbereitet. Das verwendete Schiff, welches er Laila II taufte, war intuitiv zu bedienen und wurde mit den kognitiven Prozessen einiger Regionen seines Gehirns verknüpft. Auf diese Weise musste er nicht viel über die technischen Eigenschaften des Schiffes lernen. Zudem wurde ihm ein Begleiter zur Verfügung gestellt. Wer anderes, als der kleine Würfel, sollte dieser Begleiter sein, der ihn auf der Raumstation auf Schritt und Tritt begleitet hatten. Auch mit ihm wurde er auf dieselbe Weise verbunden.

Nach einem ersten Rundgang, bei dem er alle Sektionen des Schiffes kennenlernte, hatte er einige Stunden Zeit gehabt, die Laila II etwas einzurichten. Auf diesem Schiff waren der Einrichtung keine Grenzen gesetzt. Durch die willkürliche Verformbarkeit des silbrigen Materials war nur die Vorstellungskraft das Limit. Für die Einrichtung des kompletten Schiffes würde er genug Zeit haben, wenn er erst einmal im intergalaktischen Raum des anderen Universum angekommen war.

Ein Detail des Fluges wurde ihm erst kurz vor dem Abflug mitgeteilt. Um den Antrieb, der diese Reise ermöglichte, mit genügend Energie für den Sprung zu speisen, musste das Schiff in den Kern des Sterns fliegen, der am anderen Ende der grünen Blase lag. Er vertraute der Technik dieser Wesen und freute sich schon darauf, dieses Ereignis genießen zu können, ohne jeden Moment mit dem Tod rechnen zu müssen. In seinen Gedanken formte sich der Satz einer seiner Lieblingsserien. Er war ungeduldig 'in die unendlichen Weiten, die noch nie ein Mensch zuvor gesehen hatte' vorzustoßen und sie zu erforschen. Gespannt darauf, was ihn auf der anderen Seite erwarten würden. Doch dies steht in einer anderen Geschichte.

ENDE

Danksagung

- *An Miti, Katrin, Carolina, Belen und Yolanda, die mich stetig mit gutem Kaffee und reichlich Kohlenhydraten versorgt haben.*

- *An Maureen, ohne die wäre dieses Buch nicht lesbar.*

- *An Saskia, ohne dich hätte dieses Buch niemals das Licht der Welt erblickt.*

Printed in Great Britain
by Amazon